Raúl Heras

El clan

Colección España hoy / 7

Raúl Heras

El clan

EDICIONES TEMAS DE HOY

Colección: ESPAÑA HOY

Diseño de cubierta: Rudesindo de la Fuente
Fotografías de cubierta: COVER
EDICIONES TEMAS DE HOY, S. A. (T. H.)
Paseo de la Castellana, 93. 28046 Madrid
Primera edición: septiembre 1990
Depósito legal: M. 27.580-1990
ISBN: 84-7880-043-3
Compuesto en Fernández Ciudad, S. L.
Impreso en Talleres Gráficos Peñalara, S. A.
Printed in Spain - Impreso en España

INDICE

A Fix y María Catalina
a los que tanto quiero.

EL CLAN Y SUS PRINCIPALES ADVERSARIOS

ABELLÓ GALLO, JUAN
Presidente de la sociedad Torreal, fue el descubridor de Mario Conde como hombre de negocios, al que hizo su socio y su amigo. Heredero de los Laboratorios Abelló, inició el camino hacia la cumbre cuando vendió éstos y posteriormente la firma Antibióticos. Apasionado de la caza y el arte, está casado con Ana Isabel Gamazo Hohenlohe y tiene cuatro hijos.

AGUIRRE Y ORTIZ DE ZÁRATE, JESÚS
Actual duque de Alba tras su boda con Cayetana Fitz James-Stuart, el antiguo sacerdote, licenciado en Filosofía y Teología, miembro de varias academias, ex director general de Música y amigo de una gran parte del *staff* dirigente del PSOE, posee un peculiar sentido del humor, así como un sorprendente vestuario.

ALCOCER TORRA, ALBERTO
Presidente de Inmobiliaria Sotogrande tras abandonar, poco a poco, sus anteriores cargos en el grupo Construcciones y Contratas, que había dirigido con su primo hasta los respectivos escándalos amorosos. Con un estilo campechano y a veces brusco, logró montar un imperio económico. Casado con Esther Koplowitz, tiene tres hijas.

ALVAREZ ALONSO, ALVARO
Presidente de Ibermer y antiguo responsable de la firma Merry Lynch en España, es socio de Enrique Sarasola y fue la persona que materializó la sociedad Cartera Central. Muy conectado con el mundo de las finanzas, es amigo personal de Matías Cortés y Alberto Cortina, al que algunas veces sirvió de «tapadera» en su relación con Marta Chávarri.

ALVAREZ RENDUELES, JOSÉ RAMÓN
Presidente del Banco Zaragozano y consejero de varias empresas del grupo Construcciones y Contratas, fue gobernador del Banco de España con Mariano Rubio de auténtico factótum. Doctor en Ciencias Económicas y licenciado en Derecho ha cumplido en junio cincuenta años y lleva más de veinte en altos puestos de la Administración. Casado con María Eugenia Villar Helguera, tiene cinco hijos.

AMUSÁTEGUI DE LA CIERVA, JOSÉ MARÍA
Copresidente del Banco Hispano y fiel colaborador y mano derecha de Claudio Boada desde los años sesenta, estuvo en el INI, el INH y el Banco Madrid. Padrino de la segunda boda de Miguel Boyer y uno de sus grandes amigos, estuvo casado con María Luz Amusátegui Sandino y tiene cinco hijos.

ARGÜELLES SALAVERRÍA, JACOBO
Presidente del Banco de Alcalá y ex consejero delegado de Banesto, del que fue despedido por Mario Conde tras participar en la conjura para derribarlo como presidente. Amigo y socio de José María López de Letona, está casado con Regina Sangro Gamazo, marquesa de San Severo y prima de Ana Gamazo Hohenhole —la mujer de Juan Abelló—, pese a lo cual las dos familias han estado siempre enfrentadas.

ARMERO, JOSÉ MARIO
Abogado y socio de uno de los más importantes bufetes de Madrid junto a Fernando Escardó y Jesús Magdalena. Es presidente de la agencia de noticias Europa Press. Desde los años sesenta ha representado los intereses de grandes firmas multinacionales en España. De talante negociador y amable, es un entusiasta de los medios de comunicación. Buen árbitro, hizo de intermediario entre Suárez y Carrillo y ayudó a Joaquín Garrigues en su carrera política.

Asúa Alvarez, Fernando de

Presidente de IBM España y consejero de varias sociedades, es un habitual de las listas del mundo financiero. Amigo y compañero en la práctica del golf de Mariano Rubio, es un forofo del Real Madrid, a cuya junta directiva pertenece y en la que apoya sin restricciones a Ramón Mendoza.

Azcárate González, Isabel

Hija del senador Justino Azcárate y prima de los hermanos Entrecanales, la ex esposa del gobernador del Banco de España, Mariano Rubio, es una de las personas más influyentes dentro del grupo editorial que preside Juan Tomás de Salas. Mantiene una relación discontinua con el empresario Javier los Arcos y es una apasionada del arte, sobre todo de la pintura.

Boada Vilallonga, Claudio

Presidente del Banco Hispano Americano, es uno de los hombres con más experiencia en altos cargos de la vida económica española. Fue presidente del Banco Madrid, del Banco Catalán de Desarrollo, de Ford España, del INI y del INH. Ingeniero industrial de profesión, está casado con Eulalia Pallarés y tiene cinco hijos.

Borrell Fontelles, José
Secretario de Estado de Hacienda. Son públicas sus aspiraciones de llegar a ser ministro en un gobierno socialista. Economista y miembro del PSOE, se alinea en el llamado «clan de Majadahonda», como su cuñado el ex ministro Luis Carlos Croissier. Casado y con dos hijos, simboliza para muchos el afán recaudatorio del Estado.

Botín Sanz de Sautuola, Emilio
Presidente del Banco de Santander, fue el primero en lanzar la «supercuenta» rompiendo la armonía dentro de la gran banca. Fiel discípulo de su padre es, junto a su hermano Jaime, una de las primeras fortunas de España. Está casado con Paloma O'Shea Artiñano y tiene seis hijos, de los cuales dos se han incorporado ya al consejo del Banco. Una de sus hijas, Carmen, está casada con el jugador de golf Severiano Ballesteros.

Botín Sanz de Sautuola, Jaime
Presidente de Bankinter y consejero del Santander, participa junto a su hermano de toda la estrategia bancaria y financiera del grupo. Casado con Belén Naveda Agüero, está separado y vive con Adela Bermúdez, separada a su vez del abogado y *broker* Juan Madariaga.

Boyer Salvador, Miguel
Economista y físico, presidente de Cartera Central y de Grucycsa, hombre fuerte del grupo Construcciones y Contratas tras la crisis, ha sido ministro de Economía, Hacienda y Comercio y presidente del Banco Exterior. Inspirador de la actual política económica desde que el PSOE llegó al poder, está casado con Isabel Preysler, con quien tiene una hija. Anteriormente lo estuvo con Elena Arnedo.

Bustelo y García del Real, Carlos
Responsable del Banco de Inversiones —el antiguo Banco de Huesca—, fue ministro de Industria, presidente del INI y de ACESA durante los gobiernos de UCD. Representó los intereses de los Albertos en el Banco Español de Crédito junto a su socio José Luis del Valle. Casado con Teresa Tortella, perteneció al PCE en los años sesenta.

Calvo Sotelo y Bustelo, Leopoldo
Ingeniero de Caminos, fue presidente del Gobierno tras la dimisión de Adolfo Suárez y hasta la llegada de los socialistas al poder. Metió a España en la OTAN. Tiene un fino sentido del humor y una gran ironía, como ha puesto de relieve en su libro de memorias. Está casado con Pilar Ibáñez-Martín Mellado y tiene ocho hijos.

CARVAJAL Y URQUIJO, JAIME, MARQUÉS DE ISASI
Presidente de Ford España y ex presidente del Banco Urquijo, se licenció en Ciencias Económicas en la Universidad de Cambridge y en Derecho en la de Madrid. Amigo personal del Rey, con el que estudió, está casado con Isabel de Hoyos y Martínez de Irujo, y tiene cinco hijos.

CONCHA Y LÓPEZ ISLA, MANUEL DE LA
Socio y fundador junto a Jaime Soto de Ibercorp, fue síndico de la Bolsa de Madrid y es uno de los hombres que más dinero ha ganado en los últimos cinco años. Economista y abogado, se ha separado de su mujer, Paloma Giménez Altolaguirre, y vive con Isabel Salama, una de cuyas hijas está casada con el escritor Fernando Sánchez Dragó.

CONDE CONDE, MARIO
Presidente de Banesto, abogado del Estado, se inició en el mundo de las finanzas de la mano de su jefe, socio y amigo Juan Abelló, con el que rompió tras llegar a la presidencia del banco. Ganó la batalla de la OPA del Bilbao y ha conseguido una momentánea paz con sus viejos rivales de la *beautiful people*. Ambicioso y frío, está casado con Lourdes Arroyo y tiene dos hijos.

CORTÉS DOMÍNGUEZ, MATÍAS
Abogado y catedrático de Derecho Financiero en la Universidad Autónoma de Madrid, ha estado en el centro de los principales asuntos financieros de los últimos años. Hombre de confianza de Mario Conde, tuvo entre sus clientes a José María Ruiz Mateos e Ignacio Coca, así como a Javier de la Rosa e Isabel Preysler. Heterodoxo en sus hábitos y su estilo de ejercer la abogacía, está casado con María del Carmen Rivas Gómez.

CORTINA DE ALCOCER, ALBERTO
Hijo del que fuera ministro de Exteriores —Pedro Cortina Mauri—, actual vicepresidente de Macosa, consiguió junto a su primo Alberto Alcocer levantar el imperio de Construcciones y Contratas. Su escándalo amoroso con Marta Chávarri terminó por romper su matrimonio con Alicia Koplowitz y le llevó a abandonar la empresa. Tiene tres hijos.

CROISSIER BATISTA, LUIS CARLOS
Presidente de la Comisión Nacional del Mercado de Valores y ex ministro de Industria, es el auténtico *controller* de las bolsas españolas. Su mujer, Hélène Mayeur Danel, es hermana de la esposa de José Borrell. Tiene dos hijos y un gran deseo de volver a la actividad política, en la que chocó de forma especial con el «clan de los catalanes» del PSOE.

Durán Campos, Miguel
Director general de la ONCE, con tan sólo treinta y tres años se ha convertido en una de las personas que más recursos financieros mueve en este país, en unión con el presidente de la organización, José María Arroyo. Licenciado en Derecho por Barcelona, casado y con un hijo, ha convertido la ONCE en un auténtico poder económico.

Entrecanales y Azcárate, Juan
Propietario, junto a su hermano José María, de la constructora que lleva su apellido, es uno de los más fieles miembros del clan de la *beautiful people.* Su último éxito empresarial ha sido convertirse en el principal accionista de la empresa Cubiertas y MZOV, tras la fallida OPA de Rafael del Pino. Los dos amigos y rivales han salido ganando. Primo de Isabel Azcárate, mantiene, desde siempre, unas estupendas relaciones con el gobernador del Banco de España, Mariano Rubio.

García Díez, Juan Antonio
Presidente de Uralita y puntal básico en el grupo industrial de los hermanos March, fue vicepresidente económico del Gobierno en el último gabinete de UCD. Licenciado en Derecho y Ciencias Económicas, es socio de una de las primeras sociedades de inversión españolas, junto a Enrique de Benito y Juan Mojardín. Está casado con Ana Peñalosa Izuzquiza y tiene dos hijas.

GARRIGUES WALKER, ANTONIO
Hijo del que fuera embajador en Washington y hermano del ex ministro de Obras Públicas, Joaquín Garrigues, dirige actualmente el importante bufete familiar, uno de los primeros despachos de abogados de este país. Fracasó en sus dos tentativas políticas, la última junto a Miguel Roca en 1986. Está casado con Fran Miranda Barcón y tiene tres hijos.

GONZÁLEZ MÁRQUEZ, FELIPE
Presidente del Gobierno y secretario general del PSOE desde hace quince años, ha sido el transformador del partido desde una óptica marxista a su actual y difusa ideología a medio camino entre la socialdemocracia y el liberalismo. Dotado de un indudable carisma, está casado con Carmen Romero —actual diputada del PSOE por la provincia de Cádiz— y tiene tres hijos.

GUASCH MOLINA, MANUEL
Presidente de Fasa-Renault y de la empresa azucarera Ebro, es uno de los ejecutivos de confianza de KIO en España. Amigo desde la niñez de Javier de la Rosa, pasa por ser uno de los hombres con mejores relaciones dentro de la Administración y el mundo de las altas finanzas. Está casado con Margarita Vega Penichet, la madrina en la boda de Isabel Preysler y Miguel Boyer.

Guerra González, Alfonso
Vicepresidente del Gobierno y vicesecretario general del PSOE, es la otra cara del poder. Inseparable de Felipe González, controla la organización del partido y se muestra inflexible con sus adversarios. Licenciado en Filosofía y Letras y perito industrial, despierta tanta admiración como odio. Casado con Carmen Reina, mantuvo y mantiene una relación sentimental con María Jesús Llorente. Tiene dos hijos. Las últimas elecciones en Andalucía le han servido para reafirmar su poder en el PSOE y en el Gobierno tras el escándalo de sus hermanos Juan y Antonio. En el mes de julio de 1990 volvió a reproducir con Carlos Solchaga el enfrentamiento que tuvo en 1985 con Miguel Boyer.

Hachuel Moreno, Jacques
Este hombre, nacido en Tánger, de nacionalidad argentina y con residencia en España, es uno de los financieros judíos más importantes del mundo. Su asociación con Mario Conde cambió el equilibrio de fuerzas en la guerra que el presidente de Banesto libraba contra el Gobierno y el Banco de España. Cosmopolita, propietario de una de las mejores colecciones de arte que existen y pianista consumado, es frío en los negocios y duro como el pedernal. Se ha casado tres veces. Famoso por sus fiestas, por las que ha desfilado todo el *ghotta* financiero español. Ultimamente gusta de que sus amigos y colaboradores le llamen Jacobo y no Jacques, para «españolizar» aún más sus actividades. Nombrado académico de Bellas Artes, ha satisfecho una de sus más secretas ambiciones.

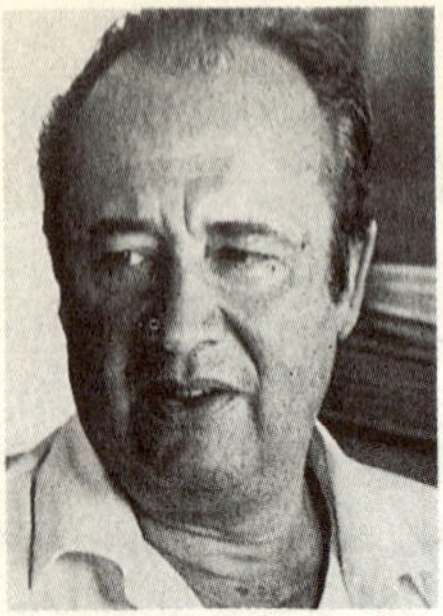

HERMOSILLA CÍVICO, RAMÓN

Abogado, tiene un bufete importante y fama de duro en los pleitos en los que participa. Ayudó a Garnica y Conde a defenderse de la OPA del Banco de Bilbao y, más tarde, fue contratado por los Albertos y José Serratosa para que les ayudara en su lucha contra el presidente de Banesto. También asesoró a Javier de la Rosa en su asalto a la azucarera Ebro. Polémico y conocido por su intervención en el juicio del 23F, defendiendo al general Alfonso Armada, sintió tentaciones de dedicarse a la política, que fueron pasajeras y desaparecieron como consecuencia de los sucesivos triunfos del PSOE. La defensa que hizo de los intereses de la hermana de Carlos y Fernando Falcó, en contra de la Junta de Extremadura, agriaron aún más sus tensas relaciones con el poder.

KOPLOWITZ Y ROMERO DE JUSEU, ALICIA

Marquesa del Real Socorro, salta a las páginas de la actualidad y la responsabilidad empresarial al separarse de su marido, Alberto Cortina. Es una de las mujeres más ricas de España junto a su hermana Esther. Tuvo en el ex presidente de El Corte Inglés a su padrino y protector desde que quedó huérfana. Hoy es presidente de Construcciones y Contratas. De belleza explosiva y agresiva, no ha dudado en fotografiarse públicamente con un nuevo hombre, como si quisiera demostrar a todo el mundo que sigue siendo un «claro objeto de deseo». Defendió primero a Romualdo García Ambrosio frente a los Albertos, para terminar refugiándose en el antiguo equipo de Construcciones y Contratas.

Koplowitz y Romero de Juseu, Esther

Marquesa de Casa Peñalver y de Cárdenas de Montehermoso, se ha separado de Alberto Alcocer apenas unos meses más tarde que su hermana. Vicepresidente de Construcciones y Contratas, resolvió todo el tema judicial a través de la letrada Concha Sierra, mientras firmaban la paz con Alfonso Escámez en el Banco Central a través de Miguel Boyer. Su primo, Carlos Koplowitz, es el hombre de máxima confianza de las dos hermanas. Más reservada que su hermana Alicia y de una belleza menos explosiva, prefiere mantenerse alejada de la actividad empresarial, sin que se le conozcan nuevas relaciones amorosas tras su separación.

López de Letona y Núñez del Pino, José María

Consejero del Banco de Alcalá y ex vicepresidente y consejero delegado de Banesto, el que fuera ministro de Industria y gobernador del Banco de España es uno de los amigos personales de Rafael del Pino y Claudio Boada. Ingeniero de Caminos, está casado con María Teresa Olarra Jiménez, prima de Mariano Rubio. Hombre frío y distante, incluso hosco en ocasiones, con fama de eficaz y buen gestor, no aguantó la tensión en el Banco Español de Crédito y «tiró la toalla» cuando más cerca tenía el gran triunfo, proporcionándole a Mario Conde la ocasión de su vida. Sus relaciones con las viejas familias del banco fueron siempre malas, salvo con los Argüelles, de los que actualmente es socio.

Lladó y Fernández Urrutia, José
Presidente de la empresa familiar Técnicas Reunidas, fue embajador en Estados Unidos, ministro de Transportes y Comunicaciones y ministro de Comercio. Es uno de los cinco independientes del consejo del Bilbao Vizcaya. Casado con Pilar Arburúa, es cuñado de Marcelino Oreja. Su hermano Juan ayudó al Gobierno en todo el tema de Rumasa en el exterior; su hermano Ramón es uno de los pilares del bufete Garrigues; y su otro hermano, Jesús, permanece en el Banco Urquijo, del que su padre fue consejero delegado. Lladó es uno de los apellidos clásicos en el mundo de la banca y las finanzas, si bien han sido desplazados por los jóvenes «tiburones» que irrumpieron en el sector a partir de 1975.

Marañón y Bertrán de Lis, Gregorio
Abogado, es presidente de Productos Roche, ex consejero del Banco Urquijo y presidente de la Fundación Toledo. Hijo del marqués de Marañón y de la condesa de Retamosa, estuvo casado con María Medina y Muro y actualmente lo está con Cristina Weissenberg. Tiene tres hijos. Fino conspirador de salón, fundó la sociedad Saturno con sus amigos Oscar Alzaga y Matías Cortés. Se mueve perfectamente en la sombra y no le gusta aparecer como protagonista de los acontecimientos. Disfruta organizando y creando estrategias para las más diversas operaciones, desde la política a la economía o la simple vida social. El Presidente siempre le ha valido como un estupendo escudo tras el que parapetarse.

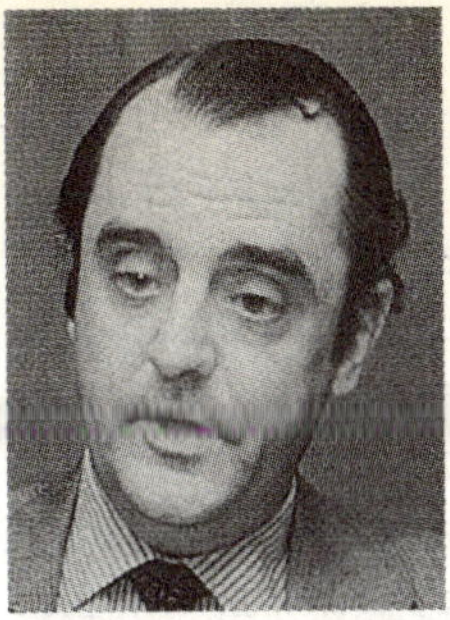

MARCH DELGADO, CARLOS
Presidente de la Banca March y del grupo de empresas controladas desde la Corporación Alba. Heredero junto a su hermano Juan de uno de los grandes imperios económicos de este país, sólo en los últimos tiempos han decidido salir a la luz y participar en las guerras económicas que han enfrentado y enfrentan a los distintos grupos, casi siempre del lado del poder.

MATEOS APARICIO, PETRA
Presidenta de Afisa —la inmobiliaria que García Cereceda ha vendido a un grupo de empresas suecas—, fue durante muchos años la mujer de confianza de Miguel Boyer, primero en el Ministerio de Economía y Hacienda y luego en el Banco Exterior. Se fue a trabajar al grupo del judío nacionalizado español Marc Rich, donde estuvo pocos meses. Con un gran sentido del humor y unas inmejorables relaciones públicas, es muy amiga, también, del socialista Joaquín Leguina.

MOYA FRANCÉS, ENRIQUE
Presidente de Prosegur, lo fue también del INI y posteriormente de Intelhorce y de la Editorial Argos Vergara. Amigo personal de Miguel Boyer y otros destacados miembros de la *beautiful people,* a los que ha ayudado a montar sus propias empresas de seguridad, está casado con María del Carmen Suárez Gutiérrez y tiene tres hijos.

Oliart Saussol, Alberto

El que fuera ministro de Defensa, de Industria y de Sanidad y Seguridad Social, vive en estos momentos dedicado a su pequeño e influyente despacho y a sus fincas. Abogado del Estado, ha sido uno de los asesores de las hermanas Koplowitz en todo el tema del reparto patrimonial con sus maridos. Está casado con Carmen Delgado-Torres y tiene seis hijos.

Pino Moreno, Rafael del

Presidente de Ferrovial, una de las más importantes constructoras del país, lanzó una OPA hostil contra Cubiertas y MZOV, a la que le contestó su amigo Juan Entrecanales, también presente en el consejo de esa empresa, y que ha supuesto para ambos un gran negocio. Amigo personal y socio de Claudio Boada y Leopoldo Calvo Sotelo, ocupa un puesto en el consejo del Banco Hispano.

Rojo, Luis Angel

Subgobernador del Banco de España y cerebro de gran parte de la estrategia económica de los últimos gobiernos, tanto de UCD como del PSOE. Es un auténtico gurú, respetado por la gran mayoría de los banqueros y empresarios. Discreto en sus apariciones públicas, prefiere el estudio a las fiestas sociales.

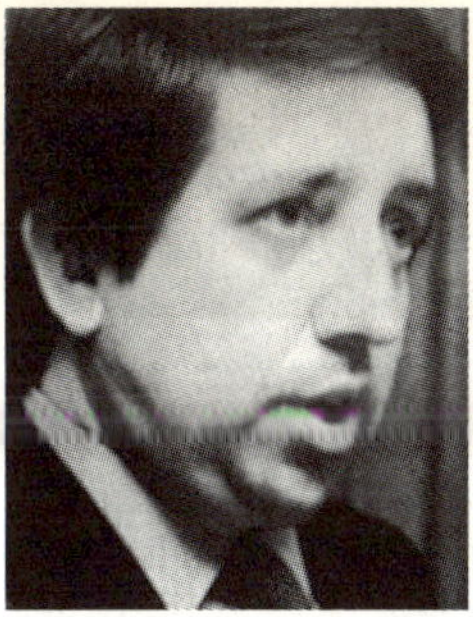

ROSA MARTÍ, FRANCISCO JAVIER DE LA

Empresario y financiero, es el hombre de KIO en España, el artífice del crecimiento del grupo árabe en nuestro país, del cual no es sólo representante, sino socio. Odiado por muchos, tuvo durante años la espada del escándalo Garriga-Nogués sobre su cabeza. Amante de la conspiración y la intriga, le gusta estar en medio de todos los conflictos y todas las batallas. Bien visto por importantes miembros del Opus Dei, está empeñado en crear un poderoso grupo industrial en torno a la empresa Torras. Ha obtenido «permiso» del Gobierno para entrar en el capital de la cadena de televisión Tele 5, junto a Silvio Berlusconi y Miguel Durán.

RUBIO JIMÉNEZ, MARIANO

Gobernador del Banco de España desde 1984 y con un nuevo mandato hasta 1992, ha sido la auténtica mano de hierro de toda la crisis bancaria. Temido y respetado, mantiene posiciones críticas sobre algunos aspectos de la política gubernamental y no duda en expresar sus opiniones. Para muchos es el gran cerebro de la *beautiful people*. Separado de Isabel Azcárate, está actualmente casado con la escritora Carmen Posadas. Amigo de sus amigos, estuvo siempre al lado de Miguel Boyer, al que acompañó a La Moncloa en varias ocasiones, sobre todo ante los ataques del sector guerrista del PSOE, tras la salida del Gobierno del que fuera su primer «superministro» de Economía, Hacienda y Comercio.

Ruiz Mateos y Jiménez de Tejada, José María

El ex presidente del *holding* Rumasa, profesor mercantil y marqués de Olivara, es uno de los enemigos mortales de toda la *beautiful people.* Desde la expropiación ha colocado a Miguel Boyer en el centro de sus ataques. No ha podido probar sus denuncias contra Luis Valls y Matías Cortés, y su juicio está pendiente tras haberlo eludido al lograr un escaño en el Parlamento Europeo. Poco a poco ha reconstruido parte de su antiguo imperio, algunas de cuyas ramificaciones en el exterior nunca han sido descubiertas. A principios del verano del 90 ha visto cómo los tribunales comenzaban a devolverle algunas de las empresas expropiadas, por no haberse cumplido los requisitos sociales del decreto gubernamental. Estuvo a punto de morir por una enfermedad intestinal y ha confesado varias veces su miedo a ser asesinado.

Santos Andrés, Eduardo

Presidente de Macosa, Aldthom Ibérica y Unión Naval de Levante, fue subsecretario de Industria hasta su paso a la empresa privada, dentro de las órbitas de los bancos Central y Santander. Muy bien relacionado con la Administración socialista, está casado con Mercedes Puelles y tiene dos hijas. Los últimos escándalos financieros le han enfrentado a los Albertos, por el tema de MACOSA, la empresa en la que se generó una plusvalía de 1.500 millones de pesetas para sus ejecutivos, en una negociación con el Banco Central que los nuevos dueños se muestran poco propicios a aceptar.

Solana Madariaga, Javier
Ministro de Educación, antes lo fue de Cultura y portavoz del Gobierno. Doctor en Ciencias Físicas, es uno de los aspirantes a suceder a Felipe González en el liderazgo del PSOE. Está casado con Concha Giménez Díaz-Oyuelos. Su hermano Luis, que fue presidente de Telefónica y director general de RTVE, ha protagonizado actuaciones polémicas, lo mismo que su esposa Cuca Solana, que aceptó el título de Lady España y provocó uno de los más duros ataques de Alfonso Guerra.

Solchaga Catalán, Carlos
Ministro de Economía, Hacienda y Comercio, es el hombre fuerte en los últimos gabinetes socialistas tras la salida de Miguel Boyer en 1985. Estuvo en el Servicio de Estudios del Banco de España y en el INI antes de encargarse de ello en el Banco Vizcaya, contratado por Pedro Toledo. Casado con Gloria Barba, tiene dos hijos.

Soto López-Dóriga, Jaime
Fundador y socio, junto a Manuel de la Concha, de Ibercorp. Fue consejero delegado del Banco Hispano y del Banco Urquijo. De gustos exquisitos y con una gran red de relaciones internacionales, es un apasionado de la caza, el arte y los coches deportivos. Separado, se volvió a casar con Marina Fernández de Córdoba, hija de su amigo el duque de Arión y sobrina de los marqueses de Cubas y Griñón.

Capítulo I

EL HERMOSO CAMALEON

DOS PALABRAS MAGICAS: *BEAUTIFUL PEOPLE*

Los gatillos de los fusiles del pelotón de ejecución se quedaron mudos ante los nueve condenados a muerte por el tribunal militar. El 30 de diciembre de 1970, Francisco Franco Bahamonde, jefe del Estado, generalísimo de los ejércitos, caudillo por la gracia de Dios y dictador de las Españas indultaba a los nueve vascos que, cuarenta y ocho horas antes, habían escuchado cómo la pena capital caía sobre sus cabezas.

El célebre Proceso de Burgos se cerraba para los dieciséis militantes de ETA, sus familias y sus abogados. Fue el regalo que Franco hizo a la paz ante las presiones nacionales e internacionales que se hicieron sentir sobre El Pardo, mientras el país permanecía bajo un estado de excepción al haberse suspendido el artículo 18 del Fuero de los Españoles.

En el Carnegie Hall de Londres —uno de los santuarios de la música pop—, la cantante Melanie Safka deja que en ese silencio cargado de murmullos que se produce al término de cada canción se eleve una voz sobre la muchedumbre y grite dos palabras: *Beautiful people.* Con su larga melena rubia brillando bajo los focos, no puede reprimir un gesto de satisfacción. Esas dos palabras son para ella, y para la mayor parte de la gente que asiste a su concierto, un himno a la solidaridad humana, a la hermandad que proclaman millones de jóvenes que se han puesto a peregrinar por todo el mundo pidiendo el fin de las guerras y de la ambición, cargados sólo con la esperanza como todo equipaje, ligeros en el camino y arrinconando al obsceno pájaro de la noche que ha levantado su primer vuelo de la mano del novelista José Donoso.

Hay canciones que se transforman en banderas de una generación, palabras que tienen más fuerza que los temibles bombarderos B-52 que siembran de *napalm* los campos de Vietnam, sonidos de guitarra que sirven para el desfile de los sueños y las utopías desde los campos universitarios de Berkeley a las calles del Quartier Latin de París. El gran sueño aún existe en 1970 para toda la hermosa gente.

Melanie Safka sólo tiene el apoyo de su guitarra y de su voz, ronca cuando la suavidad se quiebra, profunda cuando repite una y otra vez el estribillo de su canción: *beautiful people.* Muchos ven en ella a la sucesora de Janis Joplin, que ha muerto hace unos meses mientras el desenfrenado caballo de los alucinógenos galopa por sus venas en una carrera suicida con otro de los grandes ídolos de la juventud que soñaba con cambiar el mundo: Jimmy Hendrix.

Allí, pequeña y menuda sobre el escenario, las primeras notas se elevan entre los aplausos:

> *Beautiful people, you live in the same world as I do, but somehow*
> *I never noticed you, before today, I'm ashamed to say: Beautiful people, please, share the same backdoor, it isn't right we never met before today...* («Hermosa gente, vosotros vivís en mi mismo mundo y me da vergüenza admitir que hasta ahora no me había fijado en vosotros. Hermosa gente, por favor, compartamos la misma puerta trasera.)
>
> »No es justo que no nos hayamos conocido hasta el día de hoy, y puede que nunca nos volvamos a ver.

Si no temiese que os fuerais a reír de mí, os cogería a todos de las manos y os uniría por un día. Y cuando estuviésemos unidos repartiría insignias que pusiesen: "Hermosa gente, nunca tenéis que estar solos porque siempre habrá alguien que lleve puesta la misma insignia, en todo lo que vayáis a hacer."

»Hermosa gente, usáis el mismo metro que yo todas las mañanas. Y eso ya quiere decir algo. Os voy a decir una cosa: voy en vuestra misma dirección, así que, si cuidáis de mí, es muy posible que yo cuide de vosotros.

»Hermosa gente, parecéis amigos míos y ya es hora de que alguien lo diga aquí y ahora. Prometo que algún día, de alguna manera, os reuniré a todos, invitaré a vuestros conocidos y repartiré insignias para demostrar que la hermosa gente nunca tiene que estar sola, porque siempre habrá alguien que lleve la misma insignia, en todo lo que vaya a hacer. Puede que quien esté sentado a tu lado sea hermosa gente también. Si tú cuidas de él, posiblemente él cuidará de ti. Porque toda la hermosa gente lo hace y todos sois hermosa gente, también.»

En España, la hermosa gente, la *beautiful people,* está en la oposición y lucha contra la dictadura desde la cárcel, el exilio, o desde puestos técnicos dentro de la propia Administración, ya sea el Ministerio de Hacienda, el Banco de España o el Instituto Nacional de Industria. Todavía las palabras significan lo que dicen, expresan exactamente la idea que encierran, no se han pervertido con el uso del tiempo y mucho menos con su utilización como arma política, como clasificación de un grupo social, político y económico al que se ataca con la despectiva traducción de «gente guapa».

La *beautiful people* no es nada más que una expresión de amistad, de compañerismo, de apoyo al que camina junto a nosotros; es incluso una forma, entre cínica, divertida y elegante, de separarse de la fealdad de la dictadura y los hombres que la sostienen, de sentirse joven ante un Régimen que ya está muy viejo en la Europa del desarrollo.

Deben pasar diez años para que el periodista Pedro Rodríguez la atrape en uno de sus artículos y la convierta en el sello, la clave para llamar a un grupo de profesionales de la economía y el derecho que ocupa poco a poco posiciones de control en el Gobierno, en la Administración y en la sociedad española. A lo largo de ese tiempo, la primera *beautiful people* coincide casi milimétricamente con las personas que se reúnen en la finca La Dehesilla los fines de semana y que trabajan juntas en el Banco de España, el INI o el Ministerio de Comercio. Todos dominan el inglés y el francés, han estudiado en el Colegio del Pilar o el Liceo Francés, sienten pasión por la economía y, la mayoría, profesan la fe marxista, si bien la compensan con unas profundas convicciones liberales en lo que a las libertades de opinión y expresión se refiere.

Son lectores empedernidos, sobre todo de estudios y análisis de la historia de nuestro país, en la que descubren que todos sus problemas políticos, con pronunciamientos militares incluidos, han nacido siempre de un mal desarrollo económico debido a la deficiente infraestructura industrial y al control financiero que han ejercido una serie de familias, más dedicadas al prestamismo y casi a la usura que a ejercer de banqueros.

La Guerra Civil ha dejado profundas huellas en sus familias, ya estuviesen a uno u otro lado de las trincheras. Una gran parte ha conocido el exilio, como Miguel Boyer, que nace el 5 de febrero de 1939 en San Juan de Luz, el mismo día que se refugian en Francia Manuel Azaña y Juan Negrín tras la reunión que las Cortes republicanas han efectuado en el Castillo de Figueras, el mismo en el que cincuenta años después permanece encarcelado el teniente coronel Tejero tras su intento de golpe de Estado. Otros, como Francisco Bustelo, Juan Manuel Kindelán o José Luis Leal, se exilian durante una breve temporada, huyendo de las detenciones que la policía política efectúa en el movimiento estudiantil a finales de los años cincuenta y comienzos de los sesenta.

EL FELIPE CONTRA LA DICTADURA

Es en esos años cuando nace el Frente de Liberación Popular —conocido como el FELIPE—, cuya cabeza es el diplomático Julio Cerón, que con las primeras detenciones regresa a España llamado por su ministro Fernando María Castiella. Cerón se convierte con los años en un intelectual ácrata y heterodoxo al que le gusta dirigirse a la minoría de sus antiguos compañeros con máximas escritas en un lenguaje críptico y enrevesado desde las páginas del diario *ABC*.

Casi todos los *beautifuls* militan en el FELIPE y algunos sufren duras condenas a cargo del Juzgado Militar Especial que preside el tristemente célebre coronel Eymar: el 2 de diciembre de 1959 Cerón es condenado a ocho años, Raimundo Ortega a cuatro y Juan Gerona y Luciano Rincón a tres.

En el FELIPE están José Pedro Pérez Llorca y José Luis Leal, que serán en los primeros años de la transición democrática ministros con Adolfo Suárez y Leopoldo Calvo Sotelo; hoy, el primero de ellos mantiene un bufete en Madrid junto a Jaime García Añoveros y el segundo es el actual presidente de la Asociación Española de Banca, puesto en el que ha sucedido al miembro del Opus Dei, Rafael Termes. Están también César Ramírez, actual director de la Casa de la Moneda, y Juan Tomás de Salas, presidente del Grupo 16, que edita entre otras publicaciones *Cambio 16* y *Diario 16*. Y está Nicolás Sartorius, el líder del PCE y de Izquierda Unida que, en sus primeros años de Universidad, como hijo del conde de San Luis, militó en las Juventudes Monárquicas Españolas, una pequeña organización que defendía la figura de don Juan de Borbón y que comandaba el hoy director de *ABC* Luis María Ansón.

Si repasamos las promociones universitarias descubrimos que la que comienza la carrera de Derecho en 1950 cuenta entre sus componentes con significativos miembros de la política y la economía de nuestro tiempo: Enrique Múgica, Ramón Tamames, Clemente Auger, Carlos Zayas y Luis

Angel Rojo, el hombre que quería ser diplomático pero que, al descubrir la economía, hará de ella su pasión y casi su razón de vivir hasta convertirse en el auténtico «gurú» de varios presidentes del Gobierno y en el gran experto de la *beautiful people* desde sus distintos puestos en el Banco de España.

De la antigua Agrupación Socialista Universitaria nace una parte de las Juventudes Socialistas, gracias al impulso y dedicación de Miguel Boyer, Luis Gómez Llorente, Roberto Dorado, Miguel Angel Martínez, José María Menéndez, Julio Feo, Rodrigo Uría y Javier Solana. El certificado de nacimiento podemos situarlo en septiembre de 1960 durante una reunión en la casa de Boyer. De aquel magma saldrían luego corrientes muy distintas dentro del PSOE, hoy ferozmente enfrentadas, como son los guerristas, los *beautiful people* e Izquierda Socialista.

La policía les detiene el domingo 4 de febrero de 1962 y van a parar a la cárcel de Carabanchel Luis Gómez Llorente, Miguel Angel Martínez, Carlos Zayas, Miguel Boyer y el periodista César Alonso de los Ríos; otro de los integrantes de aquel grupo de amigos, Juan Tomás de Salas, consiguió eludir a la Brigada Política Social —con ayuda de Romualdo Alvarez de Toledo, que le escondió en su casa— y exiliarse en Colombia.

Luis Solana y César Cimadevilla también fueron detenidos y condenados a tres años de prisión junto a Emilio Sanz Hurtado. Todos eran de «buena familia» y compartieron celdas y galería en Carabanchel junto a varios de los líderes del movimiento obrero como Marcelino Camacho, Simón Sánchez Montero o el poeta Marcos Ana.

LA CONQUISTA DEL PODER

Esa es la generación que toma el poder con la llegada de la democracia, primero dentro de los gobiernos centristas de Suárez y más tarde con los gabinetes socialistas de Felipe González. Tienen mucho de los antiguos tecnócratas del Opus Dei de Laureano López Rodó, y creen en la élite —no en las masas— para realizar los cambios que necesita España. Son evolucionistas, no revolucionarios, aunque algunos padecen la enfermedad infantil del comunismo, como es el caso de Carlos Bustelo.

Menos Fernando Escardó y José Mario Armero, todos los demás son profundamente republicanos, epicúreos y racionalistas. Son hijos de su siglo y como éste pasan por sus años oscuros, que en el caso de la *beautiful people* es toda la década de los sesenta. Su gran transformación se produce cuando llegan al poder, cuando comienzan a tener poder y a saborearlo. Nace, entonces, la segunda *beautiful,* la que está compuesta por los antiguos compañeros de La Dehesilla y los nuevos amigos que han llegado desde la periferia a conquistar Madrid. Hasta 1975, la dictadura ha unido intereses y concepciones del mundo muy distintas; con la muerte de Franco, cada una de las líneas de acción escoge un camino distinto.

La hermosa gente se transforma en el hermoso camaleón, capaz como el pequeño saurio de cuerpo comprimido, cola prensil y lengua contractil de cambiar de color según las circunstancias que le rodeen. Este animal, cuyo nombre proviene del griego *chamailéoon* (*chamai*: sobre la tierra; *léoon*: león), es el mejor símbolo, el mejor escudo de armas que puede tener la actual *beautiful,* con sus distintas especies y tamaños. ¿Cuántos conocemos que son capaces de lanzar velozmente su lengua ávida en pos del mejor botín financiero? ¿En cuántos observamos sus ojos redondos en permanente movimiento para que no se les escape ninguna circunstancia del mundo que les rodea?

Han conseguido con Felipe González lo que consiguieron los cristianos con Constantino: que su doctrina sea declarada oficial; incluso los antiguos paganos de la aristocracia, el dinero, la iglesia y la milicia han abrazado los nuevos dogmas con pasión. Es más, los herejes son los que aún defienden las viejas ideas tantas veces discutidas en La Dehesilla.

Es la tercera *beautiful*, la del esplendor y la del triunfo, la que ya se cree inmortal, pues se ha convertido en el poder mismo, sin líneas divisorias. Han pactado con los enemigos y su único peligro está en las guerras internas entre sus miembros, convertidos en adversarios por el control de una empresa más, por un puesto más en el consejo de un banco.

El núcleo fundacional —el clan de La Dehesilla— ha traspasado la barrera de los cincuenta años y disfruta de los placeres más terrenales. La mayoría ha iniciado una segunda o una tercera experiencia amorosa, vive en grandes casas, viaja con chófer y guardaespaldas, y sirve de modelo para los más jóvenes tiburones que han llegado al mundo de las finanzas o la política.

De la vieja canción de Melanie se han quedado con el estribillo: «Si cuidáis de mí, es posible que yo cuide de vosotros», que es una vieja máxima del capitalismo protestante y anglosajón. Se han vuelto tolerantes, escépticos, individualistas, dueños de sus soledades como nunca antes lo habían sido; han enterrado la historia al enterrar la ideología y ya no desean, ni sueñan, ni ambicionan cambiar el mundo, tan sólo administrarlo.

La insignia que lucen en la solapa es la del hermoso camaleón y son muchos los que suspiran por colocársela. Es como la credencial para entrar en el gran mundo, en el secreto templo de las altas finanzas, en el círculo mágico que da paso a un nuevo universo en el que cualquier pecado original, salvo el del mal gusto, está perdonado.

¿Existe en 1990 una *beautiful people*? Algunos de sus miembros, como Petra Mateos, se obstinan en decir que no y otros guardan un interesado silencio. Les pasa lo que a las *meigas*, que si no existen, haberlas, hailas. La *beautiful* está ahí, como un gran magma unificador de las políticas económicas de la democracia española, articulada en círculos concéntricos que se han desarrollado como la espiral de un caracol. En el centro profundo, guardián de todas las esencias, está un reducido grupo de personas: los que ya se reunían en 1964 en La Dehesilla; en los márgenes exteriores habitan los hijos clónicos de Wall Street, los herederos de los viejos apellidos metidos a *yuppies* del mercado financiero. Quizá, como cantaba Melanie, «todos seamos hermosa gente o gente guapa, también». La semiótica suele jugar sus bazas, el lenguaje es siempre un arma peligrosamente cargada, que diría Umberto Eco. Algo muy similar a lo que pensaba el ideólogo franquista Muñoz Alonso cuando afirmaba que «detrás de cada palabra hay una serpiente».

La *beautiful people* abandona su estado de crisálida y aparece ante los ojos del mundo como una radiante mariposa de bellos colores en 1982, con la victoria electoral del PSOE, lo que le lleva a uno de sus mortales enemigos políticos, Alfonso Guerra, a decir: «Nosotros hemos ganado las elecciones y la plusvalía se la lleva la *beautiful.*» El particular Torquemada socialista comprendió entonces que no sólo habían ganado la plusvalía, sino el poder; desde ese momento se ha puesto frente a la cada vez más sólida y poderosa muralla para quitarle alguno de sus ladrillos, pero el muro que se cierra sobre él cada vez tiene menos salidas.

Los *beautifuls* son la nueva aristocracia de finales del siglo XX: cultos, refinados, exquisitos y, al mismo tiempo, convencionales, clásicos, conservadores. Junto a las terminales de los ordenadores que desgranan las compras en Wall Street o la bolsa de Tokio han colocado las escrituras de las fincas de caza; al lado de un magnífico Tàpies tienen un esplendoroso Goya, y junto a los dos una pareja de escopetas Holland, el lujo y la precisión en escopetas.

En las reuniones sociales ya no hablan de Popper, ni de Galbraith ni de la expansión del Universo. Se han fundido con la vieja España de siempre, la vieja matrona que alimentó las tardes de gloria de Pepeíllo y Manolete, que se paseó a caballo por el albero de Sevilla para terminar en una noche de manzanilla y mujeres en la avenida de Hércules, que gritó «mátale, mátale» a Fred Galiana y al puma de Baracoa mientras golpeaban a sus rivales en el ring, antes de derrumbarse en una cama de hotel con la primera *vedette* de una revista.

Sólo unos pocos siguen afiliados al club de los corazones solitarios, sabiendo que la soledad es la única compañera que nunca les abandona. Por eso, esos pocos, el núcleo atómico, la esconde como si de una amante prohibida se tratara. Salen a pasear con ella en las grandes noches de luna, por San Juan, como hacían en los antiguos aquelarres. Los senderos del sueño se llenan de sus pisadas, cada vez más rápidas, ya que el día y la luz les llaman a sus despachos, a sus fiestas, a la obligada devoción de hacerse cada día más ricos.

Capítulo II

EL CLAN DE LA DEHESILLA

LOS CONSPIRADORES CONTRA EL «SATRAPA»

A las 19.30 del 21 de octubre de 1989, Felipe de Borbón y Grecia termina su discurso en el teatro Campoamor de Oviedo, recordando las palabras que el premio Nobel, Camilo José Cela, pronunció en ese mismo escenario dos años antes: «Alteza, en España, el que resiste gana.»

Sentados frente a frente, en dos palcos situados tres metros por encima del patio de butacas, Mario Conde y Mariano Rubio reciben esas palabras con un ánimo muy distinto y una expresión en sus rostros radicalmente opuesta. El presidente de Banesto, al que acompañan su mujer, Lourdes Arroyo, y su vicepresidente, Ricardo Gómez-Acebo, no puede impedir que media sonrisa exprese un «¡qué me van a decir a mí!» irónico y victorioso. El ha resistido y ha ganado, por encima de amigos y enemigos, con aliados de siempre y compañeros de última hora; ha vencido a sus colegas de la banca y a medio Gobierno; ha vencido, también, al hombre que se sienta frente a él acompañado de Antonio Garrigues y Rafael del Pino: el poderoso y soberbio gobernador del Banco de España, Mariano Rubio, el estandarte, la bandera de la *beautiful people* desde 1985.

La frase del Príncipe de Asturias le hace recordar a Mariano Rubio otra muy parecida que le ha oído cientos de veces a su amigo Miguel Boyer: «Una regla general de la política es no abandonar nunca una posición, salvo que te echen.» El, Miguel, la abandonó en su momento de mayor gloria, cuando se jugó toda la partida a un órdago; precisamente él, considerado un hombre frío y ambicioso, calculador, que no conocía ni una sola de las señas del mus. El gobernador del Banco de España no permite que su rostro se altere lo más mínimo. Comienza a aplaudir mientras se levanta, pero deja que sus ojos se comuniquen con los de Antonio Garrigues: es una mirada de reconocimiento, de mutua comprensión, una mirada cargada con los recuerdos de veinte años, cuando soñaban y luchaban por acabar con el dictador, Francisco Franco, el «sátrapa», como le llamaban ellos cuando se reunían largos fines de semana en la finca de su suegro, el senador por designación real Justino de Azcárate.

En La Dehesilla nace como grupo la *beautiful people,* cuando algunos de sus miembros ya han conocido la cárcel o el exilio voluntario, y otros comienzan a saborear el dulce éxito de sus negocios o sus despachos profesionales.

Muy cerca del embalse de Rosarito, en la carretera comarcal que une Oropesa con el valle del Tiétar, la casa en la que detuvieron al político republicano el mismo fin de semana del 18 de julio de 1936 se convierte, treinta años después, en un auténtico centro de conspiración más económico que político, ya que la mayoría de los que se reúnen allí los sábados y los domingos para pasear o montar a caballo creen firmemente en las palabras de Carlos Marx: la política sirve a la economía, el poder político obedece a intereses económicos.

Al lado de la finca hay un pueblo abandonado, y los más animosos del grupo, como Javier Solana y Ramón Tamames, no dudan en ponerse manos a la obra y arreglar algunas de las casas. Javier acaba de casarse con la hija de un general y Ramón con la de un catedrático, pero tanto

Concha Giménez como Carmen Díaz Llanos apoyan el espíritu de oposición y rebeldía que impera en el grupo.

El resto de los conspiradores —Pedro Schwartz y su hermano Fernando, Fernando Escardó, que lleva algunas veces a su socio José Mario Armero, Juan Manuel Kindelán y sus cuñados Francisco y Carlos Bustelo, Juan Antonio Ruiz de Alda, Juan Tomás de Salas, Miguel Boyer y el propio Mariano Rubio— se limitan a dar largos paseos o a montar a caballo. Dos de ellos sufrirán caídas: una grave, la de Kindelán, y otra que se quedó en un susto, la de Rubio.

Con menos asiduidad se dejan ver por allí los hermanos Garrigues, sobre todo Joaquín y Antonio, los mayores, acompañados de sus mujeres: Mercedes Areilza y Churruca, hija del que fuera ministro de Asuntos Exteriores, y «Fran» Miranda. De la mano de Antonio y Fernando Escardó aparece, a mediados de la década de los sesenta, un empresario mejicano recién llegado a España que, veinte años después, es una de las primeras fortunas del país y uno de los hombres mejor relacionados: Plácido Arango.

El clan de La Dehesilla es un grupo muy abierto que discute siempre con pasión y vehemencia, sobre todo Mariano Rubio, el más duro a la hora de exponer sus ideas; si encuentra oposición mira fijamente al contrario y suelta un «no digas memeces» que le paraliza, como si una gigantesca mantis religiosa o una viuda negra le hubiera inoculado su veneno en el cerebro. La mayor parte trabaja en la Administración, son técnicos comerciales del Estado o abogados y hablan correctamente inglés y francés, algo que ya establece barreras en la España franquista.

Los lazos que se establecen entre ellos son fuertes, como todos los que nacen en la juventud, y aunque el paso de los años va a debilitarlos poco a poco, siempre existirá el nudo corredizo de los recuerdos. Lo mismo entre los hombres que entre las mujeres, enfrentados en la década de los ochenta a las rupturas matrimoniales y al inicio de nuevas relaciones, algunas —como las de Miguel Boyer con Isabel Preysler— impensables a comienzos de la década de los setenta.

Son amigos críticos, que no «doran la píldora» a nadie,

capaces de luchar hasta el final por las ideas que profesan; ideas cambiantes, como el país y el mundo en el que viven. Tienen la ventaja y los inconvenientes de otear a veces el futuro con demasiada anticipación, y sufren por ello las mismas condenas y las mismas animadversiones que sufrieron los ilustrados del siglo XVII, con algunas de cuyas figuras existe un paralelismo histórico evidente.

EL ESPIRITU DE LA ILUSTRACION

Como bajo el reinado de Carlos III en España o de Luis XV en Francia, también existen en el grupo dos bandos: los que se dedican a ganar dinero aprovechando las enormes posibilidades de la época y su privilegiada posición, y los que se dedican a pensar y adoctrinar al resto. Por encima de esas diferencias son amigos y se apoyarán hasta el límite de lo posible.

Enamorado de la historia y de las biografías, Miguel Boyer no puede pasar por alto que doscientos años después la sociedad española vive momentos políticos, sociales y económicos parecidos a los que vivieron Charles-Louis de Secondat, barón de Montesquieu, y François Marie Arouet, más conocido como Voltaire, los auténticos padres de la Ilustración o de la *Aufklärung,* si empleamos el término alemán que sirvió de puerta de entrada al genio de Goethe o Schiller.

La intelectualidad ilustrada, como le ocurrirá a la *beautiful people,* adquiere una influencia importante, pero su actitud es muy negativa cuando se enfrenta con los grandes problemas de la sociedad de su época. Establece una barrera entre la teoría y la praxis, entre la idea y la acción, y emplea siempre la crítica no violenta, pero fuertemente corrosiva, y la ironía como armas frente al adversario. Es el «se van a enterar de lo que vale un peine» que lanza Miguel Boyer ante las reclamaciones de los sindicatos cuando pide al Gobierno que se las concedan.

Para unos y para otros, el espíritu de los gobernantes,

convenientemente ilustrado, puede resolver todos los problemas y todas las miserias que afectan al hombre, tanto espirituales como materiales; es el despotismo ilustrado que late en todos los seres que se consideran por encima del resto de sus ciudadanos. D'Alembert, Fontenelle o Duclos pensaban eso mismo mientras asistían a los salones de *madame* Sablière o *madame* Deshonlières y epataban a los asistentes con sus teorías, sus conocimientos o simplemente su oratoria. Y algo muy parecido corre por la espina dorsal y las neuronas de Miguel Boyer o Antonio Garrigues en las veladas, mucho menos exquisitas pero creadas bajo la misma fórmula, de Mona Jiménez. Las lentejas han sustituido a los polvos de arroz.

Si entonces hubo masonería y masones dispuestos a jugar un papel importante en la sociedad, hoy existen masonería y masones que juegan un papel muy importante en la sociedad; si la prensa de la época difundió el pensamiento ilustrado de forma poderosa, hoy los medios de comunicación difunden el pensamiento económico y las ideas liberales con mayor fuerza aún que lo hacían las pequeñas gacetas de entonces.

Ni Montesquieu, ni Voltaire ni Rousseau creían en los pilares del Antiguo Régimen; ni Boyer, ni Rubio, ni Kindelán, ni Bustelo creen en los fundamentos teóricos y la práctica política del franquismo. Unos oscilan hacia la monarquía liberal, como Leopoldo Calvo Sotelo; otros hacia el liberalismo económico, como Pedro Schwartz; y otros hacia la socialdemocracia, como Mariano Rubio o Juan Antonio García Díez. Algunos van más lejos y aspiran a la revolución, como el Boyer de la primera época o el Tamames que «aguanta» en el PCE hasta la desbandada de 1982.

Si creemos en el azar o en la causalidad histórica, incluso la frase de Alfonso Guerra afirmando que Montesquieu estaba muerto tiene su justificación en la España de 1989.

Denis Diderot, hombre de gran inteligencia y amplios conocimientos que nunca quiso doblegar su espíritu poderoso y se mantuvo a caballo entre el materialismo y el romanticismo, podría ser hoy el subgobernador del Banco de España, Luis Angel Rojo; de la misma forma, el temperamento ardiente y apasionado de Jean Jacques Rousseau y su búsqueda del hombre nuevo a través de la educación puede encajar en el espíritu atormentado de José María Maravall.

Los ministros de Hacienda de Luis XVI, los dos Jaimes —Turgot y Necker—, pueden ser nuestros Miguel Boyer y Carlos Solchaga, aunque el primero de ellos tiene otro posible parangón en el físico y matemático D'Alembert, que insufló en la *Enciclopedia* una gran parte de su espíritu materialista.

Sin lugar a dudas, el abate Mably, auténtico precursor del marxismo y del comunismo, tiene su reencarnación en el doctoral, reflexivo y paciente «educador» que es Julio Anguita; y la herencia del escocés John Law, que irrumpió en el sistema financiero como un ciclón y produjo la primera gran crisis financiera que llevó a la ruina a empresas y accionistas, puede reivindicarla perfectamente José María Ruiz Mateos.

Para cerrar las comparaciones históricas, no está de más señalar que es precisamente en el siglo XVIII cuando las sociedades anónimas, la banca y la bolsa se desarrollan y fundan el capitalismo financiero de nuestros días. Los grandes capitales que llegan a Europa producen el mismo fenómeno que las inversiones extranjeras en España entre 1984 y 1987: se robustece el crédito, crecen de forma desaforada las sociedades anónimas, los bancos y las instituciones financieras de todo tipo, la clase media se lanza a invertir en bolsa y la burguesía entra de lleno a jugar con las mismas armas que los grandes del capitalismo financiero.

LAS POMPAS DE JABON

En el siglo XVIII se crearon auténticas pompas de jabón que explotaron para sorpresa de todos y perjuicio de muchos; fueron las Rumasas de nuestros antepasados, las Fidecayas, los bancos en quiebra y las compañías que subían y subían en la bolsa por encima de su propia situación, gracias a una activa propaganda mantenida por los círculos más especuladores, que atraían dinero y más dinero a las arcas de unas sociedades que no soportaban la más mínima auditoría. Doscientos años después, el sonido de las monedas sobre el parqué de las bolsas, ya sea en Madrid, Nueva York o Tokio, es el mismo.

Todo el poder que la *beautiful people* tiene a mediados de los años ochenta comienza a gestarse a mediados de los sesenta por el apoyo que encuentran dentro de la Administración del Estado para sus propias carreras. Cuatro hombres, con los que luego mantendrán relaciones muy distintas, les proporcionan las primeras palancas para lanzarse hacia la cima: Claudio Boada, Leopoldo Calvo Sotelo, José María López de Letona y Alberto Monreal Luque. Detrás, en la trastienda de la empresa privada, sirviendo de seguro refugio y colchón para todos ellos, está Rafael del Pino.

Los lazos hacia el poder comienzan a echarlos los más conservadores, los que tienen menos problemas de «conciencia» a la hora de colaborar con el Régimen en puestos eminentemente técnicos. Así lo hace en 1965 Leopoldo Calvo Sotelo, cuando acepta la presidencia de Renfe que le ofrece el entonces ministro de Obras Públicas y Transportes, Federico Silva Muñoz. La Asociación Católica Nacional de Propagandistas destaca en el mundo de las relaciones del período franquista, y a ella pertenece no sólo Silva Muñoz, sino también el titular de Hacienda, Alberto Monreal Luque, quien se lleva al ministerio a Mariano Rubio como director general de política financiera, y a Francisco Fernández Ordóñez como secretario general técnico.

Monreal hace algo más: convence al entonces gobernador del Banco de España, Luis Coronel de Palma, para que incorpore al Servicio de Estudios de la entidad financiera a Luis Angel Rojo, a quien había conocido por su trabajo en la empresa Huarte. Comienza así una guerra interna en el gabinete con el hombre más poderoso en esos momentos, siempre, claro está, detrás de Francisco Franco y del almirante Luis Carrero Blanco: el responsable de los Planes de Desarrollo y líder de los ministros del Opus Dei, Laureano López Rodó.

La guerra la pierde Monreal Luque en agosto de 1973 y deja su cartera ministerial a Antonio Barrera de Irimo, un economista educado por los jesuitas de Deusto, donde era profesor de Hacienda Pública. Este asciende a subsecretario a Fernández Ordóñez y le ofrece la Secretaría General Técnica a Ramón Tamames, pero el dirigente del Partido Comunista se niega y Barrera le da la oportunidad a un joven asturiano de treinta y tres años, licenciado en Derecho y doctor en Ciencias Económicas, que va a realizar una rápida y brillante carrera en la Administración pública antes de pasarse a la empresa privada: José Ramón Alvarez Rendueles.

Tres años antes, en abril de 1970, Claudio Boada abandona la empresa Altos Hornos de Vizcaya para hacerse cargo del Instituto Nacional de Industria. José María López de Letona, ministro de Industria, le ha convencido para que dé ese paso dadas las excelentes relaciones que existen entre ellos desde que Letona estaba en la empresa Dimetal y Boada en Pegaso. Entre los dos existe, además, una excelente argamasa que se llama Rafael del Pino. El propio Boada recuerda aquellos momentos:

—Cuando llegué al INI, junto con José María Amusátegui, le pregunté a Letona si conocía a alguien para que se hiciera cargo de Enagas y me dijo que llamara a Rafael del Pino, que ya tenía su propia empresa: Ferrovial. Mantuvimos varias entrevistas y al final llegamos al acuerdo de que se convertiría en presidente *part time,* a tiempo perdido. Luego, el propio Rafael contrataría a Mariano Rubio como director financiero de la empresa.

El ministro Letona le recomienda también a Juan Manuel Kindelán, pariente suyo en tercer grado, que en esos momentos trabaja en la empresa Procex con Agustín Rodríguez Sahagún, tras haber estado una temporada exiliado en Francia; Kindelán ha elaborado un excelente informe sobre la siderurgia española para el Plan de Desarrollo, y ésa es su mejor carta de presentación.

Como director del recién creado Servicio de Estudios del INI se lleva como segundo a Miguel Boyer Salvador, su amigo y compañero de conspiración en La Dehesilla, al que respeta enormemente por su fuerte voluntad de hacerse economista y entrar en el Banco de España, desde su dedicación a la física. Los dos trabajan codo a codo hasta que un fin de semana, montando a caballo en la finca, Kindelán sufre un despiste y cae; una grave fractura craneal le aparta de toda actividad durante mucho tiempo.

Claudio Boada recuerda aquel accidente, a partir del cual conoce a Miguel Boyer:

—Nosotros despachábamos siempre con Kindelán hasta que se cae del caballo y tiene que dejar el Servicio. A partir de ese momento llamo a su segundo, a Miguel Boyer. Tanto uno como otro me parecen dos superdotados, no sé cuál de los dos más, tíos de primerísima categoría. Es a partir de entonces que comenzamos a tener una relación muy estrecha, hasta que salgo del INI cuatro años más tarde. Pero pasan muchas más cosas en ese tiempo: el Gobierno se hace más duro y se presentan problemas con Boyer y con Kindelán, a los que me piden que cese; pero como yo soy como soy, y a mí no me avasalla nadie, más que Dios, me niego y el ministro me apoya. Se produce una gran tensión y yo sé que los dos son socialistas, me da igual... Se hizo un informe muy serio, muy valioso sobre el petróleo.

¡AL ASALTO DE LA ADMINISTRACION!

A comienzos de 1974, las luchas entre las distintas familias del franquismo en el seno del Gobierno provocan la salida del mismo de los ministros tecnócratas relacionados con el Opus Dei y de uno de sus más encarnizados rivales, Manuel Fraga Iribarne. La dictadura se resquebraja, pero mantiene en el exterior su impresionante aspecto de seguridad; la oposición siente que se acerca su momento, igual que las gentes del sistema financiero y empresarial más liberales.

En la Administración, la ocupación de parcelas de poder continúa de forma imparable: gran parte de los futuros cuadros de los gobiernos de UCD y del PSOE están ya instalados en los despachos de los ministerios, unos sufriendo el acoso de los jefes más torpes y cegatos, y otros viendo el camino que les llevará al poder.

El clan de La Dehesilla ve pasar los nubarrones por encima de sus cabezas, pero en el INI quien sustituye a Claudio Boada es Francisco Fernández Ordóñez, el incombustible «Paco» para todos sus amigos... y hasta para sus enemigos. El abogado del Estado Alvaro Muñoz López, nuevo secretario general del instituto, propone al economista Jané Solá para que se haga cargo del Servicio de Estudios. El buen olfato de «Pacordóñez» le lleva a confirmar en su puesto a Miguel Boyer y a dejar que éste incorpore más «rojos» en su equipo: Carlos Solchaga, Oscar Fanjul, Fernando Maravall, Eduardo Santos, Martín Gallego y hasta al pro-chino José María Pérez Prim. Una gran parte de lo que va a ser el equipo económico del Partido Socialista en el poder está reunido el día en que ETA hace volar por los aires el automóvil blindado en el que viaja el número dos del Régimen: Luis Carrero Blanco.

Fernández Ordóñez tiene que «pagar» un pequeño impuesto a los ministros más ultras del gabinete: Pita da Veiga, responsable de Marina, y García Hernández, de Interior, que insisten una y otra vez en que «expulse del INI a la camarilla de rojos conspiradores». Para contentarlos le da la presidencia de Enagas a un reconocido ultra como Valero Bermejo, sin gran perjuicio para Rafael del Pino, que ya está embarcado en aventuras más audaces con Claudio Boada y Leopoldo Calvo Sotelo.

Uno de los habituales de La Dehesilla y ex militante del PCE es nombrado subdirector financiero del INI: Carlos Bustelo García del Real, técnico comercial del Estado y amigo personal y de carrera de otro hombre ya colocado en la línea de salida del futuro, Juan Antonio García Díez. Los dos van a llevar una carrera paralela hasta los sillones del Consejo de Ministros; después sus vidas profesionales se separarán, y uno trabajará en la esfera de influencia del Banco Central mientras que el otro lo hará con los hermanos March.

En diciembre de 1974, la dimisión de Antonio Barrera de Irimo arrastra a todo el grupo fuera de la Administración, pero antes se ha terminado de forjar otra relación importante: la de Miguel Boyer y Leopoldo Calvo Sotelo. Este es presidente de SODIGA (Sociedad para el Desarrollo Industrial de Galicia), en la que el diplomático Camilo Barcia es el consejero delegado y a cuyos consejos de administración asisten Boyer y Enrique Moya en representación del INI. Los que luego pertenecerán a la llamada *beautiful people* tienen ya echadas sólidas raíces en el complejo entramado financiero-empresarial español. En un país tan mediocre y ramplón como el que origina la dictadura, ellos son la gran «esperanza blanca» de una acobardada clase empresarial y de una timorata oligarquía financiera que siempre se ha conformado con las migajas que el capitalismo internacional ha dejado sobre sus mesas; son la avanzadilla, la punta de lanza del cambio dentro del sistema, los reformadores. De ahí su orgullo y su soberbia, las dos piedras con las que van a tropezar varias veces.

El 20 de noviembre de 1975 muere Franco en la Residencia Sanitaria de La Paz tras una larga agonía, a la que asiste toda España a través de los comunicados del «equipo médico habitual». Nadie ha conseguido alejarle del poder y su entierro es majestuoso, con el país dividido en tres partes: una llora y se viste de luto mientras se pregunta, temerosa, por su futuro; otra, la inmensa mayoría, desea que el esperado cambio se realice sin la violencia que desató la Guerra Civil; y, por último, la activa oposición brinda con champán por ese mismo futuro que sabe que le pertenece. Ese día, Isabel Preysler consoló a su amiga del alma, María del Carmen Martínez-Bordiú y Franco, por la muerte de su abuelo; ese día, Miguel Boyer levantó su copa junto a la de su mujer, Elena Arnedo, para festejar el fin de la «Oprobiosa»; diez años después, Isabel y Miguel, Miguel e Isabel, brindaban en el chalé de la calle Arga número 1, junto a otros miembros de la *beautiful people,* para festejar el aniversario de la primera libertad.

La imposible continuidad del franquismo que pretende Carlos Arias Navarro, la torpedea desde dentro el presidente de las Cortes, Torcuato Fernández Miranda, que sigue escrupulosamente las órdenes del Rey. La gran autoinmolación de todo el aparato legislativo de la dictadura es el primer paso de una larga transición que durará hasta 1990, y en la que se encadenarán, una tras otra, sucesivas transiciones: a la política seguirá la económica y la jurídica, y por medio estarán la industrial, la administrativa y la periodística. Todos los poderes del Estado atrapados en la misma concha de caracol, uno de cuyos ojos cornudos está dominado por el pensamiento, el espíritu y la voluntad del grupo nucleado en torno a La Dehesilla, que está estupendamente colocado cuando Adolfo Suárez forma su primer Gobierno:

— Miguel Boyer trabaja en Explosivos Río Tinto contratado por Leopoldo Calvo Sotelo.

— Mariano Rubio está en Interholding junto a Rafael del Pino y José María López de Letona, que le vuelve a incorporar al Banco de España cuando le nombran gobernador del mismo.

— Fernando Escardó ve cómo el despacho profesional que tiene junto a José Mario Armero se convierte en uno de los principales del país. Desde él representa a varias sociedades en los consejos de administración de SACRA, Guardián Española, Aguas de Mondáriz y Europistas, empresa en la que coincide con dos de los socios de Rafael del Pino y hombres importantes en las posteriores luchas empresariales que se desarrollarán en la década de los ochenta: José Samir y Carroz e Ignacio Cabrera Lorente.

— Leopoldo Calvo Sotelo acumula los cargos de consejero delegado de Explosivos Río Tinto, consejero de Renfe —donde ha «colocado» a Alberto Oliart—, consejero de la

SEDA, consejero del Banco Urquijo y vocal de Ferrovial e Interholding.

— Juan Antonio Ruiz de Alda es consejero delegado de Alquiber, una sociedad de *leasing* cuyo presidente es Federico Lipperheide, hombre fuerte del Banco de Vizcaya.

— Antonio Garrigues y sus hermanos, desde el bufete familiar, representan a una serie de multinacionales en numerosos consejos de administración de empresas españolas: él es vicepresidente, consejero o vocal de Colgate-Palmolive, IBM, 3M España, Hoteles Hilton, Altos Hornos de Vizcaya, General Food, Ford y Gureola-Scott; Joaquín preside la cadena de radio SER y Conservas España, S. A., y es vocal de Autopistas Concesionaria Española; José Miguel está en Euroholding, Aeronáutica Industrial, CHASYR, Liga Financiera, Cid Publicidad, ACASA y Transleasing; Juan es vicepresidente de Transeuropa.

— Carlos Solchaga es ya jefe del Servicio de Estudios del Banco de Vizcaya, contratado por Pedro Toledo.

— Jaime Soto es uno de los directores generales del Banco Hispano, con un futuro espléndido en razón de su edad y de los inmejorables contactos internacionales que posee.

— Manuel de la Concha se dedica a la rentable profesión de corredor de bolsa y formará rápidamente sociedad con sus compañeros Juan Mojardín y Enrique de Benito.

— Ramón Tamames es director general de IBERPLAN (Ibérica de Planificación y Desarrollo, S. A.), una sociedad creada en 1969 ante el notario de Madrid José Luis Alvarez, y en cuyo consejo de administración están el abogado Matías Cortés, el ex ministro Barrera de Irimo, el economista José B. Terceiro y Luis de Ussía y Gavalda, conde de los Gaitanes. La empresa se dedica a realizar estudios de investigación para el INI, las cajas de ahorro e incluso algún gobierno de Hispanoamérica. Entre los hombres y mujeres que trabajan a las órdenes del dirigente del PCE hay una larga lista de profesores de la Universidad: Gonzalo Sáez Buruaga, Donato Fernández Navarrete, José Serrano, Mercedes Rico-Godoy, Mario Noya, Félix Lobo, Braulio Medel,

Santiago Roldán, José Luis García Delgado, Petra Mateos... En el piso de la calle Víctor de la Serna, 5, donde tienen la sede social, se recoge todas las semanas dinero para el ilegal PCE y Comisiones Obreras; se mantienen reuniones de la Junta Democrática y se realizan los preparativos para el nacimiento de dos proyectos periodísticos que van a cambiar el mundo de la información en España: *Cambio 16* y *El País.* Tanto Juan Tomás de Salas y algunos de los primeros socios como José Félix de Rivera o Enrique Sarasola visitan varias veces la sede de IBERPLAN, lo mismo que Jesús Polanco o Ramón Mendoza.

Petra Mateos recuerda lo duros que fueron sus comienzos, recién terminada la carrera de Ciencias Económicas:

«Presenté mi *curriculum* sin poner el nombre y me llamaron. Al ver que era una mujer me dijeron que el trabajo era para un hombre; entonces se me ocurrió proponerles que trabajaría a prueba y sin contrato durante dos meses. Aceptaron y al final acabaron pagándome desde el primer día. Después me marcharía a la Bolsa de Madrid contratada por el entonces síndico Pedro Rodríguez Ponga. Allí es donde conocí a Manolo de la Concha.»

Jaime García Añoveros, ilustre economista y catedrático de Derecho Financiero, muy relacionado con la banca y algunas multinacionales europeas, con bufete abierto en Sevilla y en Madrid, muy amigo de Matías Cortés y actualmente socio de otro ex ministro de UCD —José Pedro Pérez Llorca—, explica algunas de las características de la *beautiful people* en sus orígenes, tras su experiencia como ministro de Hacienda:

«Todo el grupo ya estaba junto en la época de Franco. Fuentes Quintana, que es uno de sus maestros, ya era asesor del General, y el resto estaba en puestos estratégicos de la Administración... Todo el equipo que se forma en el Banco de España, que Mariano Rubio personifica a la perfección, es un equipo incombustible, de una gran amistad entre todos ellos. Todos son socialdemócratas de sentimiento y monetaristas de oficio (...) Hasta que llegan ellos, la política del Banco de España estaba en manos de abogados del

Estado; es un cambio de una casta por otra, las dos igualmente cerradas y creyéndose en posesión de la verdad. Rubio es un alto burócrata, un hombre frío, pero muy colérico, que luego se arrepiente de sus arrebatos con los amigos y escribe cartas manuscritas disculpándose (...) Boyer no era importante antes de llegar a ministro con el PSOE. Es entonces cuando logran que la tradicional tensión institucional entre el Ministerio de Hacienda y el Banco de España desaparezca (...) El que sabe de verdad de teoría económica es Luis Angel Rojo, al que no le gusta salir en público, pero al que recurren todos, incluido el presidente del Gobierno, para el que lleva preparando discursos desde que llegó a La Moncloa (...) Es un grupo muy bien cualificado profesionalmente, no como otros, que alcanzaron al poder siendo unos indocumentados (...) Lo más sorprendente es que hacen una política liberal monetarista con un Gobierno socialista (...) Fuentes Quintana siempre ha sido muy timorato: no le gusta mojarse en los temas, tiene miedo a la opinión pública, a lo que puedan decir de él. Recuerdo que en 1978, durante la discusión de los presupuestos en el Parlamento, subió a la tribuna de oradores Luis Solana por el Partido Socialista, y le puso a Fuentes muy nervioso, y con él a todo el Gobierno de UCD, que veía a su vicepresidente descompuesto ante las idioteces que decía Solana (...) La *beautiful* se equivoca al creer que no se les resiste nada ni nadie, y que al que se resiste le aplastan, como a Ruiz Mateos, para dar un ejemplo. Se llegan a creer por encima de todo el mundo, pues todos se entregaron, hasta que llega Mario Conde, les dice *no* y les rompe el esquema que tenían dibujado perfectamente.»

BOADA Y DEL PINO, DOS PADRINOS DE LUJO

Las vidas de todos ellos se cruzan y descruzan varias veces, siempre con la vertical situada en su condición de técnicos comerciales del Estado, la auténtica reserva de hombres que la *beautiful people* utiliza tanto en los gobiernos de UCD como en los del PSOE. De ahí salen Guillermo de la Dehesa, Manuel Varela, Juan Antonio García Díez, Carlos Bustelo, Luis de Velasco...

Tienen en la revista *España Económica* —que se cerrará durante unos años antes de reaparecer en 1988— su auténtica «sala de exposiciones» del pensamiento económico. Leen mucho —Ramón Tamames le regalará a Miguel Boyer las obras completas de Julio Verne—, ven cine de vanguardia, se reúnen a cenar con frecuencia en casa de los amigos y hablan y discuten con pasión, su gran placer.

Unos van juntos al fútbol, por supuesto al Bernabéu, donde su amigo Ramón Mendoza ejerce de presidente todopoderoso incluso contra algún miembro díscolo como Petra Mateos; son los amantes del griterío, de la pasión de la masa, del calor que desprenden algunas tardes las tribunas: Manolo de la Concha, Fernando de Asúa, Carlos Bustelo... Otros prefieren la noche y el baile, con Mau-Mau como referencia más obligada, que algunos cambiarán después por Chatanooga: Plácido Arango, Mariano Rubio, José María Entrecanales, Juan Antonio Ruiz de Alda... Y alguno se pierde los fines de semana en el molino que el economista y ex director general de Medio Ambiente, Daniel de Linos, y su ex mujer, Pilar Escario, tienen cerca de Segovia.

En 1977 se les plantea a los miembros del clan de La Dehesilla y, en general, a todo el grupo de la *beautiful people* el gran debate entre reforma y ruptura. Los que apuestan por la primera se integran en Unión de Centro Democrático; los que aún sueñan con la segunda se incorporan o permanecen en el PSOE. En definitiva, se colocan a los dos lados de la barrera. Por eso, todas las discusiones económicas y las «recetas» que salen de ellas pueden aplicarse inmediatamente, con más o menos éxito en razón de la circunstancia que les ha tocado vivir nacional e internacionalmente. Las bases del menú son las mismas, tan sólo varían las especias y el número de votos que se tienen para condimentarlas. Alfonso Guerra no era el único cocinero.

Como en todo grupo humano, se producen tensiones una vez desaparecido el gran hilo conductor que les mantenía unidos: el antifranquismo militante. Ahora se trata de administrar el poder político desde la cúpula del mismo —el Gobierno— y el poder económico desde el Banco de España y el conglomerado de empresas públicas. El grupo gira continuamente, como una gigantesca noria, en la que aquellos que un día están abajo al día siguiente están en la cima, pero los boletos para poder subir a los balancines los controlan las mismas manos.

Durante cinco años el poder pertenece a Juan Antonio García Díez, Carlos Bustelo, Alberto Oliart, Joaquín Garrigues, Leopoldo Calvo Sotelo, Francisco Fernández Ordóñez... A partir de 1982, les sustituyen Miguel Boyer, Carlos Solchaga, Guillermo de la Dehesa... El único que permanece en el mismo sitio, inmutable y poderoso, es Mariano Rubio, primero como subgobernador y luego como «número uno» del Banco de España; y los dos grandes «padrinos», que ven cómo sus «muchachos» —a los que han protegido, enseñado y potenciado en momentos claves— manejan el poder: Rafael del Pino y Claudio Boada.

Si se les pregunta por las cualidades personales de cada uno, no dudan ni un momento:

—El más bueno, en el mejor y más alto sentido de la palabra: Juan Antonio Ruiz de Alda, al que llaman cariñosamente «el pancitas», y por quien Miguel Boyer jugó una de sus más importantes bazas en un Consejo de Ministros presidido por Felipe González: logró que fuera aceptado por los socialistas como subgobernador del Banco de España durante cuatro años, hasta que él mismo decidió marcharse por sus continuos roces con Mariano Rubio en el terreno profesional, que en el afectivo la unión entre los dos siguió siendo muy grande.

—El más listo: Manuel de la Concha. Es, además, el más rico, con una fortuna que algunos calculan por encima de los quince mil millones de pesetas, ganados sobre todo entre 1985 y 1989, tras asociarse con Jaime Soto y fundar Ibercorp.

—El menos de fiar, para la gran mayoría: Carlos Bustelo, que se cansa de ser el comodín para los puestos incómodos o las empresas en crisis. Tras la decepción de Banesto y los Albertos, se pasa con armas y bagajes a las filas de uno de los antiguos rivales, el presidente del Banco Central, Alfonso Escámez.

—El más duro: Mariano Rubio, sin ninguna discusión. Todos temen su carácter, pese a reconocer que tras la tempestad, con la calma, es amigo de sus amigos por encima de todo y que, desde su matrimonio con Carmen Posadas, su temperamento se ha dulcificado.

—El más intelectual: Miguel Boyer, apasionado por la física, la antropología y las grandes culturas de la Antigüedad. Tiene fama de tacaño e introvertido, y una mordacidad muy británica pese a su cultura francesa.

—El más político: Carlos Solchaga, el amigo que vino del norte para integrarse, junto a su mujer, Gloria Barba, con gran rapidez en los usos y costumbres de la Corte.

—El más enamoradizo: Todos. La lista de segundos matrimonios es interminable y la de relaciones esporádicas aún más. Tal vez por eso el grupo es tremendamente abierto a las distintas experiencias que ensayan sus componentes, incluso cuando se mezclan mundos tan distintos y culturalmente tan diferentes como los de Miguel Boyer e Isabel Preysler, Mariano Rubio y Carmen Posadas, Jaime Soto y Marina Fernández de Córdoba, Manolo de la Concha e Isabel Falabella...

De la cerrada «oligarquía republicana» de los años sesenta se pasa a la alegre y enriquecida *beautiful people* de los ochenta, que ha generado varios círculos concéntricos alrededor del poder. Así se explica que apellidos como Guasch, Botín, March, Soto, Entrecanales o Borbón suenen cada vez con mayor frecuencia en las reuniones de fin de semana. El tono de la conversación y los temas a tratar son más mundanos, menos comprometidos, de mero deleite social, sin la apostilla culta, la crítica literaria o el análisis político que veinte o diez años atrás era inevitable. Alguna cena en casa de un liberal por antonomasia, como Pedro Schwartz, permite reunirse y reanudar las viejas y animadas discusiones... pero nada —reconocen muchos de ellos con nostalgia— es como antes.

El presidente de uno de los siete grandes bancos españoles, que ha sabido capear el temporal de OPAS hostiles y fusiones no deseadas, reflexiona sobre el fenómeno de la *beautiful people* y su importancia en la vida política y económica española, ante dos tazas de té que acaban de servirnos y bajo la mirada de Antonio Gutiérrez inmortalizada en papel fotográfico y con esta dedicatoria: «La sabiduría y el tesón de un amigo que sabe conseguir lo que se propone me induce a la un tanto ridícula firma de esta inexpresiva fotografía. No se confíe, señor..., que no es un precedente, sólo un gesto de amistad.» Son las seis de la tarde y un cielo de acero impone una tregua de lluvia sobre Madrid. Sus palabras salen envueltas en los aromáticos humos de un buen Cohiba:

—Para mí, la *beautiful* arranca aproximadamente en 1964, cuando comienzan a tener poder en la Administración algunos de sus miembros. La cabeza en la estrategia de ocupar el poder es Mariano Rubio, sin duda alguna. Son gente que ha estado o viene del exilio, y la clave está en cómo se distribuyen los puestos desde el año 77. Saben que pueden perder el Gobierno, por eso buscan instalarse en la sociedad para mantener el poder (...) El accidente de Franco en una cacería les había llevado a reflexionar y mirar hacia el futuro, como hicimos tanta otra gente. Piensan, en un principio, en ocupar el poder financiero: Banesto, Central, Hispano... para luego llegar al estado industrial que ha descrito Galbraith...

—Pero sus componentes cambian, pierden o ganan importancia, algunos aseguran que el grupo, como tal, desaparece...

—No, el grupo no desaparece, su corazón sigue siendo el mismo: Mariano Rubio. Es el que aglutina, el que monta la estrategia desde siempre, incluso cuando Boyer está de superministro. Hoy están ahí los hermanos Entrecanales, Carlos March, Emilio Botín; estuvo Pedro Toledo, con sus comidas, sus partidos de golf, sus cacerías o su esquí en

Gstaad. Todo les sirve para conocerse más e irse integrando y consolidando. El paso del tiempo hace que la integración sea cada vez mayor, dado que se produce mayor homogeneidad a nivel social.

—¿Qué persiguen?, si es que persiguen algo en concreto.

—La estrategia está muy bien pensada: seis grandes bancos y seis grandes empresas, más alguna fundación —que eso siempre da prestigio y poder—, con el amparo de la prensa, la radio y la televisión... Con eso deslumbran a Felipe González, que les presta su apoyo. Aunque pierdan el Gobierno, tendrán una posición muy fuerte para resistir. No hay otro grupo igual organizado. Todo comienza con los socialdemócratas de UCD: los García Díez, Bustelo... y los liberales tipo Garrigues u Oliart.

—¿Su gran equivocación?

—Sin lugar a dudas la soberbia. Se sintieron capaces de todo, sin que nadie pudiera pararles. Su primer error es toparse con Conde y Abelló y no darles importancia, ya que no estaban en el libreto previo. En la OPA del Bilbao se quiso borrar del mapa a Banesto y sus familias, tan ligadas a la ultraderecha, pero López de Letona no aguantó la tensión, jugó a aceptar la OPA y fue desplazado. Al sector le habría venido bien que ganaran, porque con José María en Banesto no habrían salido unas normas que han hecho mucho daño a la banca, le hubieran protegido para que sacara adelante la institución.

LOS SUEÑOS DE LA *BEAUTIFUL PEOPLE*

El triunfo del PSOE en 1982 es el gran dato. Muchos de ellos no son socialistas, pero da igual: el nuevo poder los necesita y el viejo poder también. Se convierten en el centro neurálgico, el mágico «Círculo de Bloomsbury» al que tanto gusta referirse Ramón Tamames. Tienen las recetas para que el país funcione y la experiencia necesaria en la Administración; conocen a la perfección el mecanismo del sistema financiero, y cuentan con las relaciones y la sabiduría de los ilustrados del siglo XVIII, los incomprendidos afrancesados que tuvieron que soportar el «vivan las cadenas» de una multitud que aplaudía a Fernando VII.

A la sombra del socialismo en flor pueden, de verdad, poner en marcha todos los proyectos que han ideado durante años, pasar de la teoría a la praxis e incluso experimentar que diez millones de votos y un país en crisis, pero cargado de esperanza, aguanta todo.

Siete años después, con la perspectiva de las propias experiencias y el desgaste del tiempo y las ilusiones, reúno a comer a un joven empresario surgido del mundo de la información, L. A.; a un ilustre abogado socio de uno de los bufetes más importantes de Madrid, F. E., y a un financiero, experto en bolsa y hoy al frente de una de las sociedades de mediación con más volumen de operaciones y beneficios, J. S.

L. A.: No todos los que conectan con el socialismo conectan con la *beautiful,* porque éstos vienen de lejos e imponen sus propios filtros. De pronto están en todos los puestos claves y se empiezan a ayudar. Uno de ellos, que es el más listo, Manolo de la Concha, les dice que por qué no ganan dinero juntos y comienzan a montar sociedades. Van como motos hasta que las derrotas en Banesto y el Central les hunden el tinglado.

J. S.: Si me permites, creo que eso no es así; es la crisis de la bolsa, en 1987, la que les deja con el culo al aire a muchos de ellos. Se les ha visto demasiado, han aparecido demasiado en los periódicos, se les pasa el tiempo y dejan de ganar dinero...

L. A.: De acuerdo en lo de la bolsa, pero en absoluto dejan de ganar dinero. Se ven obligados a cambiar, eso sí.

J. S.: Como quieras. No me negarás que lo que se produce en Ibercorp, por ejemplo, es normal: los cambios, los abandonos, incluso la crisis que les desatan unos jovencitos mucho más agresivos y ambiciosos que ellos.

L. A.: Hombre, es que cuando se forma Ibercorp, en su primera época, cuando funciona como Investcorp, están una serie de accionistas muy diversos. Están De la Concha y Jaime Soto, que son los fundadores, y Fernando de Asúa, Carlos Bustelo, García Díez, lo que se ha llamado la «biuti». Pero también está un personaje tan atípico en ese grupo como Manuel Soto, el de Arthur Andersen, que entró porque se lo pidió alguien muy importante. Después, cuando salió la noticia en los periódicos de que él formaba parte del accionariado, dimitió y vendió sus acciones.

F. E.: Recuerdo que en ese momento Manolo era el síndico de la Bolsa de Madrid y el propio Mariano le expuso la necesidad de que dejase el cargo, cosa que hizo. Es él el que compra las acciones de Banesto para el Bilbao, lo que fue objeto de una pequeña investigación, un tema muy delicado...

L. A.: Para mí que el salto cualitativo lo dan en esos momentos, en los años 85, 86 y 87, como grupo para ganar dinero al tener una sociedad que interviene directamente en el sistema financiero...

J. S.: Me dejaréis que haga un inciso que creo es importante: no todos. Me explico: ni Mariano, ni Boyer ni Ruiz de Alda están ahí...

L. A.: Tienes razón en parte. Rubio y Boyer no están nunca en esas sociedades, ni Ruiz de Alda mientras estuvo en el banco, pero su mujer, Pilar, sí. Por ejemplo, en una con los March somos socios los dos.

J. S.: Ahora que sacas el tema de los March... Tanto Carlos como Juan son gente muy complicada, muy rara, van por libre, nunca se han metido en estos asuntos de corporativismos raros, pero se llevan muy bien con todo el mundo, son amigos de todos. Me vais a permitir que yo también ponga un ejemplo: con el tema de las Koplowitz se piensa que van a ser ellos los que, al final, se queden con todo el paquete de acciones del Central. Como grupo para ganar dinero no están vinculados al grupo de Manolo de la Concha.

L. A.: En Ibercorp han cambiado mucho las cosas. Del grupo inicial no quedan ni la mitad. Ha llegado gente nueva, como Jaime Milans, al que incorpora Jaime Soto. Se han serenado por la propia normativa del Banco de España, han tenido que cambiar el negocio. Aquellos momentos de euforia en que conseguían los contratos, compraban las empresas a los bancos, lograban absolutamente todo han pasado...

F. E.: Sí, era como si tuvieran una cierta impunidad. No es que se hicieran favores, sino que tenían un mecanismo de participación para acceder a los negocios. Lo que hacen, fundamentalmente, son grandes operaciones de mediación, que es donde han ganado el dinero...

J. S.: ¡Qué me vais a contar! Los grandes paquetes de valores eléctricos, de bancos, la colocación de renta fija y renta pública en el exterior, en bancos alemanes e ingleses... Cien mil millones en deuda, con una mediación del 0,25 por 100, son doscientos millones en una mañana. Nadie les puede acusar de ninguna irregularidad, participan en el negocio como hacen todos, como De Benito y Mojardín, como Pedro Guerrero, Ureta, Usera...

R. H.: ¿Creéis entonces que las piezas claves son Manolo de la Concha y Jaime Soto?

L. A.: Para mí, sí, pero con matices. Jaime, cuando sale del Hispano, se va con una indemnización muy importante, que podían ser doscientos millones. En ese momento, además, se enamora de Marina Fernández de Córdoba y se retira de los negocios. Se limita a establecer contactos, a tener relaciones. Viaja mucho: lo mismo está cazando faisanes en Escocia con los de KIO que pescando truchas en Viena con los banqueros alemanes. El que trabaja día a día, el cerebro, es Manolo. No es casual que cuando se crea Invescorp comience a funcionar en su propio despacho profesional, con sólo dos personas.

J. S.: Jaime, hace diez años, era el ejecutivo de moda en el tercer banco del país, con un gran grupo industrial. Podía haber sido el Pedro Toledo o el Mario Conde, el perfil de los tres es muy parecido. Se va del Urquijo cuando llega Boada, porque no se llevan bien. Le pasan la factura del Urquijo, que es un poco como lo de Rumasa... Si hubieran esperado un poco se habrían hinchado a ganar dinero.

F. E.: Sí, pero Carvajal no se resistió por temor a decir a los accionistas que el Urquijo no repartía ese año beneficios. Era un tema de aguantar. Si lo hubiera hecho le habrían tenido que dar las mismas facilidades que luego dieron a sus sucesores.

L. A.: Lo mismo que Ruiz Mateos. Si hubiera tenido habilidad para aguantar, para no echar un pulso estúpido con el poder, hoy sería inmensamente rico, porque ¿cuánto valdrían ahora las constructoras, los inmuebles, los bancos, las empresas? Algo incalculable, cifras monstruosas. El, personalmente, era un golferas, pero había comprado cosas cojonudas.

J. S.: Si os digo la verdad, para mí la *beautiful* sube a los cielos del sistema en el 86, pero hoy está muerta, no queda nada...

L. A.: ¡No, hombre, han sido las hostias que les han dado las que les han hecho retraerse!

F. E.: Habrá que ver qué pasa con Solchaga y Rubio cuando salgan de Economía y del Banco de España. Desde mi punto de vista, la *beautiful* se ha «soldado», se ha convertido en parte del Estado. Hay un grupo de gente que podemos llamar socialdemócratas o liberales que controlan y van a seguir controlando grandes áreas de poder, tanto dentro como fuera de la Administración...

J. S.: Pero no tienen intereses comunes; es más, en algunos casos están enfrentados. Ya me diréis cómo explicar lo de Bustelo con el Banco de Inversiones de Varez, el antiguo Banco de Huesca de los Santacréu: de los Albertos se pasa a Escámez.

L. A.: Eso es verdad, ya no hay un líder indiscutible, un jefe. La muerte de Ruiz de Alda les ha afectado a todos, ha descompuesto un poco el grupo. El «pancitas» tenía una gran autoridad moral sobre ellos, los tutelaba un poco. Hoy a su mujer, Pilar, le profesan una devoción muy especial.

F. E.: Las guerras bancarias les han afectado mucho. Si hubieran ganado la de Banesto habría sido la de Dios; si hubieran conseguido echar a Escámez habría sido la de

Dios; pero las dos grandes batallas que les hubieran consolidado en el poder para los siglos las pierden.

J. S.: Di hasta ahora, que no han terminado...

F. E.: Pero lo tienen mucho más difícil. Eran batallas que no podían ganar. El intervencionismo del Estado quedó cubierto con Rumasa, fue la vacuna que inmunizó el sistema.

L. A.: Lograron imponer a Boada en el Hispano...

F. E.: Sí, pero Boada va mucho por libre, no lo controlan. Su banco habría sido el Banesto o el BECC si se hubiera hecho la fusión, pero le fallan los Albertos.

J. S.: Es que a los primos quien les maneja desde el principio es Sarasola; Sarasola y Alvaro Alvarez Alonso. Les deslumbran con sus entrevistas con Felipe González y sus contratos en toda España. Son unos pardillos que no se enteran de nada. Y entre Sarasola, que funciona por libre y tiene otros amigos y otros intereses, y Javier de la Rosa y sus árabes, se hacen un lío tremendo.

L. A.: Es que Javier es una especie de «enfermo de la intriga»; es vicio lo que tiene por los enredos. El es el que inventa el asalto al Banco Central y utiliza a los Albertos. Luego se siente frustrado...

J. S.: En eso es muy parecido a Mario Conde. Por eso se atraen y se repelen. Nunca se fiarán uno de otro.

R. H.: ¡En vuestro mundo no están las cosas como para fiarse de nadie!

J. S.: Mira, eso mismo dice Luis Valls, que explica con mucha gracia cómo los March, en su asalto al banco, compraron las popularinsas que tenía Boada a través de Banif, donde estaban Gonzalo Milans y Benito Tamayo, los dos que han vuelto a juntarse en Ibercorp...

L. A.: No os olvidéis que un hijo de Boada trabaja con los March —concretamente en el Banco de Progreso como director general— y que Carlos mantiene unas excelentes relaciones con Mariano Rubio por la vía de Leopoldo Rodes, lo que yo llamo la «conexión catalana» de todo el grupo.

R. H.: ¿Qué creéis vosotros que le ocurrirá a Boyer con

todo el jaleo de los matrimonios y la separación de los Albertos y las Koplowitz?

J. S.: Para mí que Boyer se quedará mucho tiempo en el grupo. Me consta que tanto los abogados de ellas como el equipo de Isidoro Alvarez les han aconsejado que cuenten con él.

F. E.: Yo tengo la misma impresión. Ahora no tienen equipo ni estrategia de futuro, y Boyer les puede solucionar ambas cosas.

J. S.: Para mí la cuestión más importante es el entendimiento con Carlos Koplowitz, el auténtico «hombre fuerte» del grupo hoy por hoy, al que los primos mantuvieron alejado pese al interés de Alicia y Esther para que regresara de Ecuador. Si Miguel se entiende con él y la relación funciona, no habrá muchos problemas.

F. E.: Estoy totalmente de acuerdo. La mejor forma de demostrar las cosas son los hechos. Y los hechos han colocado a Miguel —con el que sabéis que me une una gran amistad— al frente de Grucycsa tras haber solucionado la difícil papeleta de Cartera Central con Escámez. Ahí Miguel ha vuelto a demostrar sus grandes virtudes de estratega y negociador. Lo ha hecho francamente bien para las dos hermanas.

J. S.: ¿Es cierto que tanto Alicia como Esther se llevan estupendamente con Isabel?

F. E.: Es cierto, sin los viejos y absurdos recelos fomentados desde fuera.

Capítulo III

ARMAS DE MUJER

LA GRAN PASION DE MIGUEL BOYER

Bajo la luna del 4 de julio de 1984, la piscina del chalé de Manolo Guasch y Margarita Vega, en San Agustín de Guadalix, es un espejo azulado en el que se reflejan las luces de las farolas y las sombras del hermoso jardín, mezcladas con una silueta que apenas se mueve sobre la terraza, al compás de la música.

Los dos cuerpos sienten que el amor les atraviesa más allá de las miradas que los invitados les dirigen desde el abierto salón. Los brazos de ella rodean el cuello masculino y cobijan el delicado perfil que han inmortalizado un millón de fotografías; las manos de él, en la cintura y en la espalda, imponen el cerco de una posesión tanto más sentida que la dependencia que demuestran los ojos cerrados y quietos detrás de las sempiternas gafas.

Miguel Boyer e Isabel Preysler se han situado al otro lado del mundo. Apenas hablan, pues ya se han dicho todo y la mejor y más dulce palabra de amor, en esos momentos, es el silencio y la música. Ese día se le abren los ojos a mucha gente, que ve cómo el secreto peor guardado del mundo deja de serlo por la voluntad de sus protagonistas. Carlos

Falcó y Fernández de Córdoba, marqués de Griñón, charla tranquilamente con medio güisqui en la mano con las dos personas que les han acompañado desde su casa en la calle Arga: Mona Jiménez y el decorador Pascua Ortega.

Todos han estado en la fiesta de la embajada norteamericana hasta las nueve y media de la noche, hora en la que el grupo de los elegidos se ha lanzado a la carretera de Burgos camino del pequeño pueblo que se alza casi a la sombra de los picos de Navacerrada y Guadarrama. El presidente de Fasa-Renault y su esposa organizan todos los años un sarao en su chalé para festejar la llegada del verano, al que concurren tanto las amigas de Margarita: María de Borbón, Patty Galatas, Cary Lapique, Isabel Preysler... como los amigos de Manolo: Jaime Soto, Luis de Velasco, Manolo de la Concha, Miguel Boyer... Unos con sus mujeres de siempre y otros con las compañeras que han entrado en sus vidas, enredadas en la inevitable crisis de los cuarenta y el triunfo.

Sentados en los cómodos sillones de la terraza, apenas visibles en la semioscuridad, dos de los invitados contemplan a la pareja que apenas se mueve, muy cerca de la piscina; los dos conocen la historia de amor desde sus comienzos, y los dos le han recomendado prudencia más de una vez al amigo y todopoderoso ministro de Economía y Hacienda.

—Lo de hoy es definitivo; por si alguien albergaba dudas, ahí tienen la mejor prueba.

—Yo le he dicho muchas veces a Miguel que tuviera cuidado, que el escándalo podía ser tremendo.

—Tú y todos, pero está enamorado. Se da perfecta cuenta del lío monumental en el que está metido, y hasta hace unos meses le importaba... Ahora, si te digo mi impresión, parece como si buscara que todo el mundo se dé cuenta, hacerlo público.

—¿Tú crees que el marqués lo sabe?

—Chico, eso no puede decirse nunca, ya sabes que en estas cosas el marido es el último en enterarse, pero con que mire y les vea me parece que está muy claro, ¿o no?

—Sí, vamos, si todo el mundo lo está comentando, ¿no ves cómo se asoman y desaparecen? Nadie quiere perderse detalle.

—Si a ti o a mí nos dicen esto hace diez años, acusamos de loco a quien nos lo cuenta.

—¡Y tanto! Hace diez años Miguel iba con Elena a todas partes, y conspiraba con Múgica y Pablo Castellano a todas horas. Y en el INI acuérdate la que montaron, que si no es por Boada están todos en la calle...

—Yo conozco a Isabel desde que llegó a Madrid, cuando tenía dieciocho años y estaba soltera; la conozco con Julio y la conozco con Carlos... Mi mujer y ella son de la pandilla de amigas con las que nos reuníamos todos los fines de semana... En 1974 estaba casada con Julio, tenía ya un hijo, estaba esperando otro y se sentaba con Carmen Martínez-Bordiú junto al Caudillo a ver cine, en el salón privado que tenían en el palacio de El Pardo. Más distancia entre sus mundos no podía haber.

—Me vas a decir que soy un exagerado, pero esto es otra «reconciliación nacional»...

—¡Hombre, eso es un poco fuerte! Pero tal vez tengas un poco de razón: los viejos republicanos liberales y antifascistas y la *jet* nacida en el Régimen, en la dictadura, en contacto directo con el «sátrapa».

—Eso es algo que Elena no le perdonó a Miguel, que fuera con Isabel... le dolió mucho.

—Y a Miguel, él mismo me ha contado lo mal que lo pasó. Llevaban veinte años casados y se conocían desde la época del Liceo Francés. Elena es tres años más joven, y se había pasado de Letras a Ciencias porque quería estudiar medicina. Buscó un profesor particular y, a través de Josefina Gómez Mendoza, le presentaron a Miguel, que le dio clases de física y matemáticas. Antes de casarse estuvieron una época viviendo juntos, que en aquellos tiempos era un escándalo; siempre fueron un poco la envidia de todos nosotros, mucho más clásicos con nuestras mujeres. Elena y Miguel formaban el matrimonio perfecto, el que a todos nos hubiera gustado tener.

—Todos los matrimonios se agotan al cabo de veinte años... y si no te lo crees mira a tu alrededor...

—¡No seas cínico, hombre! En eso Miguel tiene las ideas muy claras. ¡Cuántas veces se lo habré oído comentar! Para él en la relación matrimonial domina la biología, a la que se añaden las historias comunes vividas a lo largo del tiempo. Es muy difícil seguir biológicamente enamorado, y unas veces se tienen aventuras intrascendentes que se superan y otras no.

—Pues ésta es de las segundas, claramente de las segundas.

En la primavera de 1982, Mona Jiménez supo que la historia que se había iniciado en su casa era de las segundas cuando, tras finalizar el almuerzo y la tertulia alrededor de las lentejas con arroz, Miguel Boyer e Isabel Preysler se quedaron hablando con ella en la cocina. Migucl era el moderador y ya aparecía ante los ojos de todo el mundo como el futuro ministro del inevitable Gobierno socialista. La marquesa de Griñón había llamado para autoinvitarse ese martes:

—No te importa que vaya, ¿verdad, Mona?

—¡Qué cosas dices, Isabel; tú sabes que mi casa está abierta para ti siempre; estaremos todos encantados!

—Me han dicho que se dicen cosas muy interesantes por gente muy interesante.

—Pues claro, el que modera la tertulia es Miguel Boyer, que va a ser ministro cuando ganen los socialistas. Y van a ganar, Isabel, van a ganar seguro, lo dice todo el mundo.

LAS CITAS SECRETAS

A esa primera chispa entre los dos siguieron otras esa misma primavera, con escenarios diferentes: María Asunción García-Lomas, «Chuni» para los amigos, que trabaja en una de las empresas del Instituto Nacional de Hidrocarburos, da en su casa de la calle Martínez Campos una cena para treinta personas con baile flamenco incluido. Están

Miguel Boyer y Elena Arnedo; Iñigo de Arteaga y Almudena Alcázar, marqueses de Santillana; Martín González del Valle y Macarena Chávarri, barones de Grado; Juan Lladó y Paloma García-Lomas; Romualdo de Toledo y Esperanza González Green; y Carlos Falcó e Isabel Preysler, marqueses de Griñón. Estos dos matrimonios últimos, con los Boyer, forman un pequeño grupo en el que el vínculo de unión es el grande, jovial y sonriente director general del Grupo 16.

Esperanza González Green tiene que examinarse de los últimos temas de su licenciatura, y si aprueba —promete a los amigos— celebrará una fiesta a la que desde ya mismo están invitados.

Un mes más tarde el aprobado es un hecho, la licenciatura otro y la fiesta para unas cien personas se celebra en el chalé que los Toledo poseen en la elitista urbanización de Puerta de Hierro. Están los Araoz, los Gómez-Acebo, los Lladó, Nacho Urquijo, Cristina Marsans... Isabel Preysler llega sola y excusa la presencia de Carlos por encontrarse en un viaje de promoción de sus vinos por Estados Unidos.

«Miguel —recuerda Esperanza— le prestó una gran atención a Isabel.» De ahí sale la primera invitación para que el matrimonio Boyer conozca Casa de Vacas, la finca del marqués de Griñón en Malpica: «En cuanto Carlos regrese de su viaje de negocios.» Y en la finca se reúnen un fin de semana Carlos e Isabel, Miguel y Elena, Romualdo y Esperanza, Manolo Guasch y Margarita Vega. Recorren los viñedos, visitan el *safari-park* que tantos quebraderos de cabeza le da al marqués de Griñón, hablan de las próximas elecciones y de la jugada de Leopoldo Calvo Sotelo al meter a España en la OTAN. Mientras Miguel Boyer critica la decisión y la pertenencia a una estructura militar, Romualdo de Toledo y Carlos Falcó la defienden.

La próxima cita, ese mismo año, es en Ibiza. El matrimonio Boyer ha alquilado una casa en Roca Llisa durante el mes de agosto, y los Falcó se comprometen a hacerles una visita en una de sus escapadas desde Marbella. La fotografía de los tres —con Isabel en medio— en una de las calles más próximas al puerto dará una idea precisa de la situación, aunque no real, ya que no iban solos, sino rodeados del grupo de amigos. La manipulación convierte el testimonio de la realidad exterior en la crónica de los sentimientos que han nacido en el interior de sus protagonistas.

Ese otoño, Isabel desnuda una parte de su corazón ante Fernando Múgica, uno de los mejores periodistas «todo-terreno» de este país, en un largo monólogo que supone una verdadera declaración de su filosofía de la vida y el amor:

—Yo creo en el amor, pero no en el amor eterno. No dura para siempre; lo maravilloso y lo superbueno no puede durar mucho, pero aunque dure tan poco tiempo creo que merece la pena. El amor se rompe, se acaba; te hablo del amor como una cosa muy grande, de una felicidad completa. El amor sólo le llega a la gente privilegiada, y cuando dejas de admirar a una persona el amor se termina. Quedan otras cosas, pero el sentimiento se acaba de forma involuntaria. Al principio crees que va a durar para siempre, y a todo el mundo le gustaría que así fuese; luego pasas a un segundo plano de cariño. Si lo piensas conscientemente, entonces no te casarías nunca. Estoy convencida de que el amor se acaba en el 98 por 100 de los matrimonios; luego queda un cariño muy grande, que no tiene nada que ver con el amor apasionado. Hay que ser fría para no dejarse llevar por ese amor apasionado del principio; si yo lo hubiera seguido me habría tenido que casar catorce veces. Pero tampoco es necesario ese enamoramiento total, creo que puedes seguir queriendo mucho a una persona, aunque eso se haya ido. Hay mucha gente que me dice que yo, tal vez, no me he enamorado nunca de verdad y que por eso pienso así, no lo sé. Me encantaría que no se acabara, pero hay que ser realista. No hay nada que me guste tanto como ver a un matrimonio que lleva veinte años juntos. Sólo te podría nombrar a uno, y a lo mejor ése tampoco está diciendo la verdad. Me da mucha envidia, tal vez algún día me enamore para siempre...

Isabel se ha inventado su propio personaje, tal y como lo hicieran Lola Montes o Alma Mahler, mujeres que dominan el arte de ser amadas hasta el límite, mujeres en las que la pasión se vuelve mirada, sonrisa y caricia, y también misterio, experiencia, sabiduría para entregar en cada momento lo que la otra persona necesita, a veces una simple palabra.

La lejana Manila es un borroso recuerdo de sueños y ambiciones, lo mismo que su primer matrimonio con diecinueve años en 1971, cuando aún no llevaba ni dos en España, casi al mismo tiempo que su gran amiga Margarita Vega Penichet. Ella con Julio Iglesias, un cantante dispuesto a labrarse un mundo con su voz y sus canciones; su amiga con Manolo Guasch, un técnico comercial del Estado en posesión de una de las mejores armas para triunfar en el mundo económico y financiero: los contactos y los amigos poderosos.

Ya ha pasado su particular *Fiebre del sábado noche,* la película por la que conoce a su segundo marido, el marqués de Griñón, en el transcurso de una proyección privada de la que sería uno de los grandes éxitos taquilleros de 1978. Se casan el 23 de marzo de 1980, tras obtener la nulidad del matrimonio con Julio Iglesias en el Tribunal eclesiástico de Brooklyn, la meta de casi todas las parejas rotas de la alta sociedad española. Acaba de cumplir veintinueve años, tiene tres hijos y la decidida voluntad de vivir su propio futuro. Un año y medio después, el 20 de noviembre de 1981, nace Tamara y con ella los primeros silencios en su matrimonio con Carlos Falcó.

LA LUJURIA NO ES PECADO

A comienzos de 1983, las dos principales figuras del primer Gobierno de Felipe González viven apasionadas historias de amor: Alfonso Guerra plantea incluso su no pertenencia al gabinete para evitar un posible escándalo; Miguel Boyer se limita a comunicárselo, en privado, al presidente y reacciona con desdén ante los rumores que le unen «con una dama de la *jet-set*», clasificándolos como «cotilleos de porteras».

La realidad es que Esperanza Sagües —separada de José Goizueta— les presta el piso que tiene en la calle Orfila, casi puerta con puerta con la casa de Ignacio Coca, y que Mona Jiménez acoge durante una temporada a Miguel Boyer en su domicilio de Capitán Haya, cuando las relaciones del ministro con su esposa, Elena Arnedo, desembocan en una situación insostenible en la casa familiar de Maestro Ripoll. Allí también acudirá por las tardes Isabel Preysler; incluso se les ve cenar juntos en el restaurante Paparazzi, y un fotógrafo inmortaliza una de sus salidas, aunque esas fotografías nunca verán la luz. Una oportuna gestión desde el Gobierno paraliza la posible osadía de alguna publicación.

París y Carmen Martínez-Bordiú son el mejor de los refugios, lejos de las miradas indiscretas. En esta ciudad pueden pasear con tranquilidad y reunirse con los amigos de Jean Marie Rossi, el anticuario que supo despertar la pasión y el amor en la nieta de Francisco Franco durante un crucero por el Mediterráneo, pese a los treinta años de edad que les separan; pueden salir a cenar a Maxim's o acercarse a La Coupole, en pleno Quartier Latin, el mismo barrio que en 1968 mitificó los duros enfrentamientos entre estudiantes y policías.

Petra Mateos, jefa de gabinete de Miguel Boyer en el Ministerio de Economía y Hacienda, se convierte en el mejor de los mensajeros; lo mismo que María Teresa de Vega, la dueña de la boutique Ascot en La Moraleja, uno de los elegantes barrios que circundan Madrid y al que Isabel se acerca semanalmente para practicar uno de sus deportes favoritos, el paddle-tenis, con Patty Galatas, Ana Calabria o las hermanas Suelves. A diferencia de sus amigas y ocasionales competidoras sobre la pista, Isabel apenas suda, otra de las grandes ventajas de su ascendencia oriental.

En julio de 1983, la revista *Sal y Pimienta,* una de las publicaciones del grupo Z que preside Antonio Asensio, publica en portada y en páginas interiores uno de los ataques más duros que se hayan dirigido nunca contra Isabel Preysler:

la relaciona amorosamente con el joven Alejo, uno de los integrantes del grupo de rock Tequila. Los marqueses de Griñón consideran que esa información supera todos los niveles posibles de respeto a la verdad y al honor, y entablan una querella que se resuelve un año después: el director de *Sal y Pimienta,* Alvaro Nobot, es condenado a tres meses de arresto, treinta mil pesetas de multa y dos millones de indemnización para cada uno de los integrantes del matrimonio Falcó.

El cambio sociológico que se experimenta en España es brutal. Los antiguos tabúes y principios morales caen barridos por la gran ola de la modernidad. Se rompen las amarras matrimoniales y las uniones que estaban a punto de naufragar se hunden en un mar de pasiones. El hotel Monte Real o el edificio Eurobuilding sirven de cruce de caminos para las nuevas parejas que se forman o para las citas clandestinas de las que permanecen, obligadamente sujetas por unos repartos patrimoniales que ponen en juego miles de millones de pesetas sobre los bufetes de los abogados; otros eligen los paradores más cercanos a Madrid, como los de Segovia u Oropesa; y los más poderosos económicamente se desplazan bellamente acompañados a Nueva York, Londres o Viena.

El amor de fin de semana se institucionaliza al amparo de las citas de negocios o las cacerías de faisanes en Escocia. *Starlets* de moda y efímeras estrellas del teatro o el cine, poseedoras del inapreciable y pasajero bien de la belleza, sucumben ante los poderosos talonarios de cheques; viejas y clásicas *madames,* expertas en toda suerte de citas, reverdecen laureles y sus agendas se llenan de nombres reales y nombres en clave. Una de esas agendas, con importantes nombres de la *jet* entre sus páginas, cae en manos de la policía, pero veinticuatro horas después desaparece de los archivos y de toda referencia oficial.

La holgada solución de los problemas financieros y el éxito social traslada el ardor a la entrepierna; incluso se torna una terapia contra el estrés de la bolsa, las inversiones o la alta Administración del Estado. Lugares como D'Angelo o Pigmalión entran a formar parte de la obligada ruta de los turistas de la noche, con sus longilíneas jóvenes dispuestas a proporcionar placer a cambio sólo de dinero. Algo muy barato para los que no pueden detenerse a leer *El arte de amar,* de Erich Fromm, uno de los libros de cabecera de toda la generación que hizo suyos los sueños del Mayo francés o la Primavera de Berkeley.

El amor de alquiler convive con la pasión y el arrebato que prende en algunos círculos, y quema matrimonios como si fuesen los *ninots* de las Fallas. La izquierda liberal es también la liberal izquierda, y el intercambio de parejas llega hasta los anuncios de los periódicos. Es una curiosa mezcla de la vieja hipocresía de «toda la vida» y la aceptación de los derechos igualitarios de la mujer. La liberación comienza por el sexo, ya que así ha iniciado su andadura cuando las correas del dictador o el «sátrapa», como llamaban a Franco, mantenían firme el yugo sobre los cuellos de los españoles.

En las discotecas como Mau-Mau o Bocaccio se ve a Antonio Garrigues irresistiblemente atraído por los negros y obsesivos ojos de la actriz Charo López. Salvada de los tormentosos brazos de Espartaco Santoni, Carmen Cervera pasea en un enorme, lujoso y blanco Rolls Royce al lado de otro miembro del clan Garrigues, o «hace manitas» en el cine con algún joven cachorro del periodismo crítico a la *recherche du temp perdu,* tras enseñar su desnudo y atractivo cuerpo en el despacho del periódico en el que trabaja; la hoy baronesa Thyssen se siente traicionada por su amiga Paula Pattier y está dispuesta a demostrar al mundo entero que su cuerpo no ha sucumbido ante la maternidad.

Quien sucumbe ante la juventud y la fresca belleza de Marina Fernández de Córdoba es el financiero Jaime Soto y López Dóriga; ésta le cautiva al descubrir en ella a la mujer, cuando durante mucho tiempo sólo había visto a la hija de su amigo, el duque de Arión. Por Marina rompe una relación libre, pero constante: la que mantiene con Patty Galatas, una de las amigas personales de Isabel Preysler, inquieta, simpática y mundana, acostumbrada a volar de un lado a otro del mundo como una nerviosa golondrina.

Su socio y amigo en Ibercorp, Manuel de la Concha, consigue que su relación con María Isabel Falabella obligue a la ruptura del matrimonio de ésta con José Salama, uno de los más activos miembros del clan judío en España a través de su empresa, Transáfrica, dedicada al comercio exterior y con jugosos contratos de cemento en Nigeria. María Isabel da el paso, pero tendrá que esperar hasta 1990 a que lo dé el ex síndico de la Bolsa de Madrid; su excusa es la enfermedad de una de las hijas que tiene con Paloma Giménez Altolaguirre, la mujer que pondrá toda su fuerza a la hora del reparto de los bienes gananciales de más de veinte años de matrimonio, que se elevan a varios miles de millones de pesetas.

La agresiva juventud y el vital desparpajo de las dos hijas del embajador español en Egipto —Beba y María Fernández Longoria— pueden más que todos los consejos de los amigos. Beba atrae de forma irresistible a José Luis Alcocer, el hombre que se encarga de todos los temas de seguridad del imperio de Construcciones y Contratas. El rápido y escurridizo zorro de las noches madrileñas queda hipnotizado ante el esplendor y la gracia de la mariposa de fuego. Lo mismo le pasa al cuñado del «hombre más rico del mundo», Adnan Kashoggi: el libanés Abdul Rahman El Assir, socio y responsable de la sociedad Alkantara, dedicada al comercio internacional de armas y propiedad al 50 por 100 del Estado —a través de la empresa Focoex, que tiene como directora general a la esposa de Carlos Solchaga— y del multimillonario árabe, termina embrujado por María y rompe su provechoso matrimonio con la hermana de Kashoggi.

Beba y José Luis Alcocer se casan al final de la primavera en París, en la sede de la embajada española, siguiendo una tradición muy extendida en el grupo. La fiesta posterior sirve para un nuevo enfrentamiento entre Alberto Cortina y los fotógrafos, también por convertir a Marta Chávarri en el deseado objeto de las Nikkon. La bella y sus particulares «bestias» se atraen de forma irresistible.

Beatriz, la hermana pequeña de Juan Abelló, decide romper también con su pasado —que se concreta en su marido, Vicente de Gregorio— y mirar de nuevo al futuro en compañía del joven alcalde del Ayuntamiento toledano de Carranque, Jesús Terrón, incluso al coste de tener que recomprar Navalcaballo, la finca que le regaló su padre al contraer matrimonio, tal y como hizo con el resto de las hermanas.

Lo mismo le ocurre a Rosario López Llanza, la mujer de Enrique García Ramal junior, hijo del que fuera ministro de Franco y director general del Banco de Descuento que presidió Diego Prado mientras duró la fuga de éste a Brasil, acuciado por los problemas de la entidad financiera. En una de las clásicas reuniones sociales en las que los caballeros terminan con el café y el puro en un rincón del salón y las señoras en otro, varios de los que decían ser sus amigos no dudaron en repartirse «el botín» económico y plantear una auténtica carrera en pos de la dama.

FUGARSE A VENEZUELA

Más sonada y tremenda es la fuga de Isabel Azcárate, esposa de Mariano Rubio, en compañía de Javier los Arcos, uno de los hombres de confianza del que fuera ministro de Interior, Juan José Rosón, en la empresa Sintel. De la noche a la mañana, Isabel abandona al gobernador del Banco de España, del que se despide con una simple nota que deja en el domicilio familiar de la calle Juan Hurtado de Mendoza. Por la bella y exquisita Isabel, con su suave acento sudamericano del que nunca ha conseguido desprenderse, Los Arcos —uno de los más conocidos *playboys* de la *jet* madrileña— deja su relación con Belén Magdalena —a su vez separada del financiero Luis Usera— y cuatro niños fruto de los mutuos matrimonios. Los dos aterrizan en Venezuela, a la sombra del patriarca familiar —el ex senador Justino Azcárate—, pero Isabel regresa muy pronto al hogar de ficción que mantiene con Mariano Rubio. Su pasión por Javier los Arcos y sus eléctricas corbatas será intermitente, vivida a ratos entre el regocijo de la sociedad madrileña, que sigue sus encuentros y desencuentros a través de ese poderoso tam-tam que son las meriendas y cenas sociales.

La normalidad del tiempo hace que hoy, sobre los *greens* del campo de golf de Puerta de Hierro, Isabel y Javier se encuentren más de un sábado por la mañana con Mariano Rubio, Manolo de la Concha, Fernando de Asúa o Juan Tomás de Salas, que intentan bajar su particular par del campo.

La atracción fatal que ejercen las jovencitas sobre los maduros hombres de negocios acaba con todos los prejuicios sociales. Se vuelve a los matrimonios, segundos matrimonios, con gran diferencia de edad: quince o veinte años. Si el éxito se mide en dinero —tal y como asegura el financiero judío Jacques Hachuel—, todo lo demás se sujeta a ese mismo patrón. Raro es el día que, aprovechando un té de las *five o'clock* o una cena sin etiqueta, no se añadan nuevos nombres a la interminable lista de nuevas parejas; por ejemplo, Jesús Polanco —«Jesús del Gran Poder», como se le conoce en los medios económicos y periodísticos—, presidente de la editora del diario *El País* y de la editorial Santillana, presidente también de Canal Plus —una de las cadenas privadas de televisión— y dueño de una considerable fortuna, se rejuvenece de alma y cuerpo con Mari Luz Barreiros, hija de Eduardo Barreiros y separada del arquitecto Alberto de Comenge y Sánchez Real.

Los dos comparten vecindario en el serrano pueblo de Valdemorillo con otros miembros destacados del grupo. Comparten proximidad al poder e influencia a través de su implicación en el clan de la *beautiful,* y también los dos forman parte del pequeño y selecto grupo que todos los meses almuerza con el Rey.

El mismo fenómeno se repite entre José María Entrecanales y María Marsans, y mucho más entre dos sempiternos solterones que, al final, sucumben ante la explosión juvenil y desenfadada de dos chicas de «buena familia»:

Fernando Falcó y Fernández de Córdoba, marqués de Cubas y presidente del Real Automóvil Club por todo oficio, se olvida de sus correrías nocturnas y se casa con Marta Chávarri, sobre la que va a ejercer de viejo Pigmalión con todas las consecuencias, incluido el engaño y el abandono final del que es víctima; su amigo y compañero, Sainz de Vicuña, tiene mejor «suerte» al casarse con la joven Bárbara Lapetra Churruca, mucho menos agresiva que la explosiva nieta del marqués de Santo Floro.

UNA LIMUSINA EN NUEVA YORK

A finales de septiembre de 1984, el Spanish Institute de Nueva York rinde un homenaje a don Juan de Borbón, padre del Rey. Carlos Falcó viaja solo y su presencia en el acto, acompañando a Patty Galatas y Gunilla von Bismark, desata los rumores de una crisis matrimonial. En Madrid, Isabel Preysler tiene que aguantar la acostumbrada lluvia de periodistas y fotógrafos, y se convierte en portada de varias revistas. Niega cualquier desavenencia en su matrimonio, del que dice que es «como tantos otros, muy feliz», y se queja del «daño que esos rumores sobre mis separaciones matrimoniales pueden hacer en las personas de mi entorno, que en mi marido y mis hijos es muy grande».

Convencida por Eduardo Sánchez Junco, comienza a realizar grandes entrevistas para la revista *¡Hola!* La primera a su ex marido Julio Iglesias, en Miami; la segunda, a Gregory Peck, aprovechando un viaje a Estados Unidos; luego vendría Clint Eastwood en Munich, Richard Chamberlain en Zimbabwe, Ives Montand en París... Un cheque de un millón de pesetas todos los meses recompensa sus esfuerzos.

El 5 de febrero de 1985, Miguel Boyer celebra su cuarenta y seis cumpleaños con una pequeña fiesta en el apartamento que se ha hecho acondicionar en el propio Ministerio de Hacienda. Petra Mateos es la encargada de organizar la intendencia y convocar a los invitados, el núcleo de amigos más directos del ministro y alguno de sus colaboradores. La mujer que hace de anfitriona, atiende a todos con una sonrisa y les conquista para su causa es Isabel Preysler.

Boyer está harto de jugar al ajedrez contra el ordenador que ha instalado en las largas y solitarias noches de su recobrada soltería; por eso cada día da un paso más, hasta que el abismo se coloca frente a él y no tiene más remedio que saltar al otro lado: son los primeros días de julio y la crisis de Gobierno da un giro inesperado. Su salida del gabinete González da el último empujón al tambaleante matrimonio de Isabel con el marqués de Griñón. El 11 de ese mismo mes, Carlos Falcó abandona el domicilio conyugal y se traslada a la finca de Casa de Vacas, mientras Sandra y Manolo —sus dos hijos del matrimonio con Jeanine Giraud— se marchan a casa de su madre. En Arga 1, queda una nerviosa Isabel Preysler para la que el mundo se ha puesto a correr muy deprisa, tal vez demasiado.

Unos días más tarde la revista *¡Hola!,* con la que tiene un contrato en exclusiva, recoge sus primeras palabras:

—Es absolutamente frívolo y ridículo creer que he tenido que ver en la decisión de Miguel Boyer de abandonar el Gobierno. Nadie medianamente inteligente puede creer una cosa así. Y, por supuesto, el hecho de que yo conozca a Miguel Boyer no ha tenido nada que ver con su decisión, muy personal, de abandonar el gabinete.

El día 16, el marqués de Griñón no tiene más remedio que negociar con el Banco Hispano —que preside Claudio Boada— el pago del préstamo que la entidad le había hecho en 1973 en francos suizos; su situación financiera es bastante mala y las acciones judiciales por impago de la deuda están a punto de llevarle a la subasta de su finca. El negocio de los vinos no se ha desarrollado con la velocidad y cuantía que habían recogido los presupuestos, y el *safari-park* no termina de conseguir el número de visitantes que se había calculado. En el último momento logra un acuerdo con José Luis Aguirre de Retes, presidente de Esabe Express, para que cubra los primeros pagos de los ciento veinte millones que representa la deuda. Un suspiro de alivio sale de las gargantas de todos los Falcó.

Dos días más tarde, Carlos firma un nuevo documento de reconocimiento de deuda, esta vez a su esposa, por el que acepta que debe a Isabel Preysler 21.237.815 pesetas, que devolverá con un interés del 14 por 100 en sucesivos pagos de 5.300.000 pesetas cada trimestre; cuatro años más tarde, cuando se haga público el tema, no habrá saldado ninguno de los recibos, y el monto total ascenderá a treinta millones.

El último día de ese mes de julio, antes de marcharse de vacaciones a Marbella, Miguel Boyer firma con Elena Arnedo la solicitud mutua de divorcio, y va a cenar en solitario a Arga 1. Es la confirmación de su amor.

El Gobierno ya ha reprivatizado una de las mejores compañías de Rumasa —la firma Loewe— y Miguel Boycr se ve en la obligación de salir en defensa de la decisión adoptada en Consejo de Ministros a favor de la oferta conjunta que hacen los franceses de Urvois-Spinola y el propio Enrique Loewe. Las acusaciones de «favoritismo» basadas en la amistad del heredero y copartícipe en la oferta ganadora con Isabel Preysler aparecen en todos los medios de comunicación, y son la causa de ruptura de la amistad que desde hacía veinte años hasta esos momentos mantenían el ministro y el editor Juan Tomás de Salas.

Ese verano, en Marbella se elige Lady España a Leonor Pérez-Pita, más conocida como Cuca Solana, la esposa del presidente de Telefónica y cuñada del ministro de Cultura. Los dirigentes socialistas se han puesto a coquetear con la *jet* y esa actitud enciende las iras del hombre que se cree guardián de la ortodoxia del PSOE, Alfonso Guerra, que arremete contra toda la *beautiful people.* En su refugio de El Romeral, Isabel Preysler se aísla del acoso de los fotógrafos que dirigen sus objetivos hacia el chalé en busca de la imagen de los dos enamorados. La eminencia gris del presidente González —como señala la prensa francesa— se ha enamorado a sus cuarenta y seis años como un adolescente...

Al regreso a Madrid, en el mes de septiembre, Miguel Boyer se instala en su nuevo hogar de Arga 1, y se incorpora a su nuevo trabajo en el Banco Exterior. Queda a comer con uno de sus viejos amigos, a quien confiesa algunas de las preocupaciones que le asaltan:

—Verás, Isabel siempre me dice que es muy casera y tengo que reconocer que es muy sistemática en las cosas que tiene que hacer, pero si te digo la verdad, aún no estoy muy seguro. Comprendo que han sido muchos años de vivir volcada hacia el exterior...

—Te voy a ser franco, Miguel. Así, en principio, no parece que tengáis muchas cosas en común. Tú, si no has cambiado, eres un devorador de libros...

—No, no, eso lo entiende muy bien Isabel, le parece estupendo que me meta en mis libros de historia. Tú sabes que me apasiona todo lo que se refiere a las civilizaciones antiguas, a Babilonia, a Persia, a Egipto, a sus formas de vivir, a sus costumbres, al arte que produjeron. Entiendo bastante de arte hasta la época del Renacimiento —si me permites la poca modestia—, luego ya me pierdo un poco, sobre todo con las nuevas corrientes.

—Cambiando de tema y porque te conozco, ¿cómo aguantas la presión de los periodistas, el que os estén siguiendo a todas horas? Debe ser angustioso.

—No te lo puedes ni imaginar. Eso es lo que me dice Isabel, que ella con Julio salía muy poco, él estaba casi siempre fuera y los niños eran muy pequeños; luego con el marqués se acostumbró a salir todas las noches, y ahora nos lo tenemos que pensar. A ella le gusta ponerse sus trajes y sus cosas cuando vamos a cenar con los amigos, pero ¡son tan pesadas las salidas! Vayas donde vayas la gente se te queda mirando y los *paparazzi*, que no descansan, en cuanto te asomas por la puerta ya te están cosiendo a fotos...

—Eso es la novedad. Tienes que tener paciencia y verás cómo les pasa la fiebre... ¿Qué tal tus hijos?

—Creo que han entendido la separación, mejor Laura que Miguel, lo cual si lo piensas es lógico; pero siempre te queda la duda de si con una mayor presencia del padre, con una mayor ayuda, no les iría mejor. Creo que los hijos necesitan la influencia de los padres y, cuando te separas, es evidente que algo les quitas, se sienten menos protegidos, lo que no se sabe si es mejor o peor.

—¿Y tú?

—Mira, tengo que pensar que ya he recorrido todo lo que tenía que recorrer. Me siento feliz, de verdad, muy feliz. Todos tenemos etapas en que vas a por todas las que se dejan, pero sinceramente creo que los líos han dejado de interesarme, no me compensan.

—¿Qué has hecho con el piso que habías alquilado? Te lo digo porque tengo a una persona que está como loca buscando una cosa así.

—Chico, pues lo siento. Lo he dejado justo cuando ya había colocado todas mis cosas, mis libros. He vuelto a meter todo en cajas y lo tengo en un guardamuebles, pues en la casa de Isabel no entra nada más. Tan sólo he llevado algunos cuadros.

UNA COMODA POSADA PARA RUBIO

A mediados de noviembre, Jaime Soto y Marina organizan una cena, cuando apenas ha transcurrido un mes desde la marcha del financiero del Banco Hispano por sus desavenencias con Claudio Boada. El día anterior, al repasar la lista de invitados, ve que todos van a estar acompañados menos Mariano Rubio. La solución es el teléfono:

—¿Carmen? Soy Jaime Soto, ¿cómo estás?

—Hola, Jaime, me alegro que me hayas llamado. ¿Qué tal te va? Ya me han contado que has salido muy bien del banco, vamos, pero que muy bien...

—No hagas caso, la gente exagera en estas cosas. Verás, te llamaba para invitarte a cenar mañana en casa con un grupo de gente que tú conoces: los Boyer, los De la Concha, Salas y Bárbara Chaplin, Francisco Alfaro, Alvaro... y una persona que sé que quieres conocer de cara a tu cliente: Mariano Rubio.

—¡Cuenta conmigo! Chao, Jaime, nos vemos mañana.

Esa noche, Carmen Posadas está hermosa y atractiva, con ese aire ligeramente salvaje que le dan sus ojos rasgados. Lleva varios meses trabajando para José María Ruiz Mateos, y se ha propuesto como meta abrir al empresario una vía de comunicación con la Administración. El gobernador del Banco de España le parece la persona adecuada. Acostumbrada a la diplomacia desde que nació, viajera de una buena parte del mundo y con un cierto dominio del lenguaje financiero tras su boda con el agente de cambio y bolsa Rafael García Cueto, la escritora uruguaya tiene mucho a su favor cuando le presentan a Mariano Rubio.

Unas horas más tarde comienzan las despedidas; el gobernador bancario la acompaña y, dejando el coche oficial de escolta, se sube al 600 que emplea Carmen para moverse por Madrid. La última copa la toman en Mau-Mau, donde acuden muchas más veces los meses siguientes. Es «el inicio de una bella amistad» —una de las frases inmortales de la película *Casablanca*— que termina el 1 de octubre de 1988 con boda en Viena.

Ese noviembre de 1985, Isabel Preysler da otro paso en su carrera de mujer superpopular: firma un contrato con la firma Porcelanosa para realizar unos *spots* publicitarios, el primero de los cuales se rueda el día 30 en Barcelona a las órdenes del director Alvaro Sáenz de Heredia. Su maquillador es Tarim, un excelente profesional al que recurren casi todas las mujeres de la *jet*, lo mismo que a su «amigo» el peluquero Durán. En el escaso plazo de veinticuatro meses, los dos morirán por culpa del sida y el temor a la terrible enfermedad hará presa en todas las famosas a las que han prestado sus servicios profesionales.

Isabel Preysler se da de alta en licencia fiscal unos meses más tarde, el 22 de abril de 1986, y comienza a cumplir religiosamente con el IVA todos los trimestres. La mano reguladora de Miguel Boyer se deja sentir y la pareja paga sus impuestos en la banda más alta posible: el 56 por 100. En esos dos años Hacienda recibe de Isabel unos ocho millones de pesetas.

El 5 de febrero de ese año, Miguel Boyer puede celebrar su cumpleaños en casa y rodeado de sus amigos, que aplauden y cantan el *Happy birthday to you...* mientras apaga las cuarenta y siete velas que Isabel ha puesto en la exquisita tarta de chocolate y moka enviada por la pastelería Embassy. Los invitados a cenar llegan puntuales a las nueve de la noche: Carlos Solchaga y su mujer, Gloria Barba; Joaquín Leguina y Petra Mateos; Manolo Guasch y Margarita; Manolo de la Concha y Paloma; Juan Antonio Ruiz de Alda y Pilar; Mariano Rubio...

—Miguel —le dice José María Amusátegui—, te veo en plena forma, sin grasas... Estás estupendo, ¿vas a algún gimnasio, te has apuntado al golf como todos éstos? —y con el brazo señala al grupo de Mariano Rubio y Juan Antonio Ruiz de Alda.

—No, el golf me parece insufrible y el gimnasio lo tengo en casa: todas las semanas, dos o tres días, hago una tabla de gimnasia de tensión dinámica que nos inventamos en la cárcel Miguel Angel Martínez y yo. Un poco corregida, por los años, me viene muy bien antes de salir a la oficina.

—Pues no me vendría mal que me la enseñaras, que no hay forma de que rebaje peso. Pero tú también le das al paddle.

—Un poco, lo mismo que al tenis. Ahí la experta es Isabel, que es una auténtica campeona. Que se lo pregunten a Margarita, que hasta se enfada cuando subimos a San Agustín y no hay forma de ganarle.

—Soy testigo de eso, sí señor —interviene Manolo de la Concha—. Pilar ha prometido que hasta que no derrote a Isabel no va a parar. La tiene frita.

—¿Te acuerdas cuando montábamos a caballo en La Dehesilla? —le pregunta Mariano Rubio.

—¡Cómo no me voy a acordar! Tú siempre presumiendo de lo bien que lo hacías y del susto que nos había dado Juan Manuel Kindelán, y vas y te das un buen porrazo... Creo que fue en el 82, unos meses antes de formar Gobierno, que habíamos ido con los Entrecanales...

—Para eso tú —insiste Rubio— con los esquíes, que pareces uno de esos dibujos animados siempre a punto de caerse.

—Reconozco que el esquí me aburre desde siempre, desde que mis padres se empeñaban en subir a la sierra. Terminé hasta el gorro del frío que pasábamos y de los remontes. A mí lo que de verdad me gusta y creo que hago mejor es nadar. Hecho de menos la piscina que tenía en mi antigua casa.

—Anda, Miguel —le dice su esposa con una sonrisa—, explícales lo de *Toñeo street*...

—¡Venga, explícanos! —corean un poco todos.

—Pues nada, *Toñeo street* era el nombre que le dimos a la calle Marqués de la Ensenada, que era donde los chicos del colegio jugábamos al fútbol. Yo jugaba muy mal y siempre me ponía de defensa. Nos dábamos unas palizas de muerte y leña, mucha leña.

ROJO Y NEGRO CON VARGAS LLOSA

El verano del 86 es glorioso para Isabel y Miguel Boyer. Ella aterriza en el mes de agosto en Marbella en olor de multitud: aplausos en el aeropuerto, carreras de los fotógrafos y los niños —Chabeli, Julio José, Enrique y Tamara— soportando con estoicismo el magnífico embrollo; él asiste a los cursos de la Universidad Menéndez Pelayo y se comporta como el auténtico director de la política económica española: está soberbio, impresionante, como en sus mejores tiempos. Y por ello recibe los esperados ataques de Alfonso Guerra, que provocan una respuesta dura y contundente. En El Barranco —que así se llama el chalé que han alquilado—, Isabel está feliz con el guerrero de la inflación, la contención del gasto y la flexibilización del mercado laboral.

Salen a cenar con Mario Vargas Llosa y su mujer, Patricia, mientras en Madrid Elena Arnedo, su ex mujer, se casa en los juzgados civiles de la calle Pradillo con el arquitecto Fernando Terán. El escritor y el banquero, dos lectores empedernidos y amantes de la literatura francesa, se enfrascan en una discusión sobre los méritos y deméritos de los creadores galos:

—Para mí, Mario, una de las grandes obras de la literatura no sólo francesa, sino universal, es *Rojo y negro,* me parece magnífica.

—Sí, pero por encima hay que colocar a *Madame Bovary.*

—Tienes a su mismo nivel *La cartuja de Parma;* la verdad es que he leído muchas más novelas cuando estaba en el Liceo Francés que luego. Allí leí a Racine, a Molière, a Voltaire, a todos los grandes clásicos de la Ilustración.

—¡No me digas que no caíste en las garras de Salgari!

—¡Por supuesto!, he leído casi todo, lo mismo que de Julio Verne. Piensa que yo no fui al colegio hasta los nueve años. Mis padres nos daban clases en casa mientras estuvimos en Puertollano, donde mi padre estaba destinado como ingeniero de la empresa Peñarroya. Nos leían en voz alta los textos de la Grecia clásica. Creo que por eso me aficioné a la novela histórica...

—¿Y de ahora, de la novelística actual?

—Si dejamos a un lado tu obra, que la he leído entera, me gusta Eduardo Mendoza, no todo lo de García Márquez, y Tom Wolfe me parece magnífico, lo mismo que Norman Mailer...

—Por tu formación francesa debería gustarte Jean Paul Sartre, que por cierto no has mencionado...

—Sartre me gusta como escritor, como filósofo me parece bastante malo. El pensador que más me ha influido ha sido Bertrand Russell. A través de él abandoné el marxismo.

El verano se alarga en Madrid con un caluroso mes de septiembre. Miguel Boyer Arnedo pasa por el Banco Exterior a recoger a su padre. Dan un largo paseo por el Jardín Botánico y hablan de los problemas personales y familiares, pero también de sus aventuras, como la que vivieron en el macizo montañoso del Tasili, en Argelia, donde subieron para contemplar las maravillosas pinturas rupestres que cuentan cómo era el Sahara hace millones de años, cuando la vegetación cubría las hoy secas arenas y allí convivían los elefantes, los cocodrilos y toda la exuberante fauna de la selva virgen; o la que les llevó a Timgad, en pleno desierto argelino, para ver las ruinas romanas que nada tienen que envidiar a las que existen en Petra. Después le indican al chófer que les lleve al restaurante Los Remos, a la salida de Madrid por la autopista de La Coruña. Les espera una buena mariscada.

A finales de mes, Miguel e Isabel vuelan a Nueva York. Se alojan en el Waldorf Astoria la noche de su llegada y al día siguiente sus destinos les separan: él se marcha a Washington para asistir a las reuniones del Fondo Monetario Internacional en compañía de otros ilustres banqueros, entre los que se encuentra su amigo Mariano Rubio; ella se va a Miami a ver a sus tres hijos. Dos días más tarde vuelven a reunirse en la «capital del mundo», entre los gigantes de cemento y cristal que habitan Manhattan. El Spanish Institute les ha reservado una suite en el hotel Carlyle, un detalle exquisito para el invitado de honor que, además, va dispuesto a «darle la puntilla» a Alfonso Guerra. Una cerrada salva de aplausos es el premio a su exposición de las recetas que necesita la economía española, mientras Isabel habla con la condesa de Romanones y Javier Pradera, el fino editorialista del diario *El País* y amigo de Boyer desde siempre.

Esa noche, con Miguel colgado del teléfono preguntando por su hija, que le acaba de convertir en abuelo, Isabel Preysler asiste como invitada especial a la inauguración de la tienda que la peletera y diseñadora española Elena Benarroch abre en la calle 64. Al día siguiente están invitados a cenar en casa del embajador ante la ONU, Fernando Morán, el ex ministro de Asuntos Exteriores que bautizó a Isabel como «la China».

Ya en Madrid, mientras se prepara para rodar el segundo *spot* de la firma de azulejos, Isabel Preysler da una respuesta sorprendente a una pregunta del periodista Agustín Trialasos, uno de los grandes especialistas de la prensa del corazón:

—¿Te gustaría aumentar tu familia?

—¡Cómo me preguntas eso! Ten en cuenta que Miguel y yo no estamos casados.

El 23 de enero de 1987, pocas horas después del embargo de los bienes de la familia Coca por Banesto, dos de los abogados que trabajaron para el banquero suicidado y más tarde para el empresario Ruiz Mateos entran en el domicilio de los Boyer de la calle Arga: Matías Cortés va con su mujer, Mai Rivas, y Horacio Oliva con la suya, Inés Lozano Marmolejo. Está también uno de los grandes amigos de Miguel desde los años setenta, el abogado Enrique Moya Francés, uno de los hombres que más unido ha estado al presidente del Banco Hispano, Claudio Boada, y a su segundo, José María Amusátegui, y que atesora un *curriculum* empresarial impresionante: presidente del INI, consejero delegado de FRUCO y de OELSA, presidente de INPRALSA, INTELHORCE, Argos-Vergara, SITRE, CEGESA y PRODINSA, y consejero del Banco de Madrid y de las bodegas Luis Megía. Esa noche no tiene una cita de negocios y le acompaña su mujer, Mari Carmen Suárez.

Los dos abogados llevan los asuntos jurídicos de Isabel, y Horacio ha sido el que ha instrumentalizado la querella contra el periodista Jesús Mariñas por las frases vertidas en la COPE, en el programa de Luis del Olmo. El pasado ha quedado atrás y para el ex ministro las discusiones sobre el tema Rumasa pertenecen a la historia.

En Semana Santa aprovechan una de las juntas que el Banco Exterior tiene que realizar en su filial egipcia y recorren el Nilo desde Luxor a Karnak. Es el primer viaje de Isabel a la tierra de los faraones y queda fascinada, tanto por lo que ve como por las numerosas y exactas explicaciones de Miguel Boyer. El 30 de abril, en el turno de ruegos y preguntas de la Junta General de este banco, uno de los accionistas se levanta y origina un pequeño revuelo, prontamente sofocado, cuando micrófono en ristre acusa a Boyer de «falta de seriedad por salir en todas esas revistas acompañado de esa señora que ya sabemos todos quién es. Eso no es digno de un presidente de uno de los ocho grandes bancos españoles».

UNA «LUNA» PARA ISABEL PREYSLER

Ese verano Miguel le alquila La Luna a Isabel, un precioso chalé con huerto situado en uno de los cerros que rodean Marbella, más alejado y discreto que las anteriores casas de veraneo. Salen poco, algunas escapadas a Sotogrande para cenar con Pedro Schwartz y su grupo, o a La Fonda con Manolo de la Concha y Paloma. A mediados de agosto se embarcan en el yate Santa Cruz III, que ha alquilado el magnate venezolano y dueño de Galerías Preciados, Gustavo Cisneros. Es una semana estupenda recorriendo las islas Baleares y disfrutando de la tranquilidad que les es tan difícil de encontrar en la Costa del Sol. En Mallorca visitan a Carmen Martínez-Bordiú y a Jean Marie Rossi, y hacen una pequeña escala en Los Pinos para admirar la soberbia casa que Matías Cortés posee en la isla; en Ibiza cumplen con el obligado ritual de visitar KU, la gigantesca discoteca al aire libre situada en la carretera de Ibiza a San Antonio. Mientras toman una copa en el *privée,* rodeados de excitantes seres de ambos sexos que bailan de forma desaforada al son de la música disco, Miguel Boyer le hace una confesión al empresario Cisneros:

—Todo esto me produce malestar, desde la música a las letras, cuando las hay, me parecen horrendas...

—A mí también, Miguel, a mí también.

—No sé lo que te habrá pasado a ti, Gustavo, ya que te has educado en otra cultura, pero yo en música moderna me quedé congelado en Juliette Greco, en Georges Brassens, en Montand... Además, tengo mal oído, y eso que hice tres años de solfeo y uno de piano porque se empeñó mi madre...

—No somos de esta época, convéncete...

—Puede que tengas razón; yo, por lo menos, me siento de otra época, me siento viejo.

Llega la Navidad y con ella, desde Estados Unidos, los tres hijos mayores de Isabel Preysler. El rumor de que la pareja piensa casarse durante las fiestas, aprovechando que está en Madrid toda la familia, se extiende por los medios de comunicación que intentan lograr la confirmación de la noticia por alguno de los amigos.

El miércoles 30 de diciembre, Miguel Boyer ultima los detalles de la boda con el juez José María Ferrer de la Fuente; será el sábado, día en el que los juzgados están cerrados por el puente de fin de año, sin testigos y sin problemas.

El 2 de enero de 1988, a las siete de la mañana, llegan a Arga 1 la maquilladora y el peluquero de Isabel Preysler. No hay nadie levantado salvo el matrimonio. Los nervios de la novia son evidentes, casi como la primera vez, hace diecisiete años. Isabel ha elegido un vestido gris oscuro con diseño de María Rosa Salvador —dueña de la boutique Dafnis— y con pieles de visón que ha aportado Elena Benarroch. A las nueve, con las calles de Madrid vacías, suben al Mercedes y se dirigen a la calle Pradillo; cuando llegan les están esperando el padrino, José María Amusátegui, y la madrina, Margarita Guasch. En la sala del juzgado se encuentran el magistrado Ferrer de la Fuente y los otros dos funcionarios que van a confirmar la ceremonia: el también magistrado Chacón y la jueza María del Prado.

Cinco minutos después posan rápidamente para los pocos reporteros gráficos que se han enterado del acontecimiento y están esperándoles a la salida. Quieren regresar lo antes posible a su casa para darles la noticia a Chabeli, Julio José, Enrique y la pequeña Tamara, a quienes no han dicho nada para evitar indiscreciones. Esa será la sorpresa con la que se despierten y de la que hablen durante el desayuno, acompañados de los padrinos. Miguel Boyer se lo ha comunicado a sus hijos el día anterior, durante una cena en casa de Laura y su marido, Luis Imedio, a la que sólo asiste él mientras Isabel se queda con el resto de la familia.

El día 4 el matrimonio festeja el acontecimiento con una cena íntima en casa de Mariano Rubio y Carmen Posadas. Los regalos que desde el mismo sábado han llegado en aluvión al chalé de El Viso son motivo de más de un comentario jocoso. El domingo siguiente Isabel asiste al concierto de Daniel Barenboim en el Teatro Real; después se reúne con Miguel Boyer y unos amigos y cenan en Viejo Madrid, donde tienen que firmar en el libro de honor y hacerse la foto de cortesía con todos los camareros.

Son felices y no ven la tormenta que se está formando en el horizonte. Los primeros truenos, a los que no dan importancia, suenan en sus oídos en forma de pitos el 24 de febrero durante la entrega de los premios Maite de Teatro; llegan con una hora de retraso y los asistentes demuestran su irritación silbando y batiendo las palmas de las manos sobre las mesas. El premio se lo lleva Angel García Moreno, y su fotografía sonriendo al lado de Isabel parece borrar los malos ratos anteriores.

Quince días más tarde, el 12 de marzo, los truenos vuelven a sonar de la misma forma en la corrida que se celebra en Las Ventas a beneficio de ANDE (Asociación de Disminuidos Especiales), que Isabel Preysler preside desde hace unos meses. Los toros los pone el matador y ganadero Paco Ojeda, y el arte y el valor José Mari Manzanares, Curro Vázquez, Pepe Luis Vargas, Joselito y el rejoneador Manuel Vidrié.

El 13 de junio, Isabel tiene oportunidad de demostrar que no ha olvidado la educación oriental que recibió en Filipinas. Durante la cena de clausura de las Jornadas Gastronómicas de su país de origen —a las que asiste también Pitita Ridruejo— la esposa del presidente del Banco Exterior cumple con la ceremonia de encendido de los puros antes de ofrecérselos a los caballeros, todo un rito para las filipinas, como puede ser el servicio del sake para las japonesas.

En agosto vuelven a alquilarle La Luna a la hermana de Gunilla von Bismark, y de allí saldrá la noticia que comunican a primeros de noviembre a un grupo de amigos en el transcurso de una cena en el restaurante Jockey: van a tener un hijo. Juan Abelló y Ana Hohenlohe son los primeros en felicitarles, seguidos por José Angel Sánchez Asiaín y su esposa, María Antonia Sanz, el matrimonio Sarasola y los ex embajadores en España, Thomas Enders y Gaetana. Extraño cóctel de parejas para una noticia que extraña a todos. Las mujeres son las primeras en preguntar por los posibles problemas, ya que Isabel va a cumplir treinta y ocho años.

—No hay ningún peligro —les tranquiliza la futura madre—, mi ginecólogo, García del Real, me ha hecho una biopsia ecorial para comprobar que la niña no tendrá ningún problema.

LA PRIMERA BOFETADA

La huelga general del 14 de diciembre introduce un nuevo factor en la vida política, económica y social española con el que ninguno de los comensales ha contado. La tormenta se ha situado sobre las cabezas del Gobierno y del Partido Socialista, y Miguel Boyer e Isabel Preysler van a ser los pararrayos.

Al día siguiente, el presidente de Cartera Central está invitado a dar una conferencia en la APD (Asociación para el Progreso de la Dirección), rodeado de amigos y de lo más selecto del mundo empresarial español. Su pase al sector privado levanta expectación en todos los sitios, máxime cuando la guerra entre los Albertos y Mario Conde se encuentra en su apogeo.

A las diez de la mañana, el ex camarero del hotel Intercontinental, Juan José Fonseca, se reúne en el *hall* con su mujer Toñi, Carlos Manzano, Ladis, Santos Morante y Fernando García Fernández, el doble de Ruiz Mateos que se presentó en los juzgados de la Plaza de Castilla con un cactus mientras el empresario se encontraba huido; en total se juntan ocho personas. A los pocos minutos llega Joaquín Ivancos, uno de los hombres de confianza del ex propietario de Rumasa. Todo está a punto. Le entrega a Fonseca el número de teléfono de un abogado por si es necesario. El carné del sindicato UGT, que el antiguo camarero lleva en el bolsillo, puede ayudar a la farsa.

Los ocho han pagado sus entradas y se sientan entre el público congregado para escuchar a Miguel Boyer. Cuando el presidente de la APD, Claudio Boada, cede la palabra a su «sobrino» —que así considera el máximo responsable del Hispano al hombre que conoce desde comienzos de los setenta—, Juan José Fonseca se levanta para llamar «traidor» y «carterista» al ex ministro. Envalentonado por la paralización que la sorpresa produce entre los asistentes, lanza una bofetada que roza la mejilla izquierda de Boyer; el resto del grupo está dispuesto a cubrirle la espalda, pero no es necesario que intervengan.

El plan de José María Ruiz Mateos tiene unas consecuencias que ni él mismo podía imaginar: el matrimonio Boyer se convierte en el blanco de todos los ataques, principalmente desde dentro del propio Partido Socialista, algunos de cuyos dirigentes critican con dureza y con desprecio al que es su compañero y militante de la Agrupación de Chamartín, al corriente del pago de sus cuotas.

¿Cómo reciben en su casa el incidente? El propio Boyer lo explica:

—Mostraron su sorpresa por las características de la acción y por no haber contestado en los mismos términos, cosa que, afortunadamente, no se me pasó por la cabeza.

¿Cómo reaccionan sus amigos ante esa bofetada y qué significa para todos ellos? También unos días más tarde, el ex ministro lo analiza perfectamente:

—Aparte de que no fuera importante, ya que apenas me rozó, el incidente me pareció al principio algo que podía encajar en el clima del día siguiente a la huelga general, y sólo me extrañaba la agresión física violenta, que en veintinueve años de vida política nunca he visto, incluso en momentos de discusión mucho más duros. Luego, por toda una serie de elementos, he llegado al convencimiento de que fue un montaje encargado por una persona procesada que dedica su tiempo a las amenazas y a la venganza; en ese sentido, es un poco penoso y un tanto ridículo leer tanta filosofía barata sobre el significado ideológico y político de ese incidente. Y, además, todos los elementos que tengo indican que van a producirse más; incluso me han advertido que hay otra acción ya contratada para arrojar botes de pintura sobre mi mujer y quizá sobre alguno de mis amigos, naturalmente para hacer fotografías y demostrar una vez más la animadversión que despertamos. Es un montaje y, como tal, no me preocupa intelectualmente.

El día 19, el marqués de Griñón presenta ante el Tribunal Eclesiástico de Madrid la demanda de nulidad de su matrimonio con Isabel Preysler a través del procurador Víctor Requejo Calvo. Basa la demanda en que su ex mujer siempre fue contraria a las exigencias del matrimonio canónico y defensora del derecho personal a buscar la felicidad, y que sólo los esposos pueden dar por finalizado el compromiso.

Pese a lo avanzado de su embarazo, Isabel sorprende a Manolo y Paloma de la Concha, y al propio Miguel, con una atractiva minifalda que se pone para salir a cenar al restaurante Horcher a primeros de marzo de 1989. Unos días más tarde, aprovechando la Semana Santa, el matrimonio Boyer y la pequeña Tamara se marchan a Estambul. Esos días se creen a salvo del acoso de los periodistas, pero allí donde no aparecen los profesionales florecen los aficionados. Su visita al museo Topkapi y sus paseos por el Gran Bazar serán recogidos por las cámaras de un grupo de turistas que, ni cortos ni perezosos, nada más regresar a Madrid venden las fotografías a varias publicaciones.

El 5 de abril, los dos asisten al concierto ofrecido en el palacio de El Pardo por el presidente de la República Federal de Alemania, Richard von Weizsacker. El martes 18, a las 12.18 del mediodía, bajo la atención del doctor García del Real y en el sanatorio Ruber Internacional, nace Ana Boyer Preysler. Esa mañana, el presidente de Cartera Central le ha dicho a María, su secretaria, que a todo el que llame le diga que está en Barcelona por motivos de trabajo.

Todos los problemas de su nueva casa en Puerta de Hierro —convertida en «Villa Meona» por la pluma de Jaime Capmany, desde que se publicaron los planos realizados por su primo, Carlos Boyer— le parecen ese día mucho menos importantes. Han pasado diez meses desde que se cerrara la operación de compra con Fernando Fernández Tapias, merced a los buenos oficios de Cary Lapique y su hermana Miriam a través de la agencia A Inmobiliaria, de la que son socios Alfonso Cortina, Carlos Goyanes y Alfredo Fraile. Le han ganado por la mano a Tita Cervera y al barón Thyssen, que también se habían encaprichado de la estratégica parcela situada en la avenida de Miraflores, muy cerca de las mansiones que poseen en la lujosa urbanización Jacques Hachuel, Enrique Sarasola, Jaime Argüelles, Ricardo Gómez-Acebo, César «Puchi» Montenegro, Marc Rich y Francisco Fernández Ordóñez: la *crème de la crème* de las altas finanzas.

«SALGAMOS Y PELEEMOS COMO MACHOS»

A las nueve de la mañana del 3 de mayo de 1989, un día que no olvidará nunca, Miguel Boyer entra en el edificio de los juzgados de la Plaza de Castilla acompañado del abogado Francisco Javier Ruiz Paredes y de dos guardaespaldas de la empresa Prosegur. Sabe que tiene que enfrentarse al empresario expropiado, pero el plan meticulosamente preparado por José María Ruiz Mateos va a sorprender a todos.

Desde primeras horas, el ex dueño de Rumasa está recorriendo el largo pasillo que conduce al juzgado número 7 en compañía de su hijo Zoilo, los abogados Marcos García Montes y Javier Sainz Moreno, dos guardaespaldas y cuatro comparsas: tres de ellos con máscaras que representan a los tres maridos de Isabel Preysler y la cuarta con una enorme interrogación; el que imita a Julio Iglesias va provisto de un pequeño cassette en el que se repite, una y otra vez, una de las canciones del artista: «Lo mejor de mi vida has sido tú...»

El juez Eladio Galán accede a que el empresario esté

presente durante la declaración del presidente de Cartera Central, pero le advierte que a la más mínima incorrección tendrá que abandonar la sala; a los pocos minutos no tiene más remedio que poner en práctica la advertencia. En los pasillos, mientras espera que Miguel Boyer termine el interrogatorio, Ruiz Mateos y su hijo extienden una pancarta en la que puede leerse: «Boyer, devuélvenos todo lo que nos has robado.» Pasea nervioso, rodeado por periodistas con el bloc en la mano, el micrófono o la cámara de televisión. De su boca salen toda suerte de improperios contra la virilidad y la familia de Miguel Boyer, al que amenaza: «Lo más probable es que le dé un puñetazo, porque no tiene ni media torta.» Los que portan las caretas prosiguen con el esperpento entre el regocijo de los asistentes. Las supuestas medidas de seguridad que se han tomado para evitar incidentes, con una mayor vigilancia por parte de los números de la Guardia Civil, no se notan en nada.

A las 9.45, terminada su declaración, el ex ministro aparece en el pasillo y comienza a explicar el sentido de la misma ante los periodistas. Rápidamente, el equipo de Ruiz Mateos le rodea mientras el abogado Javier Sainz cierra las puertas del ascensor. El empresario, apoyándose en sus guardaespaldas, comienza con su ataque verbal:

—¡Boyer, cuando yo tenga que darte un puñetazo, te lo doy en directo, sin ugetistas!

—No haber alquilado, no haber alquilado —le contesta Boyer.

—¡Hasta que no estés en la cárcel no pararé. No me conoces. Eres un cretino, un farsante, un impostor y un culpable de lo que han hecho!

—Ya ven ustedes —les dice Boyer a los periodistas—, si no es cinismo el que este individuo me acuse de injurias. Esto es un circo, sois unos payasos.

El pasillo es un lío enorme en el que todo el mundo se empuja. Los guardaespaldas de Ruiz Mateos le abren camino hacia su objetivo; el empresario cree que ha llegado su gran momento y lanza el puño hacia el rostro de Miguel Boyer, le da en plena cara y las gafas del ex ministro ruedan por el suelo y se rompen. Instintivamente, Boyer intenta responder a la agresión, pero Ruiz Mateos se encoge detrás del enorme cuerpo de uno de sus hombres. Allí, agazapado, continúa lanzando amenazas y retos:

—Mira, vente a la calle, quítate de protección y peleemos como machos y como hombres. Eres un malvado, y hasta que no acabe contigo no pararé... Esto te lo digo en serio. Eres un maricón.

—Tienes miedo, ¿verdad? —le dice también a Boyer el abogado Sainz Moreno.

—Aquí hay mucho circo y el circo es el mundo de los payasos —responde el ex ministro.

—¡Sinvergüenza, ladrón! —le insulta Sainz Moreno.

—¡Delincuente! —le dice Boyer.

Sin gafas y con el rostro desencajado por la tensión, el presidente de Cartera Central intenta salir del cerco ayudado por su abogado y los dos guardaespaldas. Es el momento que utiliza Ruiz Mateos para alzar el brazo como si fuera una serpiente cascabel, curvar el puño y dar otra vez en su objetivo: la cabeza de Miguel Boyer. Este alcanza las escaleras y desciende por ellas mientras los acompañantes del empresario jerezano tiran monedas desde lo alto y gritan:

—¡Para el chalé, para el chalé!

Todas las emisoras de radio han retransmitido esos cinco minutos en directo, con la carga emotiva que se ha vivido en el pasillo del juzgado. La noticia circula a una velocidad endiablada por todo Madrid, mucho más deprisa que el automóvil que desciende por el Paseo de la Castellana, entra en los sótanos de Azca y se dirige al aparcamiento de Torre Picasso. Cuando Miguel Boyer llega a su despacho y busca en el cajón las gafas que tiene de repuesto, su mujer recibe en su domicilio la llamada de una amiga:

—¡Isabel, ¿cómo estás, te has enterado?!

—No, ¿qué sucede, de qué me hablas?

—De Miguel, ha tenido un lío horrible con Ruiz Mateos; éste le ha pegado y todo. Pon la radio y verás, hay un jaleo enorme.

Nerviosa, alterada, Isabel pone la radio y allí están, mueva hacia donde mueva la aguja, las voces que cuentan lo mismo: Miguel Boyer, ex ministro de Economía y Hacienda y actual presidente de Cartera Central, ha sido agredido por el empresario Ruiz Mateos, y los insultos, las voces, pasados una y otra vez ante una audiencia asombrada.

«Lo sabía, lo sabía —se dice Isabel Preysler en su interior—. Esto tenía que ocurrir después de lo de diciembre y las pintadas en casa. Hasta dónde van a llegar, hasta dónde.» Su madre, Betty Arrastia, que se ha trasladado desde Manila para conocer a su nueva nieta, intenta tranquilizarla mientras se dirige al teléfono.

Marca el número directo del despacho de su marido y cuando oye la voz de María, su secretaria, no la saluda como otras veces; tiene muchísima prisa por hablar con Miguel:

—¿Cómo estás, Miguel, cómo estás?

—Estoy bien, no te preocupes, no ha sido nada. Es más el jaleo que se ha organizado que otra cosa. Estoy trabajando, luego iré a casa a comer.

Más tranquila, Isabel cuelga el teléfono y sin poderse contener llora abrazada a su madre como hacía mucho, muchísimo tiempo que no lloraba.

Por la tarde, el juez de instrucción Adrián Varillas decreta la orden de busca y captura contra José María Ruiz Mateos y firma un auto de prisión incondicional. El empresario desaparece, pero las imágenes repetidas en todos los telediarios golpean una y otra vez la retina de los espectadores. Como se comprobará un mes más tarde, Ruiz Mateos acaba de protagonizar el mejor acto electoral de su vida: en junio saldrá elegido eurodiputado junto a su yerno. El país, que se siente agraviado por la política del Gobierno, descarga su frustración sobre un hombre, Miguel Boyer, que pasa en esos momentos por ser el auténtico cordero del sacrificio, el guiñol al que todos pueden golpear. El último grito del empresario —«que te pego, leche, que te pego»— se convierte en una muletilla casi obligada en todas las reuniones.

Al día siguiente, Miguel Boyer viaja a Oviedo a una reunión del jurado de los premios Príncipe de Asturias.

Más calmado, analiza la situación y explica a los allí reunidos su punto de vista:

—La agresión es un atentado contra la convivencia democrática de este país. La expropiación fue un acto colectivo de todo el Gobierno; quizá Ruiz Mateos me ha elegido a mí como chivo expiatorio porque soy más vulnerable que mis compañeros que aún siguen en el gabinete. Espero que a mi hija Ana le toque vivir en un país más serio.

El 5 de mayo aterriza en Madrid Julio Iglesias. Viene para grabar uno de los programas de *Sábado noche* y presentar su último disco, *Raíces*. Nada más descender del avión se entera de lo ocurrido hace tan sólo cuarenta y ocho horas. Su ex mujer vive peligrosamente.

El domingo día 7, en la calle Arga 1 se recibe otro mazazo: José Boyer Ruiz-Beneyán, padre de Miguel, acaba de morir. Es una semana trágica para el presidente de Cartera Central, que debe echar mano de todo su aplomo para no derrumbarse. Menos mal que Isabel está a su lado y responde a la definición que tantas veces ha hecho de ella ante sus amigos:

—Mi mujer es una persona extraordinaria, con una gran capacidad de ser feliz, incluso cuando las cosas vienen mal dadas, que a mí, en cualquier caso, me hace muy feliz. Es una persona de una gran inteligencia. Isabel es todo eso y más.

En el entierro están sus hijos Miguel y Laura, sus hermanos, Alberto Cortina, Alberto Alcocer y ella, Isabel. No hay nadie del Partido Socialista, ninguno de sus amigos. Una especie de miedo al escándalo, de miedo ante el resto de la sociedad, se extiende esos días entre la *beautiful people,* golpeada, atacada, puesta en la picota. Las palabras de algunos compañeros —¡compañeros!— le provocan el dolor y la amargura:

Salvador Clotas: «Hay que castigar las actividades que traspasan los límites de la honestidad, y en esto, el exhibicionismo de Miguel Boyer es poco edificante y gratificante. Se trata de un comportamiento poco socialista. El PSOE tiene que vigilar la honradez de sus afiliados.»

Matilde Fernández: «El socialismo es austeridad y la gente guapa de mi partido es una minoría que está haciendo mucho daño al PSOE. Y lo vuelvo a repetir: me apunto a cortarles las alas.»

Raimon Obiols: «Los socialistas que coquetean con la *jet* han dejado de ser los acreedores del sistema y son sus valedores. Y que no se extrañen de que se les pase factura.»

El 22 de mayo, Isabel Preysler desciende de su coche en la calle Amador de los Ríos, en la puerta del restaurante Jockey. En uno de los reservados la están esperando los demás miembros del jurado que otorga la «Aguja de oro» de Dafnis; ese año acuerdan dársela a Isabel Saura de Castañer. Mientras habla con Enrique Loewe le pasan una nota: los hijos de Ruiz Mateos quieren hablar con ella. Entre el asombro y la indignación, prefiere guardar silencio. Abajo, en el comedor principal, Paloma, Rocío, José María y Alfonso Ruiz Mateos festejan el cumpleaños del último de ellos; han pedido tarta y cuando ven salir a Isabel deciden que la venganza está al alcance de su mano. Sin pensárselo dos veces, la siguen en moto hasta el 91 de la calle Velázquez, donde tiene su consulta el ginecólogo García del Real.

Cuando Isabel baja del automóvil, su guardaespaldas ve el peligro y le avisa. En décimas de segundo gira la cabeza y ve la tarta que vuela por los aires hacia su cuerpo; apenas tiene tiempo para esquivarla y sentir cómo se estrella a sus pies.

Son demasiados sustos, demasiadas emociones. Isabel y Miguel deciden tomarse unos días de vacaciones, un largo fin de semana en Roma que les haga vivir una segunda luna de miel. En lo alto de la escalinata de la Trinità dei Monti se encuentra el hotel Villa Medici, y desde la habitación 421 se observa todo el esplendor de Villa Borghese.

Comen en Diocleziano y cenan en el Palazzo Montorio —la residencia del embajador español— con Emilio Menéndez del Valle, uno de los viejos amigos de Boyer; pero, sobre todo, pasean de madrugada por Piazza Navona, tal y como han hecho millones de enamorados durante los últimos siglos, o por la clásica y turística Via Veneto, el centro de la *dolce vita* que retratara Federico Fellini en sus películas de los años sesenta.

Visitan el Vaticano, el castillo de Sant'Angelo y la impresionante Basílica de San Pedro, para subir después hacia el Trastevere, uno de los barrios más bonitos del mundo. En él vivieron parte de su amor Rafael Alberti y María Teresa León, y en él, hace seis años, el vicepresidente del Gobierno y máximo rival de Miguel Boyer y su política, Alfonso Guerra, vivía su pasión con María Jesús Llorente. Posiblemente celebraron el nacimiento de Alma, su hija, en el mismo lugar que ellos celebran el de la suya, Ana: en el pequeño, acogedor y famoso restaurante Ciarla.

CAPÍTULO IV

LOS CLANES DEL PSOE

ADIVINA QUIEN VIENE A CENAR

Miguel Boyer no puede evitar el pasado, que se cuela por los grandes ventanales que dan a la calle Alcalá. En el frío y gris invierno madrileño de 1982, el poderoso ministro recuerda su primera cita con Felipe González y Alfonso Guerra en 1969, cuando ya el clan sevillano se ha hecho notar en el partido. Será Enrique Múgica quien le llame a su recién estrenado despacho en el Servicio de Estudios del Banco de España, tras licenciarse en Ciencias Económicas mientras da clase de Física en la Escuela de Telecomunicaciones.

—Miguel, que he pensado que podíamos comer juntos, ¿qué te parece?

—Pues mira, hoy no puede ser, ya tengo un compromiso...

—Es que acaban de llegar «Isidoro» y «Andrés», esos amigos nuestros, y me han pedido que comiéramos todos juntos.

—Bueno, creo que podré arreglarlo, ¿dónde quedamos?

—En Gambrinus, al lado de las Cortes. Te pilla muy cerca.

Fue una comida de las muchas que se celebraban entonces, en la que lo de menos era el menú que estaba sobre la mesa. El plato fuerte de todas ellas era la lucha contra la dictadura. González ya estaba en el Comité Federal del PSOE y se disponía a dar un paso más en su carrera. Guerra era su sombra y su lazarillo, todo al mismo tiempo, y estuvo especialmente solícito con el militante y compañero socialista que llevaba nueve años en el partido y conocía la cárcel de Carabanchel, por dentro.

¿Por qué ahora se producían —trece años después— esos enfrentamientos viscerales? ¿En qué momento se produjo la ruptura, el distanciamiento, el rencor...? No en 1971 —recuerda con ironía Miguel Boyer— cuando el propio Guerra se empeñó en llevarle a los cursos de verano de la pequeña ciudad francesa de Carmeaux, donde los militantes socialistas recibían clases de agitación y propaganda; ni en 1975, ya con Felipe convertido en líder del PSOE tras el Congreso de Suresnes de un año antes. Fue Alfonso quien se empeñó en que asistiera a la reunión de partidos socialistas del Mediterráneo, en París, unos meses antes de que se conociera la enfermedad que iba a llevar a Franco a la tumba del Valle de los Caídos.

Recuerda las presiones del «número 2» sevillano, tras desplazar a Llopis de la dirección del partido, para que aceptara el puesto de secretario de Relaciones Internacionales en lugar de Pablo Castellano. El dijo no, ese no cortante y frío que permitió al médico Luis Yáñez llegar a la Ejecutiva. Y recuerda, ¡lo que son las cosas!, el primer debate en televisión en el que participó en octubre de ese año, apenas mes y medio antes de la mortal flebitis del Caudillo, el «sátrapa», como le llamaban en las reuniones de su grupo de amigos. Lo organizó la TV francesa, que colocó frente a frente a Miguel Boyer y Juan Tomás de Salas, por un lado, y a Gonzalo Fernández de la Mora, el arquitecto Carvajal y la futura senadora Loyola de Palacio, por otro.

—Juan Tomás estaba acojonado, no ha dicho ni pío

—le contará a Elena, su mujer, cuando llegue esa noche a casa.

Tal vez —se dice a sí mismo—, tal vez comenzó el distanciamiento en 1976, con la monarquía ya restaurada y Felipe González entrevistándose en secreto con el entonces vicepresidente Manuel Fraga Iribarne. El secretario general del PSOE, todavía «Isidoro» para los archivos policiales, se sentía deslumbrado por la cultura, la educación y las relaciones de Miguel Boyer. Y esa proximidad fue levantando la muralla de inquietud en Alfonso Guerra.

En febrero de ese año se celebra el primer Congreso de UGT en Madrid desde los tiempos de la República. Los partidos son todavía clandestinos, pero el Rey está a punto de dar paso en la jefatura del Gobierno a Adolfo Suárez. El 30 de abril, Felipe llama al entonces director general de Explosivos Río Tinto, empresa a la que ha llegado de la mano de Leopoldo Calvo Sotelo.

—Miguel, tenemos que utilizar tu casa esta noche para una cena muy importante, ¿te importa organizar todo?

—No, claro, ¿cuántos vamos a ser? Te lo digo para decírselo a Elena.

—Cinco o seis, depende de las personas que quiera traer Fraga.

—¿Fraga?, no fastidies, pero si ese hombre es intratable.

—Nos ha costado mucho trabajo llegar a este encuentro y debemos aprovecharlo. El tiene tanto interés como nosotros.

La cena duró hasta las doce de la noche y terminó bastante mal. La falta de entendimiento entre los comensales produjo momentos de fuerte tensión. A Fraga le acompañaban Carlos Argos y José Manuel Otero Novas. Felipe González llegó con Luis Gómez Llorente. Este, la exquisitez y la educación personificadas, se dirigió en un momento dado al vicepresidente del Gobierno:

—Verá, don Manuel, le va a interesar una cosa del Congreso de UGT como catedrático de Derecho Político...

—Yo, ahora, no soy catedrático. Vengo a mandar cinco años y a preparar lo que venga después...

—Ese después —interviene Felipe— pasa por unas elecciones generales libres y con todos los partidos.

—Nada, eso es imposible. Los comunistas tendrán que esperar. Hay que ir despacio. Pensamos legalizar todos los partidos menos el PCE.

—¿Qué piensa hacer usted con todos los españoles que están en el exilio? —le pregunta Boyer mientras esperan el café.

—Con la mayoría no hay ningún problema, pero si la Pasionaria volviese no tendría yo policía bastante para evitar que la mataran.

—Este país lo que quiere es olvidar los cuarenta años de fascismo, don Manuel —tercia en la conversación Gómez Llorente.

—De fascismo nada, lo que ha habido han sido cuarenta años de españolismo.

Se habla de la II República y de los líderes del PSOE que participaron en sus gobiernos. Sale el nombre de Azaña y el temperamental Fraga no lo duda:

—A mí me dicen mis colaboradores que me parezco a él, pero con un temperamento más duro.

Con el tema del terrorismo y el problema vasco el ambiente se endurece. Hace unos días que ETA ha matado al industrial Angel Berazadi. El pacífico Luis Gómez Llorente pronuncia la frase maldita:

—La pena de muerte repugna a cualquier mente civilizada.

—Pues si cojo a los que han matado a Berazadi —le contesta subiendo la voz Fraga— les cuelgo de los cojones y a usted le rompo esa pipa.

Trece años después, cuando el objeto de comparación con Manuel Azaña es el propio Miguel Boyer, lo convertimos los dos en tema de conversación una mañana de febrero en el comedor de su casa en Arga 1:

—Yo no llego ni a las suelas de los zapatos a Azaña, ni en las buenas ni en las malas cualidades que tenía. No creo que mi característica sea el desdén intelectual por opiniones ajenas. Sí que, efectivamente, soy una persona de convicciones muy firmes. Puedo estar acertado o equivocado, pero de lo que soy incapaz es de hacer concesiones intelectuales en lo que creo. Si creo algo con convicción lo defiendo a capa y espada.

—¿Y qué es en lo que crees, Miguel?

—La verdad es que los principios que he defendido son principios elementales. La economía no es una doctrina muy complicada, no se está discutiendo de metafísica ni sobre el origen del Universo; se discute sobre cosas tan sencillas como que no se puede vivir permanentemente por encima de lo que uno produce; que la inflación siempre golpea a los más débiles, y, por tanto, debería ser una prioridad de la izquierda estar en contra de un contexto inflacionista; que los desequilibrios de la balanza de pagos tienen que corregirse, etcétera, etcétera. Y como son tan elementales creo firmemente en ellos y soy bastante esclavo de esas ideas.

—Queda la tolerancia...

—En cuanto a la tolerancia de Azaña la pongo muy en duda. Algunos de sus mejores biógrafos dicen que tenía una concepción muy militar de la vida política, con una adoración enorme por el orden. Otra cosa es que su concepción política fuese esencialmente liberal y tolerante.

EL PRIMER ADIOS DE MIGUEL BOYER

¿Es este Boyer el mismo que interviene el 20 de octubre de 1976 en la Semana Económica Internacional que se celebra en Madrid?, ¿es idéntico su discurso económico?, ¿son sus ideas tan inmutables como él afirma? La prensa resumía así su intervención, teniendo como oponente al entonces presidente de Seat y ex ministro Rafael Cabello de Alba:

> «Miguel Boyer, de treinta y siete años, miembro del Partido Socialista Obrero Español renovado, sostuvo ayer que no se puede empezar una experiencia socialista sin contar con más del 50 por 100 de los

votos. Mientras no haya un apoyo mayoritario de la población, hay que conformarse con ir eliminando las injusticias propias del sistema capitalista, afirmó.

»Sobre el momento económico actual, dijo que no se necesita un plan de austeridad para forzar el ahorro, la inversión y la exportación, ya que no existe un exceso de demanda, como lo demuestra la notable infrautilización de la capacidad productiva. Propuso un programa coyuntural que comprendiese inversiones públicas en infraestructura, incentivos fiscales a la creación de puestos de trabajo, extensión de la Seguridad Social, etcétera.

»Explicó Boyer su concepto sobre una futura transición a una economía socialista. Se distinguiría un sector público que comprendería las empresas eléctricas, la gran banca, la siderurgia integral, las minas, la energía y algunas empresas líderes del sector farmacéutico y alimentario. Junto al sector público existiría un sector mayoritario autogestionado por todos los trabajadores de las empresas y un sector privado para las pequeñas empresas, en las que sería ineficiente separar la propiedad de la gestión.»

Seis años después todo ha cambiado. De la oposición se ha pasado al poder y de la utopía al realismo de un país en quiebra técnica, azotado por todos los males de la economía internacional, al futuro en el que se ve la luz. El pragmático Boyer, el lúcido Boyer, el frío, flemático, radical Boyer ha cambiado; tal y como lo han hecho sus amigos, el grupo con el que pasa los fines de semana, se divierte o discute desde hace veinte años.

En 1977, las discrepancias ideológicas son tan fuertes con los otros miembros de la ejecutiva socialista —en la que ya apuntan los clanes que luego se consolidarán—, que Miguel Boyer decide marcharse; en esta decisión tienen un peso importante dos personas: Mariano Rubio y Carlos Bustelo. Los dos han colaborado con Boyer en la elaboración del programa económico que aprueba el primer Congreso del PSOE que se celebra en Madrid, una vez legalizado, en diciembre de 1976.

Mariano Rubio había estado exiliado en Francia por su condición de miembro de la ASU (Asociación Socialista Universitaria). Allí coincidió con el menor de los Bustelo, en esa época muy ligado al Partido Comunista. Tanto uno como otro se reunían frecuentemente en París con miembros del Comité Central del PCE: Tomás García, alias «Juan Gómez», y Manuel Azcárate, primo de Isabel Azcárate, la mujer de Rubio.

En Madrid, Bustelo se incorporará una temporada al grupo en el que están Javier Pradera y Ramón Tamames, mientras que Rubio lo hace al de sus compañeros estudiantiles: Emilio Sanz Hurtado, Francisco Bustelo y Pablo Sánchez.

Durante una de las acciones de protesta que tuvieron lugar en la Facultad de Económicas —que en esa época estaba en la calle San Bernardo—, Mariano Rubio está a punto de ser detenido, pero el teniente que dirige a «los grises» le reconoce y le deja en libertad. ¡Cómo iba a detener al hijo de su jefe, el coronel Rubio, un militar que se había pasado —como hicieron otros muchos en busca de mayor sueldo y una promoción más rápida— a mandar las fuerzas de orden público!

Ramón Tamames recuerda aquellos años, como lo hace el abogado Javier Sainz: «En 1964, Enrique Tierno, que era catedrático en Salamanca, vino a dar una conferencia a la Facultad de Económicas. El rector, Royo Villanova, prohibió el acto, pero los estudiantes nos encerramos en el Paraninfo. Desde el exterior, Gregorio Peces Barba y Elías Díaz nos pasaban los bocadillos. Dentro estaba José María Maravall, que se quedó hasta el final; no así Tomás de la Quadra y Liborio Hierro, que se marcharon a las ocho de la tarde. Boyer no apareció, pese a que le avisaron. Ya se llevaba muy mal con Tierno, se repelían mutuamente. La tolerancia de don Enrique chocaba con la intransigencia de Miguel, que citaba frecuentemente a Maurice Dobb:

“Cuando el socialismo toma el poder no debe temblarle la mano”.»

En febrero de 1977, Boyer habla con Felipe González:

—Me voy del partido, no puedo aguantar más los ataques de que soy objeto por parte del bobalicón de turno. Ni me parece que vayamos a ninguna parte con esas teorías de Gregorio de que aceptamos la dictadura del proletariado, aunque nosotros no vengamos de Lenin, ni con la táctica que quiere imponer Alfonso: mantener la retórica revolucionaria para luego hacer lo contrario. Eso no va conmigo. Creo que tiene mucha razón Peridis cuando nos dedica esa tira de «¡Menos lobos!».

—Vamos, Miguel, ¡cómo vas a abandonar el partido en el que llevas más de quince años, estás loco!

—Me volveré loco si sigo así, de eso puedes estar seguro. Creo que ante una relación que se ha acabado lo mejor es cortar. Espero que sigamos siendo amigos.

—¡Volverás, Miguel, volverás! Acuérdate de lo que te digo.

Su amigo y jefe en el Instituto Nacional de Industria, Francisco Fernández Ordóñez, le está esperando con los brazos abiertos; a él y también a Mariano Rubio, Carlos Bustelo y Juan Antonio García Díez. Fundan la Federación Socialdemócrata. El que luego sería vicepresidente del Gobierno, ministro de Economía y ministro de Comercio con Unión de Centro Democrático, tiene una herida abierta por dos distinguidos militantes del PSOE y compañeros suyos de carrera: en 1974 solicitó su ingreso en el Partido Socialista, a raíz del Congreso de Suresnes, pero Luis de Velasco e Ignacio Fuejo, que mandaban en la célula del Ministerio, le negaron el carné. Algunas historias se escriben con puertas cerradas.

Un mes después de esta conversación, el presidente del Gobierno, Adolfo Suárez, se lanza a la arena política y se prepara para concurrir a las elecciones de junio. Para ello necesita un partido articulado desde el poder, pero con gente de la oposición, a caballo entre el antiguo y el nuevo Régimen, que se distancie de los «siete magníficos» que se han reunido en torno a Manuel Fraga. Serán dos maestros del acomodo los que le proporcionen la base de lo que luego será UCD: Pío Cabanillas y José María de Areilza. Desde esa plataforma lanza una invitación a todos los partiditos que sueñan con alcanzar un lugar, un buen lugar al sol.

Joaquín Garrigues convoca una reunión de todos ellos en su casa de Aravaca. Se consumen los turnos de palabra y le toca a Boyer:

—Esto que se nos ha planteado es un juego de ventajismo total. Se quiere ganar las elecciones utilizando el aparato del Estado. Suárez es un tío que viene del Movimiento, que ha sido su secretario general, que ha vestido la camisa azul, un franquista. Si seguimos, si sigo, se va a convertir en mi presidente, y eso yo no puedo hacerlo, ninguno de nosotros puede hacerlo.

—Mira, Miguel, todo eso que dices es verdad, pero nosotros tal y como estamos no vamos a ninguna parte. No hay más remedio que sumarse.

—Pues conmigo no contéis; decir que sí a Suárez me parece de un cinismo espeluznante.

EL ESPARTACO DE LOS SOCIALISTAS

Descorazonado, pero inquieto ante las elecciones del 15 de junio que se echan encima, llama a Felipe González y a Alfonso Guerra y consigue ser uno de los tres senadores que se presentan en La Rioja dentro de la agrupación Senadores para la Democracia, que cuenta también con el apoyo del PCE y de la Democracia Cristiana de Joaquín Ruiz Giménez y José María Gil Robles. Su familia ha hecho política en La Rioja en el siglo XIX, pero la memoria histórica no funciona y no sale elegido. Dos meses después formaliza su petición de ingreso en la Federación Socialista Madrileña, en la Agrupación de Chamartín, en la que se niegan a admitirle hasta que interviene personalmente Felipe González.

Arrinconado por la burocracia del partido se refugia en su trabajo de Explosivos Río Tinto. Sus amigos ya conocen las mieles del poder: Mariano Rubio es subgobernador del Banco de España, García Díez, Calvo Sotelo y Carlos Bustelo son ministros; los potentes tentáculos de los técnicos comerciales del Estado comienzan a extenderse y a entrar en colisión con los del otro «grupo de elegidos»: los abogados del Estado. Dos castas frente a frente, una que ha hecho de los textos legales su *Biblia* particular y otra que adora al dios Moloch de la economía; pueden estar en Unión de Centro Democrático, en el Partido Socialista Español o, incluso, en el Partido Comunista, como lo están Ramón Tamames, Eugenio Triana, Kindelán... Sus diferencias políticas son mínimas, ya que se limitan a mezclar los mismos elementos con apenas unas moléculas de diferencia.

En diciembre de ese año recibe una muestra más del aprecio y la importancia que le concede González: viaja junto al flamante líder de la oposición, con Alfonso Guerra, y la entonces mujer de Miguel Angel Martínez, su compañero de partido y de celda —Miryam Soliman— a Moscú y Argel.

En 1979, con la Constitución aprobada en referéndum se convocan nuevas elecciones. La Federación Socialista Madrileña, que controla Joaquín Leguina, rechaza su inclusión en las listas por la capital y Alfonso Guerra lo plantea como una grave cuestión que puede dañar al partido en su coexión interna. Felipe González no puede hacer otra cosa que «buscarle acomodo» en otra provincia, en Jaén. Miguel Boyer recuerda con amargura aquel duro trance:

—Mi inclusión en la lista madrileña fue rechazada por el Comité Federal de Madrid, por ser mi orientación política excesivamente moderada y liberal, y yo un socialista señorito que vivía en El Viso y veraneaba en una mansión en Irún que era de mi familia, y que eso no era representativo de lo que quería el Partido Socialista ofrecer al electorado. Lo digo porque a veces parece que uno ha cambiado grandemente de vida después de ser ministro...

—Te «rescató» el propio Felipe...

—Fueron los dos, Felipe González y Alfonso Guerra, los que me propusieron encabezar la candidatura por Jaén, que era una de las provincias más deprimidas de España y con un socialismo más tradicional. La experiencia fue bien, sacamos un 41 por 100 de votos, el mayor porcentaje de todo el país.

Convertido en parlamentario, abandona su trabajo como director de Planificación de Explosivos y se integra en las comisiones de Economía, Industria y Energía del Congreso. En mayo, dos meses después de las elecciones, es elegido delegado de la Agrupación Socialista de Jaén para el XXVIII Congreso del PSOE que se celebra en Madrid. El irreductible Boyer protagoniza un nuevo escándalo: renuncia al mandato porque la Agrupación pretende que defienda la inclusión del término «marxista» en la definición ideológica del partido; y una vez más sirve de faro, de referencia a Felipe González, que dimitirá de la Secretaría General tras su famoso: «Somos socialistas antes que marxistas.»

El 30 de septiembre de 1980 abandona su escaño y se reintegra al Servicio de Estudios del Banco de España. Le parece mucho más interesante su papel en el banco emisor que el que realiza en el Congreso de los Diputados; prefiere trabajar con Mariano Rubio y Aristóbulo de Juan, codo a codo, que con unos compañeros socialistas que justificarán su marcha diciendo por los pasillos:

—Es que es muy bonito venir para ser ministro de Hacienda, como vino él, y luego irse porque las elecciones no salieron como esperábamos.

Víctor Márquez Reviriego publica un artículo en *Diario 16* en el que glosa la marcha del parlamentario, que considera mala para el PSOE y el Parlamento:

> «Lo peor de la *espantá* de Boyer es el poco revuelo que ha causado en la clase política. Si Espartaco dejara a los hermanos Lozano se produciría, sin duda, un escándalo mayúsculo en el llamado planeta de los toros. Boyer —que era como el Espartaco de los socialistas para la economía— huye de la política española

entre la general indiferencia de los políticos y entre la especial impavidez de sus compañeros socialistas.»

El propio Boyer da las claves de su abandono al contestar a las preguntas que le hace el periodista Manuel Soriano, hoy uno de los puntales del diario *El Independiente*:

—¿Sus conocidas posiciones socialdemócratas podrían llevarle a construir un proyecto político con los sectores más progresistas de UCD?

—Yo dudo que un movimiento socialdemócrata potente, en España, pueda estar dentro de UCD. Un partido socialdemócrata es una fase de evolución de los partidos socialistas y de los sindicatos obreros, que abandonan el gueto y la mitología revolucionaria, que es un callejón sin salida. Y abandonando esas posiciones anticuadas pasan a un reformismo práctico y a modificar los aspectos injustos de la sociedad, pero como movimiento de masas y como evolución de las posiciones tradicionales del socialismo marxista.

—¿Existe la necesidad, a su juicio, de que el Gobierno y el PSOE establezcan más estrechas relaciones, sin descartar responsabilidades de Gobierno por parte de los socialistas?

—Un Gobierno de coalición es difícil porque UCD tendría grandísimas dificultades para estar en él con el Partido Socialista. Pienso que esas dificultades en el PSOE serían menores, porque la cohesión y la homogeneidad son mayores, a pesar de las polémicas teóricas. En UCD hay personas con un pensamiento de derecha muy acusado y podrían producirse diferencias internas muy grandes.

—¿No sucede eso mismo en su partido?

—Estoy abiertamente en discrepancia con los que piensan que la política es un juego de blanco y negro, y que de lo que se trata es de tener siempre alternativas tajantes y diferenciadas, y que una gana, mientras otra pierde. Creo que eso es un esteticismo insensato que divierte mucho a la izquierda del PSOE y a la derecha de UCD, pero que desconoce el sentido del compromiso que implica la democracia.

La razón última de su adiós está en las discusiones sobre el Consejo de Seguridad Nuclear —sobre el que Boyer habla en nombre del PSOE—, materia que le atrae en su condición de licenciado en Ciencias Físicas. El vicepresidente centrista, Fernando Abril Martorell, quiere que el Consejo dependa del Ministerio de Industria, mientras que Boyer defiende que dependa del Parlamento. Para lograr una postura de fuerza frente a UCD mantiene conversaciones con el PCE y con Convergencia i Unió, representados por dos personas con las que sintoniza y se «siente cómodo»: Ramón Tamames y Miguel Roca. Cuando consigue el pacto en torno a un organismo autónomo, aparece en escena Alfonso Guerra y «me dice que los socialistas debemos seguir votando lo mismo, es decir lo que proponía el Gobierno. Yo le insisto en que hay ya un pacto negociado por todos, pero no me hizo el menor caso».

A los amigos les da una visión desoladora del Parlamento:

—Me sentía subempleado, no tenía instrumentos de trabajo; la mayor parte del tiempo la pasas apretando obedientemente el botón y paseando por los bares. Yo no me podía quedar todo el día sin hacer nada. Fue una etapa en la que no tenía un trabajo que pudiera tomarme en serio.

También les da una visión de Alfonso Guerra, omnipresente y dispuesto a que no se mueva una hoja del árbol socialista sin su permiso:

—Mis choques con Guerra vienen de muy atrás, quizá por celos hacia Felipe y su entorno madrileño, que él no comparte. Mi proximidad le producía inquietud, pese a que yo nunca quise quitarle protagonismo. El es un ingeniero del partido que ha colocado a su gente.

Tampoco dura mucho en el Banco de España. Ocho meses después, el tándem Claudio Boada-José María Amusátegui le reclama para la Dirección de Planificación y Estudios del INH (Instituto Nacional de Hidrocarburos), que acaba de crearse con Calvo Sotelo de Presidente del Gobierno, García Díez, de vicepresidente, Ignacio Bayón en Industria y Carlos Bustelo al frente del INI.

En el Congreso están los dos hombres que han llevado el peso de la discusión económica en el debate que se produce durante la moción de censura presentada contra el Gobierno de Adolfo Suárez: Ernest Lluch y Carlos Solchaga. El parlamentario catalán pertenece por derecho propio a la potente maquinaria del PSOE-PSC, creado tras la unificación del propio Partido Socialista con el grupo que capitaneaba Joan Raventós, y el parlamentario vasco lleva en el PSOE siete años, desde que en 1974, trabajando en el INI junto a Miguel Boyer, éste le convence para dar el paso. Han sido cinco años de conversaciones, de compartir el trabajo en el Servicio de Estudios del Banco de España desde 1969 hasta 1972, y en el Instituto Nacional de Industria los meses de 1974 que van desde la llegada de Francisco Fernández Ordóñez a la presidencia hasta su dimisión, que todo el equipo haría colectiva: Carlos Solchaga, Oscar Fanjul, Fernando Maravall, Eduardo Santos, Martín Gallego, José María Pérez Prim y, por supuesto, Miguel Boyer y Carlos Bustelo, que estaba de subdirector financiero.

En la desbandada, el que luego sería parlamentario vasco se queda sin trabajo, pese a los esfuerzos de Boyer por convencer a Leopoldo Calvo Sotelo de que lo contrate en Explosivos Río Tinto. Cerrado ese frente, Miguel habla con Andrés Trabanco, secretario general del Crédit Lyonnais para España, mientras Luis Angel Rojo lo hace con Pedro Toledo, del Banco de Vizcaya. Será éste quien contrate a Solchaga como director del Gabinete de Estudios. Allí, el hoy ministro, conocerá a Claudio Aranzadi, uno de sus hombres de confianza y baza importante en la última guerra desatada entre los clanes socialistas en torno al sector eléctrico y la industria de Defensa.

En el otoño de 1981 y la primavera de 1982, los socialistas ven que su gran momento está por llegar. En las reuniones de la Ejecutiva o en las conversaciones que mantiene Felipe González con Miguel Boyer la conclusión es siempre la misma:

—Calvo Sotelo está desaprovechando una ocasión histórica. Ya ha dilapidado el mandato que le dio España para rearmar UCD tras el intento de golpe de Estado de Tejero...

—No sólo eso, es que ha logrado que se olvide que él es un hombre culto, ingeniero de caminos, bien visto por los poderes económicos, no como Suárez.

—Sí, al Duque siempre le han mirado con un cierto menosprecio intelectual.

—Me parece que la voladura final de UCD no vamos a hacerla nosotros, ni siquiera Paco, que yo creo está un poco fuera de juego...

—La van a hacer ellos mismos. Para eso están Oscar Alzaga y Miguel Herrero. Esos son como las termitas, una vez que les dejas entrar en casa no paran hasta que destrozan las vigas maestras y todo se derrumba.

—Me cuentan las conversaciones que están teniendo con Fraga. Y Landelino y Leopoldo sin enterarse.

—Dejadlos, quieren hacer un partido de derechas con el «zapatones» de líder. Se van a estrellar y nos van a dar la mayoría absoluta. No tenéis más que ver las encuestas: en estas condiciones y con el tema de la OTAN y el síndrome tóxico es que ganamos por goleada.

Al regreso de las vacaciones de 1982, Felipe González comienza a preparar lo que será su primer Gobierno. Está seguro de la victoria en las urnas, y no sólo él: todo el mundo financiero ve y acepta como inevitable la llegada de los «rojos» al poder. Muchos de ellos, por precaución, colocan fuera de nuestras fronteras más de cuatrocientos mil millones de pesetas.

A primeros de septiembre, Miguel Boyer y Elena Arnedo toman el camino que conduce a Miraflores de la Sierra. El secretario general del PSOE ha alquilado un pequeño chalé para pasar el verano cerca de Madrid y llama a su «cerebro» económico para perfilar todo ese sector del futuro gabinete. Tras la comida los dos hombres se quedan solos. Carmen y Elena tienen otros temas de que hablar: las clases de literatura, los problemas de la medicina, los cambios que se avecinan...

—Verás, Miguel, yo creo que donde mejor encajas es en Economía, pero también te veo en Defensa o en Exteriores. Estoy barajando las tres posibilidades.

—Lo que decidas me parecerá bien, por mi parte no te vas a encontrar con ningún problema. Sí quiero que sepas que lo que mejor conozco son los temas de Economía y Hacienda, por mi experiencia en el Banco de España y mi trabajo profesional en el INI o en Explosivos. Lo de Defensa me produce un problema tremendo: nunca he sido muy amigo de los militares y todas esas cuestiones me repelen bastante. En cuanto a lo de Exteriores, me puedo aburrir tremendamente.

—Piensa que éste va a ser el primer Gobierno socialista tras la Guerra Civil...

—Lo sé. Por eso iré al puesto que quieras.

—¿Con qué problemas crees que nos vamos a enfrentar, por orden de importancia, en el área económica...?

—Creo que ahí está nuestra gran victoria o nuestra gran derrota para los próximos años. Tenemos que bajar la inflación hasta el 6 o 7 por 100; este país no puede funcionar en los niveles actuales. La devaluación de la peseta va a ser completamente necesaria, lo mismo que la reconversión industrial a fondo...

—Alguna mano nos pueden echar tus amigos: García Díez, Oliart, Calvo Sotelo... que tomen medidas, que allanen el camino...

—Eso no lo van a hacer. Nos dejarán los problemas para que triunfemos o nos hundamos. Con una sangría de divisas que se está produciendo espantosa...

—Sabes que Almunia tiene casi ultimado el programa económico que vamos a llevar en la campaña...

—Sí, y una cosa es lo que se ha hecho dentro del partido y lo que se está diciendo y otra lo que habrá que hacer desde el Gobierno. Eso lo tienes que tener muy claro...

—¿No crees en sus propuestas para salir de la crisis?

—Almunia tiene la mejor voluntad, lo mismo que Marugán y los otros técnicos del partido, pero no tienen experiencia en la Administración; no conocen el Estado por dentro, no han vivido la crisis financiera en la que este país está atrapado, con bancos enteros en quiebra, sectores industriales viejos y anquilosados... Por ejemplo: Explosivos Río Tinto, Banca Catalana y Rumasa. Debe haber un agujero de más de cien mil millones de pesetas. Y eso para empezar.

—Para eso están las leyes, en el programa se contemplan...

—Sí, he visto el borrador y me parece un disparate que se quieran hacer cinco o seis leyes para resolver cada tema, como si el país comenzase de cero.

El 28 de octubre, el hotel Palace de Madrid se ilumina para recibir al secretario general del PSOE. Es la gran fiesta que inaugura una nueva era en la vida política y económica española. A las doce de la noche ya se conoce con exactitud que el PSOE ha ganado las elecciones legislativas con diez millones de votos. Detrás está la Alianza Popular de un resucitado Fraga Iribarne. UCD se ha hundido, lo mismo que el PCE de Santiago Carrillo, quien el 7 de noviembre deja paso en la Secretaría General a Gerardo Iglesias. Los socialistas tienen mayoría absoluta en el Congreso y en el Senado, van a poder cambiar España «tanto —como diría después Alfonso Guerra— que no la va a reconocer ni la madre que la parió».

Al día siguiente, Juan Antonio García Díez, vicepresidente económico, llama a la sede del PSOE. Quiere hablar con Felipe González para dos cosas: la primera, felicitarle por su victoria; la segunda, que designe un interlocutor al que pueda explicarle los problemas y los entresijos de la economía española. Ese hombre será Miguel Boyer.

Los dos viejos amigos mantienen una serie de reuniones en las que salen los grandes y pequeños demonios familiares de la economía: inflación, Banca Catalana, paro, Explosivos Río Tinto, balanza comercial, Rumasa... A las conversaciones se suman Mariano Rubio y Carlos Solchaga. El 2 de noviembre, el grupo que fundara Jordi Pujol pasa al Fondo de Garantía de Depósitos con un «agujero» estimado en ciento treinta mil millones de pesetas. El 4 de diciembre, sin que todavía se haya reunido el primer Consejo de Ministros socialista, Boyer ordena devaluar la peseta en un 8 por 100 e incrementa el coeficiente de caja, obligatorio para todos los bancos, en un punto.

Desde primeros de noviembre, Felipe González tiene un esquema de Gobierno que discute y comenta con dos personas: Boyer y Guerra. Poco a poco se perfilan cada uno de los ministerios. Economía y Comercio ya están unidos, pero quien tiene el poder es Hacienda, el «controlador» del gasto público, la llave de las inversiones. Felipe y Miguel plantean tres opciones: dejar la situación como está, unir los tres ministerios bajo un mismo mando o unir Economía y Hacienda y dejar fuera Comercio. Boyer le pide al presidente unos días para pensarlo y habla con García Díez:

—Juan Antonio, ¿qué te parece, se podría dejar Comercio fuera y unir sólo Economía y Hacienda, el ministerio planificador con el ministerio controlador, dejando al de gasto como al resto?

—Verás, Miguel, si a mí me hicieran ministro de Comercio me convertiría en el mejor jugador de golf del mundo.

El sarcástico comentario lo reproduciría Boyer más tarde, en presencia de otro técnico comercial del Estado como Luis de Velasco, que ni corto ni perezoso suelta su aguijón contra García Díez:

—Ni así se convertiría en un buen jugador de golf.

Para Industria se barajan los nombres de Carlos Solchaga y Javier Solana. Cuando Felipe propone a Boyer a Julián Campo para Obras Públicas, no encuentra ninguna objeción, como tampoco la encuentra en el nombre de Enrique Barón para Transportes. Carlos Romero es un fijo para Agricultura. No hay dudas tampoco con José María Maravall, pero sí las hay, y muchas, en torno a Defensa y Asuntos Exteriores. Para el primero se contaba con Enrique Múgica, pero queda «aparcado» por sus conversaciones con el general Armada y, sobre la marcha, sale el nombre del alcalde de Barcelona, Narcís Serra, una persona que no va a significar una provocación para los militares estando, como está, tan reciente el intento golpista de los coroneles. En Exteriores Boyer defiende al «recién llegado» al partido: Francisco Fernández Ordóñez, pero se encuentra con la oposición de Alfonso Guerra y el aparato del partido. Por sucesivas exclusiones sale Fernando Morán.

Alfonso Guerra se resiste a entrar en el Gobierno y en todas las reuniones plantea la conveniencia de seguir en el partido. Miguel Boyer, uno de los hombres que compondrán ese primer gabinete, lo recuerda así:

—En aquellos momentos él hipertrofiaba su escándalo con María Jesús Llorente; decía que aquello iba a suponer un ataque al Gobierno. Estaba con esa coquetería suya de hacerse querer, sabiendo que Felipe lo quería tener dentro para evitar un posible divorcio entre el Ejecutivo y el partido.

Ese mismo ministro reconoce que algunos colegas suyos acertaron ante la suspicacia que les produjo el candidato de Enrique Barón para dirigir la Compañía Telefónica: Luis Solana. Se lo dijeron en el primer Consejo de Ministros:

—Bueno, depende de ti, pero no nos fiamos ni un pelo de su capacidad.

BIENVENIDA PARA PETRUSKA

La gran área económica es centro de apetencias y disputas entre los distintos clanes socialistas. Ambiciones de grupo y personales, diferentes formas de ver y entender los objetivos económicos de un gobierno socialista confluyen en la formación del equipo de Miguel Boyer, y son el germen de la grave crisis de febrero de 1984.

Durante el puente de la Inmaculada de 1982, el ministro resuelve un puesto para el que lleva varios días dando vueltas a una lista de nombres. Con una tarjeta de felicitación en la mano descuelga el teléfono y, tras marcar, se encuentra con un contestador automático. Lacónico deja su mensaje:

—Petruska, gracias por tus buenos deseos, cuando regreses el lunes pásate por el ministerio, tengo que hablarte.

Cuatro días después, Petra Mateos cruza el enorme

caserón de la calle de Alcalá, tras pasar por su despacho del Gabinete de Estudios de la Bolsa de Madrid en el que trabaja junto a Blas Calzada y Manuel de la Concha como síndico y máximo responsable. Conoce a Boyer desde hace más de diez años, cuando en 1971 éste dio un curso en Lloret de Mar y Petra quedó atrapada por la brillantez y claridad de sus ideas. Después se han visto a saltos, más por la relación de amistad entre Ramón Tamames y su mujer, Carmen, con el matrimonio Boyer que por un trabajo profesional, aunque sabe que Ramón siempre ha destacado su experiencia en Iberplan.

Mientras sube en el ascensor recuerda las «calabazas» que tuvo que darle a Miguel cuando éste llegó al INH y le propuso ser directora de Planificación. Su «no» estaba justificado por el trabajo en la bolsa y, sobre todo, por las oposiciones a cátedra en las que estaba inmersa. El lo entendió. ¿Y ahora?

El ministro, la poderosa cabeza destacando bajo el retrato de Indalecio Prieto, no se anda por las ramas:

—Quiero que seas mi jefe de Gabinete...

—¿No tienes otra Dirección General menos complicada...?

—Sí, pero te necesito en ese puesto, que es de suma confianza.

—¿Lo puedo pensar?

—Sí, claro —sonríe el ministro—, tienes cinco minutos.

—Vale, pero llamas tú a Manolo, que es mi jefe y se va a poner como una fiera. Tú se lo explicas...

—No te preocupes, verás como no hay ningún problema.

Miguel Boyer coge el teléfono y llama a Manuel de la Concha:

—¿Manolo, eres tú?, oye que Petra está aquí y aquí se queda.

Comienzan para los dos tres años de colaboración estrecha que sobrepasará los ámbitos profesionales para convertirse en una amistad profunda. Petruska no será sólo la jefa de Gabinete del poderoso ministro de Economía, Hacienda y Comercio, sino su confidente, la persona que le ayude en una de las épocas más duras, intensas y conflictivas de su vida.

Hay que elaborar un nuevo organigrama del super ministerio y a ello se dedican con ardor los días siguientes. Cada uno de los nombres es tamizado concienzudamente: Guillermo de la Dehesa quiere tener nivel de subsecretario y lo consigue; entre él y Luis de Velasco colocan a Pedro Solbes y a Alfonso Jorquera; el secretario de Estado de Hacienda, José Víctor Sevilla, logra que José Antonio Cortés ocupe la Subsecretaría y el propio ministro se decanta por Raimundo Ortega para la Dirección General del Tesoro.

Capítulo V

LA MUERTE POLITICA DE LA *BEAUTIFUL PEOPLE*

ESTA VEZ NO HAY MARCHA ATRAS

El amanecer del día 4 de julio de 1985 sorprende a dos hombres sentados en los cómodos sillones del «domicilio» del ministro de Economía y Hacienda, en el propio edificio de la calle de Alcalá; Miguel Boyer vive allí desde hace unos meses, cuando su situación familiar se deterioró de forma irreparable. Le acompaña su amigo y posible sustituto, Carlos Solchaga:

—Miguel, me parece una tontería que quieras marcharte precisamente ahora, cuando has conseguido los cambios que querías. Podemos formar un buen equipo, sin fisuras y contigo al frente.

—No, Carlos, he amenazado muchas veces con mi dimisión y esta vez no hay marcha atrás, ya se lo dije al Presidente. Estoy cansado, harto de aguantar tantas tensiones y quiero relajarme un poco, estar más tranquilo... Y está Isabel, tú lo sabes, si seguimos así un día de éstos va a haver un escándalo. Lo mejor es que me vaya...

—No digas tonterías, ¿no ves a Alfonso? El ha aguantado y aquí no ha pasado nada. Salió lo de María Jesús, ¿y qué? Tan contento, este país se ha vuelto mucho más tolerante. No creo que pueda tener repercusiones políticas y, si las tiene, se trata de aguantar un poco...

—Es que yo ya he aguantado mucho, demasiado. Y en el plano de la economía tú vas a poder hacer mejor que yo algunas cosas. Conmigo la tienen tomada los sindicatos. Tú tendrás menos problemas.

En el Café de Oriente otros cuatro hombres, compañeros de los dos anteriores, se preocupan también por el futuro:

—¿Por qué no ha dicho nada Felipe esta mañana, durante el Consejo, cuando ha despedido a los demás?

—Yo creo que no estaba seguro, que ha intentado convencerle hasta el último minuto.

—Pero esto cambia todo, todo el sentido de la crisis. Así el que gana es Alfonso.

—No lo creo, la salida de Miguel también le va a costar un buen pellizco delante de Felipe. Además, que se queda Solchaga y la política va a seguir siendo la misma.

—¿No habrá sorpresas? Mira que si no nombra a Carlos.

—Lo nombrará, convéncete, no puede hacer otra cosa. Mañana habrá que dar la información y no queda tiempo para mover a más gente ni para echarse atrás.

—Yo creo que sí, creo que podemos convencer a Felipe. si vamos todos, de que alguno de los que se han ido, sobre todo Julián, pueden reintegrarse.

—¡No, hombre, cómo va Felipe a llamar a Julián y decirle: «Oye, que me he equivocado, que quiero que sigas»!

—Estoy de acuerdo contigo, eso sería cruel para los dos.

La mañana del día 4 se reúnen otra vez, ahora en el palacio de La Moncloa. Ninguno ha dormido, dándole vueltas al inesperado giro que ha tomado la crisis. Javier Solana, José María Maravall, Joaquín Almunia y Carlos Romero se sonríen al encontrarse:

—¡Vaya cara que tienes!

—¡Pues tú! ¿Te has mirado en el espejo? ¡Ni que no hubieras pegado ojo!

—¿Sabes algo nuevo?

—Nada, pero insisto: tenemos que decirle al Presidente que llame a Julián.

Llega Carlos Solchaga, con síntomas de haber dormido muy poco, y los cinco se reúnen con Felipe González y Alfonso Guerra.

—Bien, Carlos sustituye desde hoy a Boyer como ministro de Economía, Hacienda y Comercio. ¿A quién ponemos en Industria?

—Creo, Presidente —interviene Solchaga—, que después de la reconversión industrial, que ha sido muy dura, debemos buscar a alguien con otra imagen, que dé sensación de renovación, de futuro…

—De acuerdo, ¿dónde está ese hombre?

—Ahora mismo creo que en Guadalajara, en unas jornadas sobre electrónica.

—¡Que le llamen y se venga volando a La Moncloa!

Joan Majó acaba de convertirse en ministro y, minutos después, Luis de Velasco se queda como secretario de Comercio. Carlos Solchaga defiende ante todos que justo ahora, tras la marcha de Miguel, él necesita a todo el equipo en sus puestos, sin cambios. Sus razones convencen al Presidente, y el que será años después miembro importante del sector crítico, ve pasar la cartera ministerial por delante de sus ojos camino de otras manos, las de Javier Sáenz de Cosculluela.

Es el final de una larguísima crisis en la que el socialismo se ha mirado en el espejo del poder y ha descubierto que no todos los rostros que allí se reflejan coinciden con la imagen que tenían de sí mismos.

Políticamente, la *beautiful* muere ese día dentro del PSOE, tal y como demuestra la propia historia del grupo. Si nunca ha tenido mucho poder en la organización, a partir de ese mes de julio los simpatizantes prefieren esconderse en el anonimato o dejar que su pertenencia al partido sea meramente testimonial.

Hay otros ámbitos que merecen su atención, mucho menos sujetos a las coyunturas de alternancia de poderes. Si Alfonso Guerra presume de haber escrito en la pizarra de Suresnes el futuro político de España, ellos, la «oligarquía republicana», han escrito en La Dehesilla el futuro económico, aquel que de verdad mueve el mundo.

Muchos ni siquiera pertenecen al PSOE, son simples compañeros de viaje en la gestión pública, muy por encima en sus conocimientos profesionales y en sus relaciones económicas del resto de los militantes socialistas. Casta política y casta económica, gestión del Estado y gestión del partido, dos mundos que han estado combatiendo durante tres años en la mesa de los Consejos de Ministros y sufren en sus carnes el desgaste de las mil y una batallas que han mantenido.

El dolor que refleja el rostro del Presidente del Gobierno cuando aparece ante los periodistas para explicar el adiós de Miguel Boyer, y las duras palabras que dirige hacia su vicepresidente y amigo, Alfonso Guerra, dejan bien a las claras que en ese momento no hay vencedores ni vencidos; todos han perdido, incluso los que permanecen en silencio a la espera de su oportunidad; ese clan de las ausencias que comanda el ex alcalde de Barcelona y ministro de Defensa, Narcís Serra, uno de los pocos que tiene una poderosa organización respaldándole desde que viajó a Madrid, para quedarse, en el invierno de 1982, el comienzo de una historia.

El 28 de enero de 1983, Miguel Boyer pasa la gran reválida de los planes económicos del primer Gobierno socialista en una exposición y debate en el Congreso de los Diputados que dura más de cinco horas. Es una auténtica «sesión de investidura» del «triministro», como le llaman algunos líderes de la oposición. Para desmentir los rumores, un Alfonso Guerra vestido con traje de pana y gruesas gafas de concha sonríe y felicita a su compañero en las tareas de Gobierno.

Las peleas las dejan para el «hogar» de los Consejos de Ministros. A primeros de febrero, antes de que se produzca el decreto-ley sobre Rumasa, Boyer ya ha amenazado con su dimisión dos veces: la primera cuando Alfonso Guerra planteó que los Presupuestos Generales del Estado pasaran a ser competencia de Presidencia, tal y como ocurre en Estados Unidos, y no de Hacienda; era un misil lanzado al ministro. La segunda, cuando el vicepresidente apoyó a Javier Moscoso, que reclamaba todas las competencias en materia de funcionarios, incluidas las retribuciones. Boyer dijo que nones.

Dos batallas ganadas, con evidente desgaste y crispación, por el cada vez más poderoso ministro de Economía, Hacienda y Comercio. Guerra le conoce bien, sabe que es un hombre de impulsos, que se exaspera con frecuencia y adopta posturas de todo o nada. Sólo tiene que esperar. La paciencia es su mejor arma.

Esa dicotomía que se produce entre el Gobierno y el partido, entre la corriente monetarista que representan Boyer y Solchaga, y la más liberal-socialdemócrata de Julián Campo y Enrique Barón se traslada a las reflexiones y análisis de los medios de comunicación. Son los gozos y las sombras de una política económica por la que los socialistas encienden, simultáneamente, velas en dos altares de religiones muy diferentes.

EL «OYENTE» GUERRA SUFRE EN SILENCIO

El tema de Explosivos, una empresa en la que Miguel Boyer ha trabajado a las órdenes de Leopoldo Calvo Sotelo, se va a convertir en un permanente pulso entre el Gobierno y la banca, y entre los ministros y algunos empresarios privados. Cuando los bancos amenazan con pedir la quiebra, nada más estrenarse la Administración socialista, Boyer y Solchaga deciden echarles un pulso y, a través del empresario y financiero sevillano Javier Benjumea, les hacen llegar su decisión: «Si queréis la suspensión de pagos, adelante.»

El pulso lo ganan los ministros, y el titular de Industria toma una decisión que va a tener una gran trascendencia años más tarde, cuando el grupo KIO aparezca en escena: nombra presidente de Explosivos a José María Escondrillas y presidente del INI a Enrique Moya, uno de los grandes amigos de Boyer pese a no ser militante del PSOE, con lo que recibe las primeras críticas desde el partido y la UGT.

En el Ministerio, el secretario general de Economía y Planificación, Miguel Muñiz —otro destacado integrante de la *beautiful people*—, se ha puesto a elaborar el Plan Económico 1983-86, a semejanza de los Planes de Desarrollo de Laureano López Rodó, a quien Miguel Boyer alaba en un coloquio en el que participan también Ramón Tamames y Luis Marco.

En algunas comunidades autónomas gobernadas por los socialistas, los planes económicos se «contratan» a *consultings* especializados de Madrid; en otras, como es el caso de Andalucía, los elabora el propio gobierno autónomo. En Sevilla se encarga un hombre, Julio Rodríguez, al que González y Guerra trasladarán rápidamente a la capital del Estado como presidente del Banco Hipotecario. Desde entonces será uno de los candidatos fijos a ocupar el Ministerio de Economía y Hacienda o el puesto de gobernador del Banco de España.

El 26 de abril, la guerra sorda en el interior del socialismo se transforma en gresca pública. En la reunión del grupo parlamentario, Miguel Boyer explica los Presupuestos Generales del Estado, y todos los asistentes dicen amén, salvo dos: Nicolás Redondo y José Luis Corcuera. El líder de UGT se levanta y con aspereza se dirige al ministro:

—Para sacar a este país adelante, los sindicatos tienen que participar en la transformación de la sociedad o no se hace nada. Y me parece una torpeza política que el Gobierno no nos haya consultado para elaborar estos Presupuestos.

—Los Presupuestos —responde con idéntica dureza Boyer— los elabora el Gobierno con los criterios del partido al que representa, y no tiene que consultar con nadie, ni con los sindicatos ni con la CEOE.

A mayores enfrentamientos, mayor poder parece detentar Miguel Boyer. Es una escoba implacable que barre con todo lo que no está de acuerdo. El y sus hombres «machacan» al resto de los ministerios, desde Transportes a Exteriores, desde Cultura a Defensa.

Fernando Morán, antiguo militante del PSP de Tierno Galván, sufre los efectos del largo brazo económico de Miguel Boyer. El titular de Exteriores defiende una política de «flexibilidad» con Guinea Ecuatorial, la antigua colonia, para que no caiga dentro de la «zona de influencia francesa», pero desde Economía y Hacienda las cifras mandan: Guinea está en la cola de los países «morosos»; el *ekuele* —su moneda— debe bastarse por sí mismo. La Secretaría de Estado de Comercio suspende los créditos ya concedidos.

Lo mismo le ocurre al flamante responsable del Instituto de Cooperación Iberoamericana, Luis Yáñez, al que incluso Luis de Velasco le promete que tendrá un «presupuesto millonario» para América Latina. Boyer dirá no y se ganará otro enemigo, éste conectado a través de su hermano Juan Antonio con la maquinaria de la Presidencia del Gobierno, pero ni su amigo Alfonso Guerra ni el popular Inocencio Arias podrán cambiar la férrea voluntad del auténtico «número 2» del Gobierno.

Miguel Boyer tiene en sus manos las decisiones de sus compañeros de gabinete: para que Carlos Solchaga afronte la reconversión industrial o potencie la industria electrónica o de armamentos, Boyer debe dar su visto bueno; para que Ernest Lluch pueda negociar con los colectivos médicos o intentar mejorar la deficiente sanidad pública, debe tener el visto bueno de Boyer; para que Joaquín Almunia cierre con los sindicatos el reparto del patrimonio sindical, debe pedir el visto bueno de Boyer.

Guerra sufre en silencio todos los desplantes —y son muchos— que recibe en los Consejos de Ministros. Ya le llegará la hora de la venganza. Declara a todo aquel que quiera oírle que él «está de oyente en el Gobierno», lo que se interpreta como un desmarque del vicepresidente de la línea económica que sigue Felipe González. En la sombra apoya la cada vez más divergente línea del secretario de Estado de Hacienda, José Víctor Sevilla, respecto a su ministro, y a Julián Campo, Ernest Lluch o Enrique Barón en sus peticiones de mayor independencia de la «fiscalización» de su colega en el gabinete.

Miguel Boyer siente el poder y la gran soledad en la que está inmerso. Se enfrenta todos los días al resto de los ministros, salvo a Solchaga y a Joaquín Almunia, que se convierten en sus únicos aliados. A través de los delegados de Hacienda que hay en cada organismo público se mete en las tripas de todos los ministerios y cuenta con la mejor y más completa información de todo lo que pasa. El poder de la información es suyo; el de las frases para la galería, y para las masas que han votado al PSOE, es de Guerra.

Felipe González tiene que estar continuamente haciendo de árbitro y ésa es una de las armas que mejor emplea el vicepresidente; arbitrar implica cansancio y que «no siempre» las decisiones caigan del mismo lado. La obsesión por el control de la inflación de Boyer no es compartida por otros ministros, y las discusiones son muy fuertes. Felipe escucha y calla, hasta que todos se han destrozado. Entonces, como Salomón, zanja el tema.

Poco a poco, la idea de racionalizar el Gobierno con una estructura sectorial va tomando cuerpo en el cerebro del Presidente; dos o tres vicepresidentes, cada uno al frente de una gran área: Política, Económica y, tal vez, Defensa o Seguridad...

El 24 de enero de 1984, Nicolás Redondo y José María Zufiaur —un hombre que se ha convertido en peón de confianza del líder de UGT tras dejar el sindicato de la central rival, USO— llegan a las nueve de la noche al palacio de La Moncloa. Les están esperando Felipe González y Alfonso Guerra. Los sindicalistas llevan una carpeta llena de agravios, recibidos por la actuación de Boyer, Solchaga y Almunia. El Presidente comprenderá su «defensa de los trabajadores, pero —Nico, por favor— los ministros no actúan solos, lo hacen de forma solidaria con el resto del Gobierno. La reconversión va bien, tú tranquilo, hombre».

Una semana más tarde la primera bomba: el Consejo de Ministros del día 1 de febrero anuncia el cese del secretario de Estado de Hacienda, José Víctor Sevilla, el hombre que rechazó la cartera de Sanidad cuando se lo propuso Felipe González y ha sido una «cuña» permanente en las teorías y actuaciones de Miguel Boyer. La espoleta que hace estallar el precario equilibrio de los meses anteriores es la fiscalidad de los pagarés del Tesoro. El ministro apoya las tesis del Banco de España de que no tengan retención, para incentivar que el «dinero negro» acuda a ellos y tener así una financiación extra. Sevilla, por el contrario, apuesta por la penalización impositiva. La noche anterior, Boyer le llama para comunicarle su decisión:

—Te ceso mañana, no estoy dispuesto a que nuestras conversaciones estén en la prensa.

EL FRENTE ANTI-*BEAUTIFUL* DEL PSOE

Desde su etapa de director general de Tributos, con Francisco Fernández Ordóñez, el cesado Sevilla mantiene unas estrechas relaciones con algunos periodistas; uno de ellos, José Antonio Martínez Soler, que informa puntualmente de la guerra civil dentro del ministerio. Su último artículo sobre los pagarés del Tesoro y las diferentes ópticas con que los ven Sevilla, José Antonio Cortés, Miguel Sánchez Alberti y Jaime Trebolle, por un lado, y Boyer, Miguel Angel Fernández Ordóñez, Raimundo Ortega y José Borrell, por otro, es la gota que colma el vaso de la paciencia.

Es la primera gran batalla a la que se enfrenta la *beautiful people* y no está dispuesta a perderla, máxime cuando dentro de unos meses está prevista la sustitución del gobernador del Banco de España, por cumplirle el mandato a José Ramón Alvarez Rendueles, y el puesto está reservado para Mariano Rubio, que también está soportando la filtración de una auditoría efectuada por el Tribunal de Cuentas.

El boletín informativo de Radio Nacional de las cuatro de la tarde da la noticia del cese justificándolo por «ciertas indiscreciones cometidas por José Sevilla al facilitar datos económicos sin el correspondiente permiso». El portavoz oficial del ministro, Juan Tapia —hoy director del diario *La Vanguardia*—, se apresura a distribuir una nota en la que el cese pasa a englobarse en la reestructuración del ministerio y las «necesidades de máxima coherencia básicas en todo equipo ministerial».

Los parlamentarios socialistas se enteran por la radio de la crisis, y en el bar del Congreso uno de ellos niega que Sevilla estuviese sirviendo a la estrategia de desgaste de Alfonso Guerra:

—Esto no tiene nada que ver con Alfonso Guerra ni con el resto del Gobierno. Se trata de un enfrentamiento personal donde juegan más los celos, inseguridades y soberbias individuales que los criterios políticos y económicos.

Petra Mateos, jefa de Gabinete del ministro, recuerda los acontecimientos desde otra óptica muy diferente, más acorde con las luchas entre los distintos clanes socialistas, que luego se extiende a otros ministerios:

—Sevilla, desde el primer momento, se puso a contrapié del ministro, quiso tener un protagonismo propio. Miguel es muy abierto y participativo, escucha mucho, pero cuando toma una decisión exige que se siga ese camino. Sevilla empezó a mostrar en público su desacuerdo, jugando a la contra. Está muy en contacto con Fernández Marugán, el hombre de Guerra, con el que ha elaborado el programa económico del partido. Se trataba de financiar el déficit público de la forma más barata posible, y Boyer le encarga esa misión a Raimundo Ortega, lo que produce la hostilidad de Sevilla.

Felipe González tiene su primera crisis servida. En Interior, José Barrionuevo quiere cesar al subsecretario, Carlos Sanjuán, éste sí guerrista convencido y hombre que participa, tras su regreso a Málaga, en todas las operaciones de acoso y derribo del presidente de la Junta de Andalucía, José Rodríguez de la Borbolla, hasta dar con sus huesos en tierra en el verano de 1990.

Es muy difícil que la filtración de la auditoría realizada por el Tribunal de Cuentas al Banco de España se haya hecho desde el Ministerio de Hacienda; lo más probable es que Alfonso Guerra tenga participación en la misma, pero a través de otros conductos. En el Tribunal están dos personas que, por diferentes motivos, tienen a los ejecutivos del Banco de España entre ceja y ceja: uno es el ex senador de UCD, Ubaldo Nieto de Alba, un leonés que en mayo de 1984 se dispone a cumplir cincuenta y tres años y tiene un magnífico expediente en la Universidad como decano de la Facultad de Económicas y catedrático de Economía Financiera; otro, también ex senador, es Josep Subirats, que se declara a sí mismo «hombre de Guerra».

Beneficiados por la crisis aparecen el nuevo subsecretario, Miguel Martín, persona vinculada desde siempre al Banco de España, lo mismo que Raimundo Ortega, a los que Mariano Rubio hará directores generales cuando se reincorporen al banco emisor; el ascendido secretario de Estado, José Borrell, cuñado del que en ese momento es presidente del INI, Luis Carlos Croissier, y a caballo entre el clan de los catalanes y el clan de Majadahonda; Miguel Angel del Valle-Inclán, al que se nombra director general de Aduanas y que terminará años después al frente de Tabacalera; y Juan Francisco Martín Seco, que desde su cargo de secretario general de Hacienda evolucionará hacia posturas críticas en la misma línea que Luis de Velasco y Julián Campo.

La tensión hace presa en Miguel Boyer, sometido a presiones políticas, profesionales y personales a las que viene a sumarse la amenaza de ETA. Los servicios de la lucha antiterrorista detectan un plan de la organización vasca para atentar contra el super ministro, que habría estado bajo la vigilancia directa del mítico Apala. El 24 de abril, en el pleno del Senado, Juan Carlos Guerra Zunzunegui, representante del Grupo Popular, lanza su pregunta:

—¿Por qué ha afrontado el Gobierno la compra de vehículos blindados para todos los ministros, que ha supuesto un importante gasto para las arcas del Estado?

—El Gobierno —le responde Boyer bajo una fuerte tensión emocional— tiene informaciones que acreditan la existencia de amenazas concretas sobre determinados miembros del gabinete de Felipe González y, en especial, de quien les habla.

En junio, Felipe González piensa en modificar el Gobierno, ya que los continuos choques entre Barón y Solchaga, entre Julián Campo y Miguel Boyer le ponen nervioso. Narcís Serra se mantiene en los dominios militares, alejado del resto de sus compañeros que reconocen las dificultades para entrar en ese ámbito, incluso en la zona referida al gasto económico. Callado en los Consejos de Ministros, reserva sus intervenciones para la discusión de los Presupuestos Generales.

El Presidente emplea su vieja táctica: lanza el globo sonda que enseguida recorre los ministerios, la sede del PSOE, y llega a la calle y a los medios de comunicación; inmediatamente recoge las reacciones y espera, aguanta. Nicolás Redondo interviene con rapidez y le hace ver que los cambios serán mal vistos por el sindicato. Los deseos de Boyer y la *beautiful people* tienen que esperar.

La gran guerra dentro del Gobierno multiplica sus frentes. Durante un año los españoles asisten al desgaste continuo de su ministro de Asuntos Exteriores, Fernando Morán, objeto de todos los chistes del país. Su posición es muy distinta de la que está desarrollando el Presidente, y sus aciertos —que los tiene y grandes— son minimizados, sobre todo con franceses y británicos.

La maquinaria del Ministerio de Economía y Hacienda no para. En abril de 1985, la esperada ley sobre el Régimen Fiscal de los Activos Financieros —la «prima» de los pagarés del Tesoro— se pone en marcha de la mano de un José Borrell que ha cambiado de imagen. Han desaparecido la barba canosa y las gafas polarizadas, y el flamante secretario de Estado de Hacienda parece un *yuppy* en ejercicio. Sus relaciones con el clan de Majadahonda se han enfriado y tampoco es reconocido como «uno de los suyos» por el potente y extendido clan de los catalanes. A semejanza de su cuñado, Luis Carlos Croissier, deambula en solitario por los senderos que unen a las distintas familias.

En el Congreso, Boyer lanza una andanada contra algunos de sus amigos que han estado en los gobiernos de UCD; Leopoldo Calvo Sotelo, Juan Antonio García Díez y Jaime Añoveros recogen el guante. Las «cuentas sin regularizar» desde la época de Franco afloran a la superficie y suman más de trescientos mil millones, otro «agujero negro» para la economía española.

En abril, el ministro de Economía y el titular de Trabajo mantienen una fuerte discusión en uno de los Consejos de Ministros. Joaquín Almunia se ha presentado con el proyecto de reforma de las pensiones, que ya le ha costado sus buenos sudores frente a los sindicatos y los empresarios; Boyer lo considera «impresentable y costoso». El frente anti-*beautiful* crece por momentos: a los Campo, Lluch y Barón se unen Carlos Romero, Almunia e incluso Javier Solana.

El 12 de junio, la solemne ceremonia a la que asiste la plana mayor de los gobernantes europeos —la firma del tratado de adhesión de España a la CEE— no puede ocultar que los cambios tan esperados están a punto de producirse. Felipe González ha soltado, de nuevo, el globo sonda: «Es posible una remodelación», y boyeristas y guerristas se han lanzado a la caza y captura de las ansiadas carteras. Los primeros con la tranquilidad que les da estar en posesión del gran secreto: «El Presidente le ha prometido a Miguel una vicepresidencia, se acabaron las discusiones»; los segundos con la necesidad de que «cale» su mensaje: hay recambios para Boyer en el partido, como Julián García Vargas, Julio Rodríguez o el propio Julián Campo; y al titular de Industria, Carlos Solchaga, se le puede cambiar por el presidente del INI desde octubre: Luis Carlos Croissier, el hombre que ha logrado desplazar a uno de los amigos personales del superministro: Enrique Moya.

PROMESAS DE PRESIDENTE

Cuando Miguel Boyer recuerde años más tarde aquellas semanas, no tendrá ninguna duda en su juicio: «La crisis estalló un año más tarde de lo necesario y duró demasiado, se quedó abierta un mes entero y las posiciones de unos y otros cristalizaron. Si se hubiera resuelto en una semana no se habrían enquistado los problemas y el resultado hubiera sido muy distinto.»

Pero es junio de 1985 y Felipe González recibe en La Moncloa a su ministro Boyer; los dos solos, lejos del «maligno» Alfonso Guerra. El área económica no puede seguir como el gran escenario de los combates internos; para relanzar a España hay que tomar algunas medidas y mantener una unidad de criterio. El Presidente dice que «sí, Miguel, tienes toda la razón, habrá que nombrarte vicepresidente, para que controles todo ese área y me evites tener que intervenir siempre, que estoy harto del papel de moderador entre los ministros, y sí, Miguel, cambiamos a Barón, y cambiamos a Julián Campo, y cambiamos a Lluch, y yo cambio a Morán y ponemos al que tú me dijiste, sí, Miguel tenías razón, Paco Ordóñez puede hacerlo bien, ya me lo han dicho los americanos, sí, esta vez va en serio, en unos días...».

Dos vicepresidencias dejan un área —la de Defensa e Interior— en tierra de nadie y unirlas es complicado. Felipe González habla con Alfonso Guerra:

—Que he pensado que Miguel haría un buen papel como vicepresidente económico, vicepresidente segundo, para evitar todas las discusiones que tenemos en los Consejos, Alfonso, que es muy cansado estar todas las semanas de mediador... y Miguel es nuestra baza, la economía está mejorando y con el plan que tiene en cartera seguro que se dispara...

—Pues muy bien, de verdad, ya sabes que yo nunca he querido estar en el Gobierno. Me vuelvo al partido, que me necesita... pero los dos, no... Están nuestras bases, la organización, los votos... y está UGT, ¿qué van a pensar Nicolás y los suyos?, que mira lo que están diciendo de la política económica que llevamos. Si quieres que manden los republicanos, pues adelante, complace a Boyer y a Mariano y a toda la «biuti», que está ya celebrándolo...

Todo se resuelve en los primeros cuatro días de julio, tras regresar el Presidente y algunos de sus ministros de la inauguración de los observatorios internacionales de Canarias. Felipe González le dice a Boyer que no es posible su nombramiento como vicepresidente, pero que los cambios que pide se harán, tendrá hombres de su confianza al frente de todos los ministerios que entran dentro del área económica. Recibe una respuesta:

—No, Presidente, ya te he dicho que así es muy difícil mantener la coherencia de la política económica; los enfrentamientos han sido muy fuertes y el desgaste que yo, personalmente, siento, también...

—¡Hombre, Miguel, hazme el favor de pensarlo! Tienes todo menos el título, nadie ha tenido tanto poder como tú en España...

El miércoles 3 de julio se celebra el Consejo de Ministros. Es un Consejo de despedida dentro del gabinete y todos lo saben: «Unos se marcharán derrotados y otros se quedarán victoriosos.» Miran a Boyer como se mira al ganador y les extraña su semblante, más serio de lo ordinario, y su parquedad de palabras. «Esta vez está siendo prudente —se dicen en su interior— para que no pase lo de la otra vez, que se paró todo por las indiscreciones...»

Felipe González mantiene controlada su fuerte tensión interior, al igual que Alfonso Guerra. El primero sabe que Miguel se va, se lo acaba de decir en un pequeño aparte que han tenido antes de entrar en el salón: o vicepresidente o nada, no caben las medias tintas. Y Alfonso, lo mismo. Su corazón, como en la copla: dividido entre dos amores... Da las gracias a los que abandonan el cargo: Fernando Morán, Julián Campo, Enrique Barón, Ernest Lluch, Tomás de la Quadra... «Y esta noche —les dice a todos al final— os espero a cenar.»

Es una cena extraña en un ambiente extraño. Poco a poco la gran noticia comienza a extenderse entre los reunidos: «Miguel se va, ha presentado la dimisión y Felipe no logra convencerle para que la retire...» Se conciertan citas «para después», «nos vemos en Rosales, ya sabes», «sí, oye, tal vez Julián pueda volver, ¿alguien ha hablado con Alfonso?»...

Pese a las críticas que le hacen desde el partido —«Este va a ir con todos los chismes a la prensa, como hacía en UCD»—, Felipe González sabe que Francisco Fernández Ordóñez va a cumplir perfectamente con el papel que le tiene asignado: primero, ser fiel cumplidor de la estrategia del Presidente en política exterior; segundo, hacer la «revolución pendiente» en el Palacio de Santa Cruz, tal y como lo hizo con las dos leyes más progresistas de la etapa de UCD, la del divorcio y la de la reforma fiscal.

González no quiere más casos como el del diplomático Palazón ni más celos ministeriales hacia su equipo de asesores en La Moncloa. Las batallas de Fernando Morán contra Juan Antonio Yáñez, Elena Flores o Manuel Marín han sido constantes por el continuo «puenteo» de que era objeto el ministro. Paco Ordóñez es un pragmático, bien visto por la embajada americana, en la que almuerza o cena con frecuencia; bien visto en Bruselas, pese a que nunca se ha pronunciado públicamente ni a favor ni en contra de la OTAN. Un hombre alejado de los clanes socialistas, ya que no pertenece a ninguno y, sin embargo, se mueve a gusto entre todos ellos: los cristianos, los catalanes, los guerristas, la *beautiful*...

Con Boyer en el Banco Exterior, que ya se ha encargado Solchaga de convencerle, la política económica tiene su continuidad asegurada. La «banda de los cuatro» —como se denomina al ministro de Economía, al presidente del Exterior, al presidente del Hispano y al gobernador del Banco de España— forman una estupenda *force de frappe*. Detrás de Mariano Rubio están otros dos hombres con las mismas ideas: el subgobernador, Juan Antonio Ruiz de Alda, y el director del Servicio de Estudios, Luis Angel Rojo.

Ruiz de Alda era la baza que jugó Boyer en junio de 1984, cuando hubo que nombrar a los nuevos responsables del Banco de España, cumplido el mandato de Alvarez Rendueles. Boyer llevó al Consejo de Ministros el nombre de su amigo «Pancitas», dispuesto a pelearlo hasta lo indecible, pero con una alternativa en el bolsillo: Raimundo Ortega. No hizo falta, pese a lo que el apellido Ruiz de Alda representaba para algunos de sus compañeros de Gobierno que lucharon, pero poco, por «colocar» a Julián García Vargas a la espalda de Mariano Rubio.

DESCANSAR EN EL *AZOR*

Ese verano de 1985, las aguas del PSOE se tranquilizan lentamente. Los «guerristas» han sido derrotados, antes de comenzar la batalla, por el rápido movimiento de Carlos Solchaga en el Banco Exterior. Ellos querían situar a Julián Campo, que se tiene que conformar con el puesto de consejero del Banco de España; y, pese al método que ha utilizado José María Calviño para dar la noticia en televisión —destacando el sueldo que iba a tener el ex ministro en su nuevo cargo—, la historia no tiene vuelta de hoja.

Es la hora del descanso: Felipe González se embarca en el *Azor* y provoca uno de los grandes escándalos de la democracia, tanto dentro como fuera del partido. El yate de Franco había permanecido intocable, y es precisamente un socialista quien lo utiliza para navegar por las costas portuguesas y entrevistarse, en la misma cubierta en la que se sentaba el dictador para pescar, con Mario Soares. El 27 de julio, el *Azor* atraca en la localidad ayamontina de Punta del Moro y sus pasajeros se trasladan a la localidad sevillana de Dos Hermanas. Allí, en casa de su hermana Lola y de su cuñado, Francisco Palomino, el Presidente tiene ocasión de reflexionar sobre el grave error de imagen que ha cometido.

El secretario de Banca de UGT, Justo Fernández, critica a González mientras Nicolás Redondo y José María Zufiaur prefieren guardar un prudente silencio:

—Nadie se atreve a llevarle la contraria a Felipe González y ha empezado a creerse una especie de Mesías.

Santiago Carrillo, ex secretario general del PCE, aprovecha su estancia en Oviedo para hacer un análisis de la crisis de Gobierno y del resultado de la misma:

—Lo que ha pasado confirma el inicio de una división en el PSOE, que cristalizará durante la próxima legislatura. Felipe González ha sacrificado a Fernando Morán a los americanos y ha convertido a Miguel Boyer en su reserva política.

Muchos achacan el error —¡qué inmenso error!— de

Felipe González, al utilizar durante cuarenta y ocho horas uno de los símbolos más claros de la dictadura, a su estado anímico tras la incontenible retirada de Miguel Boyer. Sus incondicionales recuerdan y hacen recordar a todos los que les preguntan la imagen del Presidente del Gobierno en la rueda de prensa televisada tras el cambio de ministros. En ella, González ha mostrado un tono muy distinto a la hora de hablar de los dos grandes protagonistas de la crisis: Miguel Boyer y Alfonso Guerra. Al primero le ha ensalzado, casi con lágrimas en los ojos, como el padre que ve marchar por el camino a su hijo predilecto; al segundo le ha rebajado a la condición de obediente lacayo de su voluntad.

Tras explicar que Boyer ha dimitido por motivos personales, el Presidente había dicho:

—Si por mí fuera, el ministro de Economía y Hacienda continuaría en su puesto.

Cuando le preguntaron por el vicepresidente, aparente triunfador en la guerra desatada por sus «favores», respondió seco y contundente:

—Alfonso Guerra nunca va a ser un obstáculo para una decisión del Presidente del Gobierno, porque él aceptará estar donde yo quiera que esté, porque él siempre ha estado dispuesto a hacer lo que yo le diga, aunque no esté de acuerdo.

Los guerristas vieron cómo el líder destrozaba la imagen de independencia del mito. Sólo la memoria histórica, tan necesaria a veces, podrá situar estas palabras en su correcta interpretación psicológica de amo y esclavo —que llevaría a las pantallas Jaime de Armiñán en una estupenda interpretación a cargo de Fernando Fernán Gómez— cuatro años y medio después, tras el debate en el Congreso sobre el «caso Juan Guerra», cuando Felipe González una su futuro político al de Alfonso Guerra.

Miguel Boyer había dado un paso atrás, pero un paso muy grande; inexplicable en un hombre frío y metódico como él si no se tienen en cuenta las nuevas influencias de su más próximo entorno. Una mujer, Isabel Preysler, había resistido las presiones de Carlos Solchaga para que «convenciera» a su amigo y compañero de permanecer en el puesto.

Desde la barrera, donde siempre ha estado, el ministro de Defensa y el poderoso núcleo catalán podían darse por satisfechos. Sus dos principales adversarios se habían destrozado una buena parte de la garganta. Ellos sólo tenían que esperar, con la paciencia del tendero que está seguro de que el cliente terminará yendo a buscarle detrás del mostrador. Y otro tanto pensaban en el sector cristiano de la antigua Convergencia Socialista: si los «grandes» se pelean, nuestra capacidad de maniobra aumenta en las mismas proporciones que los daños que se hacen entre sí los contendientes. Joaquín Leguina ya había pagado con creces la humillación de su famoso impuesto del 3 por 100.

A la vuelta de las vacaciones, la *beautiful people* se siente más tranquila, segura y poderosa que nunca. Y tiene motivos para ello: el 3 de septiembre despegan del aeropuerto de Barajas rumbo a China y Japón el Presidente del Gobierno y uno de sus miembros más conspicuos e importantes, Miguel Boyer. Si bien la excusa oficial es la apertura de una oficina del Banco Exterior en Pekín, la realidad es que el ex ministro hace de consejero por «delegación» de dos ministros y amigos como son Solchaga y Fernández Ordóñez.

Tras el susto inicial de tener que desviarse de ruta por la guerra irano-iraquí —no prevista por los organizadores del viaje—, diez días después Felipe González regresará con un regalo muy personal del hombre fuerte en China tras la muerte de Mao y el proceso a la «banda de los cuatro», Deng Xiao Ping: «Gato blanco o gato negro, qué más da, lo importante es que cace ratones»; la frase ideal para un pragmático como el Presidente del Gobierno, cada vez más alejado de los principios que defendió en su camino hacia el poder.

Incorporado a su puesto en el Banco Exterior, Boyer se aleja durante unos meses del círculo de La Moncloa, aunque en su entorno alardean de que «el Presidente le llama con mucha frecuencia». Lo cierto es que la sintonía del jefe del

Gobierno y el nuevo banquero son perfectas, como lo demuestran las palabras que pronuncia en Alicante el 29 de noviembre, tras asistir al consejo de administración de la entidad filial:

—Habrá un referéndum sobre la OTAN y no se adelantarán las elecciones generales. Nunca he visto al Presidente del Gobierno incumplir sus afirmaciones públicas.

—¿Va usted a ser el próximo presidente del Banco Central?

—Eso son especulaciones sin fundamento. Nunca se ha tratado en medios económicos.

—¿Volverá, entonces, a la vida política?

—He cerrado un ciclo muy largo en ella, veinticinco años, y después de haber sido ministro de Hacienda es difícil tener mayores responsabilidades.

CAPÍTULO VI

LA GUERRA CON GUERRA

BOYER Y SUS TRES TAZAS DE CALDO

El 2 de octubre de 1986, una lujosa limusina negra se detiene ante las puertas del Spanish Institute en Nueva York. De su interior desciende la pareja de moda en España en esos momentos: Miguel Boyer e Isabel Preysler. El presidente del Banco Exterior y ex ministro de Economía y Hacienda ha sido arrastrado a dar una conferencia dentro del seminario *Análisis de las elecciones del 22 de junio en España.* Los que le han dado el último empujón han sido sus amigos: el periodista y editorialista de *El País,* Javier Pradera, y el juez Clemente Auger, dos hombres con los que comparte, por lo menos una vez al mes, mesa y mantel en compañía de otros amigos.

El líder natural de la *beautiful people* llega «caliente» tras las últimas declaraciones de los guerristas y se siente apoyado por el Presidente del Gobierno tras la visita que él y Mariano Rubio han efectuado al palacio de La Moncloa. Los Guillermo Galeote y Alejandro Cercas de turno le han «hinchado las narices» —como comenta a Claudio Boada, que también está en la mesa— diciendo que su silencio, tras la polémica de Santander, se debe a que se ha asustado y tiene miedo. Llega dispuesto a «cargar la mano» y ¡vaya si lo hace!

Califica de «actitud cínica y errónea» la de quienes desde dentro del PSOE creen que «hay que radicalizar la acción», simplemente para «competir con los demagogos de la extrema izquierda». Si Alfonso Guerra y el aparato del partido no querían caldo, Boyer les da tres tazas. Habla de los «revolucionarios verbales como Guy Mollet» y de que «si se produce una crispación de la vida política española, una radicalización sectaria, muchos sectores que han apoyado al Gobierno, sin ser socialistas, lo abandonarían».

En Madrid, Felipe González zanja la cuestión en la Escuela de Verano al defender el derecho a la discrepancia dentro del PSOE. Los representantes del sector crítico, como Pablo Castellano, apoyan a Boyer. Y Alfonso Guerra no puede hacer otra cosa más que callarse y marcar otra señal en la larga vara de los agravios.

1986 ha sido año de elecciones. Ya en enero, la presión para que Felipe González cumpla su promesa de efectuar un referéndum sobre el tema de la OTAN aumenta. Atrapado entre el gato negro y el gato blanco, el Presidente del Gobierno se lanza a la caza de los ratones. Apoyado por la televisión pública y el aparato del partido —que de la noche a la mañana se vuelve atlantista—, el líder del PSOE comienza a pedir el voto para el mantenimiento de España en la Organización del Atlántico Norte.

A la opinión pública se le hace ver que si no hay OTAN tampoco habrá Mercado Común, ni inversiones extranjeras. Todos los demonios familiares resucitan en esa España de comienzos de año. A los comunistas se les vuelve a atacar desde el poder por ser eso, comunistas; y los disidentes de la política oficial dentro del partido, como Pablo Castellano o Luis Gómez Llorente, no pasan de ser unos «utópicos izquierdistas alejados de la realidad». Menos de veinte años después, los mismos que suscribieron en la franquista sociedad española el grito del Mayo francés: «Seamos realistas, pidamos lo imposible», se vuelven tan realistas que no piden ni lo posible.

El PSOE se parece cada vez más a un enorme y desfigurado Frankestein ideológico, tales son los costurones que se producen en su cara. El referéndum queda fijado para el día 22 de marzo y se producen muchas de las grandes piruetas de la vida pública española. La derecha se opone y desconcierta a su electorado. Fraga no quiere darle una victoria a González, pero tampoco puede decir «no» a la OTAN; preso en el dilema terminará proponiendo la abstención. Suárez no dirá ni «sí», ni «no» ni nada. El PCE dice claramente «no». Y el PSOE se convierte en el gran partido-Estado, el único capaz de gobernar España dentro de una Europa moderna y atlantista. El 5 de marzo, una semana antes de que los españoles concurran a las urnas, Miguel Boyer interviene en el programa *Desayunos de la SER* para defender, ni más ni menos, que «no se ha encontrado un sistema más perfecto que las alianzas militares para defender la paz».

Con la victoria en el bolsillo, la promesa cumplida y las felicitaciones de todos los líderes europeos por su «prudencia y sabiduría de estadista», Felipe González consolida el cesarismo dentro del PSOE. Decidido a aprovechar el tirón, propone al Rey la disolución de las cámaras y la convocatoria de elecciones generales para el 22 de junio. Cree que va a encontrar una oposición diezmada y rota y que tiene asegurada la mayoría absoluta.

El 30 de abril, el presidente del Banco Exterior es nombrado representante español en el CERN (Organización Europea para la Investigación Nuclear), lo que colma su alma de físico. Forma parte de una comisión de siete miembros encargada de estudiar el futuro de dicho organismo que, formado por quince países y con un presupuesto anual de sesenta mil millones de pesetas, se debate en una grave crisis presupuestaria por los deseos de Margaret Thatcher de pagar menos.

Adelantándose una vez más al Presidente del Gobierno, Miguel Boyer le hace su retrato político en su propio retrato:

—Me siento perfectamente cómodo dentro de esta línea que se puede llamar «socialismo liberal», que yo creo, además, es el del Gobierno presidido por un socialista en Italia, o el que viene intentando el Gobierno francés desde que rectificó su primer rumbo, o el que los socialistas alemanes hicieron en los años en que estuvieron en el poder.

Si Boyer se siente cómodo dentro del socialismo imperante, una parte de la *beautiful people* no tanto, y desde el protagonismo de las comidas-tertulia de Mona Jiménez van a querer saltar al protagonismo de la vida política nacional. Antonio Garrigues cree recoger la herencia de su hermano Joaquín cuando funda el Partido Reformista Democrático —«la alternativa» al PSOE como gustan de decir sus seguidores—, pero no se siente con fuerzas para ser el líder y recurre a uno de importación: Miguel Roca.

Dinero no les va a faltar, ni amigos poderosos ni empresarios de prensa deseosos de acertar por lo menos una vez en su vida a caballo ganador. El programa es asimilable por cualquier liberal de centro, no en balde en la trastienda y desde sus despachos de consejeros del Banco de España están Juan Antonio García Díez y Carlos Bustelo. El más activo es el ex ministro de Industria y ex comunista que, buen conspirador de salón, recaba apoyos para un proyecto que quiere, nada más y nada menos, que «desplazar al PSOE del poder y a Manuel Fraga de su pedestal de líder del centro-derecha».

Grandes empresarios pertenecientes a la *beautiful people* como los Entrecanales o Rafael del Pino prestan su colaboración, como la prestan los banqueros, la CEOE de Cuevas y la Generalitat de Jordi Pujol. Millonarios en presupuesto, carteles, inserciones en los medios de comunicación, viajes... no lo son en lo más importante: en ilusiones. Su líder, el tibio y timorato «segundo» de Pujol, Miguel Roca, no dejará su militancia en CiU, por la que se presentará en Barcelona, ni adoptará de verdad un compromiso firme con el PRD. El fracaso será gigantesco: ni un solo diputado pese a los aproximadamente cinco mil millones de gasto de la campaña. Los votos más caros de la historia democrática española.

El PSOE vuelve a ganar por mayoría absoluta, con ciento

ochenta y cuatro escaños. La Coalición Popular, que tan trabajosamente ha conseguido aunar Manuel Fraga, con los trashumantes Oscar Alzaga y José Antonio Segurado, se queda en ciento cinco parlamentarios y con una sensación de haber tocado techo que llevará al líder de la democracia cristiana a una nueva huida; y el PCE de Gerardo Iglesias apenas levanta las cejas tras su gran fracaso de cuatro años antes. El que resucita con inesperada fuerza es el CDS de Adolfo Suárez, que en un final de campaña atrevido y sugerente ha «enganchado» con una parte del «desencanto» de izquierdas. La última aparición del ex presidente en el programa de Mercedes Milá en televisión será la guinda de un pastel por el que muy pocos apostaban.

En la remodelación del nuevo gabinete, Alfonso Guerra pasa a presidir la comisión de subsecretarios, un auténtico filtro de los Consejos de Ministros. La inquietud se apodera de sus máximos rivales, los integrantes de la *beautiful people,* que pasan al contraataque. Parece como si la vida política española se realizara toda ella dentro del PSOE, sin que en el exterior ocurriera nada importante.

EL DECALOGO DE SANTANDER

El lunes 4 de agosto comienza en el palacio de La Magdalena de Santander un curso sobre opciones de política económica. El director del mismo es Miguel Boyer, pero el presidente del Banco Exterior prefiere que sean Guillermo de la Dehesa y Petra Mateos los que preparen su desembarco, que se produce el viernes acompañado de M.A.F.O. (Miguel Angel Fernández Ordóñez), Luis Gámir y Pedro Schwartz. Lleva trece meses de silencios porque, como dice a sus amigos:

—He procurado en todo momento no puentear a Solchaga, que era mi superior en la jerarquía del Estado. Por eso no voy mucho a La Moncloa, procuro no interferir, sobre todo por Felipe, que había dicho en la rueda de prensa que no quería que me fuera.

Ese día, su papel en la Universidad Menéndez Pelayo es el de introductor y moderador del debate, pero suelta ante los expectantes asistentes al curso sus «Diez Mandamientos», su decálogo de las reformas estructurales que hay que realizar en España. Todos entienden que el que está hablando no es el presidente de un banco, sino el ministro de Economía reencarnado:

«1. *Racionalizar el sector público empresarial*

Es necesaria una puesta en competitividad de las empresas, demasiado grandes en número, que presentan pérdidas y que pesan sobre el presupuesto. Son una de las causas del déficit público. Necesitan un proceso de subvención y capitalización por parte del Estado y la reprivatización de las que han caído en el sector público por efecto de la crisis industrial.

2. *Completar la reforma de la Seguridad Social*

A pesar de las reformas de 1985, el déficit de la Seguridad Social es creciente y, salvo que el Estado aumente la presión fiscal y lo dedique a la Seguridad Social, probablemente el sistema será inviable a largo plazo.

3. *Dar un nuevo impulso a la reestructuración industrial*

La reestructuración industrial se ha desacelerado en el último año. Con la incorporación de España a la Comunidad Europea y la tendencia a la apreciación de la peseta, si no se hace un progreso muy notable en productividad la industria española tiene un futuro sombrío.

4. *Lograr una mayor flexibilidad del mercado de trabajo*

Hay que seguir avanzando en la flexibilidad del mercado de trabajo, probablemente ampliando las posibilidades de las nuevas formas de contratación por tiempo determinado y por tiempo parcial.

5. *Racionalizar el sector agrícola*

Aunque se ha avanzado en los últimos años, continúa la tendencia estructural a los excedentes, que corre el riesgo de ampliarse con la incorporación de España a la CE.

6. *Liberalizar el sistema financiero*

Hay un paso claro que, además, me parece que el Gobierno considera en estos momentos de manera casi inmediata: la liberalización completa de los tipos de interés pasivos, que debería ser simultánea a la reducción de los coeficientes de inversión obligatoria.

7. *Liberalizar la inversión española en el exterior*

Hace falta acelerar el calendario de liberalización de la inversión española en el exterior y seguir con exigencias de mayor transparencia contable y mayor transparencia en el coste de los servicios financieros.

8. *Perfeccionar el sistema fiscal*

En el sistema fiscal, que ha mejorado mucho en la gestión de la inspección y en la gestión tributaria general, hay que romper el círculo vicioso en que se incurrió en el pasado. Como había un gran fraude fiscal, se elevaban los tipos de los impuestos, en un esfuerzo desesperado por seguir manteniendo la recaudación del Tesoro. Los tipos actuales son excesivamente altos y es increíble el talento que se derrocha, por parte de los particulares, para defraudar al Fisco y, por parte del Fisco, para que los particulares no le defrauden. Todo se evitaría con un sistema más simple, con menos exenciones y menos complicaciones que, probablemente, permitiría recaudar lo mismo con unos tipos mucho más bajos.

9. *Corregir el sistema de financiación de las comunidades autónomas*

Me parece que se ha avanzado en la discusión teórica, pero no en la discusión práctica de este problema, que tiene una enorme dificultad porque está diseñado con leyes de un rango normativo muy alto.

10. *Adaptar el sistema educativo a las necesidades del país*

El sistema tiene todavía unas rigideces muy grandes, internas, y está desbordado en su posibilidad de ofrecer a los que desean una enseñanza superior esa enseñanza con una calidad suficiente. En España no se paga el coste de los estudios universitarios, sino que ese coste es mucho más alto. Hay una subvención de todo el país a los que pueden estudiar. Al falsear el costc de los estudios universitarios no están generándose iniciativas privadas paralelas a las del Estado que pudieran presionar sobre éste para mejorar su enseñanza.»

Por si el programa no era suficiente, Miguel Boyer lanza en los últimos minutos de su intervención su idea de lo que debe ser un socialismo de finales del siglo XX; la puntilla para las aspiraciones guerristas y un salvoconducto para el ausente Carlos Solchaga, que ha dejado a su amigo Miguel la dura tarea de ser el «caballero andante» de la *beautiful people*:

«A mí me parece que el impulso a una economía de mercado plenamente competitiva y que culmine con éxito la integración de España a la CE puede ser un objetivo perfectamente razonable para el Partido Socialista que está en el Gobierno y que, probablemente, tiene un período más bien largo por delante. Una economía no competitiva y una economía que no libere las fuerzas productivas que hay en España es absolutamente suicida en el mundo en que vivimos, y no veo que sea favorable a los trabajadores españoles desenvolverse en un medio proteccionista e intervencionista de empresas raquíticas, donde no hay iniciativas creadoras a lo largo y a lo ancho de la sociedad. Puede chocar a quienes, quizá, identifican todavía el socialismo con las fórmulas estatalizadoras del pasado y a los que, por emplear la frase de Mendès-France, todavía no han redescubierto el interés creador de los mecanismos de mercado. Me parece que las posiciones políticas tienen que adaptarse a las exigencias de los tiempos, manteniendo los principios inspiradores.

»En el socialismo es profundo el espíritu libertario, antidogmático y antiescolástico que siempre tuvo la izquierda, el intentar estar de acuerdo con el progreso en el pensamiento, con la racionalidad, asimilar las novedades antes que quedarse apegado a recetas del pasado que, como fórmula estatalizadora, ni ha conducido al progreso social ni ha conducido a la libertad en ninguna parte.»

EL GUERRISMO PASA AL ATAQUE

Alfonso Guerra recoge el guante y, pese a que la gran parte de los ministros está de vacaciones, lo mismo que su equipo de «fontaneros», localiza a Fernández Marugán, a Roberto Dorado y a Joaquín Almunia... Llama a Felipe González a Doñana y también a Santiago Roldán, rector de la Menéndez Pelayo y eterno aspirante a ministro. Las palabras de Boyer no pueden quedar sin respuesta, pero debe ser una contestación planificada, dirigida no sólo contra el ex ministro, sino contra todos sus «compañeros de viaje».

El 17 de agosto se inaugura una Casa del Pueblo en la localidad menorquina de Mercadal. El vicepresidente decide «honrar» el acto con su presencia. Desde allí golpeará a la *beautiful* donde más le duele:

—Hay muchos que, aprovechando el verano, época de sequía informativa, se dedican a aconsejar al Gobierno en cuestiones de política económica: se dedican a lanzar mensajes en el sentido de lo que debe hacer, por aquí debe andar, éste es el camino que hay que seguir. Son expertos, técnicos que quieren hacer experimentos de laboratorio y le indican al Gobierno que haga lo que a ellos les gustaría hacer. Son algunos políticos frustrados que ya no están en la política.

Miguel Boyer ha regresado a Marbella para continuar las vacaciones junto a Isabel Preysler en El Barranco, un chalé de tres plantas cercano al Marbella Club. Lee los periódicos y se subleva:

—Esta vez Alfonso ha sido muy torpe. Es un problema de celos, le molesta verme otra vez en público. Y me ha puesto a huevo el contestarle.

El miércoles 20 regresa a Madrid para celebrar el consejo del Banco Exterior. Cuando termina, llama al jefe de prensa, Manuel Bueno, a su despacho. Quiere que a primera hora de la tarde una nota que ha redactado esté en todas las redacciones. El vicepresidente se va a enterar:

—Motes tales como «políticos frustrados» me recuerdan otros tiempos de España, cuando a falta de mejores argumentos se decía que los políticos contrarios a la dictadura eran unos resentidos. Todo ciudadano tiene derecho a expresar su opinión sobre lo que conviene al país sin ser agredido por ello. Y seguiré ejerciendo ese derecho... Esté o no esté en la política activa, yo me siento en mi terreno cuando hablo de economía, y el haber desempeñado durante dos años y medio un Ministerio de Economía —con el apoyo reiterado y explícito del Presidente del Gobierno— da algo más que una visión de laboratorio de la realidad y de las necesidades del país... Acertado o no, pero con coherencia y reclamando respeto, lo que defiendo para el futuro es lo que han venido haciendo los gobiernos socialistas: flexibilizar y liberalizar la economía para prepararla para la Comunidad Económica Europea.

Alfonso Guerra ya ha lanzado la piedra, ahora le toca esconder la mano en silencio. Tiene buenos soldados que continúen su labor: Maravall, los «fontaneros» de La Moncloa y Txiqui Benegas, que «calienta los cascos» al ex ministro al hablar del «conducto reglamentario»:

—Me recuerda —dice Boyer a sus compañeros de tertulia en las noches marbellíes— a las exigencias que ponían en el SEU, en la Universidad, en tiempos de Franco.

Los distintos clanes del partido deciden intervenir, que no todos los días se tiene una ocasión tan clara y gratificante. Joaquín Leguina reparte «cera» a uno y otro lado:

—Se puede ocultar un desacuerdo importante dentro del partido entre un ala muy cercana a los poderes económicos, sobre todo financieros, y el aparato. Las propuestas de Boyer son una cosa importante que el partido debiera tener capacidad de debatir. La reflexión teórica no debe quedarse reducida a seminarios marineros, ya sean en Santander o en Jávea.

El iconoclasta líder ugetista Justo Fernández también echa su cuarto a espadas:

—Al fin y al cabo, la política económica que ha venido desarrollando el Gobierno es la que propugnan Boyer, Fuentes Quintana y compañía. Y habría que ver dónde nos hubiera llevado esta política si no llegamos a tener los regalos de la baja del dólar y el petróleo. Así que, si Guerra cree que las cosas hay que hacerlas de otro modo, que lo haga desde el Gobierno donde está, que ya está bien de ser el pico de oro de la izquierda y limitarse a hablar.

Otros van más al grano y ponen en el punto de mira del vicepresidente a los miembros de la *beautiful* que se sentaban en el consejo del Banco de España, como Carlos Bustelo y Juan Antonio García Díez:

—Han estado dando ideas y sugerencias a Miguel Roca y a Garrigues cuando preparaban la campaña electoral del reformismo. Esto lo sabe Guerra y explica parte de su actitud.

Alonso Puerta, decapitado por el tándem de La Moncloa tras sus denuncias sobre el tráfico de influencias en el tema de las contratas de recogida de basura en varios municipios, sitúa el enfrentamiento en su alcance histórico:

—En las listas de 1979 recibí dos recomendaciones: una

de Felipe González, en la que se me decía que Boyer debía ir en un puesto seguro por Madrid, ya que si se ganaba ocuparía el puesto que luego ocupó en 1982; la otra fue de Alfonso Guerra, en la que se me decía que Boyer debía desaparecer de las listas de la capital. Miguel terminó encabezando la candidatura por Jaén.

El vicepresidente no habla pero actúa. Llama a José María Calviño y le sugiere la preparación de un programa informativo sobre la *beautiful people,* de las mismas características del que se emitió sobre Fraga Iribarne. Toda una carga de profundidad ante la opinión pública. Miguel Boyer tiene sus espías en RTVE y se entera con el tiempo justo para llamar a Felipe González y ponerle al tanto de lo que considera una infamia.

El Presidente pide a Guerra que calme a sus muchachos y llama a La Moncloa a las dos cabezas visibles de la «biuti»: Miguel Boyer y Mariano Rubio. Les da seguridades de que el programa no se emitirá ni se «fabricará» nada contra sus mujeres: Isabel Preysler y Carmen Posadas.

LA «OPERACION BOYER»

El 23 de octubre de ese mismo año, el ministro Joaquín Almunia se sienta a comer con varios periodistas del Grupo Crónica. Sus palabras confirman un rumor que va de boca en boca y ha llegado a las páginas de los periódicos:

—Efectivamente, la «operación Boyer» no es una especulación. Algunos miembros de la *beautiful people* pretenden que Miguel Boyer lidere un partido de derechas.

Salvo entre los guerristas más acérrimos, la credibilidad de la operación es mínima dentro del PSOE, por lo menos en cuanto a la participación de Miguel Boyer en la misma. Enrique Múgica, todavía condenado al ostracismo por sus conversaciones con el general Armada, asegura a todo aquel que quiera oírle:

—Miguel en absoluto está en eso. Le conozco desde hace veinte años y él es un hombre del partido.

Pedro Bofill, miembro de la ejecutiva del partido y hombre que se mueve bien en la trastienda del PSOE, es mucho más tibio:

—Me parece que no se ajusta a los deseos de Miguel Boyer. Yo creo que no, aunque es una pregunta perfecta para hacérsela a él.

Todo ha nacido de una de las frases más crípticas pronunciadas por Guerra durante la campaña electoral del mes de junio:

—La derecha tiene un líder, que no es Fraga, pero todavía no lo han descubierto. Obviamente, yo no se lo voy a decir.

Cuatro meses después, muchos piensan, dentro y fuera del partido, que el hombre que ocupaba los pensamientos del vicepresidente al hacer aquella afirmación se llamaba y se llama Miguel Boyer Salvador. Incluso puede pensarlo el propio Felipe González, que separa claramente a su ex ministro de las apetencias ajenas:

—En mi opinión personal, Miguel Boyer no lideraría una alternativa de derechas en España. Otra cosa es que haya muchos a los que les gustaría hacer la aventura, como otras que se han intentado con poco fundamento. Pero son otros. No creo que sea de ninguna manera la intención de Miguel Boyer, que es miembro del Partido Socialista desde hace muchos años.

En la lista de los conjurados aparecen, en primer lugar, tres de los hombres que más han contribuido a la vapuleada «operación Roca»: Carlos Bustelo, Juan Antonio García Díez y Antonio Garrigues. Los dos primeros son cesados de sus puestos del Banco de España, y el tercero ha recibido un «no» en su acercamiento a Boyer ese verano, en una cena en San Pedro de Alcántara.

El presidente del Banco Exterior es una imagen perfecta de Ulises encadenado en su regreso a Itaca para no sucumbir a los cantos de las sirenas. Hasta tiene a su Circe particular y su isla encantada: el chalé de la calle Arga, en plena colonia de El Viso. Por allí pasan los representantes más característicos de la *beautiful people*: Manuel de la

Concha, el poderoso síndico de la Bolsa de Madrid, con presencia en dos sociedades de mediación en el mercado bursátil; José María Entrecanales, uno de los hijos del patriarca y alma de la constructora, que ha rechazado incorporarse como miembro español a la Trilateral; José Lladó, el ex ministro y embajador en Washington, heredero del ilustre apellido que consolidó en España la figura del consejero-delegado en las empresas e instituciones bancarias desde su puesto del Banco Urquijo; Alberto Oliart, también ex ministro de UCD por partida doble y con uno de los bufetes más prestigiosos de Madrid; Juan Antonio Ruiz de Alda, subgobernador del Banco de España por intervención directa de Boyer y socio, a través de su mujer, Pilar Moreno, de los hermanos March; Claudio Boada y José María Amusátegui, presidente y vicepresidente del Banco Hispano, viejos compañeros de Boyer desde los tiempos del INI en 1972; Fernando Elzaburu; Rafael del Pino, presidente de Ferrovial y consejero del Hispano, un poco el «padrino» desde comienzos de los setenta de los más jóvenes; Alejandro Fernández de Araoz, vicepresidente de la Sociedad General Azucarera y consejero de varias de las multinacionales que operan en nuestro país; Manuel Soto, presidente de Arthur Andersen y consejero de Investcorp; Jaime Carvajal, presidente de Ford España y ex presidente del Banco Urquijo; Mariano Rubio, Manuel Guasch, Juan Miguel Antoñanzas...

Dos años después, en febrero de 1989, ya como presidente de Cartera Central y militante del PSOE, mantenemos una larga conversación en su despacho del paseo de la Castellana:

—¿Existió o no la conjura de la *beautiful people* que quería llevarte a La Moncloa, como alternativa a Felipe González?

—Fue un montaje de un periodista que a lo largo de los años me dedica una hostilidad sistemática. Y es el tipo de inventos que, si no se confirman por los hechos, pues se arregla diciendo que la denuncia ha conseguido parar la conspiración que estaba en marcha. De forma que no hay nunca manera de demostrar que la conspiración no existía.

—Algunas personalidades del PSOE confirmaron las intenciones...

—Quien examine los hechos descubrirá que no hay ninguna pretensión política a partir de mi salida del Gobierno, que mis amigos no son tan insensatos como para que se les ocurra eso. Y sigo diciendo lo que dije entonces: que mi jefe político era y sigue siendo Felipe González, que considero que es el político español que merece un apoyo más completo. Estaría, además, lejos de mis ambiciones, de mis propósitos y mis ganas de vivir tranquilo; iría contra la trayectoria de apoyo a todo lo que representa Felipe González en el Partido Socialista y contra una amistad muy profunda y muy larga.

—¿Crees en Felipe González?

—Creo totalmente en Felipe González. No estoy hablando de adhesiones inquebrantables, que son de otra época y otro estilo político, pero toda la trayectoria que he conocido de él me parece admirable, por el sentido de la responsabilidad, por la racionalidad que procura dar a sus planteamientos, pese al coste político a veces grave y el riesgo de perder popularidad.

—¿Ves a Guerra como una mezcla de Lenin y Franco, como dicen sus detractores?

—Me parece absolutamente injusto decir que Alfonso Guerra es una mezcla de Lenin y Franco. No tiene ningún parecido con ninguno de los dos personajes, dicho sea en honor suyo. Alfonso Guerra es una persona muy inteligente y con gran instinto político.

LA PRIMERA FACTURA

En la primavera de 1987, Alfonso Guerra destapa su clásico estribillo: «El que se mueva no sale en la foto.» Para el 10 de junio se convocan elecciones municipales, autonómicas y europeas, una combinación que mueve miles de puestos y de cargos. En el PSOE, los sucesivos filtros de las agrupaciones locales y regionales terminan en el gran embudo del Comité Federal, en el que el vicepresidente y vicesecretario general impone su ley.

La sociedad española va a pasar su primera factura importante al Gobierno, que de los míticos diez millones de votos de 1982 se queda con sólo siete y medio. Es el desgaste del referéndum de la OTAN, de la batalla estudiantil, de la reconversión industrial. Es un «no» al bipartidismo imperfecto que González ha intentado imponer con ayuda de Manuel Fraga. La caída de votos es más importante en las grandes ciudades industriales e, incluso, en la cuna del poder: Sevilla; el candidato Manuel del Valle se queda en minoría y tiene que recurrir a Izquierda Unida para formar su equipo ante el PP de la ex ministra Soledad Becerril y un renacido Partido Andalucista de Alejandro Rojas Marcos.

En Madrid, tanto Joaquín Leguina como Juan Barranco afrontan el gobernar en minoría con la paciencia de los santos bíblicos. El alcalde pone un ejemplo, válido para otros muchos candidatos del PSOE que se han quedado como él o aún peor:

—Tengo la impresión de que me he llevado una torta que no me correspondía, simplemente porque era yo el que pasaba por aquí.

Los socialistas pierden más de dos mil concejales en toda España y dejan de gobernar en las autonomías de Castilla-León, Rioja, Canarias y Aragón. El voto de castigo que anunciaban todas las encuestas no puede pararlo ni el carismático Presidente del Gobierno, que el último día de la campaña aparece en televisión para pedir un «poder homogéneo» a todos los niveles.

Tampoco está de acuerdo el potente clan catalán con la estrategia seguida contra Jordi Pujol, aprovechando el escándalo de Banca Catalana. Eso le ha permitido al presidente de la Generalitat hacerse con «el santo y la limosna» del nacionalismo y convertir su proceso en un proceso al Estado centralista. Narcís Serra, Raimon Obiols y el alcalde Maragall sudan tinta cada vez que Alfonso Guerra pisa tierras catalanas.

La brutal pérdida de votos de junio desata, como todos

los veranos, la guerra entre el guerrismo militante y la *beautiful people* en torno a la política económica. Javier Solana habla de la necesidad de un «ajuste fino», como si cuestionara los métodos y los fines de su compañero Carlos Solchaga, en las tareas de Gobierno. Y ahí están los cursos de la Universidad Internacional Menéndez Pelayo, en Santander, y ese «Llanero solitario» en que se ha convertido Miguel Boyer. La posibilidad de un cambio en la estrategia económica desata el verbo del presidente del Banco Exterior contra las palabras de Solana:

—El ajuste fino o *fine tune* —como lo denominan los anglosajones— ha fracasado en todos los países en los que se ha practicado, porque esta política consiste en retoques permanentes de los objetivos económicos y está demostrado que las políticas a corto plazo no son viables.

CAPÍTULO VII

EL UNIVERSO SOCIALISTA SE TAMBALEA

ALMUERZO PARA VEINTITRES EN LA MONCLOA

A las diez de la mañana del lunes 5 de marzo de 1990, el presidente del Partido Socialista, Ramón Rubial, y los miembros de la ejecutiva, José María Benegas, Francisco Fernández Marugán, Guillermo Galeote, Alejandro Cercas, Abel Caballero y Carmen Hermosín reciben con el café preparado y las botellas de agua mineral estratégicamente distribuidas por la gran mesa de reuniones de la sede del partido, en la calle Ferraz, a los presidentes autonómicos del PSOE y a los secretarios regionales del mismo. Sólo faltan a la cita el vasco Ramón Jáuregui y el catalán José María Obiols.

La noche anterior se han formado los grupitos de otras veces, que han preparado la reunión sobre los manteles de los restaurantes más diversos: Joaquín Leguina ha servido de anfitrión al valenciano Joan Lerma y al andaluz José Rodríguez de la Borbolla; el presidente del Senado, Juan José Laborda, centra el conciliábulo que agrupa al extremeño Rodríguez Ibarra, al murciano Carlos Collado, al riojano José Ignacio Pérez Sáenz y al castellano-manchego José Bono.

El canario Jerónimo Saavedra y el asturiano Pedro de Silva van por libre, como siempre; lo mismo que el navarro Gabriel Urralburu o el aragonés Sainz Lorenzo. El secretario de los socialistas andaluces, Carlos Sanjuán, tiene cita en La Moncloa, y su presencia hace que más de un presidente regional se sienta mejor con «Pepote» que con el guerrista y ex subsecretario de Interior.

El clima de la reunión en la sede del PSOE es muy distinto al de otras veces. Cuando terminan de hablar Benegas y Galeote no se produce el silencio angustioso de la obediencia. Los veinte asistentes toman la palabra, uno tras otro, para expresar el malestar en que vive el partido en sus respectivos ámbitos de responsabilidad, y hacer ver la necesidad de «dar la cara» ante la sociedad en el tema de Juan Guerra.

Todos califican la situación del Gobierno y del partido de «interinidad», algo con lo que es necesario acabar de la forma más rapida posible:

—Debemos tomar la iniciativa, no podemos seguir actuando como si no pasara nada. Ha pasado y el partido no puede ni debe asumir el desprestigio y la actuación de una persona concreta, que tanto daño nos está haciendo a todos.

—Creo que ya está bien de que nos pasemos el día ocupándonos de las cosas de los políticos y nos hayamos olvidado de las cosas de los ciudadanos. Esto, más pronto o más tarde, se paga y muy caro.

—Felipe debe definirse y protagonizar ese cambio de rumbo que todos creemos necesario. Necesitamos un giro en nuestra política y el que debe dirigirlo es él.

—Ya me habéis oído decirlo otras veces, pero si es necesario insistiré en ello: en este partido todos somos prescindibles, menos dos personas, que son Felipe y Alfonso. Y pienso decírselo en cuanto les vea. Creo que somos conscientes del peligro enorme de ruptura de la organización si desaparecen.

—Yo estoy contigo, creo que por primera vez estamos de acuerdo en lo que es necesario transmitirle a nuestro secretario general: la necesidad de la acción, que no puede quedarse parado a ver cómo transcurren los acontecimientos.

A las 14.15 se levanta la reunión. Los veinte responsables regionales, con Txiqui Benegas al frente, se dirigen en sus respectivos automóviles al Palacio de La Moncloa. Felipe González y Alfonso Guerra les están esperando para comer.

El almuerzo se prolonga en una larga sobremesa hasta las seis de la tarde y salen a relucir todos los temas que preocupan esos días al universo socialista: el caso de Juan Guerra y el expediente a Ricardo García Damborenea. Primero, Benegas hace un resumen al Presidente del Gobierno de todo lo tratado en la sede de Ferraz; después, ya con una copa o una segunda taza de café, comienzan a hablar los presidentes autonómicos y los secretarios regionales.

Urralburu defiende tibiamente la disidencia de Damborenea y apuesta por su continuidad en el partido, eso sí, con una sanción por su comportamiento. De Silva, más pragmático y sin ganas de entrar en una polémica de la que piensa no puede salir nada bueno, plantea que uno de los grandes desequilibrios políticos de España está en la desigualdad de las transferencias, aprovechando que faltan a la reunión los dos grandes beneficiarios: vascos y catalanes.

Joaquín Leguina retoma la difícil situación de Damborenea para afirmar que:

—Ricardo ha estado ciertamente desafortunado y poco inteligente, pero creo que se deben pensar las consecuencias que tendría para el partido su expulsión.

—De acuerdo en que podemos tener complicaciones —tercia uno de los asistentes—, pero reconocerás, Joaquín, como reconocemos todos, que el comportamiento de Ricardo desde hace mucho tiempo es lamentable y está haciendo mucho daño a la organización. Raro es el día que no se utilizan palabras suyas en los medios de comunicación para airearlas y sembrar la desunión y el desconcierto entre los militantes.

Rodríguez Ibarra insiste, con su habitual machaconería, en que no se puede retroceder ante los ataques que está sufriendo el partido y que hay que contraatacar con la misma contundencia. José Bono, más flexible y político, matiza las opiniones de su compañero y defiende delante de Alfonso que lo que hay que hacer es separar a Juan Guerra del partido de forma ejemplar, sin contemplaciones, y que el hermano del vicepresidente asuma sus responsabilidades ante la justicia, pero que no se puede seguir dando la impresión de que se le defiende desde el partido, ni un minuto más.

Por su parte, el balear Moll realiza un análisis muy ponderado de la situación a todos los niveles. Está ecuánime en sus juicios y práctico en las medidas que propone para salir de la situación. Y Rodríguez de la Borbolla, pese al acoso que sufre en Andalucía por parte del aparato guerrista, no duda en defender la permanencia de Felipe y de Alfonso al frente del Gobierno y del partido. Es Joaquín Leguina quien remata la reunión y resume el pensamiento de todos los asistentes:

—En el partido y en el Gobierno todos somos y son prescindibles, menos los imprescindibles, y está claro que ésos sois vosotros dos.

Por primera vez, el universo socialista reconoce la crisis en que está inmerso. Allí, en el palacio de La Moncloa, está una parte importante de las galaxias que lo conforman, con sus rivalidades y enfrentamientos, sus fuertes atracciones magnéticas y sus particulares ambiciones, lejos siempre de los focos de la opinión pública.

Para explicar su situación y funcionamiento hay que recurrir a la paleontología política y ver los movimientos socialistas que operaban en España poco antes de la transición democrática. El PSOE, capitaneado por Felipe González y Alfonso Guerra, les ha deglutinado a todos, pero sus características han permanecido en los diversos estratos de la organización, cada vez más esclerotizada por el uso y abuso del amplio poder que la sociedad española le otorga desde octubre de 1982.

El pacto inicial congregó a sevillanos, vascos y madrileños bajo la batuta de González y logró el poder en la localidad francesa de Suresnes, durante la celebración del histórico congreso del PSOE que enterró a los viejos líderes y dejó paso a los entonces jóvenes cachorros del interior. Lo primero que hizo el clan de los sevillanos, compuesto por González, Guerra, Galeote, Yáñez y Chaves, fue monopolizar el poder dentro del aparato del partido, con una gran paciencia y una elaborada y meticulosa estrategia en la que lo importante era el fin y no los medios para lograrlo. Hoy dominan el partido y su desaparición provocaría la ruptura del PSOE en auténticos reinos de taifas, por las batallas feudales que se producirían entre los distintos poderes regionales, todos deseosos de tener la primacía, pero ninguno dispuesto a someterse a cualquiera de los demás.

LOS «OTROS» SOCIALISMOS

Las primeras elecciones democráticas dejaron en la cuneta a los «otros» socialismos, como el de los catalanes del PSC, al frente del cual se encontraba el que luego sería embajador en París, Joan Raventós; pero no acabaron con las diferencias nacionalistas, de nuevo acentuadas por los éxitos de Jordi Pujol y su partido. Ahora, los socialistas catalanes, capitaneados por el trinomio a veces inestable de Narcís Serra, Raimon Obiols y José María Maragall, están siempre dispuestos a ocupar tanto poder como puedan sustraerle a los demás.

Tienen peso propio en el partido, en la Administración y en el mundo de la empresa privada: Salvador Clotas y Dolores Renau estarían en la primera de estas esferas, mientras que personas como Jordi Mercader y Narcís Andreu estarían en la segunda, con Joan Majó y Rafael Suñol en la tercera.

Su principal característica es que nunca se presentan en las batallas para medir sus fuerzas frente a frente con el adversario; son meticulosos, ahorrativos en el esfuerzo y nada dados a las declaraciones contundentes. Para ellos la confrontación es ya una parte del fracaso. Se les respeta pero no se les ama dentro del PSOE, y es muy difícil que uno de ellos, en este caso Narcís Serra, pueda acceder un día al liderazgo del partido y a una hipotética presidencia del Gobierno.

Tanto Felipe González como Alfonso Guerra han tenido un cuidado exquisito en que el poder dentro del partido no coincida en las mismas manos que el poder en la Administración, ya sea central o autonómica. La mayor parte de los ministros, por esta razón, no cuenta con resortes de poder dentro de la organización socialista; son meros ejecutivos a los que, muchas veces, les cuesta trabajo encontrar un «hueco» en las listas electorales, que sólo consiguen por mandato imperativo del aparato de Madrid.

Se limitan a administrar el poder político que da el poder gerencial de la Administración, y esta verdad la comprendieron mejor que nadie los componentes de la *beautiful people,* que vieron en el sistema financiero y en las empresas privadas su mejor instrumento de poder, incluso para sobrevivir a la inevitable crisis del PSOE, que debía llegar un día u otro por el simple agotamiento de la institución.

Por eso establecieron sus metas lejos del PSOE y nunca han participado en las luchas internas. Fijaron su atención en los bancos y en las entidades privadas que buscaban con ardor sus nuevos anclajes en el poder nacido de las elecciones de 1982. Allí encontraron eco por diferentes motivos: por simpatía, por conveniencia y por temor, pero siempre y por encima de todo por cumplir holgadamente con la gran máxima que hace funcionar el mundo económico: el beneficio. Unos permanecieron en el poder y en el partido, como Miguel Boyer y Carlos Solchaga; otros se fueron a montar sus propias y rentables empresas, como Eduardo Santos.

Mientras los catalanes sueñan con la independencia del poder central del partido, los antiguos miembros de Convergencia Socialista, aglutinados en torno al presidente madrileño, Joaquín Leguina, realizan difíciles ejercicios de funambulismo circense: un día critican a la organización y otro la alaban; en privado destrozan la imagen de Alfonso Guerra y en público reconocen su importancia vital dentro del partido y se limitan, como mucho, a ensayar pequeños juegos de palabras.

A este círculo, muy madrileño, se han incorporado numerosos ex dirigentes del antiguo PCE de Santiago Carrillo, que levantaron el vuelo de los nidos comunistas mucho antes de la desbandada general producida en el Este europeo. Ahí están Luis Larroque, Eduardo Mangada y Alfredo Tejero, con cargos y responsabilidades importantes en la autonomía. Por su parte, Juan Barranco, el que fuera alcalde de Madrid y hoy senador socialista, intenta una difícil y complicada independencia entre el presidente madrileño y el todopoderoso círculo del palacio de La Moncloa.

Se llevan bien con la *beautiful people* y, en concreto Leguina, es amigo personal de Miguel Boyer y de la que fuera su mujer de confianza y hoy pujante empresaria, Petra Mateos. Todos son universitarios, muy volcados en el área económica, lo que les hace muy sensibles a los postulados y creencias del antiguo superministro.

Próximo a ellos, pero inmerso en continuas dudas y con escaso apoyo dentro del aparato está José Barrionuevo, actual ministro de Transportes y Comunicaciones y principal responsable de la política de Interior de los primeros gobiernos socialistas. En sus continuas órbitas en torno al centro del sistema solar de González, el aristócrata Barrionuevo va acompañado de dos de sus más íntimos colaboradores en el aparato de la Seguridad del Estado: Rafael Vera y Luis Roldán; junto a ellos, el antiguo seminarista y ex miembro del PCE, Martín Palacín, uno de los primeros dirigentes comunistas en pasarse con armas y bagajes al poder socialista.

Tanto Leguina como Barrionuevo mantienen unas excelentes relaciones con el que fuera ministro de Transportes y feroz crítico de la política de Miguel Boyer, hoy presidente del Parlamento europeo: Enrique Barón.

Entre el presidente de Madrid y el ministro de Administraciones Públicas, Joaquín Almunia, existe una continua pero casi clandestina comunicación; no están en las mismas órbitas elípticas pero, de cuando en cuando, se atraen mutuamente y sirven de unión entre el núcleo ígneo del guerrismo y los más fríos «planetas exteriores». Al antiguo titular de Trabajo se le respeta incluso dentro de la *beautiful* como un hombre sereno y eficaz; es el «tercer hombre» ante una crisis imprevista en la que los intereses encontrados de las llamadas «tres S» del Gobierno —Serra, Solchaga y Solana— se anularán mutuamente.

Las relaciones y el poder de Javier Solana en el PSOE, en la Administración y con el Presidente tienen mucho que ver con las fases de la Luna: lo mismo están en cuarto creciente que en cuarto menguante; lo mismo son plenas que atraviesan momentos de absoluta negrura, como la que vive cuando su hermano Luis es defenestrado de la Dirección General de la Radiotelevisión pública. Es el gran valedor del afrancesado y elitista ministro de Cultura, Jorge Semprún, y fue uno de los primeros interlocutores de Felipe González cuando el líder socialista desembarcó en Madrid. En su particular galaxia hay que colocar a Carlota Bustelo —la esposa de Juan Antonio Kindelán, asistente asidua a las reuniones de fin de semana de La Dehesilla, junto al resto de los miembros de la fundacional *beautiful people*—, a Víctor Pérez Pita —el hermano de «Cuca» Solana— y al secretario de Estado para el Deporte, Gómez Navarro.

Físico, como Miguel Boyer, es un político nato al que las cuestiones económicas se le escapan en su amplitud. Quizá sea éste uno de sus puntos débiles, que se ve compensado por sus buenas relaciones con una parte del mundo financiero, no en balde su hermana está casada con el que fuera presidente del Banco Hispano, Alejandro Albert.

Si mantenemos el símil galáctico, las dos disidencias organizadas dentro del PSOE serían como dos cometas luminosos con un rumbo muy diferente: mientras el primero, Izquierda Socialista, se desplaza hacia el centro del poder atraído irremediablemente por su potente magnetismo, el segundo, mucho más activo gracias al impulso formidable del vasco Damborenea, termina, en mayo de 1990, en las tinieblas exteriores, fuera del universo socialista, perdido en uno de esos agujeros negros que permiten enterrar a todos los «cadáveres» que la conquista del poder por Felipe González ha dejado a su paso. Entre los dos cometas está ese conjunto de asteroides conocido por CEPES y formado por el antiguo ministro de Obras Públicas y aspirante al puesto de gobernador del Banco de España, Julián Campo, y por dos antiguos colaboradores de Boyer como son Luis de Velasco e Ignacio Fuejo. Sus críticas están más dirigidas a la política económica del Gobierno que a los postulados políticos del partido.

A mediados de 1990, el universo socialista es un universo inestable en el que la gran fuerza que mantiene unidos a todos sus componentes es el poder. Su pérdida instauraría el caos inicial.

«DRAMA 88» EN DOS ACTOS

Si unos y otros echan la vista atrás, descubren que la «fuga de radiación» de esas pilas atómicas que son para el partido González y Guerra se inicia a comienzos de 1988, tras la celebración del XXXI Congreso, que Miguel Boyer contempla como observador desde su cómodo puesto del Banco Exterior y su nueva condición de casado, y que Nicolás Redondo aprovecha para distanciarse de forma definitiva de todo lo que huele a felipismo.

Los primeros síntomas públicos del tráfico de influencias aparecen en los medios de comunicación y el propio secretario general del partido defiende en la clausura del congreso la honestidad del Gobierno y de la dirección del PSOE, que han tenido que sufrir el purgatorio de los escándalos de las contratas de basura y del caso Flick, el parlamentario alemán al que se acusa de haber traído a España dinero de la socialdemocracia de Willy Brandt para apoyar económicamente a sus colegas españoles.

El agnóstico Alfonso Guerra vive su particular vía crucis en Semana Santa, al regreso de unas vacaciones en el Algarve portugués. Intenta sortear la enorme cola que se ha formado en la frontera de Ayamonte y despierta las iras de los sufridos automovilistas que llevan varias horas esperando su turno para cruzar en el transbordador. Ordena al chófer y a la escolta regresar a la localidad de Faro y, desde allí, pide el envío de un avión Mystère a recogerle.

Cuando la noticia llega a los medios de comunicación, ya predispuestos a la crítica, no hace sino llover sobre mojado. Alfonso Guerra siente que, de nuevo, sus enemigos dentro y fuera del partido han urdido un complot contra él. Es la reducción de la Historia —con mayúsculas— a una simple pelea de buenos y malos.

El segundo acto del «drama 88» tiene lugar en octubre. Una «mano amiga» hace llegar al diputado de Alianza Popular, Luis Ramallo, una serie de facturas de ropa comprada por la directora general de RTVE, Pilar Miró, en las mejores tiendas de Madrid, así como de regalos que ha efectuado a amigos y compañeros en las tareas profesionales. La denuncia prende en la calle como si se hubiera arrimado un ascua a un montón de leña seca.

Pilar Miró se muestra primero soberbia, más tarde arrogante, después sincera, arrepentida y, por último, destrozada. El clan Guerra se frota las manos y no tiene ni piedad ni compañerismo con la caída de la que siempre han considerado parte de la *beautiful.* Txiqui Benegas la deja a la intemperie del partido y el propio Felipe González se limita a mantenerla en el puesto, en una agonía lenta y dolorosa durante dos meses.

Las pequeñas prebendas de la directora general de RTVE se unen, reúnen y mezclan con las del ministro de Defensa, Narcís Serra, que se ha comprado con fondos de la Administración un piano para su casa, como buen melómano que es. La diferencia de criterios dentro del PSOE crispará la espina dorsal de más de un militante: a Pilar Miró se la arroja a las tinieblas exteriores, al poderoso Serra se le protege y mima en su vocación artística. El ministro es un eterno sucesor de Felipe González, mientras que la directora de cine abandonará un año después el partido.

La gran prueba de fuerza que es la huelga general del 14 de diciembre se salda con una victoria de los sindicatos sobre el Gobierno. Hasta Alfonso Guerra ha tenido que «mojarse» atacando a UGT. Leguina también lo hace. La huelga abre aún más la herida entre las distintas familias del PSOE, que ven cómo el proceso de descomposición del mando «imperial» ejercido por Felipe González se agudiza. Miguel Boyer, alejado de la política activa, se convierte, junto a Carlos Solchaga y el resto de sus amigos, en víctima propiciatoria ante las cámaras de televisión en uno de los sanctasantórum de la *beautiful people,* la APD (Asociación para el Progreso de la Dirección): un camarero en paro, Juan José Fonseca, se acerca a la mesa presidencial y, después de llamarle «traidor al sindicato, carterista», lanza una bofetada que roza la mejilla izquierda del presidente de Cartera Central.

Fonseca está acompañado por otras once personas que cumplen a la perfección el plan que ha diseñado la mente de un hombre con deseos de venganza: José María Ruiz Mateos.

Tras la cobarde agresión, el ex ministro continúa con su conferencia e insiste en la validez de sus tesis económicas. Cargado de sarcasmo y con la ironía que mantuvo en su etapa al frente del Ministerio de Economía y Hacienda o en su conferencia de hace dos años en Nueva York, Boyer da un consejo al Gobierno: que dé el giro social que reclaman los sindicatos y algunos de los dirigentes del PSOE y así se comenzará a saber lo que vale un peine.

Pilar Miró, amiga de Boyer y asidua a las reuniones en su casa, no ha podido evitar «el apagón» de la pequeña pantalla. Es el último error que le achacan los guerristas y que mueve a González a cesarla. Su sustituto, Luis Solana Madariaga, que deja el país al borde del infarto por el pésimo funcionamiento del servicio de Telefónica, llega con carácter provisional para «dirigir» la información en las dos confrontaciones electorales que se ven en el horizonte más inmediato: la del Parlamento europeo y la del Parlamento español. Nadie duda de la ocasión histórica que va a vivir Felipe González —junto a su Gobierno y el Partido Socialista— durante los seis primeros meses de 1989 como presidente de la Comunidad Europea.

LOS CLANES SE DISPUTAN EL PODER

El sector crítico del partido se está reestructurando a partir de las posiciones que mantienen el ex secretario del PSOE de Vizcaya, Ricardo García Damborenea —sustituido por el hijo de Nicolás Redondo— y el ex ministro de Obras Públicas, Julián Campo. Los dos se presentan en la sede del PSOE y entregan al presidente Ramón Rubial un documento muy duro para la dirección y la política económica que se sigue, bajo los dictados de la «biuti».

Toda la clase política espera que en junio el PSOE reciba —mejor, no reciba— miles de votos de castigo, y la preocupación es palpable entre la cúpula dirigente y en el Gobierno. Pero... el error, inmenso error de Suárez, y las propias candidaturas propician que Felipe González y su equipo mantengan la mayoría absoluta en el porcentaje de votos. A Fernando Morán se le utiliza, tal y como se hace desde que fue apartado del Gobierno, y frente a él aparece un Marcelino Oreja, líder improvisado y coyuntural del nuevo Partido Popular en el que se han integrado los viejos tránsfugas democristianos como Javier Rupérez.

Los disidentes de la línea oficial temen por su futuro ya que «el felipismo no perdona». Ahí está la larga lista de «víctimas» para demostrarlo: Pablo Castellano, Alonso Puerta o Francisco Bustelo, los tres encuadrados en Izquierda Unida; Modesto Seara, Luis Alonso Novo, José Luis Albiñana, Miguel Sánchez Mazas o Alfonso Fernández Malo, el hombre que «hizo socialistas a Felipe y a Guerra cuando presidía las Juventudes Socialistas en Andalucía».

En el interior del partido, el vasco García Damborenea se convierte en la punta de lanza contra el clan sevillano y funda la corriente Democracia Socialista, que realiza su congreso en Madrid pese a las presiones del aparato y las veladas amenazas de Txiqui Benegas. En La Moncloa piensan que no hay que desaprovechar la ocasión y Felipe González presenta al Rey la disolución adelantada del Congreso y del Senado y la convocatoria de elecciones generales para el 29 de octubre.

El Presidente del Gobierno hace también otra cosa con más astucia: anuncia su retirada, su adiós a la primera línea de la política, lo que coge a contrapié a los que dentro del partido pugnan por mayores cuotas de poder y a los que desde la oposición temen la perpetuación del carismático dirigente en la presidencia del Ejecutivo. En el PSOE están convencidos de que van a ganar las elecciones; sobre esa base las luchas internas alcanzan su punto álgido y se parecen, como dos gotas de agua, a las que se produjeron en la primavera de 1985 y llevaron a Miguel Boyer a presentar su dimisión, y a los ceses de Julián Campo, Enrique Barón, Ernest Lluch y Tomás de la Quadra.

Las declaraciones de Felipe sobre su retirada son puestas en sordina por el aparato del partido; las de Alfonso Guerra sobre el «perfecto funcionamiento del tándem» se interpretan como un aviso a los intranquilos barones que aspiran a la sucesión. Los tres frentes de la contienda están claramente definidos: por un lado los guerristas, con algún compañero de viaje como el titular de Transportes y Comunicaciones, José Barrionuevo; por otro, los catalanes, con Narcís Serra como líder y dos apoyos importantes en la Administración como son Jordi Mercader —presidente del INI— y el secretario de Estado de Hacienda, José Borrell; y, por último, la «gente guapa», la *beautiful people* agrupada en torno al ministro Solchaga, al que secunda y ayuda su antiguo compañero en el Banco de Vizcaya y actual titular de Industria, Claudio Aranzadi.

Alfonso Guerra, que controla el partido y tiene auténtico «poder orgánico», lanza a sus seguidores en busca y captura de la cabeza de Carlos Solchaga, al que considera el sucesor clónico de Miguel Boyer. Amparándose en Fernández Marugán, Roberto Dorado y Guillermo Galeote —su guardia pretoriana—, el vicepresidente quiere acabar con la enorme influencia del grupo económico-político que controla las finanzas del Estado desde hace una década. No sabe que en Sevilla se está fabricando el dogal que atenazará su cuello, trenzado con la ávidas manos de su misma sangre.

Cuenta, además, con aliados importantes dentro del

PSOE, como son varios presidentes autonómicos y secretarios regionales empeñados en desalojar a la «biuti» de sus resortes económicos. Joaquín Leguina afirma abiertamente que, tras las elecciones, había que dar un golpe de timón a la política económica, que pasaba «irremediablemente por la caída de Solchaga». De forma no tan vehemente en la expresión, pero con igual o más peso dentro del partido y de la Administración socialista, otros presidentes autonómicos, como José Bono, José Rodríguez de la Borbolla o Juan Carlos Rodríguez Ibarra se manifiestan de la misma opinión, haciendo hincapié en que no es tanto la línea económica general la que está en entredicho como la propia personalidad del ministro, al que le achacan los mismos defectos que a Boyer: soberbia, prepotencia y una falta de tacto nacida de «creerse en posesión de la verdad».

Las diferencias entre Carlos Solchaga y su secretario de Estado de Hacienda, José Borrell, son también públicas. El político catalán no duda en afirmar dentro y fuera del partido que no quiere seguir en el mismo puesto tras las elecciones generales, y que aspira a sentarse en un sillón de ministro. Coincide, así, con otros importantes funcionarios de Hacienda que se marchan o preparan su camino hacia el sector privado.

Y si el equipo de Solchaga se resquebraja, tanto por la presión externa como por la interna, en el Ministerio de Industria las cosas no andan mejor. Claudio Aranzadi tuvo que «aguantar» que colocasen a una persona de la confianza de Narcís Serra al frente del INI, y las diferencias entre los dos han ido creciendo a lo largo de los meses. Jordi Mercader se «salta» continuamente al ministro y pacta la estrategia del *holding* estatal con el titular de Defensa, sobre todo en lo referente a la industria de armamento y electrónica. Dos temas específicos demuestran el mal estado de la situación: Inisel, por un lado, y el tren de alta velocidad (TAV), por otro.

Serra, que ya tiene «colocados» a varios hombres de su clan en importantes puestos del mundo de las finanzas —Rafael Suñol, Luis Tarrafeta, José Jané Solá o Joan Majó—

quiere convertir Inisel en la matriz de un gran grupo de defensa, mientras que Solchaga y Aranzadi pretenden poner esa misma empresa en la rampa de las privatizaciones. La proyectada unión con Ceselsa se «bloquea» por ambas partes a la espera de los resultados de octubre y de quién gane la batalla entre los distintos clanes socialistas. En esta última empresa, el BBV aparece con un 12 por 100 de su capital, y tanto Solchaga como Aranzadi trabajaron en el Servicio de Estudios del Banco de Vizcaya.

Las peleas se centran en la creación o no de un superministerio de Infraestructura, que tendría tanta o más influencia que el de Economía, Hacienda y Comercio. El propio Serra ambiciona ese posible cambio, y en la reserva están Borrell y Jordi Mercader. Este último encarga a un potente *consulting* americano un informe exhaustivo sobre el TAV y el cambio del ancho de vías en España; estudio reservado y secreto que no tiene en cuenta, para nada, los que ya han realizado el Ministerio de Transportes y Renfe. El presidente de esta compañía, Julián García Valverde, ha sido y es un claro ministrable, máxime si se tiene en cuenta su paso por Telefónica, lo que le proporciona una experiencia importante a la hora de plantear en el Gobierno el apartado de comunicaciones para la próxima década.

Barrionuevo tampoco se corta ni un pelo y afirma una y otra vez entre sus colaboradores y dirigentes del partido que está muy a gusto en su puesto y que no desea, para nada, la cartera de Defensa. Ya tuvo bastante con el «infierno» de Interior y prefiere mantenerse en un ministerio totalmente civil; está, incluso, dispuesto a enterrar las más pequeñas desavenencias con García Valverde, al que apoyan directamente desde La Moncloa.

Las luchas en torno al sector eléctrico y ferroviario afectan a un buen número de empresas, entre otras a Macosa y Amper. En ésta hay una fuerte lucha entre dos gestores del PSOE como son Mercader y Cándido Velázquez, el presidente de Telefónica tras su paso por Tabacalera. En Macosa está de presidente Eduardo Santos, que tiene que «suspender provisionalmente» su fusión con Alsthom pese a lo avanzado de las negociaciones.

La gran cita de octubre moviliza y paraliza a la vez. Las decisiones económicas se subordinan a las políticas, que están en plena efervescencia. La retirada anunciada de Francisco Fernández Ordóñez —que no se cumplirá al aplazar Felipe González todos los cambios— desata las ambiciones por la atractiva cartera de Exteriores. Es un plato sumamente apetitoso para las voraces fauces de algunos ministros y altos cargos socialistas. Si la consigue Narcís Serra será el «premio de consolación», ya que su objetivo es suceder a Solchaga al frente de la economía nacional. El que fuera alcalde de Barcelona sabe, igual que lo supo en su día Fernández Ordóñez, que al Presidente le gusta tener una «presencia muy directa» en los asuntos internacionales y que su papel de ministro se encauzaría más por las relaciones defensivas dentro de la OTAN que por las puramente políticas. En el área exterior existen otras fuentes de poder, como son los hermanos Yáñez: Luis está al frente del Instituto de Cooperación Iberoamericana y quiere seguir en ese puesto hasta pasado el 92; Juan Antonio es el asesor de Felipe González para temas internacionales y despacha todos los días con el Presidente en el palacio de La Moncloa.

Entre lista y lista, Alfonso Guerra se reúne en Madrid con uno de sus más queridos amigos italianos y padrino de su hija Alma: el antiguo presidente de la Banca Nazionale del Lavoro, Nerio Nessi. El banquero socialista, caído en desgracia por «tráfico de influencias» tras enfrentarse al todopoderoso Bettino Craxi, puede jugar un papel importante en la venta de ENASA. Algunos ven en su visita la larga mano de Giovanni Agnelli, que quiere vencer a suecos y alemanes en la carrera por conseguir la empresa de camiones.

Desde la Comisión Nacional del Mercado de Valores, Luis Carlos Croissier observa y apunta una cena que tiene lugar en casa del presidente del Banco de Fomento, Rafael Suñol. A ella asisten Narcís Serra y Jordi Mercader, las tres piezas más activas del clan catalán en Madrid. El primero puede sentarse al frente de Economía y el segundo quitarle el puesto a su jefe más inmediato, Aranzadi; en cuanto al anfitrión, su puesto en la filial del Banco Central es y debe ser un buen trampolín para mayores ambiciones. ¿No están jugando Mariano Rubio y Carlos Solchaga con los Albertos? ¿No lo está haciendo Guerra con Fernando Abril Martorell? ¿Por qué no lo van a hacer ellos con Suñol? Al fin y al cabo, Alfonso Escámez está en la recta final.

Croissier se la tiene guardada a todos ellos. La erupción catalana en el INI fue tan violenta que arrojó al exterior a todos sus antiguos colaboradores: Francisco Vera, Eduardo Moreno y José Manuel García Hermoso, y la venganza, para el político canario y cuñado de Borrell, es un plato que hay que tomar en frío. Ya se encarga, ya, de comentar con quien haga falta la «espectacular metedura de pata» del titular de Defensa al término de la reunión de la Unión de Europa Occidental, en Bruselas, cuando ni corto ni perezoso soltó ante las cámaras de televisión y los micrófonos de los periodistas que dentro de unos días se iba a celebrar una cumbre extraordinaria de los líderes de la CEE para analizar la evolución de los acontecimientos en el Este. Al ministro de Exteriores francés, Roland Dumas, a quien correspondía hacer pública dicha reunión, tuvieron que pedirle disculpas desde el palacio de Santa Cruz.

La noche del 29-O se vive con los nervios a flor de piel en el Palacio de Congresos y Exposiciones y en el hotel Palace. En el primero de los territorios, el ministro Corcuera y la ministra Rosa Conde informan de los resultados de la jornada electoral con tanto retraso y tal cambio de porcentajes y escaños que la gran sombra del «pucherazo» asoma por todas las sedes de los partidos y las redacciones de los medios de comunicación; ello sin contar con la graciosa afrenta que la ministra portavoz infiere a una gran parte de los electores canarios. La «Asamblea Majorera» servirá para engrosar el capítulo de disparates de Rosa Conde.

La pérdida de votos del PSOE es importante y se queda sin la mayoría absoluta. Una buena cura de humildad que se acentúa con las impugnaciones presentadas y las sentencias del Tribunal Supremo de Justicia de tres comunidades autónomas: Murcia, Galicia y Andalucía. Los socialistas recurren al Tribunal Constitucional y sólo cinco meses después pueden formalizarse las Cámaras, tras la repetición electoral de Melilla.

Felipe González promete en el debate de investidura otro estilo de gobernar, con un diálogo mayor con la oposición y los sindicatos. Enemigo de los cambios, aprovecha la magnífica ocasión que le presenta la provisionalidad y confirma a todo el gabinete, incluido el cansado titular de Exteriores, Fernández Ordóñez. Al final, le ha convencido.

Ha sido una labor paciente la realizada por Felipe González desde el verano cuando, aprovechando su paso por Madrid camino de Asturias para despedir a Juan Pablo II, se quedó a cenar en casa del ministro. Mari Paz García Mayo, su esposa, no está dispuesta a que la mala salud de Paco empeore con las tensiones del ministerio. Su retirada, esta vez, va completamente en serio. La operación de un pólipo maligno en el mes de julio se suma a la de próstata en 1988, y las ojeras del ministro hablan por sí solas. El Presidente del Gobierno tiene que rendirse a la evidencia.

Tres meses después, Fernández Ordóñez ha engordado, han desaparecido las sombras debajo de sus ojos y se muestra dispuesto a viajar a Hungría. El protocolo tiene sus descansos y, en uno de ellos, González vuelve a la carga:

—Mira, Paco, que te necesito. No tengo a nadie que ocupe tu puesto en esta situación tan cambiante que vive Europa; más la unión monetaria y los franceses que vuelven a las andadas. No puedes irte, hombre.

—Presidente, me tienes a tu disposición para lo que quieras, menos para seguir como ministro.

Al día siguiente, el titular de Exteriores les preguntaba a los periodistas que cubrían el viaje:

—¿Saben ustedes catalán? Pues les conviene aprenderlo.

La alusión a su posible sucesor no podía ser más clara, como tampoco pueden serlo los recelos que el clan catalán despierta en el sanctasanctórum de la ejecutiva socialista: la guardia pretoriana de Guerra no cesa de criticar a la *beautiful people*, pero aún se ve peor a Serra y sus muchachos. Y Solchaga ya no es Solchaga, que se sienta a dialogar con los sindicatos y a firmar acuerdos. El lobo feroz se ha convertido en una abuelita cariñosa, que oye perfectamente, ve perfectamente y parece no querer comerse a nadie.

El PSOE que se sienta en los escaños del Congreso ese noviembre de 1989 tiene muy poco de obrero. Entre sus ciento setenta y cuatro parlamentarios, tan sólo catorce pueden considerarse trabajadores con estudios primarios. La gran mayoría son abogados, y el 92 por 100 tiene una licenciatura o un doctorado en su *curriculum*. ¿Qué piensan cuando ven a su vicelíder alcanzar el estado de gracia en televisión? Ha pedido la Luna y Julia Otero, su presentadora, la ha puesto a sus pies. Los guerristas están eufóricos: si hace falta un recambio para Felipe González, ahí está Alfonso metido de lleno en un cambio de imagen.

Los aspirantes a la sucesión del líder tiemblan en sus cenáculos. Con el «Canijo» por medio adiós a las expectativas de Javier Solana y su buen amigo Jorge Semprún, adiós al catalán deseo de Narcís Serra, adiós a la inconfesable voluntad de Carlos Solchaga. Son demasiadas despedidas. La política española no pasa en su diseño futuro por una persona como el vicepresidente, al que desde los círculos del poder económico se ve como una antigualla del pasado, alguien que ya ha cumplido con creces el papel que tenía asignado en la transición. De la Tierra a la Luna en un rápido viaje de ida y vuelta. Los negocios de su hermano Juan, con despacho en la Delegación del Gobierno en Andalucía, van a quitarle el freno para el aterrizaje y el choque con la cruda realidad es terrible.

Por mucho menos, la militante 28/080/0075 del Partido Socialista ha pedido la baja tras quince años de esperanzas y desilusiones. La carta, con copia a Txiqui Benegas, la recibe a primeros de diciembre Laureano Mendo, secretario de organización de la Agrupación Socialista de Majadahonda.

Son apenas dos folios cuidadosamente escritos, sin nombres, pero que tienen en cada línea un rasgo de su auténtico destinatario:

> «Han pasado suficientes meses desde que dimití de mi cargo en el Ente Público RTVE, y suficientes acontecimientos, ajenos a mi relación con la actividad política, como para llevar a la práctica una decisión personal que hace tiempo entiendo tan obvia como coherente. Celebro que, pese a los «escándalos» que se me atribuyeron, el PSOE haya ganado las elecciones generales y que, en definitiva, el daño que muchos compañeros no dejaron de denunciar con insistencia haya existido exclusivamente para destrozar mi imagen política, profesional y personal.
>
> »Seguramente el hecho de pedir la baja en un partido político, motivo de esta carta, no deba acompañarse de ninguna explicación, pero la Agrupación Socialista de Majadahonda me merece el suficiente respeto como para ser menos escueta.
>
> »Hace ahora quince años que me integré en el PSOE —mi número de carnet es el 28/080/0075. Desde la comisión de cultura a partir del año 76 hasta las elecciones del 82, y en las dos direcciones generales que he ocupado después, he creído en mi Gobierno, en un programa y en un proyecto por el que he abandonado mi vida profesional. He trabajado con ilusión, con entrega y, por supuesto, sin condiciones. No he cambiado mi estilo de vida, ni mis amistades, ni mis hábitos, ni mi patrimonio. Nadie ha sabido dónde he veraneado, si es que lo he hecho, ni con nadie he compartido actitudes de las que se suele imputar a la llamada *jet*.
>
> »No tengo nada de que avergonzarme, ni siquiera arrepentirme, aunque haya cometido errores —el mayor quizá el haberlo reconocido públicamente— y no tengo ningún rubor en mantener que mi gestión pública tanto

en la Dirección General de Cine como en RTVE han sido las más eficaces, las más limpias y las más profesionales de la democracia. No creo ser el peor de los militantes socialistas ni el ejemplo de corrupción al que entre el partido, la oposición y los medios de comunicación se han empeñado en ejecutar ante la opinión pública. Pero nadie me ha llevado ante la comisión de conflictos para enjuiciar mi repudiada conducta, ni por supuesto nadie ha tenido la gallardía de defenderme públicamente. Es lacerante que no se cierren filas junto a una persona que cree trabajar honradamente, pero lo es más aún soportar la cobarde actitud del silencio.

»Ese silencio, que yo interpreto cuando menos ambiguo y tibio, que ha intentado masacrar mi ética personal, junto al paulatino giro que en política cultural —especialmente en cine— ha dado el Gobierno en los últimos meses, me han llevado al convencimiento de que nada tengo que ver con aquellos en los que he creído y por los que he luchado durante los años más trascendentes de mi vida.

»El "29-O" yo no he votado al Partido Socialista. Y, a partir de ahora, no quiero contarme entre sus afiliados.

»Con el desgarro que producen determinadas decisiones, recibe un abrazo.

PILAR MIRÓ.»

Su matador era el mismo hombre que ahora estaba sentado en la silla de los acusados: Alfonso Guerra. Su gran opositor a través de los propios miembros socialistas en el consejo de RTVE: Fernando Delgado, Ramón Criado, Jordi García Candau y Enric Sopena. Podía haberse marchado en octubre, antes de que los españoles acudiesen a las urnas, y el escándalo habría dañado aún más la imagen del partido. Un comentario de Antonio Gala es el mejor epitafio que se escribe de este largo adiós: «Que devuelva el carnet ahora —tras las elecciones por no perjudicar y antes del reparto de las prebendas— es una prueba de elegancia no comprada en Loewe.»

LOS DEMONIOS FAMILIARES DE LA *BEAUTIFUL*

La muerte del banquero Pedro Toledo a mediados de diciembre golpea sobre todo en el alma de la *beautiful people* que tenía en él a una de sus referencias. Toledo había sido el primer jefe de Carlos Solchaga y Claudio Aranzadi en el sector privado y era el candidato «número 1» a convertirse en el gran banquero español de los años 90, una vez que se cumpliera el tiempo de José Angel Sánchez Asiaín.

La década se estrena con el año del caballo —según el horóscopo chino—, pero enero de 1990 pertenece a la serpiente y, desde Barbate, el tráfico de influencias golpea en el corazón de La Moncloa. Alfonso Guerra inicia el camino del adiós justo cuando creía que la victoria sobre sus más tradicionales y encarnizados enemigos no podía escapársele.

El vicepresidente del Gobierno y vicesecretario general del partido reconoce entre sus incondicionales que sus hermanos le han llevado a la hoguera y que nada será ya como antes. Las largas manos de Juan, Adolfo y Antonio le están estrangulando humanamente y rompen lo que tenía como más sagrado: su imagen política de honradez y ascetismo. En Madrid y Sevilla la preocupación entre los socialistas se extiende como las nieblas bajas que suben del Guadalquivir. Sólo hacía falta una espoleta para que explotara todo el cúmulo de odios y animadversiones que ha cosechado a lo largo de su actuación como «número 2» de todo. Y si fuera del PSOE tiene enemigos, los peores, los más duros, los que han ido acumulando dato tras dato a lo largo de los últimos años estaban y están dentro. Son socialistas de carné, como él mismo.

En pleno escándalo, la oposición interna del PSOE se agrupa en torno al Centro de Estudios Políticos, Económicos y Sociales (CEPES) que presentan en sociedad el 10 de enero. Están los hombres de Democracia Socialista, Ricardo

García Damborenea y Luis Velasco; están los de Izquierda Socialista, Manuel de la Rocha, Antonio García Santesmases y Vicent Garcés; y están los ex altos cargos de la Administración conocidos como «Grupo del Palace» por mantener sus reuniones en el hotel madrileño: Julián Campo, Juan Francisco Martín Seco y Pedro Sabando. Participan también otros dirigentes de la izquierda política como el líder de CC.OO., Julián Ariza, e incluso uno de los participantes en el Programa 2000 del PSOE, Reyes Mate, próximo al presidente autonómico Joaquín Leguina.

El CEPES quiere aglutinar la oposición interna del PSOE a la política del Gobierno, sobre todo en su área económica, que no en balde su presidente es Julián Campo, el ex titular de Obras Públicas, principal adversario de Miguel Boyer y Carlos Solchaga, una de las «víctimas» de la *beautiful people,* a la que ataca en su primera intervención pública:

—Este país padece una falta de política económica porque el Gobierno se ha marcado como único objetivo el crecimiento bajo una sola óptica: un crecimiento que dependa del sector privado y donde el sector público sólo actúe de acompañamiento, lo cual ha llevado a que los servicios públicos, los transportes, etcétera, se hayan considerado subsidiarios. La política económica se ha quedado reducida a la política monetaria y por ello es una política insuficiente y agotada.

Coincidencia o censura, uno de los miembros del CEPES, Juan Francisco Martín Seco, presidente de la empresa pública Minas de Almadén, es cesado por el Consejo de Ministros diez días después.

En otro centro socialista también se producen cambios cuando enero se parte por la mitad. En el Club de Debate 2000, un ex comunista y diputado del PSOE por Valencia, José María Mohedano, da la alternativa y la dirección a otro ex militante del PCE y de Izquierda Unida, Enrique Curiel. Poco a poco, los antiguos seguidores de Santiago Carrillo van ocupando altos puestos en la Administración, conformando otro clan poderoso y con una gran experiencia en la lucha política.

El 18 de enero se presenta en el Palacio de Congresos y Exposiciones de Madrid el manifiesto del Programa 2000. Sobre un estrado gris y con las letras y la rosa del partido destacando fuertemente en rojo, unas sillas metálicas y frías esperan a la plana mayor del partido. Va a ser el primer «acto de desagravio» que el PSOE tribute a su vicesecretario general, aplaudido por encima de Felipe González.

Alfonso Guerra, tras la presentación de Manuel Escudero, explica el borrador del programa para un futuro socialista, a caballo entre la utopía, una realidad que cambia constantemente y sus buenas dosis de generalidades bien sonantes:

> «Nunca, desde la época del austro-marxismo se había dado un auge del socialismo como ahora (...) Han caído los postulados comunistas, en una crisis terminal (...) La historia nos ha dado la razón al socialismo democrático como la única línea de continuidad del pensamiento de izquierda, encaminada de modo inevitable a un encuentro, de convergencia de toda la izquierda europea (...) El mundo se ha convertido en una unidad económica y la estructura mundial es obsoleta (...) La economía mixta es absolutamente válida: la pública, la privada y la cooperativa (...) El Estado debe entrar en la actividad privada (...) Nuestro adversario es el conservadurismo neoliberal, que amenaza con el individualismo y el lucro a cualquier precio. Hay que apostar por la calidad de vida frente a la pesadilla de los sectores marginales (...) Europa como sujeto político, una Europa unida es necesaria por lo que hay que acelerar el proceso constituyente...»

Todos los socialistas que «quieren salir en la foto» están esa tarde en las grandes salas del Palacio, frente a frente con el Santiago Bernabéu. Es algo más que la presentación de unas ideas para el socialismo del futuro o que las reflexiones de sesenta mil personas pasadas por la turmix del poder; es un homenaje al hombre fuerte del partido que se siente y está acosado. El 1 de febrero, jueves, tiene una cita ineludible con el Parlamento.

DOS PIEZAS POR EL PRECIO DE UNA

A la salida del duro y tremendo debate, tras comprobar que todos los ministros, menos uno, Carlos Solchaga, han aplaudido al vicepresidente y uno de ellos, Francisco Fernández Ordóñez, ha tenido el gesto de acompañarle durante muchos minutos en su soledad del banco azul, Felipe González advierte en un tono duro y crispado la borrasca que se acercaba a los medios de comunicación, para él los verdaderos responsables de todo el escándalo. Cual Júpiter tronante, comienza a lanzar sus rayos sobre informaciones y opiniones publicadas en la prensa. De nuevo, y más que nunca, la incomprensión de la cúpula socialista hacia los profesionales de la información produce un grave desgajamiento en el sistema democrático. La sensación de acoso e incomprensión coloca al Gobierno y al PSOE en medio del bosque; no existen los árboles, tan sólo manchas oscuras amenazadoras para el todopoderoso vicepresidente, que se interna en la fronda como el caballero de Osuna, la flor de... Sevilla.

El presidente González asombra a todos cuando, inesperadamente y en medio de la improvisada rueda de prensa, advierte que si el vicepresidente del Gobierno dimite, presionado por cuestiones que atañen a su honradez —en la que él ciegamente confía—, los que crean que han conseguido una «pieza» por el mismo precio tendrán dos, ya que él también dimitirá.

El mensaje se dirige tanto hacia la oposición y la sociedad española en general como al interior del Partido Socialista, en el que las luchas afloran con singular pujanza a la superficie. Todos quieren dar la impresión de pieza monolítica, pero el flanco de Alfonso Guerra es como una brecha en el dique: comienza a salir el agua de la disidencia, mezclada con las aspiraciones de los que sueñan con suceder a

Felipe González en la presidencia del gabinete cuando —según sus propias palabras— se retire dentro de esta legislatura. El siguiente paso, el de hacer intervenir al fiscal general del Estado que acaba de tomar posesión de su cargo, encona aún más las ya abiertas discrepancias en el Ejecutivo.

Los viejos demonios familiares se ponen en movimiento. Las «tres S» del Gobierno —Carlos Solchaga, Narcís Serra y Javier Solana—, los tres aspirantes a la sucesión se convierten en los tres adversarios del vicepresidente que, sintiéndose herido, se lanza y lanza a los guerristas a una nueva cruzada.

A finales de febrero, Manuel Escudero, el coordinador del Programa 2000, aprovecha la presentación del ideario socialista para la nueva década para arremeter contra los sucesivos ministros de Economía desde que el PSOE llegó al poder, a los que acusa de realizar una política monetarista y de estar preocupados tan sólo de las grandes cifras macroeconómicas. A su lado, aplaudiendo, está Javier Solana. De nuevo se pretende convertir a la *beautiful* en el muñeco de feria sobre el que descargar los golpes.

El martes 27 de febrero, Carlos Solchaga pide a los solistas que «hablen de lo que saben o si no que se callen». La vieja guerra que periódicamente se repite en el interior del socialismo está lanzada, como lo estuvo en 1982 en torno a la formación del primer gabinete, como lo estuvo en 1984 con la crisis inacabada, en 1985 con la salida de Miguel Boyer y en 1989, tras las elecciones, con la aparente victoria de las posiciones de Alfonso Guerra.

Javier Solana niega ese mismo día que tenga intención de sustituir a Felipe González: «No habrá ninguna necesidad de sustituir a quien está haciendo una magnífica labor como Presidente del Gobierno y como secretario general del PSOE.»

El ministro de Educación, que no se ha enterado de los ceses de su hermano Luis, al frente de RTVE, y de su amigo Miguel Angel Aguilar, como director de la agencia oficial de noticias EFE hasta después de producirse, se cree en la obligación de negar la existencia de las «familias» en el interior del partido, como si estuviese hablando de las *meigas*: «No hay familias socialistas, ni barones ni otra terminología, que se utilizaba para definir otras formaciones políticas pero que no es correcta para definir al PSOE.»

Más pragmático que su compañero en las tareas del Gobierno, el titular de Economía se sincera al afirmar que «creo que no debo contribuir a hablar de esto fuera del Gobierno, creo que mi tarea es superar los problemas que en estos momentos tenemos y no estoy entrando, ni voy a entrar, en ninguna discusión ni en ninguna lucha por el poder».

Ese fin de semana, en su casa de la calle Arga, Miguel Boyer no tiene más remedio que hacer suyas esas palabras, que le recuerdan los duros momentos que tuvo que vivir durante su etapa de superministro. La historia no se repite pero, a veces, se sacan fotocopias. El presidente de Cartera Central escucha las frases de su amigo y compañero de tantos años y le suenan como pronunciadas por él mismo, en aquellos locos, apasionantes y desgastadores días de hace ahora siete años:

—No es el momento para hablar de macro o microeconomía, es un debate estéril que no conduce a nada y que no tiene relevancia en la situación económica del país.

—Los que ponen el énfasis en la política económica son los que tienen que decir qué es eso y lo que piensan.

—Sería bueno que cada cual opináramos de lo que sabemos o si no que la gente se callara, aunque el riesgo de la aplicación de esta máxima es que algunos tendrían que estar condenados al mutismo absoluto.

El ministro de Defensa, Narcís Serra, también como en todos los momentos de crisis interna, permanece como el gran mudo, sin que nadie sea capaz de sacarle un solo juicio o una sola frase conflictiva.

CAPÍTULO VIII

EL QUIROFANO DE LA *BEAUTIFUL PEOPLE*

AL GOBERNADOR LE HIERVE LA SANGRE

El 21 de noviembre de 1986, la Audiencia Territorial de Barcelona decide no procesar al presidente de la Generalitat, Jordi Pujol, por el tema de Banca Catalana, y un mes después, el 19 de diciembre, el Tribunal Constitucional, en una sentencia polémica y muy apretada, santifica la Ley de Expropiación de Rumasa. Esas dos resoluciones judiciales cierran, aparentemente, el período de crisis en la banca española y las visitas al quirófano de sus principales representantes.

El cirujano jefe, Mariano Rubio, y su equipo respiran satisfechos. Las metas que se había marcado el clan de La Dehesilla se cumplen con la precisión quirúrgica del rayo láser. La transición económica avanza en nuestro país de forma imparable, aunque quedan aún dos grandes paquidermos: Banesto y Central, más colosales que antes con las incorporaciones de bancos y empresas que han experimentado durante la gran crisis.

El rastro de las piezas heridas hierve la sangre al gobernador del Banco de España; bajo su aspecto siempre flemático existe un pequeño volcán que, cuando entra en erupción, es temible. En su cabeza de patricio romano, de cabellos totalmente blancos, labios delgados, mentón duro y mejillas pálidas, se mezclan la excitación y el frío placer del miedo; la ansiedad le envuelve en ese último trozo del camino, cuyo final ve tan cerca, como a los toreros al iniciarse el paseíllo o a los corredores de Fórmula 1 cuando, a 300 km por hora, encaran la recta que les lleva al triunfo.

Ya puede dedicarse en cuerpo y alma, apoyado por su eficaz y brillante segundo, Juan Antonio Ruiz de Alda, a la operación que han montado en primavera y cuyos primeros resultados no pueden ser mejores. Desde el 1 de abril, José María López de Letona —su jefe y amigo durante muchos años— es vicepresidente y consejero delegado de Banesto. Por fin, el Banco de España ha hecho entrar en razón al esclerotizado gigante, aunque se han necesitado tres agujas hipodérmicas que suman, en total, más de doscientos mil millones de pesetas en pérdidas para despertar al coloso de su letargo; cada afilada aguja que penetra en las carnes del consejo de administración tiene un nombre: Banco Coca, Banco Madrid y Banca Garriga-Nogués.

El presidente de la entidad, Pablo Garnica Mansi, no tiene más remedio que soportar la «medicina Letona», al igual que el resto de las viejas familias que vuelven a sus tradicionales peleas y enfrentamientos, convirtiendo el banco en un auténtico avispero: los Garnica contra los Argüelles, los Argüelles contra los Sainz de Vicuña, los Sainz de Vicuña contra los Herrera, los Herrera contra los Gómez-Acebo. Todos contra todos, entre sonrisas y puñaladas que se reparten lo mismo en la Sala de Juntas que en el restaurante Jockey, en las cacerías de perdices en los páramos de Castilla o en las menos sociales de «guarros» en las estribaciones montañosas de Sierra Morena.

Ese otoño terminan, también, las sangrías al erario público por parte de unos dirigentes bancarios que se han mostrado incapaces y usureros en más de sesenta entidades. Dos billones de pesetas salen de los bolsillos de los contribuyentes sin que la Justicia alcance a ninguno de los implicados: unos se fugan al extranjero durante varios años, otros logran dar esquinazo a las palabras malditas —«quiebra fraudulenta», «apropiación indebida»— y otros traspasan sus problemas a las entidades más fuertes. Muchos mueren de desesperación convertida en cáncer y alguno se suicida apoyando una Star del 9 corto en su sien antes de apretar el gatillo.

El síndrome de la catástrofe afectó a todos, comenzando por los autores de los análisis que sirvieron a los gobiernos de UCD y al primero del PSOE para realizar actuaciones muy duras, en ciertos casos tremendas. Los ideólogos fueron los mismos, ya que el grupo de cerebros capitaneados por Mariano Rubio, Enrique Fuentes Quintana, Juan Antonio García Díez, Miguel Boyer y Luis Angel Rojo se había propuesto, veinte años atrás, cambiar España desde el control de la economía, y lo estaba consiguiendo. El precio a pagar fue igual que el que fijó Winston Churchill para Gran Bretaña durante la II Guerra Mundial: «Sangre, sudor y lágrimas.»

En el camino quedaron los sueños de toda una generación y las ilusiones de muchos «muertos», unos de forma física y otros en el aspecto profesional. No todos se convirtieron en tierra y polvo siendo jóvenes, ni todos procuraron conservar el buen aspecto, las dos normas que el escritor norteamericano Jack Kerouac impuso al movimiento *hippy* de los años sesenta. Lo más probable es que muy pocos, salvo los elegidos de la *beautiful people,* tuvieran *On the road* entre sus lecturas.

Desde luego no lo leyó Joan Palomeras, presidente del Banco de Navarra en 1978, año que se inició con los inspectores del Banco de España sentados entre sus libros de contabilidad y con un enviado especial, Jesús Urdiola, entrenado en la Administración para otros menesteres y no para someter a estrecho cerco las cuentas y balances del heterodoxo Palomeras. El cajero del Banco de España, acostumbrado a que su firma aparezca en todos los billetes de curso legal, no resistió la tensión, sufrió un infarto de miocardio y Mariano Rubio no tuvo más remedio que retirarle del caso.

Fue una dura lección para todos; la primera y la que llevó a la formación de la Corporación Bancaria —el primer quirófano en el que comienzan a operar los cirujanos de la *beautiful people*— en la que participaban al 50 por 100 el Banco de España y la mayoría de los grandes bancos, pese a la oposición expresa de los presidentes del Popular, Luis Valls, y del Santander, Emilio Botín. Este, el 1 de julio de ese mismo año no tiene la más mínima piedad hacia los caídos: «Lo que nunca será aceptable —dice— será reflotar con dinero del contribuyente instituciones que la total incompetencia, una mal entendida ambición o la deshonestidad de sus dirigentes han llevado a esa situación.»

El viejo Botín —o «Botín, el Grande», como le bautiza el propio Valls— no duda en ser frío y cortante como una navaja, al igual que un año antes, cuando muestra su público apoyo a la legalización del Partido Comunista, y con la misma perspicacia hacia el poder que años más tarde, cuando es el primero en felicitar al presidente González y a su ministro de Economía y Hacienda, Miguel Boyer, por la expropiación de Rumasa.

El 10 de abril de 1978, la Corporación interviene en el Banco Meridional, el primero en el que los hombres de Mariano Rubio y Aristóbulo de Juan —dos hombres claves para entender la posterior historia financiera de este país, ya que representan el compromiso contraído entre la *beautiful people* y un sector del Opus Dei— se encuentran con el nombre de José María Ruiz Mateos entre los enrevesados papeles que intenta descifrar la auditoría. El empresario jerezano había comprado el Meridional en 1976, para venderlo dos meses más tarde al grupo Guide, un *holding* de ciento ocho sociedades creado por el empresario Francisco López Rodríguez, que paga por él cuatro millones de pesetas en letras avaladas por el propio banco.

El dueño de Rumasa no deja quieto el papel bancario, y en una de sus típicas actuaciones —que no tenían mucho que ver con las normas de la época— paga con esas letras las famosas Torres de Jerez, los dos colosos de cristal y cemento que se levantan en la antigua Plaza de Colón madrileña y que terminan, pocos años más tarde, en manos del grupo británico Heron y del financiero judeo-español Jacques Hachuel.

El subgobernador del Banco de España en esos momentos, pero auténtico hombre fuerte de la entidad, mantiene unas excelentes relaciones con el político que es la mano derecha del presidente del Gobierno Adolfo Suárez; relaciones que se mantienen en el mismo nivel cuando los centristas abandonan el Gobierno y Mariano Rubio se convierte en el indiscutible y poderoso gobernador de la banca, mientras que Fernando Abril Martorell termina bajo la alargada sombra del presidente del Banco Central, Alfonso Escámez. La presión combinada de los dos logra que en diciembre de 1978 la Corporación tome bajo su control una nueva entidad financiera en apuros: el Banco de Valladolid, que preside Domingo López, pese a la activa oposición de la AEB (Asociación Española de Banca) con Rafael Termes al frente.

Los grandes bancos se resisten a convertirse en salvadores de los más pequeños, y el frío bisturí de Aristóbulo de Juan tropieza, al realizar la primera incisión exploratoria, con los mismos personajes que poco a poco se convertirán en una obsesión para todo el alto *staff* del Banco de España: Joan Palomeras y José María Ruiz Mateos. El primero había comprado una participación inicial en el Valladolid que vendió —con la correspondiente plusvalía— al segundo, quien a su vez se la vendió a Domingo López, al que acompañaba su vicepresidente y amigo, el popular responsable del club de fútbol Atlético de Madrid, Vicente Calderón.

Palomeras preside un tercer banco, el Cantábrico, cuyo saneamiento le cuesta a Mariano Rubio mucho más que todos los anteriores; a los problemas resultantes de la heterodoxa gestión de los responsables de la entidad se unen los personales, por obra y gracia de un tercer hombre, Alfredo Calle Saiz, consejero delegado del banco y auténtica pesadilla para el ya influyente miembro de la *beautiful people*.

Calle, uno de los hombres que financiaba en aquellos momentos el diario madrileño *El Imparcial*, había comprado el 60 por 100 de las acciones del Cantábrico con créditos de la propia entidad otorgados a sociedades interpuestas, en unas condiciones que llevaron el banco a la quiebra. Cuando se enfrenta al equipo de Mariano Rubio y Aristóbulo de Juan, recurre a todas las argucias que sabe y a todas las influencias que posee: primero contrata al abogado Crispín de Vicente —el mismo al que recurrirá Ruiz Mateos en una de las etapas de la expropiación de Rumasa—, a través del cual ejerce una fuerte presión psicológica sobre el hombre fuerte del Banco de España, puesto que le acusa de aceptar un soborno y le presenta una querella criminal el 17 de mayo de 1978.

Mariano Rubio había aceptado en las Navidades un jarrón de cristal valorado en veinticinco mil pesetas, una nimiedad de regalo que, sin embargo, tiene la virtud de despertar la enorme irritabilidad del subgobernador al comprobar cómo su enemigo le lleva contra las cuerdas.

Después, Alfredo Calle busca el amparo protector de las influencias políticas, concretamente de su hermano Ricardo, uno de los componentes del Grupo Tácito, formado por hombres procedentes de la Asociación Católica Nacional de Propagandistas, entre los que se encuentran Marcelino Oreja, Oscar Alzaga y varios ministros del Gobierno de Suárez.

El 15 de febrero de 1979, la familia Calle gana su pequeña guerra. Las presiones políticas, por un lado, y el temor a la querella, por otro, llevan a la Corporación Bancaria a pagar dos mil ochocientos millones por las acciones del Cantábrico. Un mes antes, el eficaz Aristóbulo de Juan, delgado y severo como un monje, había «entrado» en un nuevo banco, el de Granada, que rápidamente pasa a administrar el Banco Central en razón de las estrechas relaciones que unían a los dueños del primero, los Rodríguez Acosta, con Alfonso Escámez.

Las deudas de la Corporación aumentan al mismo ritmo que se intervienen bancos en crisis y al mismo ritmo que crece el poder de Mariano Rubio y su equipo. Para todo el clan de La Dehesilla, las informaciones del Banco de España son el mejor testimonio de que sus tesis son correctas: el cambio en España pasa por el sistema financiero; sin modificar su estructura y sin cambiar a sus protagonistas nuestro país nunca alcanzará la modernidad. Y ellos son los cruzados encargados de conquistar la nueva Jerusalén del dinero.

En abril de 1978, la Corporación había gastado ya más de cuarenta mil millones de pesetas en «operaciones quirúrgicas». La cifra comienza a preocupar a todos y, tras varias reuniones tripartitas en las que intervienen los hombres del Banco de España, los representantes de la banca privada y el Gobierno, la Corporación deja paso en 1980 al Fondo de Garantía de Depósitos, integrado por todos los bancos y cuya primera comisión gestora la componen cuatro representantes del Banco de España —Mariano Rubio, Angel Madroñero, Joaquín Fanjul y Aristóbulo de Juan—, uno del Central —Ricardo Tejero Magro—, uno del Bilbao —Emilio Ybarra—, uno del grupo March —Alfredo Lafita— y uno del Sabadell —Joan Oliu. Cambia el nombre de la clínica, pero no los cirujanos encargados de las intervenciones más delicadas, ni los procedimientos.

CINCUENTA BANCOS HOSPITALIZADOS

El 20 de marzo de ese año, las elecciones celebradas en Cataluña dan la victoria y la presidencia de la Generalitat a Jordi Pujol. La guerra política entre los gobiernos de Madrid y Barcelona se desata con una intensidad que no dejará de crecer pese al cambio que supondrá la llegada de los socialistas a La Moncloa, muy al contrario. La base del conflicto se llama Banca Catalana y el principal artillero en bombardear las posiciones del honorable Pujol es Mariano Rubio desde el Banco de España.

Desde que en 1959, al frente de un grupo de catalanistas opuestos al régimen de Franco, Jordi Pujol compró la Banca Dorca, de Olot, para transformarla después en Banca Catalana, los problemas de esta entidad con los gobiernos centrales y el Banco de España han sido continuos; tan continuos como la huida hacia adelante emprendida en 1965 con la compra del Banco Industrial de Cataluña; el Banco Mercantil de Manresa y el Banco de Barcelona, en 1968; el Banco de Asturias, en 1969; el Banco de Alicante y el Banco de Expansión Comercial, en 1971; y el Banco Industrial del Mediterráneo, en 1979. Cansados del esfuerzo, con los inspectores hurgando en sus entrañas y una hostil campaña de prensa desatada contra las aspiraciones del grupo de Pujol, los directivos de la entidad que aspiraba a unir sus destinos con los de la autonomía catalana no tienen más remedio que rendirse, a pesar de los lazos que intentan establecer con el clan catalán del PSOE, sobre todo a través de Ernest Lluch, que ocupa la cartera de Sanidad en el primer gabinete de Felipe González.

El poderoso grupo socialista que lideran Narcís Serra, Pascual Maragall y José María Obiols se opone desde el principio a la política que respecto a Banca Catalana desarrollan Mariano Rubio, Miguel Boyer y Carlos Solchaga. El conflicto entre la *beautiful people* y los catalanes está siempre en la trastienda de la crisis de Felipe González, por el interés de los dos grupos en controlar la esfera económica del Gobierno.

El gobernador del Banco de España conoce a la perfección el nacimiento, desarrollo y esplendor del banco de Jordi Pujol; conoce sus momentos de gloria y participa en su muerte, aunque mejor sería decir en su transformación dentro del gran coloso en que se va a convertir la banca catalana. El primer contacto se produce en 1970, cuando Mariano Rubio es director general de Política Financiera en el Ministerio de Hacienda que dirige Alberto Monreal Luque. Su sucesor en el cargo es un ilustre catalán, al que continuamente la *beautiful peopl*e intenta atraer a su causa: José Vilarasau, el cerebro de La Caixa, al que le ofrecen la compra de Banca Catalana en 1982 y la presidencia del Hispano en 1984. En ambas ocasiones dice no.

Mariano Rubio es el eslabón que mantiene unidas las políticas financieras de Unión de Centro Democrático y del Partido Socialista Obrero Español; es el amigo común de Leopoldo Calvo Sotelo, Juan Antonio García Díez, Carlos Bustelo y Alberto Oliart, por un lado, y de Miguel Boyer, Carlos Solchaga, Miguel Angel Fernández Ordóñez y Guillermo de la Dehesa, por otro. El, junto al máximo ideólogo de la *beautiful people*, Luis Angel Rojo, asegura la continuidad y la intensidad de una política monetarista fiel a la Escuela de Chicago y a su máximo apóstol, Milton Friedman.

Con sus fieles centuriones sometiendo a los díscolos bancos, es capaz también de mantener la misma línea de actuación en el sector financiero durante más de una década. Ese es el secreto de su poder, el que le convierte en el sumo sacerdote del becerro de oro, el guardián de la llave que salva o hunde instituciones, que salva o hunde presidentes y consejos de administración.

Hunde el Hispano, al que carga previamente con el lastre del Urquijo, pero salva a su presidente y al consejo de este último; hunde el Banco Madrid —que termina absorbido por el Español de Crédito— y a su presidente, Jaime Castell Lastortras, pero salva a su vicepresidente, Claudio Boada; hunde la Banca López-Quesada, pero la familia que ha dado su apellido a la institución sale bastante bien parada del desastre. Mucho mejor que el valenciano Fidel García Guzmán, presidente del Banco de Promoción de Negocios.

Los apellidos, el *ghotta* familiar, tienen la misma importancia en la España democrática que en la España franquista. Si se está con el poder las ventajas son considerables, lo mismo que si se tienen buenos y poderosos padrinos. Jaime Carvajal y Gregorio Marañón Bertrán de Lis los tienen cuando se hacen cargo del Banco Urquijo y los mantienen cuando se ven obligados a abandonar los sillones de presidente y consejero delegado, sin que los poderosos *madelman* del Banco de España presten la menor atención al famoso «pacto de las Jarillas», firmado en la finca de ese nombre por los presidentes del Hispano y del Urquijo, pero obra de los por entonces responsables ejecutivos de las dos entidades: Luis Usera y Juan Lladó. Para Rubio aquello era historia, y la realidad de 1981 exigía que el 13 por 100 que el Hispano poseía del Urquijo asumiera la responsabilidad de la gestión.

Amigos y enemigos, amistades y odios entre los distintos grupos rivales —que estallan con toda su potencia a mediados de los ochenta—, nacen y se forman durante la larga crisis de la banca española. En esos años, los rivales más importantes y duros que tiene la *beautiful people,* tanto en los medios políticos como económicos o informativos, sufren en sus propias carnes el duro flagelo de Mariano Rubio y sus compañeros del clan de La Dehesilla. Encajan mal el castigo y esperan el momento de devolver golpe por golpe; a veces lo consiguen, aunque sea en niveles tan personales como las nuevas vidas sentimentales del gobernador del Banco de España y del ex ministro de Economía y Hacienda con Carmen Posadas e Isabel Preysler. Mucha de la saña, de la ácida ironía y hasta de los rumores convertidos en arma arrojadiza son producto de los odios desatados entre las víctimas del gran asalto a la banca. La mayor parte de lo que sucede entre 1988 y 1989 tiene sus raíces en las cabezas cortadas diez años antes.

Los poderosos Luca de Tena doblan la frente, y no como leones, en el Banco del País que preside Fernando Luca de Tena e Ita y en el que se encuentra como segundo el ex ministro franquista Alejandro Fernández Sordo. El también procurador de las Cortes orgánicas de la dictadura, Julio Nieves Borrego, entrega para su administración pública el Banco Rural del Mediterráneo, pese a los buenos oficios de relaciones públicas que hace uno de sus consejeros: Luis Angel de la Viuda.

Igualmente, la familia Garrigues «muere» en el plano bancario dos veces: la primera con el Nuevo Banco, en 1980, y la segunda con el Banco de Levante, en 1982. El presidente de las dos entidades es José Miguel Garrigues-Walker y el vicepresidente José Antonio Madruga Casado. Ni el embajador y ex ministro, ni ninguno de los hermanos —que tanta influencia tienen en los gobiernos de UCD y en la vida financiera a través de su despacho de abogados—, pueden parar lo inevitable; tan sólo consiguen «disminuir» las consecuencias jurídicas de la quiebra. En la vida también prende la muerte, y en 1980 el ex ministro de Obras Públicas en el Gobierno de Suárez y uno de los principales barones de UCD, Joaquín Garrigues, desaparece víctima del cáncer.

En el consejo del Banco Occidental se sienta José Manuel Romay Beccaría, uno de los más notables fraguistas de la década, que ha pasado por los segundos escalones de la Administración como una flecha: subsecretario de Gobernación, subsecretario de la Presidencia del Gobierno, director del Instituto de Estudios de Administración Local y secretario general de Sanidad. El consejero delegado es Oscar García Siso, otro hombre muy relacionado con el líder de la derecha española, y el presidente Gregorio Diego Jiménez. Todos se rinden ante el acoso implacable y necesario de Aristóbulo de Juan y Mariano Rubio, que paso a paso atesoran cada una de las claves y resortes del mundo financiero español.

En 1981, otra familia importante entra en crisis y con serios problemas con el Banco de España: los Prado y Colón de Carvajal, en la persona de uno de los hermanos, Diego, presidente del Banco de Descuento, que dos años después, el 25 de marzo de 1983, es secuestrado por ETA. La policía investiga por todos los barrios de la capital en busca del tristemente famoso «comando Madrid», presionada desde el Gobierno y desde el palacio de La Zarzuela, no en balde Manuel de Prado y Colón de Carvajal es uno de los grandes amigos del Rey. Todos los esfuerzos resultan inútiles hasta que la organización terrorista lo libera el 30 de mayo, tras cobrar el rescate.

Diego Prado busca en un consejo con influencias algún remedio para los males de su banco, pero ni la presencia del periodista Luis María Ansón Oliart —director de *ABC*— ni la personalidad del director general Vicente de Miguel Lasanta —censor jurado de cuentas— pueden con la frialdad de los números. El drama se repite siempre con el mismo escenario y los mismos protagonistas: llamada o carta del Banco de España, bien de Mariano Rubio, bien de Angel

Madroñero, desembarco de los inspectores y conclusión: cese de los responsables del banco, administradores públicos y números rojos que corren a cuenta del Estado; en algunos casos se inician procesos penales y en otros la ropa sucia se lava en casa.

A finales de septiembre de 1981 se celebra en Washington la tradicional reunión del Fondo Monetario Internacional. El gobernador del Banco de España, Alvarez Rendueles, se dirige al presidente del Hispano y le ataca donde más le duele: «Estamos muy preocupados por la situación del Urquijo, Luis, tenéis que haceros cargo del banco, para eso sois los principales accionistas.» Usera regresa a Madrid y en la primera reunión del consejo de la entidad explica detalladamente su conversación con el gobernador. Detrás todos ven la larga y fría mano de Mariano Rubio.

La presión se acentúa y Luis Usera, acompañado por su consejero delegado, Alejandro Albert, se reúne en la sede del banco emisor con Rendueles y Rubio. Estos no permiten que se les escape la «caza»; sólo dejan una salida para los acosados representantes del Hispano: comprar, y comprar deprisa:

—Debéis hablar con Carvajal y Marañón y llegar a un acuerdo para la compra de las acciones —les dice el gobernador.

—Pero, ¿cómo lo vamos a hacer? —contesta un cada vez más nervioso Usera.

—Vosotros veréis —tercia Rubio en el diálogo—, pero si el banco tiene que ir al Fondo de Garantía se exigirán responsabilidades al consejo, incluso penales. Y os recuerdo que vuestro banco tiene ocho personas sentadas en él.

LA HORA DE LOS GRANDES

Las elecciones generales de octubre de 1982 están a la vuelta de la esquina y en el ambiente se percibe la inevitable victoria de los socialistas. Muchos banqueros y grandes fortunas, preocupados por el cambio que se avecina, comienzan a poner «más allá de las fronteras» miles de millones de pesetas. La *beautiful people,* que ya controla parte del sistema financiero, aprieta el acelerador. Mariano Rubio sabe que está respaldado por el vicepresidente económico que va a salir, García Díez, y por el que va a llegar, Miguel Boyer; y, además, por las cifras y por la historia de insolidaridad y falta de imaginación de gran parte de los banqueros españoles.

Llama a su amigo Juan Antonio Ruiz de Alda a combatir a su lado y «Pancitas», como cariñosamente le llaman en el grupo, deja el Banco del Comercio y se pone al frente del Fondo de Garantía de Depósitos. Es un valioso aliado en la enorme partida de ajedrez que se está jugando sobre la vieja piel de toro de las Españas: peones, torres y caballos de la pequeña y mediana banca han caído; es la hora de los grandes, de los reyes y reinas que han consumido todos los enroques posibles. Ha llegado el momento de dar jaque mate a los tres nombres que el gobernador del Banco de España tiene escritos en su agenda desde hace mucho tiempo: Hispano-Urquijo, Banca Catalana y Rumasa, siempre Rumasa y el soberbio, heterodoxo, insolente y despreciativo José María Ruiz Mateos.

En el Banco Hispano, Alejandro Albert se reúne con sus cuatro directores generales: Jaime Soto López-Dóriga, responsable del área financiera; Antonio Basagoiti García-Tuñón, al frente del área comercial e hijo de uno de los principales miembros del Consejo; Francisco Torras, responsable de la administración, y Luis Usera junior, encargado del área internacional. Les explica con detalle la difícil situación por la que atraviesa la entidad y los efectos que las duras palabras de Mariano Rubio y José Ramón Alvarez Rendueles han tenido en el presidente y en el resto de los ocho consejeros que también se sientan en el Urquijo.

El veterano Luis Usera siente enormes deseos de huir de una situación que se le hace cada vez más incómoda, sobre todo por la segura llegada del PSOE al poder con Felipe González, que encarna para él la esencia de todos los males. Desesperado, llama a Jaime Carvajal y se encuentra con otra sorpresa que no esperaba: el marqués de Isasi no acepta, de ningún modo, que su banco esté en crisis; todo lo contrario, defiende la fortaleza de sus acciones y la buena gestión que se ha hecho y está haciendo en la entidad, de la misma forma que se defiende un jabalí herido ante el cazador que se acerca, cuchillo en mano, a rematarle.

Pide ayuda al Banco de España y los hombres del gobernador se encargan de convencerle de la necesidad de que flexibilice su postura. Luis Usera encarga, entonces, a su mejor y más brillante ejecutivo, Jaime Soto, el estudio financiero del Urquijo, y éste, en compañía de Alejandro Albert, se dirige a la casa de las Siete Chimeneas, el hermoso palacio que sirve de sede al banco, a espaldas de la ruidosa y céntrica Gran Vía madrileña.

Allí les esperan Carvajal y Gregorio Marañón, que comienzan a filtrar toda la información a los cada vez más impacientes enviados del Hispano. Con los nervios a flor de piel, éstos hacen una primera estimación: en el mejor de los casos los recursos propios del Urquijo han volado y el precio real de las acciones es cero.

La provisional auditoría cae como una bomba en todos los despachos. Luis Usera y su consejo deciden que lo mejor es fijar un precio político para evitar el escándalo que les salpicaría a todos. Alejandro Albert, en su papel de consejero y hombre con resortes familiares entre los dirigentes del PSOE, mantiene varias conversaciones con Mariano Rubio en busca de la conformidad de la autoridad monetaria. Cada uno de los contendientes juega sus bazas y el Hispano ofrece comprar al 50 por 100 del valor nominal lo que consideran un auténtico regalo por algo que, en realidad, vale cero.

En los otros frentes que tiene abiertos, el equipo del Banco de España emprende también la ofensiva. En Banca Catalana obliga a un cambio de presidente, y Eusebio Díaz Morera llega para hacerse con el poder acompañado de un hombre que va a convertirse en pieza importante para los futuros intereses del clan catalán dentro del PSOE: Jordi Mercader. El antiguo equipo de Jordi Pujol, con Raimon

Carrasco a la cabeza, inicia su particular ascenso al «Calvario» cargado con la pesada cruz de la incompetencia.

Díaz Morera y Mercader elaboran un plan de saneamiento que, tres meses después, el Banco de España no admite. Mariano Rubio tiene otras ideas para Banca Catalana y, pese al quiebro que intenta hacerle Díaz Morera entrevistándose con García Díez y con Alvarez Rendueles, impone la contundente realidad de las cifras que sitúan el «agujero» existente en la entidad entre sesenta y cinco mil y ciento diez mil millones de pesetas.

Durante el verano de 1982, tanto el presidente de la Generalitat, Jordi Pujol, como su consejero de Economía, Ramón Trías Fargas, intentan convencer a las autoridades económicas y monetarias de las ventajas de una «solución catalana» para el banco, pero el único hombre aceptable para la *beautiful people,* José Vilarasau y La Caixa, ha dicho que no.

Juan Antonio Ruiz de Alda se prepara para intervenir, y el 2 de noviembre, festividad de los Fieles Difuntos, el Banco de España incorpora el ex banco de Pujol al Fondo de Garantía. Desde hace quince días, Domingo Solís Ruiz, su hijo y el consejero delegado de la Caja Rural de Jaén duermen en la cárcel por el escándalo UTECO; no han tenido la misma suerte que otros compañeros suyos, pese a los intentos de congraciarse con el poder a través de la Fundación para el Progreso y la Democracia que presiden el economista José B. Terceiro y el abogado Matías Cortés. Ocho años después, el juicio se suspenderá ante los nuevos datos que aportan los testigos sobre el intento de tráfico de influencias a cambio de jugosas comisiones.

El primer Gobierno socialista se ha instalado en el poder y comienza a tomar medidas drásticas. El 4 de diciembre de 1982, Miguel Boyer lleva al Consejo de Ministros la devaluación de la peseta en un 8 por 100, pero la decisión ya está tomada tras una conversación del poderoso ministro de Economía, Hacienda y Comercio con el Presidente del Gobierno; también se incrementa en un punto el coeficiente de caja para todos los bancos, otra vuelta al tornillo que sujeta el sistema financiero.

La cirugía es necesaria en los bancos y en otros grandes sectores industriales como el naval o el siderúrgico. La reconversión de las estructuras obsoletas y faltas de competitividad es urgente, y la forma y velocidad de las mismas —decididas con criterios puramente monetaristas, sin pensar en los enormes costes sociales— desata unas batallas callejeras de las que el paradigma es la ciudad de Sagunto. Las tesis de los ideólogos de la *beautiful people* se ponen en práctica apoyadas por los diez millones de votos que ha conseguido el PSOE en las urnas.

En el Banco Hispano, el año 1983 no puede comenzar peor: Luis Usera y Pedro Gamero están asustados ante la amenaza de querellas penales por parte del Banco de España. Las conversaciones triangulares entre Rubio y Ruiz de Alda, por un lado; Usera y Albert, por otro, y Carvajal y Marañón por el que cierra la figura geométrica, se suceden. Peseta a peseta, las acciones del Urquijo suben hasta llegar a la par, sin que los hombres del Hispano puedan hacer nada para oponerse, y la siguiente «vuelta de tuerca» del subgobernador las coloca en el 130 por 100 de su valor nominal; el golpe de mano se ha dado. Un banco en quiebra se compra muy por encima de su precio real, pero todos los implicados respiran contentos: se ha evitado el escándalo. No ven que lo único que han hecho es pintar la fachada de una casa en ruinas y que los cimientos van a resquebrajarse del todo apenas un año más tarde.

Nada más firmar el acuerdo se obliga a Luis Usera a presentar la dimisión como presidente. Sufre un ataque al corazón y es internado en una clínica desde la que se traslada a su chalé, en la residencial zona de Somosaguas, para proseguir su convalecencia. Pedro Gamero le visita todos los días para informarle de la marcha del banco y para que acepte a su sucesor, cosa que el viejo Usera sólo hará a regañadientes.

La gran preocupación de los dos hombres es que desde el Banco de España y desde el grupo al que han comenzado a temer y a odiar se imponga a Ruiz de Alda, al que consideran poco menos que un traidor desde la venta de Banif. Los nombres de Antonio Barrera de Irimo y Alberto Oliart Saussol, los dos pertenecientes al consejo de administración y los dos ex ministros, se enfrentan en la recta final al del consejero delegado, Alejandro Albert Solís.

Gana la batalla este último, apoyado por sus cuñados: Luis y Javier Solana, pero sin mucho entusiasmo por parte de Miguel Boyer y Mariano Rubio, que desean en el tercer banco del país a una persona de su absoluta confianza, alguien que colabore en la realización del «mapa financiero» que han diseñado en La Dehesilla, en las largas reuniones de fin de semana. Y no van a parar hasta conseguirlo. La vieja guardia del Hispano desaparece, pero seis meses después los inspectores del Banco de España comienzan a mirar los libros, todos los libros.

LA «GENTE GUAPA» Y EL OPUS DEI

Las especiales relaciones entre la *beautiful people* y el Opus Dei se ponen de manifiesto con Bankunión como conejillo de Indias y el Hispano como laboratorio: Mariano Rubio y Aristóbulo de Juan habían «asaltado» Bankunión en 1982, tras varios meses de asedio a los dos hombres fuertes del mismo, José Ferrer Bonsoms y Pablo Bofill de Quadras, que habían creado el banco a finales de los sesenta para que fuera la alternativa industrial del Atlántico. Ferrer presidía la Fundación General Mediterránea —uno de los portaaviones de la Obra en España—, a la que mediante una cláusula reservada de los estatutos de Bankunión se canalizaban todos los años una buena parte de los beneficios del banco.

Ante las presiones de Mariano Rubio, que quiere savia nueva al frente del banco, Ferrer Bonsoms entrega la presidencia a Manuel Azpilicueta, un hombre bien visto por las esferas dirigentes del Opus Dei ya que ha trabajado a las órdenes directas de López Rodó en la Comisaría del

Plan de Desarrollo. A los pocos meses sorprende a todo el consejo al anunciar que está negociando con el Fondo de Garantía —es decir, con Juan Antonio Ruiz de Alda— el ingreso de Bankunión en el «hospital» bancario. La auditoría dada a conocer unas semanas antes había otorgado a las acciones un valor del 130 por 100, por lo que la extrañeza ante el inesperado giro de los acontecimientos es general.

La mano de hierro de Aristóbulo de Juan termina por convencer a los más reticentes para que vendan a un precio simbólico. Todos lo hacen menos un importante grupo chileno que le encarga al bufete de Armero y Escardó la defensa de sus intereses. La *beautiful people* logra una de sus más importantes victorias merced a la estrategia de Mariano Rubio, y su amigo Fernando Escardó, uno de los mejores casos para su bufete. Los intereses se cruzan, pero nunca se enfrentan. Bankunión pasa a integrarse en el grupo Hispano y la concentración bancaria prosigue su marcha. De ahí a las grandes fusiones o absorciones sólo hay un paso, y el clan de La Dehesilla está dispuesto a darlo a su debido tiempo. Para ello, los intereses de España y los suyos propios son los mismos: lo que necesita nuestro país para realizarse en el final de siglo es lo mismo que necesita el grupo para satisfacer sus ambiciones profesionales y humanas. En un primer momento hay más de orgullo intelectual que de recompensa económica; más tarde la adoración al becerro de oro les arrastrará, como a casi todos los españoles.

Manuel Azpilicueta es nombrado secretario general técnico del Ministerio de Industria que encabeza Carlos Solchaga; de ahí pasa a la dirección financiera del INI y a la presidencia de Butano —que depende de Claudio Boada— para incorporarse después a la firma norteamericana de cazatalentos Russell Reynolds, segunda en su sector en todo el mundo y primera en España. De cazado se convierte en cazador de ejecutivos.

El 1 de enero de 1984 nace el Banco Urquijo-Unión, al frente del cual se pone como vicepresidente y consejero delegado a José María Loizaga Viguri, un hombre que va a estar presente en muchas de las grandes batallas financieras en las que intervendrá la *beautiful people,* bien como grupo, bien en apoyo de alguno de sus miembros. Mientras tanto Luis Usera, ya repuesto de su enfermedad, no pierde ninguna de las ocasiones que se le presentan para atacar a su sucesor; ataca incluso a la esposa de Albert, por ser socialista y apellidarse Solana Madariaga. Es la gota que colma el vaso de la paciencia de los dieciocho consejeros del banco, que deciden cesar a su antiguo presidente. La crisis bancaria se cobra una nueva víctima, y ésta sale por la puerta de servicio de la entidad que ha presidido durante veinte años.

CAPÍTULO IX

EL PODER Y LA GLORIA

EL ESCORPION MARIANO RUBIO

El 18 de julio de 1984 tiene lugar en el Banco de España la ceremonia de relevo del gobernador. José Ramón Alvarez Rendueles se marcha, cumplido su mandato, y Mariano Rubio le sustituye. El hijo del coronel de las fuerzas de orden público se sienta, por fin, en el sillón que siempre ha considerado suyo. Tiene cincuenta y dos años y está en la cima del mundo financiero. Cada una de las palabras del Presidente del Gobierno, que elogia sin reservas la labor efectuada por los que se van y por los que se quedan ante la plana mayor del banco y del Ministerio de Economía y Hacienda, las considera justas y merecidas.

Como buen Escorpio, se siente el centro del Universo, un centro surgido de la sobria, conservadora y castellana ciudad de Burgos el mismo año en que la II República iniciaba su incierto camino tras las elecciones municipales de 1931. Felipe González da ese día el gran espaldarazo a las tesis y actuaciones de la *beautiful people,* el grupo por el que se siente total y absolutamente cautivado.

Al regreso de sus vacaciones de verano Mariano Rubio, más poderoso y seguro que nunca, llama al presidente del

Banco Hispano, Alejandro Albert, a su despacho del Banco de España:

—La inspección en el Hispano —le dice con gran frialdad— arroja un resultado muy preocupante: treinta mil millones de pesetas de agujero. Me gustaría saber qué medidas habéis pensado para corregir ese déficit y cuál es la verdadera situación del Urquijo-Unión en estos momentos.

—Gobernador —le contesta Albert—, tú mejor que nadie sabes cuál es la situación. Quisiera que no se mezclaran los problemas de los bancos, ya que con el Urquijo nos quedamos en unas condiciones muy especiales; lo que nos gustaría a nosotros es saber y tener las ayudas que la Administración y el Banco de España estén dispuestos a proporcionarnos.

Ese mismo día, en la comisión del Hispano, compuesta por diez personas, se analiza la nueva situación a la que conducen, sin ningún género de dudas, las palabras del gobernador; Albert informa acerca de sus contactos con Rubio y con Juan Antonio Ruiz de Alda, mientras que Jaime Soto, desde su puesto de consejero delegado, explica los encuentros que ha mantenido con Aristóbulo de Juan. Cuando termina su intervención, uno de los asistentes, muy nervioso, le pregunta:

—Pero, vamos a ver, Jaime, ¿tú quieres que nos metan en la cárcel?

—Yo os cuento la realidad de la situación tal cual es, nada más.

En las semanas siguientes, el Banco de España insiste en conocer hasta los últimos detalles de la situación global del grupo del Hispano, y los máximos ejecutivos de éste descubren que no pueden decir la verdad. La cascada de responsabilidades asumidas con los anteriores silencios puede ahogarles a todos ellos, y Mariano Rubio y sus hombres lo saben perfectamente: en sus manos tienen todos los hilos de las marionetas; sus movimientos están tan controlados que el futuro es una mera representación escénica.

A primeros de diciembre se manejan cifras muy concretas: en el Hispano faltan veinte mil millones en provisiones de fondos, y en el Urquijo-Unión el «agujero» es de otros treinta y dos mil millones. Nervioso, irritable, con los primeros síntomas de la enfermedad que le obligará a retirarse, Alejandro Albert se enfrenta a sus principales colaboradores —Jaime Soto y Benito Tamayo—, a los que acusa de «conspirar» contra él y a favor del clan de La Dehesilla. Se encierra en su despacho y prácticamente no habla con nadie, salvo con su abogado, José Luis López Sánchez, y su asesor de comunicación, Fernando González Urbaneja. El consejero delegado, Jaime Soto, choca a su vez con el responsable del Urquijo-Unión, José María Loizaga, al que cesa de improviso. El clima de recelos y tensión que se vive en el grupo bancario es tal que Loizaga no negocia siquiera su indemnización y se marcha dispuesto a demostrar el error que han cometido con su persona: funda la sociedad Mercapital y se convierte en uno de los principales agentes de la bolsa española. Para él, el pasado se convierte en una negra historia.

Desde su casa en la elitista urbanización de Somosaguas, Pedro Gamero del Castillo, afectado por un cáncer que le han descubierto en el mes de junio y que le mantiene postrado en la cama, escucha por la televisión cómo «su banco», al que ha entregado tantos años de su vida, anuncia un hecho sin precedentes en la historia de la entidad: ese año el Hispano no repartirá dividendos. Todos los males que le llevaron a retirarse y todos los miedos de dos años atrás se concentran en ese escueto comunicado leído por un locutor en la pequeña pantalla. El corazón gastado del que fuera vicepresidente del Hispano y del Urquijo, presidente de Vallehermoso, vocal de Hidroeléctrica de Cataluña, del Banco de San Sebastián y de CAMPSA y presidente de la Compañía Continental Hispánica se niega a dar un nuevo latido.

Ese mes de diciembre, en una exploración médica, a Alejandro Albert le descubren un bulto y las posteriores pruebas que le realizan —biopsia incluida— proporcionan un diagnóstico muy duro de soportar: leucemia. El golpe es tal brutal como la reunión a la que le convocan en el Banco de España, en compañía del resto de los miembros de la Comisión de los Diez. Allí, en el despacho de Alcalá 20, Mariano Rubio y Juan Antonio Ruiz de Alda les hacen encajar un «chorreo» impresionante. Todos intervienen y, a la salida, uno de ellos recuerda a sus compañeros la célebre frase de Julio César al cruzar el Rubicón: *Alea jacta est* (la suerte está echada).

El todavía presidente del Hispano intenta de nuevo jugar la baza de sus cuñados, pero ni Javier ni Luis Solana están en condiciones de ayudarle: el primero por la fuerte batalla interna dentro del gabinete, en la que Miguel Boyer —el gran amigo del gobernador y del subgobernador del Banco de España— lleva las de ganar; el segundo porque su gestión al frente de la Compañía Telefónica es cada vez más contestada desde el propio Gobierno.

Recluido en su casa de La Moraleja, donde es vecino de Alfonso Escámez, Albert decide hacer un «regalo de Reyes» al frío y soberbio gobernador y a su poderoso grupo de amigos; les manda una carta en la que no sólo anuncia su marcha, sino que sugiere quién puede ser su sucesor: su abogado y amigo José Luis López. Es algo tan insólito que la Comisión de los Diez se convierte, desde ese día, en el único interlocutor válido, tanto para el Banco de España como para el Ministerio de Economía y Hacienda.

Nueve hombres toman en sus manos el destino del tercer banco del país; todo lo que tienen y pueden hacer es buscar un nuevo presidente. Rafael Azcoaga Mendizábal, José Manuel Arburúa Aspiunza, Antonio Barrera de Irimo, Antonio Basagoiti Amézaga, Javier Benjumea Puigcerver, Pedro Durán Farrell, Alberto Oliart Saussol, Ramón Serrano Guzmán y Jaime Soto López-Dóriga viven una crisis muy diferente. Se forman grupos de intereses en los que algunos juegan sus propias cartas y aspiraciones y otros las de poderosos aliados del exterior: mientras Soto juega la de su amigo Manuel de la Concha, el síndico de la Bolsa de Madrid —uno de los ases que guarda en la manga el propio gobernador—, Antonio Barrera de Irimo y Alberto Oliart jugarán sus propias candidaturas a la presidencia, y el sevillano Javier Benjumea, un viejo zorro de los negocios, la del presidente del INH, el incombustible Claudio Boada.

Cuando piden a Mariano Rubio que les dé el perfil del candidato ideal, éste les da dos nombres, dos clásicos en el juego de alternativas en el mundo financiero e industrial español: José Vilarasau y Claudio Boada, el catalán por el que suspira la *beautiful people* y el padrino que ha protegido al grupo en los momentos difíciles del franquismo. Cuando, tras un largo fin de semana, Vilarasau dice no, los nervios se desatan en la Comisión y, al final, componen una alternativa que presentar al Banco de España: Claudio Boada y Antonio Barrera.

Antonio Basagoiti y Rafael Azcoaga son los encargados de presentar su oferta a Mariano Rubio. Cuando van a salir hacia la Plaza de Cibeles, el astuto y calculador Javier Benjumea se acerca a Basagoiti y le dice: «Si lo veis muy mal, soltad sólo el nombre de Boada.»

Los dos emisarios se van extrañados de esta última frase. ¿Tiene su compañero de consejo y presidente de Abengoa más información que ellos sobre los deseos del Banco de España? Mientras recorren el pequeño trayecto que separa las dos entidades, recuerdan que Javier Benjumea ostenta muchos otros cargos y que en alguno de ellos ha coincidido con Boada; por ejemplo, en Altos Hornos. Nada más sentarse ante el gobernador, éste les interroga:

—¿Qué, ya tienen ustedes candidato?

—Pues sí, gobernador, Antonio Barrera, que es miembro del consejo, conoce perfectamente el banco y sus problemas y creemos tiene la capacidad necesaria para sacarlo de la difícil situación en la que nos encontramos.

Mariano Rubio no mueve ni un músculo de su cara, sólo dice no; el nuevo presidente debe ser una persona ajena al banco, que no esté relacionado con los problemas que ha habido, alguien nuevo, con demostrada experiencia, capaz... El nombre lo ponen ellos:

—¿Qué tal Boada?

—Ah, pues perfecto.

Azcoaga y Basagoiti regresan a la Plaza de Canalejas y

suben a la Sala de Consejos. Sus siete compañeros les esperan expectantes:

—¿Qué, ha aceptado?

—Bueno, sí, ya está... es Boada.

El rostro de Antonio Barrera se crispa y tiene que apretar muy fuerte las mandíbulas para no soltar todas las palabras que en una fracción de segundo pasan por su mente; es un golpe bajo el que acaba de recibir.

Bajo su canoso bigote, Javier Benjumea deja que una leve, muy leve, sonrisa dulcifique sus poderosas y hoscas facciones. Coge el teléfono y marca un número: Claudio Boada recibe la noticia con tranquilidad. Ha interrumpido su viaje por Méjico a causa de la muerte de su madre, y pide veinticuatro horas para pensarlo. Debe cumplir con un rito obligado: consultar con las autoridades.

Las tres personas con las que consulta han trabajado a sus órdenes: el ministro de Economía y Hacienda, Miguel Boyer; el titular de Industria, Carlos Solchaga; y el gobernador del Banco de España, Mariano Rubio. Los tres le felicitan y le dicen: «¡Adelante!» La conquista del Hispano ha terminado. La *beautiful people* coloca a uno de sus padrinos en uno de los grandes bancos españoles, el resto sólo es cuestión de tiempo.

LOS PADRINOS SE REUNEN

Claudio Boada llega al Hispano acompañado por el hombre que ha sido su mano derecha durante veinte años: José María Amusátegui de la Cierva. Su experiencia en este terreno se reduce al Banco Madrid, donde no pudieron frenar la caída y terminó engullido por el mamut llamado Banesto. Vienen a salvar un grupo bancario en crisis con un fracaso en el ligero equipaje, pero con las bendiciones del poder y el visto bueno para hacer y deshacer según sus criterios.

Convocan a Jaime Soto para que, en dos reuniones, les ponga al corriente del banco: sus características, los ejecutivos que trabajan, las posibilidades de cada uno de ellos...

un chequeo completo al final del cual Boada le hace una propuesta:

—Mira, Jaime, debemos separar los problemas: el Hispano por un lado y el Urquijo-Unión por otro. De ese banco sólo hay tres personas que puedan hacerse cargo: yo mismo, José María o tú. Y creo que eres el más indicado de los tres.

—Me lo tengo que pensar.

—De acuerdo, pero ten en cuenta que seguirás siendo miembro de la comisión delegada del Hispano y que tu puesto de consejero delegado no se cubrirá; será José María, como vicepresidente, el que asuma las funciones ejecutivas.

—¿Quiénes vamos a estar en la comisión?

—Nosotros tres más Benjumea, Basagoiti y Oliart.

Con más dudas que certidumbres, Jaime Soto acepta el nuevo papel que le han asignado en el grupo. Los dos años como consejero delegado han supuesto una experiencia muy importante para él, que sumada a la de Banif le lleva a pensar que quizás ha llegado el momento de volar por su cuenta, fuera del banco. Cuenta con relaciones internacionales de las que muy pocas personas pueden presumir; tiene amigos importantes en España y varios ases guardados para ese momento. Además, Benito Tamayo es de su misma opinión: ha llegado el momento de hacerse ricos e independientes. El tren de la gloria y el éxito ha parado en su estación y les llama con fuertes pitidos.

Cuando regresa de las vacaciones, se dirige directamente al despacho de José María Amusátegui. Quiere que sea el primero en enterarse de su decisión:

—José María, me marcho. Lo he pensado mucho durante estas semanas y creo que es el momento adecuado para que me dedique a mi propia empresa. Estoy cansado del banco, los últimos años han sido de mucha tensión y me apetece marcarme mi propio ritmo.

Parecidas palabras las repite minutos más tarde ante Claudio Boada, pero éste no les da importancia:

—Ya se sabe —le dice— que después de un largo viaje siempre vienen las dudas; vosotros los jóvenes sois así...

En el consejo de ese mes de septiembre de 1985, Jaime Soto presenta formalmente su dimisión. Su ruptura con el Hispano se consuma y Boada no sólo acepta la realidad que está ante sus ojos, sino que con la rapidez que le caracteriza nombra para sustituirle a su viejo amigo de siempre, el presidente de Ferrovial, Rafael del Pino, una de las pocas personas que tienen ascendente sobre él, al que escucha y respeta en sus juicios y valoraciones, y al que apoyará siempre y en todo momento. En otro de los sillones del consejo se sienta el que fuera presidente del Gobierno, Leopoldo Calvo Sotelo. Los viejos compañeros de mil y una batallas vuelven a navegar juntos; lo de menos es quién está al timón.

Es un año de cambios y de muerte. El 19 de febrero de 1985, el ex ministro y miembro del Opus Dei, Gregorio López Bravo, se dirige en un Boeing 727 de Iberia a Bilbao en compañía de otras ciento cuarenta y siete personas. El piloto conoce el trayecto de memoria, pero la antena de televisión instalada en el monte Oiz surge de la niebla y el avión se estrella a treinta kilómetros de su destino. La siguiente historia de Banesto no puede explicarse sin esa muerte, como tampoco puede explicarse la del Banco Central sin otra que ocurre ese mismo día, esa misma mañana: el director general de la entidad y hombre de confianza de Alfonso Escámez, Ricardo Tejero Magro, es asesinado en el garaje de su casa.

Los dos grandes colosos de la banca española, empeñados en una lucha absurda por el primer puesto en el *ranking* por volumen de negocio, no ven que la arterioesclerosis se adueña poco a poco de sus miembros y que la lentitud de sus movimientos, ante los rápidos cambios que tienen lugar en el escenario financiero, les convierte en presas fáciles para los tiburones que aparecen en las aguas de las altas finanzas nacionales. Unos escualos que van a destrozar una parte importante de los planes que la gran ballena blanca de la *beautiful people,* Mariano Rubio, ha ideado para la banca española.

El 29 de junio de ese mismo año, Aristóbulo de Juan es nombrado director general del Banco de España. Es el segundo gran nombramiento que Miguel Boyer y Mariano Rubio sacan adelante tras el de Juan Antonio Ruiz de Alda; una victoria sobre el vicepresidente Guerra y algunos ministros, que ven cómo la *beautiful people* refuerza sus posiciones en un lugar tan estratégico como el banco emisor.

Si empleamos un símil futbolístico, Mariano Rubio es el delantero centro del equipo, con dos interiores capaces de suministrarle todos los balones precisamente al centro del área enemiga: por la derecha, Aristóbulo de Juan; por la izquierda, Ruiz de Alda. En el centro del campo, organizando el juego, Miguel Boyer, que a primeros de julio ya tiene decididos los cambios que va a efectuar en los ministerios económicos. De defensa líbero está Carlos Solchaga, siempre dispuesto a cerrar el paso al más hábil de los adversarios. El entrenador, encargado de suministrar la ideología necesaria, se llama Luis Angel Rojo, jefe del Servicio de Estudios del Banco de España. Son la «quinta de La Dehesilla» y tienen la confianza del Presidente, que es Felipe González.

El 1 de julio todo está bajo control, pero la cambiante personalidad del secretario general del PSOE les da un susto cuarenta y ocho horas más tarde. El miércoles día 3 el Presidente deja a Miguel Boyer como a una novia engañada ante el altar; ni los argumentos que éste le expone ni la paciencia que le recomienda Solchaga son capaces de alterar la voluntad del hombre herido en su *ego* más profundo: Miguel Boyer presenta la dimisión como ministro de Economía y Hacienda.

UN CARAMELO PARA MARTINEZ CORTIÑA

La sabiduría popular dice que «la mancha de la mora, con otra verde se quita» y que «los duelos con pan, son menos». El 18 de julio —de nuevo otro 18 de julio—, los refranes alcanzan pleno vigor al nombrarse a Boyer presidente del Banco Exterior, un cargo por el que suspiraban un ex ministro como Julián Campo y un hombre que lleva toda la vida en el banco público esperando su momento: Rafael Martínez Cortiña, el consejero delegado al que los cambios le pillan en uno de los momentos más importantes de su carrera profesional.

En marzo de ese año, tras el asesinato de Ricardo Tejero, el presidente del Banco Central le hace una oferta difícil de rechazar. La promesa de Francisco Fernández Ordóñez de que será su sucesor y los consejos de su amigo José Ramón Alvarez Rendueles, que le recomienda paciencia ante los cambios que se avecinan, logran que Martínez Cortiña se quede como «número 2» del banco.

En mayo, los que aparecen por la orilla de la Carrera de San Jerónimo para lanzar sus redes en el Exterior son Alberto Cortina y Alberto Alcocer. Su oferta es precisa y suculenta: será el nuevo consejero delegado del Banco Zaragozano y, en un año, el presidente.

La tentación es tan fuerte que Martínez Cortiña da el ansiado sí. Escribe la carta de dimisión para entregársela a Fernández Ordóñez, pero la crisis del Gobierno y los cambios en la presidencia del banco le dejan con ella en la mano. El fin de semana del 28 de julio lo pasa a la sombra de las torres del Pilar. El consejo de administración del Zaragozano, que preside Moisés Calvo y en el que se sientan Romualdo García Ambrosio y Alvaro Alepuz, le nombra consejero delegado.

El lunes 29, nada más llegar a su despacho, le llama Miguel Boyer:

—Oye, esto de que te vas será una broma.

—No, te aseguro que va muy en serio.

—No puede ser, Rafael, tienes que reconsiderarlo, yo acabo de llegar y necesito que sigas en el banco. Me marcho mañana a Marbella, pero te espero allí para que hablemos más despacio.

A mediados de agosto, Martínez Cortiña se instala en el hotel Don Pepe. Boyer vive en un chalé e Isabel Preysler en otro, pero su relación es pública y las dos parejas salen a cenar. Al final el ex ministro le convence con la misma vieja promesa, el mismo y dulce caramelo que nunca llegará a su boca: si se queda en el Exterior será el próximo presidente; él, Boyer, está simplemente de paso.

Martínez Cortiña pone otra condición: debe ser el propio Miguel quien consiga que Cortina y Alcocer le liberen de su compromiso. Eso lo hace el ex ministro con gran facilidad, nada más regresar a Madrid a primeros de septiembre. Convoca en su despacho a los dos primos, que acuden acompañados de Romualdo García Ambrosio. Una hora de conversación hace milagros, sobre todo cuando se tiene tanto poder como el que atesora el clan de La Dehesilla. Cortiña se queda en el Exterior como vicepresidente ejecutivo; una llamada de Mariano Rubio para «convencerle» ha sido definitiva.

El gran eje bancario de la *beautiful people* se convierte en una gozosa realidad para todo el grupo: Banco de España, Banco Hispano y Banco Exterior. Están en la cumbre del poder y la gloria, sin enemigos que se resistan a su paso.

MIGUEL BOYER ENTRA EN EL CLUB

El Presidente del Gobierno emprende su viaje más largo y difícil a China y Japón, y con él viajan sólo dos banqueros, los dos tremendamente significativos: Miguel Boyer y José Angel Sánchez Asiaín.

En Madrid, el resto de los presidentes de los siete grandes se reúnen a comer: Pablo Garnica, por Banesto; Alfonso Escámez, por el Central; Angel Galíndez, por el Vizcaya; Claudio Boada, por el Hispano; Luis Valls, por el Popular; y Emilio Botín, por el Santander. Discuten acerca de si deben o no incorporar a las comidas al nuevo presidente del Exterior. A su antecesor, Fernández Ordóñez, le habían vetado por dos cosas: por lo que consideraban un gran pecado, su «proclividad» a contar todo a los periodistas, y por sus «coqueteos» con los socialistas, que luego se transformaron en militancia activa dentro del PSOE.

Pablo Garnica defiende desde el principio a Miguel Boyer y asegura que su presencia será positiva para todos, de cara a las inevitables relaciones que la banca debe tener con el poder político. Emilio Botín y Claudio Boada apoyan con entusiasmo la iniciativa, pero en el lado opuesto se colocan Alfonso Escámez, que pide paciencia a todos los reunidos; Angel Galíndez, que no termina de encajar la pujanza del clan, y el florentino Luis Valls. Tres contra tres: empate. Deciden esperar a que regrese Sánchez Asiaín de Japón y dé su opinión sobre el tema.

Mariano Rubio es informado puntualmente del resultado de la comida y decide intervenir para que no quepa la menor duda de sus deseos. Organiza un almuerzo en el Banco de España con todos los presidentes. El ex ministro está brillante, y a media tarde, cuando cada uno de los asistentes se dirige a su despacho, la decisión está tomada: Alfonso Escámez, en su papel de anfitrión, debe invitar a Miguel Boyer a la próxima comida del club de los grandes. Los recelos a la gestión socialista han pasado y los temores a indiscreciones molestas no existen.

La *beautiful people* escala un nuevo peldaño en sus aspiraciones. Ese fin de semana, en el domicilio familiar de Arga 1, se festeja el triunfo de la calculada estrategia del clan. Algunos cadáveres han quedado en el camino y la lista de enemigos ha aumentado, pero es mucho menos importante que la de los amigos. El triunfo es siempre mucho más goloso que el fracaso.

Capítulo X

EL SUBMARINO DE BOLSILLO

EL U-2 DE IBERCORP SE HACE A LA MAR

En enero de 1986, Jaime Soto y Marina Fernández de Córdoba están de fiesta en su casa de la madrileña calle de Doctor Arce. Decorada con un gusto exquisito, con valiosos cuadros en sus paredes y muebles que provocan la admiración de los invitados, sus tres plantas se convierten esa noche en un astillero de lujo para la botadura del U-2 de la *beautiful people,* el submarino de bolsillo que bajo el mando de Manuel de la Concha y Jaime Soto, y la experiencia del contramaestre Benito Tamayo, va a surcar las aguas de las finanzas españolas.

Entre cena y cena en casa de amigos comunes, Soto y De la Concha han solidificado su amistad, desde el lejano día en que les presentó Juan Antonio Ruiz de Alda. El síndico de la Bolsa de Madrid sabe todo lo que tiene que saber del mercado de valores, de sus mecanismos, de esos minúsculos tantos por ciento que se cruzan cada día en tierra de nadie y van a caer en las manos de los más atentos, de los que están mejor colocados. El banquero tiene un enfoque más amplio, más internacional: un grupo financiero que se base en la diversificación de los productos, con una fuerte presencia en el mercado de capitales y con independencia operativa, debe estar cubierto por la fórmula de un banco, debe ser un banco.

Bautizan su particular U-2 con el nombre de Investcorp y comienzan a formar la tripulación, comenzando por ellos mismos. A bordo suben Juan José Macaya, cuñado de Cristina Mancisidor y muy bien relacionado con todo el entorno de Plácido Arango; Mónica Burning de Morales, una de las ejecutivas más brillantes del Hispano-Urquijo, que domina las relaciones financieras internacionales y va a convertirse en pieza básica del nuevo banco a la hora de colocar valores en el extranjero y de buscar las acciones que de otros bancos o empresas españolas existen en manos de fondos suizos, escoceses o norteamericanos, tan necesarias para ganar o perder una OPA, y un agresivo equipo de jóvenes, todos menores de treinta años, como Diego Prado Pérez-Seoane, Borja Llanza y Enrique Pérez Pla, que rápidamente descubren los mecanismos de la intermediación. Los protagonistas del film *Wall Street* son sus héroes de carne y hueso; su dios, el becerro de oro, y sus tablas de la Ley, las que consagran la victoria del más listo, del que menos escrúpulos tenga en esa peculiar selva en que se ha convertido el mundo de las finanzas en nuestro país.

Entre los armadores del submarino están Fernando de Asúa, consejero delegado de IBM y del Banco Hispano, habitual compañero de Manuel de la Concha y Mariano Rubio en sus partidos de golf en el reservado club de Puerta de Hierro; Josechu Ysasi Ysasmendi, presidente de la Sociedad General Azucarera; Daniel García Pita, abogado y miembro del bufete de Antonio Garrigues; y Manuel Soto, director general para Europa y Asia de Arthur Andersen, que está muy poco tiempo en la sociedad, ya que a los dos meses de nacer ésta vende el 2 por 100 que había adquirido a través de otras sociedades.

Soto y De la Concha comienzan a buscar una ficha bancaria, una entidad pequeña que duerma plácidamente en el seno de alguno de los grandes y que ellos puedan despertar. Miran en tres direcciones: Bilbao, Hispano y Banesto. En el primero está el Banco de Huesca, que es su objetivo inicial, pero Sánchez Asiaín demora la negociación y ellos tienen prisa; en el Hispano, las relaciones con Boada necesitan tiempo para sedimentarse tras la salida de Soto de la entidad; sólo les queda el Banesto de López de Letona, en el que también se vende barato y con rapidez. Allí, entre los brazos del gigante, se encuentra el Banco Trelles, un pequeño banco de Luarca (Asturias) en el que ha velado «sus armas» como consejero delegado —antes de trasladarse a Madrid y convertirse en el látigo de Pablo Garnica— Manuel Igea Gil, al que el patriarca de Banesto utiliza en los difíciles casos del Banco Coca y del Banco Madrid.

El Banco Trelles tenía cuando lo compra Banesto un capital de ocho millones de pesetas, con otros cincuenta y dos dedicados a reservas. Doce años más tarde, a la hora de venderlo López de Letona tras las negociaciones que mantienen los dos socios con Jacobo Argüelles, su capital es de noventa millones, con otros tantos para reservas y unos recursos ajenos cercanos a los dos mil cuatrocientos millones.

Manuel de la Concha y Jaime Soto pagan por él seiscientos millones de pesetas, un precio que las dos partes consideran justo. Piden la necesaria aquiescencia al Banco de España que, naturalmente, se la da no sin antes exigirles que su participación sea directa, personal, y no la realicen a través de otras sociedades, una fórmula de garantía tras el largo período de reajuste bancario. El mercado financiero de esos años es un mar plagado de peces de todos los tamaños, y los más grandes y sabrosos no aparecen nunca en la superficie, se debe bajar a buscarlos en aguas más profundas, en las que el «sonar» de las confidencias y los encargos privilegiados permite soslayar todos los peligros.

Las grandes operaciones de mediación, colocación de renta fija o deuda del Estado en el extranjero, de compra y venta de grandes paquetes de acciones de bancos o compañías eléctricas pasan por las manos del experto equipo del tándem Soto-De la Concha y les va dejando esos pequeños porcentajes del 0,25 por 100, pero cada día pasan cientos de millones por la terminal de sus ordenadores. El conocimiento exacto de lo que pasa en la bolsa les llega con precisión matemática. Las buenas relaciones con el Banco de España y el Ministerio de Economía y Hacienda son fundamentales, y ellos las tienen. Si hay que asumir algún riesgo son capaces de hacerlo.

Su audacia les llevará a sumarse en la gran operación de ataque a uno de los acorazados de la banca: Banesto. Enrolados en la flotilla que organiza Sánchez Asiaín, buscarán los suministros que éste necesita desesperadamente para no fracasar en su OPA, pero el «agente triple» que es el catalán Javier de la Rosa les mantendrá engañados el tiempo suficiente como para que el acorazado se salve.

En el otoño de 1987, antes del «octubre negro» que sufre la rutilante bolsa española, los dinámicos socios de Ibercorp —nombre definitivo que adopta el banco— se «comen» el mundo. Son imparables, máquinas de ganar dinero que para ellos es como un juego de niños; un juego en el que se dan la mano con personajes tan distintos y a la vez tan iguales como el financiero alemán Georg Schnura, al que convierten en socio de algunas de sus empresas, o el italiano Gian Carlo Parretti. Los dos han llegado a España atraídos por la golosina del dinero fácil y rápido, y los dos se aproximan al sanctasanctórum de la *beautiful people* como las mariposas a la luz. El primero es admitido, con algunas reservas, mientras que el segundo es despreciado, pero temido.

Desde Ibercorp, Manuel de la Concha y Jaime Soto realizan dos grandes operaciones en la Bolsa de Madrid, las dos con empresas compradas al Banco Hispano: Sistemas AF e IB-Mei. La primera es una sociedad de muebles de oficina creada por la familia Fuentes con un capital de ochenta millones de pesetas y de la que es vocal Pedro P. Gandarias y Urquijo, vicepresidente del Banco Urquijo y de la Naviera Aznar, entre otras muchas sociedades. Soto la conoce bien, ya que ha estado durante un año al frente del banco y puede enumerar de memoria sus puntos fuertes y débiles.

Los dos socios, lo mismo que el resto del Madrid financiero, saben que Claudio Boada está dispuesto a vender «hasta la corbata» para reflotar el Hispano en el tiempo más corto posible. Ven las ventajas de la operación y entran en el cuaderno de ventas con una oferta de mil ochocientos millones de pesetas; en junio se cierra la misma y tres meses después Sistemas AF sale a bolsa. El tándem ha funcionado a la perfección y el negocio es un auténtico «pelotazo», tal y como se dice en el argot económico: Sistemas AF se compra sobre los resultados del año anterior y a un PER industrial de 4; noventa días más tarde, con la proyección de los resultados de ese año, que son aún mejores, se coloca en la bolsa a un PER de 10. El resultado son unos beneficios de varios miles de millones, todo ello sin haber desembolsado nada más que el primer pago de la operación: unos cuatrocientos millones de pesetas.

En el Banco Hispano, un mes antes de la venta, el diseño bursátil de esa misma operación estaba sobre la mesa del vicepresidente, José María Amusátegui, pero las prisas le juegan una mala pasada y decide dejar para otros el desarrollo y los millonarios beneficios de la operación. Lo mismo le pasa a este banco con la venta del edificio Torre Europa, situado en una de las esquinas del pequeño Manhattan madrileño que es el complejo Azca. Claudio Boada, obsesionado por los resultados de la entidad, no tiene la paciencia necesaria y vende a ochenta mil pesetas el metro cuadrado cuando apenas seis meses después el metro se cotiza a tres veces ese valor. La gran operación y los grandes beneficios los realizan otros, entre ellos el siempre atento Jacques Hachuel, que se queda con tres plantas del edificio: una para instalar su empresa, H Capital, y otras dos que vende y con las que cubre con creces toda la inversión realizada.

En IB-Mei, la otra empresa comprada al Hispano, el *crack* de la bolsa de octubre de 1987 le cuesta a Ibercorp más de un disgusto. El inesperado «banco de arena» que surge en el mercado financiero hace que el submarino de bolsillo de los dos intrépidos socios encalle y tenga que dar marcha atrás a toda máquina.

La sociedad la compra el periodista y financiero Ladislao Azcona en una arriesgada operación personal, por lo que rápidamente distribuye las acciones entre un grupo de socios y amigos, entre ellos Luis Solera, Rafael Naranjo y el propio Jaime Soto. Este ve que la operación a realizar es muy parecida a la que tanto éxito ha tenido con Sistemas AF, y así se lo dice a Manuel de la Concha y Benito Tamayo. El hermano de Jaime, Pedro Soto, realiza todo el diseño de la salida a bolsa, y en la primavera de 1987 IB-Mei sale al mercado con un éxito total e Ibercorp se embolsa el jugoso 1,5 por 100 que le corresponde.

A la vuelta del verano, las dos sociedades se ponen de acuerdo para realizar una nueva ampliación de capital e Ibercorp firma el correspondiente contrato de aseguramiento de la emisión. Las acciones se suscribirían al 900 por 100, y tanto Soto como De la Concha aseguran a IB-Mei un mínimo para cada acción antigua. El tobogán por el que se desliza la bolsa en el mes de octubre hace que la operación se aplace dos meses, pero llega diciembre y el mercado no se recupera, todo sigue igual y el problema enfrenta a los que hasta ese momento han sido socios, amigos y clientes.

De la Concha, a través de los abogados Horacio Oliva y Matías Cortés, habla con uno de los inversores más dinámicos de la bolsa madrileña que opera con importantes fondos suizos respaldando sus operaciones: Georg Schnura; pero éste sólo está dispuesto a quedarse con un 10 por 100 del total de la emisión, muy poco para lo que necesitan en Ibercorp. Llaman a IB-Mei para comunicar que la operación debe ser suspendida por las condiciones del mercado. Solera, Azcona y el resto de los socios tienen una percepción muy distinta de la realidad: Ibercorp ha suscrito un contrato de aseguramiento y debe cumplirlo.

Las posiciones se enquistan y la armonía y las buenas palabras desaparecen. Entran en escena los abogados de cada una de las partes: por Ibercorp, Horacio Oliva y Matías Cortés; por IB-Mei, el bufete de Ramón Hermosilla. La batalla alcanza una gran intensidad, pues el duro y eficaz Hermosilla no está dispuesto a perder y emplea toda la artillería de que dispone: si Ibercorp no cumple sus compromisos les demandará ante los tribunales y pedirá que a Manolo de la Concha le incapaciten para el ejercicio de su profesión, por incumplimiento reiterado de sus obligaciones contractuales. Este se asusta, pues sabe que el abogado es de los que llegan hasta el final, sin importarle quién está por medio; hay que pagar, y así se lo dice a sus socios y a Matías Cortés. El requerimiento que reciben no puede estar más claro: trescientas treinta mil nuevas acciones, a cuatro mil quinientas pesetas por acción, les esperan; mil quinientos millones de los que apenas pueden colocar en el mercado la mitad. Un palo muy fuerte que encajan y del que se recuperarán poco a poco a lo largo del siguiente año.

LA REBELION DE LOS DISCIPULOS

De la Concha, Soto y Tamayo tendrán una sorpresa más dura y desagradable: el motín que organizan sus jóvenes tripulantes y que está a punto de triunfar y quitarles el gobierno de Sistemas AF, ya preparada para convertirse en Sistemas Financieros. Los jóvenes cachorros que han amamantado no se conforman con el reparto establecido y quieren comerse el trozo más grande del pastel. Sistemas Financieros ha comprado la empresa Mecalux y prepara su salida a bolsa por los mismos caminos que ya han recorrido otras veces y con los mismos procedimientos. Los socios de la *beautiful people* se olvidan de mirar a la retaguardia, y cuando lo hacen descubren con horror y casi sin tiempo que sus «soldados» no apuntan al enemigo, sino a sus corazones.

En los últimos meses, por la sede de Ibercorp en la madrileña calle de Velázquez aparece con frecuencia un joven *broker* italiano que trabaja para la firma británica Carnegie y que mantiene unas excelentes relaciones de amistad y de negocios con Borja Llanza, Diego Prado y Enrique Pérez. Joven como ellos, Giacopazzi es el encargado, en marzo de 1989, de dar el golpe definitivo: se lleva a los tres ejecutivos del U-2 a trabajar con él. Todas las acciones de Sistemas Financieros han pasado por sus manos y Soto y De la Concha —que han estado absorbidos por otras batallas más importantes— comienzan a preocuparse, y cuanto más lo piensan más se preocupan.

Diego Prado y sus compañeros han visto el negocio llamando a su puerta, y en una auténtica operación de «tiburoneo» interno han establecido las bases para quedarse con Sistemas Financieros y acceder así a la plusvalía «embalsada» en Mecalux, que ellos cifran entre seis y siete mil millones de pesetas.

En el último minuto, cuando todo está casi perdido, los dos socios montan su estrategia de salvación ante la posible OPA hostil que les va a caer encima. Ayudados por sus abogados favoritos —Matías Cortés y Horacio Oliva—, reducen el consejo de administración de Sistemas Financieros a cuatro personas y realizan una emisión de obligaciones convertibles de diez mil millones de pesetas. Al mismo tiempo emplean las privilegiadas relaciones de Manolo de la Concha en el mercado bursátil para seguir la pista a las acciones de la compañía. Sus jóvenes tiburones habían comprado el 20 por 100 de la empresa, de la misma manera que habían comprado el 12 por 100 de Dragados y Construcciones.

Soto y De la Concha no se creen que toda la operación haya sido montada por sus ejecutivos, ni siquiera por los hombres de Carnegie; ven o quieren ver la larga mano financiera del catalán Javier de la Rosa y, sin dudar, llaman al despacho de la Avenida Diagonal en Barcelona. A los pocos días los dos hombres fuertes de Ibercorp comen con el poderoso socio de KIO en España:

—Ya sabes, Javier, que hemos estado a punto de quedarnos sin Sistemas Financieros...

—¿Qué me dices? Algo había oído de que teníais problemas, pero no hasta ese punto.

—Pues sí, nos han estado tiburoneando en nuestra propia casa, nuestra propia gente, pero apoyados desde fuera.

—¿Y sabéis por quién?

—Desde luego por Giacopazzi, el de Carnegie, pero pensamos que no ha estado solo...

—¡Ah, bueno...! Y habéis pensado en mí...

—Si te somos sinceros, sí. Por eso queríamos hablarte.

—Por ese lado podéis estar tranquilos. No he tenido nada que ver, ni quiero tener nada que ver. Tenéis mi palabra.

Han estado a punto de perder la «joya de la corona» y la venganza les espera. Piensan que les ha llegado la hora de golpear a los audaces y ambiciosos *raiders* para que escarmienten; tienen el palo levantado, pero cuando se disponen a bajarlo con toda la fuerza de sus brazos entra en escena el abogado Rodrigo Uría. La advertencia que les hace surte el efecto deseado: si cae ese palo, caerán otros sobre sus propias espaldas; y junto a la advertencia va la petición de paz del amigo. Al final todos deciden que lo mejor es echar el telón sobre el pequeño drama que han vivido.

A Ibercorp llega sangre nueva y experimentada. El antiguo equipo de Banif vuelve a encontrarse de la mano de Gonzalo Milans del Bosch, sobrino de uno de los protagonistas del intento de golpe de Estado del 23-F. La *beautiful people* pierde día a día algo de su carácter inicial, pero gana poder y capta adeptos; la ideología se disuelve como un azucarillo en un vaso de agua ante los cada vez más importantes intereses económicos de sus miembros. Es la simiente que florece desde la primavera de 1986, la gran primavera del antiguo clan de La Dehesilla, cuando al triángulo bancario que forman Boada, Boyer y Rubio se une la «cuarta pata»: el Banesto de López de Letona.

En el viejo mamut de la banca española, el ex ministro y ex gobernador del Banco de España se enfrenta a un consejo de administración que no le quiere y a un presidente que lleva cincuenta y cinco años en la entidad y está acostumbrado a mandar sin dar explicaciones. El choque que produce la aplicación del bisturí es brutal. A su lado sólo tiene a Jaime y Jacobo Argüelles, dos incondicionales de Mariano Rubio; enfrente, a las viejas familias dispuestas a defenderse del «intruso impuesto por el Banco de España». No le perdonan su estrecha amistad con el gobernador ni sus críticas al pasado más reciente del banco, como tampoco la política de transparencia informativa que impone hacia el exterior. Ellos siguen apegados al oficio de tinieblas que durante tantos años ha sido la profesión de banquero en España.

López de Letona intenta una política similar a la que ha empleado Claudio Boada en el Hispano, pero fracasa porque mientras Boada monta un consejo a su medida y tiene todo el poder, sin nadie que se lo discuta, Letona ha de soportar un consejo hostil y a un Pablo Garnica que alarga su retiro hasta que rompe los nervios del consejero delegado y provoca la aparición en escena de dos personas que van a cambiar el rumbo del banco, del consejo, de los planes de la *beautiful people* y de las vidas de todos ellos: Juan Abelló y Mario Conde.

El año 1987 se inicia como el año de gloria para López de Letona y todo el clan de La Dehesilla que está detrás de él, aunque va a cerrarse como el año de su desgracia, cargado de torturas y enfrentamientos que le obligan a arrojar la toalla, incapaz de aguantar la enorme tensión a que le someten sus amigos y enemigos.

El *Informe Revell,* que está sobre las mesas de todos los presidentes de bancos, provoca una tormenta en los medios financieros; sus conclusiones se convierten en los «diez mandamientos» del futuro bancario español. Se compra y se vende, se toman posiciones en la competencia y se practica el «tiburoneo» al amparo de las sociedades de mediación bursátil, que brotan como los hongos en primavera. La palabra «fusión» se pone de moda, gracias sobre todo a la cantidad de veces que la emplean dos poderosos banqueros vascos: José Angel Sánchez Asiaín y Pedro Toledo, que desde finales de 1985 están explorando a sus compañeros en busca del menor gesto de complicidad que permita iniciar un noviazgo que termine en boda; coquetean con todos menos con la independiente y poderosa familia Botín: el Santander es una ínsula barataria en la que entrar es prácticamente imposible a menos que sus dueños abran las puertas.

Miles de millones de pesetas participan en un auténtico baile de vampiros en el que ningún rostro queda reflejado en el espejo. La bolsa es una completa y disparatada orgía:

empresas en quiebra ven cómo sube el precio de sus acciones sin otra explicación que la más pura y feroz de las especulaciones; se compra y se vende ilusión de más dinero. Es la España que han dado a luz los padres de la *beautiful people,* su obra, el resultado de sus teorías y de sus esfuerzos, algo que tiene muy poco que ver con lo que pensaban, soñaban y ambicionaban a finales de los años sesenta; su propia evolución es la evolución de la sociedad española que ve cómo sectores industriales como el químico, el eléctrico o el de la alimentación entran en el frenesí de las tomas de control, de las OPAS amistosas u hostiles, de la lucha feroz de los ejecutivos. Es la gran hora de los audaces, de los que tienen acceso a la información confidencial. En pocos meses —como declara orgulloso el ministro Carlos Solchaga— una persona puede convertirse en millonaria. El gran sueño americano que reflejara el director de cine Luis García Berlanga en *Bienvenido, mister Marshall* se realiza treinta años más tarde con el poderoso soplo intelectual de otro norteamericano. Bajo los sones del *Barras y estrellas,* el coro financiero entona en el verano de 1987 el *Welcome mister Friedman,* mientras arroja billetes de cien dólares a su paso.

A mediados de julio, Petra Mateos —una de las sacerdotisas de la *beautiful people*—, con un elegante traje de chaqueta cruzada, grandes hombreras, el pelo castaño perfectamente cortado, hermosa y atractiva cuando sonríe, fiel a sus amigos, trabajadora y con hambre de triunfos, entra en el despacho de su jefe y amigo Miguel Boyer en el Banco Exterior. Lleva desde el mes de enero dándole vueltas a la oferta que le ha hecho uno de los grandes multimillonarios del mundo, el judío norteamericano, nacionalizado español, Marc Rich. Ha viajado hasta Zug (Suiza), la sede de su imperio, y el magnate le ha enseñado su organización, le ha explicado sus planes en España y le ha hecho una proposición muy importante: dirigir Ron Investment, la compañía a través de la cual piensa operar en nuestro país y en la que trabajará, mano a mano, con dos hombres: Max Mazin y Antonio Briones, piezas básicas del poderoso clan judío en España.

—Miguel —le dice—, lo he estado pensando mucho, le he dado mil vueltas y creo que esta oportunidad no puedo desaprovecharla. Es la ocasión que siempre he querido para hacer otras cosas, para demostrarme a mí misma y a los demás hasta dónde puedo llegar. Y eso sólo puede hacerse en la empresa privada y dentro de un gran grupo; el de Rich lo es y me ha concedido plena autonomía.

—Creo que te equivocas, Petra. Trabajar con Max Mazin no es fácil. Tiene un carácter autoritario y muy difícil de entender. Siento que te vayas, pero comprendo que debes intentarlo. Si después descubres que las cosas no son como te habías imaginado, aquí tendrás siempre tu puesto esperándote, no voy a poner a nadie en tu lugar.

Las dos personas con las que se pone a trabajar la mujer que Miguel Boyer ha tenido como su mano derecha en los últimos cinco años no destacan precisamente por su cordialidad; son dos durísimos hombres de negocios y ella lo descubre antes de tres meses. Es el primer gran intento judío de penetrar en el corazón de la *beautiful people* a través de una de sus más activas e importantes mujeres.

LA PRIMERA OPA ESTA EN MARCHA

El 9 de septiembre, Juan Abelló y Mario Conde traspasan de manera oficial las puertas de Banesto y suben hasta la novena planta del edificio del Paseo de la Castellana. Les esperan Pablo Garnica y José María López de Letona, que escuchan con el típico y adusto gesto de los banqueros sus peticiones: dos puestos en el consejo y poder ejecutivo dentro del grupo industrial del banco. Una semana después, con treinta y nueve años recién cumplidos, Conde llega a la sede de la sociedad Torreal en la calle Fortuny, recoge a Abelló y ambos se dirigen al Banco de España. Mariano Rubio se entera esa mañana de los planes y proyectos de la pareja de empresarios que se han convertido en ídolos para una parte importante de la población española. Descubre en ellos a dos compañeros de viaje en su asalto al Banco

Español de Crédito, dos millonarios que pueden ayudar a «barrer» la entidad de los viejos dinosaurios que se sientan en el consejo, dos *parvenus* que buscan el dinero y la gloria, mientras que ellos, el clan de La Dehesilla, ambicionan el poder. Ni él ni sus visitantes conocen el futuro, lo que permite que el encuentro sea distendido, incluso amable.

Todas las referencias las tiene de Juan Abelló, de sus orígenes, de su familia, de su parentesco con lo más granado de la aristocracia; el otro, Mario Conde, es simplemente un astuto abogado del Estado, ambicioso y suficiente como todos los de su especie. No intuye el peligro que acecha detrás de los pequeños ojos de ave de rapiña, ni la fuerte voluntad del pequeño y puntiagudo mentón ni el auténtico significado del engominado pelo, una verdadera declaración de intenciones, de carné de identidad. Son dos jóvenes listos y pícaros en una España de pícaros, y no tienen nada que ver con las viejas familias de Banesto, lo que ya es una garantía; dos aliados para López de Letona a los que éste no tendrá ninguna dificultad para manejar.

El *crack* de la bolsa a finales de octubre asusta a muchos y ofrece nuevas y jugosas oportunidades a unos pocos. Entre ellos a Carlos y Juan March, los dos hermanos herederos de uno de los grandes imperios de España, una de las tres principales fortunas de este país, que han conectado perfectamente con el clan de La Dehesilla y con el emergente poder socialista. Aumentan su participación en los bancos Hispano y Popular, lo que para los expertos conduce a algo muy claro: están preparándose para dirigir la fusión de las dos entidades, con la ayuda del fiel y eficaz Alfredo Lafita. Todo quedará en un simple borrador en el caso del Popular —merced a la habilidad y «poder de convicción» de Luis Valls— y en la jugosa compra del Urquijo, en el área del Hispano.

Los March son fenicios, odian las guerras, pero se aprovechan de ellas. Lo suyo es el comercio, la negociación, el acuerdo entre las partes implicadas. Las batallas las dejan para los que sueñan con ser Julio César o Aníbal. Ellos ponen los barcos, la financiación, los víveres para la campaña, incluso las lanzas para guerrear, si bien nunca salen al campo de batalla ni lanzan soflamas que enardezcan los corazones.

En Barcelona, Alfredo Sáenz Abad, licenciado en Derecho y Ciencias Económicas, mano derecha e izquierda de Pedro Toledo —otro de los grandes aliados de la *beautiful*—, presidente del grupo de Banca Catalana desde que lo compró el Banco de Vizcaya y un reconocido «número 1» en el mundo financiero, llama desde su despacho de la Avenida Diagonal 622, a otro situado doscientos números más abajo, en la misma calle:

—Dígale al señor De la Rosa que le llama Alfredo Sáenz.

—Un momento, por favor.

—¡Alfredo, cómo estás, cuéntame!

—Javier, tengo que hablar contigo de un asunto del banco. Queremos comprarte las acciones que tienes del Vizcaya. Creo que lo mejor es que nos veamos, y de paso hablamos de algunas otras cosas.

—Me parece muy bien, ya sabes que si el precio es bueno nos pondremos de acuerdo, por mí no hay problema, cuando tú quieras.

La promesa que le hizo Carlos Solchaga a su antiguo jefe, Pedro Toledo, comienza a cumplirse tras la visita que le hacen al ministro de Economía y Hacienda el vicepresidente de KIO, Fouad Jaffar, y el presidente de Renault y de Ebro, Manuel Guasch. Este conoce a la «biuti» desde sus comienzos, ha trabajado con alguno de sus miembros en el Ministerio de Comercio y estuvo a punto de ser vicepresidente económico con Adolfo Suárez si el hoy presidente del CDS hubiera podido y querido ser aún más audaz. Su mujer, además, es una de las amigas íntimas de Isabel Preysler, una de las pocas en las que la envidiada y odiada reina de las revistas del corazón sabe que puede confiar.

El grupo árabe entiende a la perfección el mensaje que le transmite el ministro, así como el que le deja llegar el gobernador del Banco de España. Se muestra dispuesto a cooperar con los planes de Mariano Rubio vendiendo su participación en la entidad financiera vasca, «nacionalizando» la que tiene en el Banco Central.

Las bases de lo que luego será Cartera Central se colocan con mucho silencio y cuidado; no en balde va a ser uno de los acorazados que emplee la *beautiful people* en su desembarco sobre la Normandía particular de Alfonso Escámez. Cuando quieran orientar sus cañones para disparar también contra Banesto, su poder de fuego disminuirá tan considerablemente que no podrán conquistar ninguna de las dos orillas. Solitarios y perdidos, los socios de Cartera Central serán unos náufragos deseosos de encontrar un trozo de tierra para evitar ahogarse.

Alfredo Sáenz obtiene las acciones del Vizcaya a cambio de un nuevo éxito de Javier de la Rosa delante de sus socios árabes, que ven cómo todo lo que toca el empresario catalán se convierte en una fuente de beneficios para ellos. Pero Sáenz quiere más:

—Tú sabes, Javier, que el Gobierno ha apostado claramente por las fusiones bancarias. Para estar en Europa y poder competir hay que crecer, tener mayores recursos, aprovechar las sinergias, racionalizar la gestión...

—Sí, hombre, yo también tengo mis informadores y leo los periódicos... ¿Dónde quieres ir a parar?

—Nosotros estamos estudiando la fusión con uno de los grandes y Pedro ya ha hablado con algunos presidentes. Hemos pensado que tú puedes vendernos el paquete que tenéis del Central.

—Pues... todo puede ser, claro, siempre que obtengamos beneficios. Eso es algo que tendría que hablar con Londres, como te puedes imaginar. Si te parece, ya te diré algo.

El presidente de Banca Catalana acababa de dar al astuto De la Rosa una información valiosísima. El Banco Central se había convertido en el oscuro objeto del deseo de muchas personas y, si jugaba bien sus cartas, él y KIO podían hacer un buen negocio, un negocio de varios miles de millones de pesetas. Recuerda la entrevista que ha mantenido con el abogado Matías Cortés en el madrileño barrio de Puerta de Hierro y lo que le han contado Jaffar y Guasch de su visita al ministro de Economía y Hacienda. Todas las piezas encajan: la *beautiful people* quiere la cabeza y el trono de Alfonso Escámez, pero el jaque mate al experimentado banquero murciano no es posible darlo sin contar con una de sus torres; y a él, al postergado y maldito Javier de la Rosa, le encantan los gambitos de dama.

Al iniciarse noviembre, el gran mes del Escorpión, el presidente del Banco de Bilbao, José Angel Sánchez Asiaín, cuenta ya con todas las bendiciones para poner en marcha la primera OPA de la historia bancaria española y romper con el aparente consenso en el que ha vivido el mundo de las altas finanzas durante cincuenta años. Está eufórico como todo su equipo, refugiado en la hermosa y funcional torre de hierro y cristal diseñada por Sáez de Oiza. Va a construir, por fin, el gran castillo económico que ha fabricado con miles de palabras a lo largo de los últimos treinta meses; pero no será un castillo lo que construya, sino su monumento funerario como banquero.

La caza de los dos grandes mamuts de la banca española ha comenzado y todos se mueven: los cazadores en busca de sus presas y éstas de la protección del silencio o de la huida rápida. Alfonso Escámez emplea la primera de las fórmulas cuando recibe en su casa de La Moraleja a Pedro Toledo, el inquieto, elegante y frío presidente del Vizcaya. Este, mientras su automóvil recorre el Paseo de los Gaitanes, piensa que le ha tocado el hueso más duro de roer: el banquero de Aguilas ha ido sumando conchas a su ya de por sí duro caparazón, y perforar su pellejo va a ser muy difícil. Pablo Garnica utiliza la segunda al dejar paso libre a Mario Conde para que coja las riendas del banco y se pelee con el gobernador del Banco de España, con parte del Gobierno y con el Banco de Bilbao. Si querían a un joven en la presidencia de Banesto, él les da un joven y se quita de en medio al distante y enervante López de Letona. Así, entramos en los diez días que conmovieron a la banca, los que van del 20 al 30 de noviembre de 1987. Es una circunstancia histórica irrepetible en la que todos juegan al póker descubierto: las cartas sobre la mesa enseñando sus valores, menos una, la que cada uno tiene boca abajo esperando la puesta del rival. De ésa depende el resultado. ¿Quién apuesta por el joven Conde? ¿Quién apuesta por el veterano Escámez? ¿Quién piensa que puede salir derrotado Sánchez Asiaín? ¿Quién apoya el envite final de los Albertos?

En el asalto a Banesto ocurre como en el asalto al Congreso de los Diputados en febrero de 1981: concurren varios golpes, distintos planes pensados para ocupar el poder, que se superponen y se entremezclan hasta crear un vacío que aprovecha el que menos tiene que perder de todos los conspiradores, el que carece de un pasado sobre sus espaldas, el que sólo tiene la ambición del futuro, el que además no conoce las caducas reglas del juego e introduce las suyas propias: Mario Conde. No podía ser Juan Abelló, a quien le atan los apellidos familiares y las viejas relaciones con las familias, un «supergaláctico» acostumbrado a todos los lujos y a todos los placeres, incapaz de plantear la lucha en términos de vida o muerte.

La *beautiful people* no tiene en cuenta que en el mismo punto se cruzan demasiadas operaciones y que su «elefante blanco» no llegará nunca al Congreso. Los estrategas de salón no son capaces de combatir en campo abierto, se desmoronan y dejan la iniciativa a los más duros, a los fajadores como Mario Conde y Alfonso Escámez, hombres capaces de encajar y devolver todos los golpes, *killers* del ring dispuestos a todo con tal de llegar a la meta. Terribles adversarios, ya que para ellos el *fair play* sólo se concibe en la victoria.

LA LUCHA POR EL PODER

¿Cómo resiste el presidente del Central ante unos socios que tienen el 12,5 por 100 del banco y no logra lo mismo el delfín de Banesto ante dos personas que sólo tienen el 5 por 100? ¿Por qué un teórico como Sánchez Asiaín, rodeado de un gran equipo de profesionales, se equivoca en la estrategia de asalto, se lanza sin tener la retaguardia a salvo y desde el principio se asusta de su propia audacia? ¿Por qué López de Letona es incapaz de aguantar veinte días más, hasta el famoso 12 de diciembre que había fijado Pablo Garnica y que le hubiera colocado en la presidencia? ¿Hay una o dos operaciones políticas que chocan en esos días? ¿Quién corta el cordón que une inicialmente los despachos de Moncloa-Ministerio de Hacienda-Banco de España? ¿Por qué logra Conde en quince días lo que los Albertos, mejor colocados y con más apoyos, no logran nunca?

Preguntas difíciles de contestar para todo el mundo, desde los políticos a los banqueros, pasando por el hombre de la calle que asiste mudo y extasiado al gran espectáculo.

Más allá de las reuniones que mantienen esos días Sánchez Asiaín y Emilio Ybarra con López de Letona y Mario Conde; más allá de la constitución en Londres, el día 23 de noviembre, de Cartera Central; más allá de la OPA y la contra-OPA que se presentan en la Bolsa de Madrid; más allá de toda la pequeña y personal historia, está el futuro de la banca; el Gobierno y su clan de ideólogos consiguen el principal objetivo: que las viejas familias desaparezcan de la gestión de Banesto y entre un equipo joven, pero no logran que la transición la efectúe un hombre de su entera confianza. Uno de los dos mamuts de la banca española se transforma por completo, tal y como querían Mariano Rubio y Luis Angel Rojo, pero a costa de crear un líder de opinión con el que nadie contaba y con el que al final no tienen más remedio que pactar y entenderse.

La guerra contra Garnica y Escámez es una guerra de asalto y conquista, de dos civilizaciones opuestas, de dos formas de ver y entender la vida tanto política como económica y socialmente; la guerra contra Mario Conde es una guerra civil, una guerra entre hermanos, aunque no se conocieran. Un choque de los hijos del cambio. El banquero y abogado del Estado no pertenece al clan de La Dehesilla, pero es un *beautiful* sociológico, una criatura nacida de las probetas de la Escuela de Chicago, un androide de Milton Friedman, un creyente del monetarismo como todos los demás.

A la *beautiful people,* que lleva años jugando el papel de los ilustrados en el mundo financiero, le ocurre lo mismo que a los afrancesados del siglo XVIII: la opinión pública se les echa encima, les trata como a traidores, y la «guerra de la independencia» bancaria la dirigen los jefes guerrilleros, los líderes militares; incluso en algún caso se grita «vivan las cadenas», tal y como hicieron los españoles ante Fernando VII.

Podemos enumerar diez puntos que dan algunas respuestas a los acontecimientos y las diferencias entre los tres grupos que luchan por el poder: la *beautiful people,* la vieja banca y la alianza que cristaliza en torno a Mario Conde, formada por una parte de la Internacional Socialista de obediencia masónica, una parte del sionismo militante y una parte del nuevo capitalismo emergente. Junto a todo ello la *baraka,* la suerte, el destino:

1. El consejo de Banesto está dividido y al futuro presidente, López de Letona, no le quieren ni profesional ni humanamente.
2. El consejo del Central se une como una piña en torno a su presidente, al que respetan en todos los ámbitos.
3. Los Albertos son siempre un mero instrumento de presión, con poca capacidad propia de decisión, mal aconsejados y con unos compañeros de viaje que insisten una y otra vez en un cambio de estrategia.
4. Mario Conde acepta al principio su papel de instrumento, pero se rodea de un equipo fiel a sus órdenes y desarrolla variantes en el juego, desconocidas en el tablero de ajedrez de la banca española.
5. El Gobierno se divide políticamente en dos, y cinco años después no se atreve a repetir el órdago de Rumasa. Ruiz Mateos actúa de vacuna para Conde y Escámez.
6. Sánchez Asiaín desata una operación de asalto cuando en su fuero interno está acostumbrado al pacto y al diálogo. Al descubrir que su batalla forma parte de una guerra, se asusta.
7. Conde representa el nuevo capitalismo, el que la

beautiful dice defender, mientras que Letona representa el pasado franquista.

8. Las familias de Banesto, pensando en salvarse, incurren en el mismo error de los procuradores franquistas en las Cortes orgánicas: votan su propio suicidio.

9. Las conexiones internacionales juegan a favor de Conde, tanto las de la masonería como las del judaísmo, mientras que sus rivales se encierran en conceptos teóricos y en una práctica estrecha y nacionalista.

10. A los árabes de KIO no se les deja jugar en campo abierto, sino que se les corta su capacidad de maniobra, lo mismo que se hace con Javier de la Rosa. Al tener que estar en la sombra y no poder marcar el rumbo a seguir, sus posibilidades de éxito son muy escasas.

LA VISION FLORENTINA DE LUIS VALLS

El otro mamut que permanece intocable en 1990 es el Banco Central, sin más enemigos a la vista que la edad de su presidente, tal vez el mejor argumento para que los tiburones que aún nadan en las aguas del sistema financiero español no desaten más batallas inútiles. El y Claudio Boada van a dar paso a una nueva generación, con un relevo más fácil en el Banco Popular que en el Central. En el Santander todos los cambios se han efectuado dentro de la misma casa y bajo la advocación del mismo apellido, y en el Popular Luis Valls ha dividido el trono con su hermano Javier. Más al margen de la tormenta, el banquero florentino, que pasa más tiempo en su chalé de la sierra madrileña que en el despacho, es una de las personas que mejor pueden analizar los éxitos y desastres de la *beautiful people,* sus glorias y sus miserias. Hablar con él es asomarse un poco a la Florencia de los Medici:

—¿Por qué pierde la *beautiful* sus batallas en el Central y en Banesto?

—Habría sido mejor para la banca que las hubieran ganado. La guerra ha sido muy mala para nosotros, ya que ha caído la imagen que se tenía en el extranjero sobre la banca española. Aquí, el Gobierno y el Banco de España nos han ido apretando el ritmo para que nos separáramos y han ocupado a todo el que quedaba descolgado.

—¿Cuáles son los errores de los contendientes?

—En Banesto los errores son posiblemente de Letona, que comienza a criticar a Garnica cuando éste está en el despacho contiguo. A Conde y a Abelló les tuvieron miedo, les recibieron con recelo cuando llegaron al banco, pero la OPA cambió todo. Asiaín estaba negociando con Boada hasta el mismo lunes, que hay un cambio de estrategia. El estaba bien visto por todos nosotros y no se da cuenta de que no es lo mismo una OPA amigable que una OPA hostil. El cambio de objetivo le desconcierta.

—¿Por qué arrojó la toalla López de Letona?

—López de Letona no es un cínico y no aguanta que le digan que está vendido al enemigo. No ve el cambio que significa Conde y su manera de negociar y resistir. A Garnica le hubiera convenido mantener a Letona, que mide mal a Conde y a Abelló e informa mal a sus poderosos amigos de la situación interna que se vivía en Banesto. Le pudieron los nervios y por eso tiró la toalla.

—¿Comete errores Escámez?

—Creo que sí. Cuando Javier de la Rosa compra el 4 por 100 del banco y empieza a mandar mensajes, si Escámez hubiera aceptado a los del turbante no se habría constituido Cartera Central; pero no lo hace y Javier se encuentra con la patata caliente entre las manos. Hace varios tanteos hasta que, gracias a Matías Cortés, encuentra a los Albertos y éstos aceptan. El montaje técnico es de Alvarez Alonso, el socio de Sarasola en Ibermer, un chico muy listo que tuvo que irse de Merry Lynch. A los dos primos les pasa la fortuna por delante. Son muy listos, pero confían demasiado en su gabinete de prensa y eso les pierde. Comienzan a estar mal vistos ante la opinión pública. A Escámez, sin embargo, quien le pierde es su gabinete jurídico: si hubiera incorporado a los Albertos en el mes de septiembre, probablemente no habría pasado nada.

—¿Qué ocurre con el Banco de España?

—Allí hay un reparto de papeles muy parecido al que hacen Felipe González y Alfonso Guerra. Mariano Rubio juega el papel de bueno, mientras Ruiz de Alda lo hace de malo, de Guerra.

CAPÍTULO XI

LA CAZA DE MIGUEL BOYER

EL ESCALOFRIO DEL «EQUIPO MEDICO»

—Sí, Miguel, lo tengo decidido y se lo he dicho a Mariano: no quiero seguir, estoy cansado. Han sido cuatro años muy duros, terribles para mí, sin apenas tiempo para dedicarle a mi familia, absorbido por el trabajo... Tú conoces a Mariano, sabes que le considero mi amigo, uno de mis grandes amigos, pero la relación en el banco es muy tensa, su carácter le hace a veces intratable...

—Pero, Juan Antonio, creo que lo que habéis hecho ha merecido la pena, en unas condiciones muy duras. Este país ha cambiado mucho y más que nada la banca, todo el sistema financiero, y debe cambiar aún más, eso lo sabes mejor que nadie.

—Sí, sí, estoy de acuerdo... pero lo dejo para otros. Ha llegado mi turno para regresar al sector privado, antes de que se pase mi hora, Miguel, que no nos queda tanto. Si seguimos así, como hasta ahora, dentro de diez años, ¿qué?; nos jubilamos en la Administración o nos jubila el Gobierno que en ese momento esté dirigiendo este país...

—No me ha comentado nada Mariano, tú eres el primero...

—Me dijo que lo pensara, que tenía tiempo. De todas formas creo que ya ha hablado con Luis Angel para que me sustituya. No creo que Solchaga o Felipe pongan ningún inconveniente. Siempre ha estado muy bien visto en La Moncloa.

—Eso sin duda, Juan Antonio, pero ¿se lo has dicho a Pilar?

—¡Que si se lo he dicho! Ha sido ella quien me lo ha dicho a mí. Tiene más ganas que yo de verme fuera del Banco de España.

Es junio de 1988 y el verano se resiste a llegar. La tensión política dentro del Gobierno es muy grande y la vieja lucha entre guerristas y *beautiful people* resurge de sus cenizas. Se cumple el plazo del gobernador del Banco de España y de su segundo, y la ofensiva para que no sea Mariano Rubio quien se suceda a sí mismo está en pleno apogeo. Lo que muy pocos saben es que entre Rubio y Ruiz de Alda se ha producido una ruptura profesional, que va a salvar la amistad entre los dos hombres. Miguel Boyer será uno de los encargados de limar las asperezas surgidas por el difícil carácter y las poco amistosas formas que muchas veces emplea el gobernador, incluso con sus amigos. También Manolo de la Concha y el abogado Fernando Escardó sirven de argamasa para que no se debilite la vieja y entrañable relación entre dos de las principales figuras del grupo.

La lista de candidatos a sentarse en el sillón de Alcalá 20 no es muy grande, pero sí muy selecta, comenzando por el propio gobernador, que es el favorito, pese a los nombres de Julián Campo —ex ministro de Obras Públicas—, Francisco Fernández Ordóñez —cansado del continuo ajetreo de la cartera de Exteriores—, Sánchez Asiaín —que ha entregado el futuro a Pedro Toledo como tabla de salvación tras el fracaso de su OPA sobre Banesto— y Julio Rodríguez —presidente del Banco Hipotecario y una de las figuras de reserva de los socialistas andaluces desde que lo «raptaron» de la Junta de Andalucía.

Felipe González apuesta por la continuidad y el eterno

hombre en la sombra, Luis Angel Rojo, sale del Departamento de Estudios para convertirse en el «número 2» del banco emisor y máximo candidato a sustituir a Mariano Rubio en 1992. Toda la *beautiful* respira tranquila: ha ganado un nuevo pulso, aunque sabe que los ataques y las críticas no van a parar, máxime cuando la tregua que impone el verano se utiliza para afilar las navajas.

En Mallorca, San Sebastián o Marbella se toma el sol, se navega en yate, se baila hasta la madrugada y se muere sobre un Jaguar en una carretera. Juan Antonio Ruiz de Alda se estrella contra un camión y algo se queda vacío en el corazón del clan de La Dehesilla: «Pancitas» era el amigo de todos, el más paciente, el que les unía cuando las discusiones subían de tono, el encargado de jugar al golf, ir al Bernabéu o tomar unas copas en Mau-Mau en la madrugada.

Los distintos grupos preparan sus armas para el regreso a la jungla urbana. Javier de la Rosa las pone a punto con Alfredo Fraile, el dueño de la Agencia A y una de las personas mejor informadas y con más secretos guardados en su cabeza y en su caja fuerte; Pedro Toledo con José Luis Sanchís, que ha fundado Mediatique y tiene al BBV entre sus clientes: los Albertos con su asesor y hombre de confianza, Fernando González Urbaneja; y Mario Conde, el solitario Conde, realiza una de sus arriesgadas y heterodoxas apuestas: contrata los servicios de la empresa Euroibérica Internacional de Estudios, S. A., la nueva sociedad de Antonio Navalón y Diego Selva, como antes lo fueron Ideas o Eser 2.

El equipo que asesoró a Suárez, a Ruiz Mateos, a Ignacio Coca, a Ramón Areces y al propio Luis Valls desembarca en Banesto, ya que a los mencionados se une rápidamente el abogado Matías Cortés. Cuando en septiembre la noticia se extiende por el banco, por el Madrid financiero y por todos los cenáculos de la *jet*, un escalofrío recorre la espina dorsal de más de uno de los protagonistas de la vida política y económica de España.

La conclusión, la síntesis de ese planteamiento dialéctico en el que dos aparentes contrarios se unen, no puede estar más clara: Conde se siente acorralado y se dispone a luchar con todas las armas que tiene al alcance de su mano; y Matías Cortés, sobre todo, es más afilado que una navaja barbera. Sus colegas Rafael Pérez Escolar y Ramón Hermosilla le conocen tan bien que el primero amenaza con marcharse de Banesto y el segundo se prepara para una guerra durísima.

Alfredo Fraile, José Luis Sanchís, Julio Feo, Rafael Ansón, Luis Angel de la Viuda, Ignacio Vasallo..., todos los que se dedican a cuidar la imagen y asesorar en comunicación a los poderosos, olfatean en el ambiente que se han acabado las jugadas entre «caballeros» y hay que decir adiós al «guante blanco». Se va a golpear allí donde más duela, donde más daño se haga al adversario, sin miramientos. Las delicadas yugulares de las vidas privadas van a cortarse de un tajo y su contenido va a ser expuesto ante los ojos de una sociedad sedienta de la «sangre» de los poderosos.

LAS NAVAJAS DE LOS SUPERGALACTICOS

Mientras Mario Conde se reúne en Pollensa con sus asesores Antonio Navalón y Diego Selva, y Javier de la Rosa pasea en su yate por las costas del Mediterráneo, en Marbella el matrimonio formado por Alfonso de Borbón y Escasany y María Luisa Yordi Villacampa cena con Miguel Boyer e Isabel Preysler y con Alfonso Cortina Alcocer y Miriam Lapique. El consejero delegado de Portland Valderrivas, una de las compañías del imperio de Construcciones y Contratas, descubre la personalidad del ex ministro y presidente del Banco Exterior. Lo que escucha esa noche no hace sino confirmar lo que le han dicho Matías Cortés y Alvaro Alvarez Alonso: Boyer es una de las primeras cabezas del país y está en disposición de dejar la Administración y pasarse al sector privado.

A su regreso a Madrid plantea a su hermano y a su primo la conveniencia de ficharle:

—Creo que debemos ofrecer a Boyer su incorporación

a nuestro grupo. Es un hombre muy valioso, con las ideas muy claras de lo que debe ser un *holding* como el nuestro, y puede ser el eslabón que nos hace falta para cerrar la cadena en torno al cuello de Conde y Escámez.

—¿Tú crees que aceptaría?

—Creo que sí, le he visto cansado de la Administración y con todas sus ideas volcadas hacia el sector privado. Creo que es el momento. Si no le hacemos una oferta nosotros, se la harán nuestros competidores, de eso no me cabe la menor duda.

—Podemos pensarlo y sondear a nuestros socios. ¿Cómo son sus relaciones con Javier?

—Me parece que neutras, correctas, sin problemas entre ellos.

En enero de ese año Miguel Boyer se ha casado en los juzgados civiles de la calle Pradillo con Isabel Preysler, y en otoño ambos esperan la confirmación del embarazo por boca del doctor García del Real. Cuando el vicepresidente del Banco Exterior, Rafael Martínez Cortiña, le da la enhorabuena en su despacho, Boyer le contesta con un mensaje que es una declaración de intenciones:

—Muchas gracias, Rafael, pero esto va a cambiar mi vida, me obliga a reconsiderar mi vida.

Miguel Boyer gana poco dinero para el mundo en el que ya está preso, pese al elevado contrato del Exterior y los extras que suma por el Banco de Alicante y el Banco Cantábrico. Tiene prestigio —que se ha visto relanzado por su designación por parte del Gobierno para formar parte del comité de expertos que estudia la unión monetaria europea, pero con el prestigio no basta.

A finales de julio ha rechazado una nueva oferta, muy tentadora, de Carlos Solchaga:

—Miguel, sabes que hay que cambiar todo el ámbito de la bolsa, acabar con unos usos anticuados que han generado una clara corrupción en el mercado. Se trata de instaurar nuevos mecanismos de control, algo muy importante que requiere tener al frente, por lo menos en la primera etapa, a una persona como tú. Eres mi candidato y así se lo he dicho al Presidente. Si aceptas el puesto al frente de la Comisión Nacional de Valores, es tuyo.

—Te lo agradezco, Carlos, pero tú mejor que nadie sabes que tengo ganas de abandonar el sector público. Estuve a punto de hacerlo cuando dejé el Ministerio y tú me convenciste para que fuera al Exterior durante una etapa. Creo que esa etapa ha terminado y ha llegado el momento de que me marche...

—¿Tienes alguna oferta concreta, has pensado en algún grupo o en establecerte por tu cuenta?

—Tengo varias ofertas que estoy estudiando con calma, sin prisas. Me siento cansado del sector público y sus limitaciones. Soy privatista, partidario de la reducción del Estado, y, es más, te lo voy a confesar: creo que hasta yo mismo soy un obstáculo para hacer determinadas cosas, más que cualquier otro. Quiero demostrar a todos que puedo valerme por mí mismo, sin el paraguas protector de la Administración.

—Veo que lo tienes muy claro. En todo caso, avísame con tiempo para buscarte un sustituto en el banco.

A mediados de octubre, el presidente del Banco Exterior recibe una llamada en su despacho. Su secretaria le consulta antes de pasarle al importante financiero y empresario que tiene al otro lado del teléfono:

—Le llama don Alberto Cortina.

—Está bien, pásamelo.

—Miguel, te llamo para felicitarte y felicitaros.

—Gracias, Alberto. Ya ves, a comenzar de nuevo; ¿qué tal van vuestras cosas?

—De eso precisamente queríamos hablarte. ¿Cuándo podemos vernos para que te expliquemos nuestra situación y los planes que tenemos para el futuro? Nos gustaría que fuera lo antes posible.

—Encantado de daros mi opinión, si os sirve. Si te parece, podemos vernos mañana a las doce en mi despacho.

—Estupendo; hasta mañana entonces. Saluda a Isabel y, de nuevo, mi enhorabuena a los dos.

Al día siguiente, sentados en el despacho de la Carrera

de San Jerónimo, Alberto Cortina y Alberto Alcocer, los dos primos que se han dado a conocer al mundo enfundados en blancas gabardinas, le hacen a Miguel Boyer la oferta de su vida:

—Ya conoces nuestros proyectos y lo que queremos hacer en el futuro. Hemos visto que para crecer necesitamos no sólo un grupo empresarial como el que tenemos, sino un grupo bancario mucho más importante que el Zaragozano. Por eso entramos en Cartera Central y por eso queremos la gestión en el Central y ahora en el BECC, por lo menos en el gigantesco grupo industrial que se va a formar. Nuestro *staff* directivo es pequeño, pero muy unido. Creemos todos que tú puedes ser una de las piezas maestras del engranaje, la persona que nos hace falta para dar el salto cualitativo que todos los estudios nos indican que debemos dar.

—Estoy de acuerdo en lo que dices, Alberto. A mí lo que me interesa de vuestro grupo es su potencial en conjunto, el dinamismo que tiene, mucho más que las peleas coyunturales con el Central o Banesto, en las que no pienso entrar; quiero que esto quede claro desde el primer momento.

—Por supuesto que sí, Miguel, por eso no te preocupes. Para las peleas ya tenemos a Romualdo, que no se le escapa una. De todas formas serías el presidente de Cartera Central, también para servir de balanza con nuestros socios. Lo hemos hablado con Javier de la Rosa y tanto él como KIO están de acuerdo. Estarías, claro, en los consejos de todas las otras compañías, incluyendo el Zaragozano y Cofir.

—Creo, por mis informaciones, que el tema de los bancos está bastante bien orientado; lo que no está definida es la posición del grupo en el superbanco que va a salir tras la fusión. Y está, también, el gigante industrial resultante de unir todas las empresas del Central y Banesto con posiciones claramente ganadoras en varios de los sectores básicos de nuestra economía.

—Exacto, el que mande ahí tendrá más poder que el Presidente del Gobierno... Por cierto, Miguel, ¿qué hay de cierto en esos rumores de que Conde te ha ofrecido un puesto en Banesto?

—Nada, de verdad. Conde no es mi estilo, no creo que pudiera trabajar con él. Simplemente estuvo en mi casa hace cosa de un mes para contarme cosas de la fusión y pedirme mi opinión. Se la di, lo mismo que se la di a Javier de la Rosa en casa de Matías Cortés.

—Perfecto, ¿pensarás en nuestra oferta?

—Seguro que sí, en España hay muy pocos grupos de la importancia y características del vuestro.

Dos nuevas conversaciones, siempre los tres solos, y poco a poco se perfilan los detalles, el cometido, las facultades, los poderes, el sueldo... A primeros de noviembre Miguel Boyer toma la decisión: se marcha del Banco. Va al Ministerio de Economía y Hacienda para comunicárselo a su titular, Carlos Solchaga:

—Vengo a verte para que seas el primero en saberlo. Tal y como te dije, me marcho al sector privado, mi decisión es firme.

—Supongo que lo has pensado detenidamente y que todo lo que te diga no va a servir de mucho. Sabes que vas a dar un cambio total a tu vida...

—Sí, y creo que ya es hora de que lo haga. Además, sinceramente, pienso que es una gran oportunidad la que me ofrecen.

—¿Y quién, si puede saberse?

—Los Albertos, el grupo de Construcciones y Contratas. Concretamente me han ofrecido la presidencia de Cartera Central, pero con presencia en todas las otras compañías del *holding*.

—Te das cuenta de lo que van a decir y pensar...

—Sí, pero es inevitable. Lo harían de cualquier modo y con cualquier grupo. Lo que sí les he dicho es que no quiero meterme en ningún follón con los bancos, que no me voy a poner a pelear con Conde o con Escámez. Y están de acuerdo.

—Entonces, Miguel, adelante. Sabes que te deseo toda

la suerte del mundo y el éxito que sé que vas a tener. ¿Se lo has dicho al Presidente?

—Todavía no, quería que tú fueras el primero. Ya puedes ir pensando en mi sustituto para el banco.

Miguel Boyer sabe que de lo que digan en La Moncloa depende una parte de su futuro. Aunque tiene la decisión tomada, si Felipe se lo pide va a ser muy difícil mantener su acuerdo con los Albertos. Espera que el Presidente comprenda sus motivos:

—Lo que tú decidas me parece bien, Miguel. Creo que los socialistas debemos estar en la sociedad civil y no sólo en la Administración. Tu caso va a ser el más llamativo, pero está en la misma línea que el de Julián Campo o el de Rafa Suñol, por no hacer la lista más larga. Además, el grupo de los Albertos me parece muy interesante. Si todo les sale bien pueden convertirse en el primer grupo empresarial y financiero del país. Y tú puedes ayudarles.

—De eso se trata, Presidente, de eso se trata.

La primera semana de noviembre, quien acude al Banco Exterior acompañado de Manuel Guasch —el más perfecto introductor de embajadores que existe en la *jet* de las finanzas— es Javier de la Rosa. Piensa que debe darle la enhorabuena al futuro presidente de Cartera Central y mostrarle su apoyo personal y el de KIO. Es una visita rápida, ya habrá tiempo para hablar de la compañía y del futuro con más calma:

—Sólo quiero que sepas que tanto mis socios como yo estamos encantados de tenerte con nosotros. Me acuerdo de lo que hablamos en casa de Matías y ahora vas a tener la ocasión de poner en práctica todas las ideas que me esbozaste. Se lo he dicho a Jaffar y me ha pedido que te dé la bienvenida en su nombre y que tiene ganas de que nos sentemos a trabajar. Personalmente creo que vamos a poder hacer grandes cosas juntos.

—Estoy seguro, Javier. Y te agradezco que hayas venido a decirme lo que me has dicho. Como presidente de una sociedad en la que los dos socios son prácticamente iguales, creo que mi papel es más de coordinador que otra cosa.

Lo que sí creo es que no debemos mirar sólo a España, que debemos pensar y estar en Europa. Capacidad tiene el grupo y ya va siendo hora de que los españoles estemos en igualdad de condiciones que los italianos o los franceses.

—Me encanta oírte hablar así, Miguel, de verdad. Tenemos que vernos con más frecuencia.

—Sin duda, Javier, sin duda.

QUE «LE MEEN A UNO EN LA PECHERA»

El lunes 7 de noviembre, el presidente del Exterior se despide de su segundo. Se marcha a Grecia, donde tiene una reunión de la Comisión Monetaria Europea que preside Giscard D'Estaing.

—Rafael, me marcho a Atenas.

—Muy bien, si no nos vemos, hasta el lunes próximo.

—No, regreso el viernes a Madrid y pasaré por el banco.

—Ah, muy bien, entonces hasta el viernes.

El jueves, Martínez Cortiña viaja a Barcelona. En el hotel pone la televisión y se entera de la gran noticia: Miguel ha fichado por Cartera Central. Su sorpresa es enorme, no termina de creérselo. Regresa a Madrid el viernes y se dirige directamente al banco. Necesita y quiere una explicación de su presidente y éste se la va a dar, se la tiene que dar. A última hora de la tarde decide marcharse a casa, cansado de la espera inútil. Esa noche el teléfono se convierte en un imán para sus ojos, pero no suena ni esa noche, ni a lo largo del sábado ni durante el interminable domingo. Nada.

El vicepresidente del Banco Exterior, el hombre que rechazó una importante oferta de Alfonso Escámez, que renunció a presidir el Banco Zaragozano tras decir que sí a los Albertos, que se quedó al lado de Miguel Boyer con la promesa de sucederle, intuye que algo anda mal. El silencio en esas situaciones no es un buen presagio. Ese tipo de decisiones no se toman en veinticuatro horas y ellos se han despedido el lunes, justo unas horas antes de que Boyer cogiera el avión, y no le ha dicho nada, ni la menor insinuación. Ve cómo las promesas se diluyen en la pesada atmósfera que reina ese día en su casa. Las dudas y la indignación se transmiten a sus ojos, que se enfrentan a los de su mujer:

—Te lo dije, Rafael, te lo dije. Que no es la primera vez, siempre te han contentado con promesas. Tú no aceptaste irte con los Albertos y ahora se va él. Te han vuelto a engañar. Te lo dije, Rafael, te lo dije.

—Cállate, por favor. Sólo falta que tú eches más leña al fuego. Mañana le exigiré una explicación. A lo mejor todo son suposiciones nuestras y no hay ningún problema. Tengo no sólo su promesa, tengo también la del ministro.

Miguel Boyer llega el lunes 14 de noviembre al banco preparado para la tormenta. Alguien se ha ido de la lengua y ha contado a los medios de comunicación una historia que no debería haber salido hasta el mes próximo. Incluso la posibilidad de una marcha atrás se le ha cerrado. No queda más remedio que afrontar la situación y, para empezar, está el tema de Martínez Cortiña, que va a ser duro, muy duro:

—Bueno, ya habrás leído la prensa y te habrás enterado.

—Sí, y me ha sorprendido. No me habías dicho nada, ni la menor señal de lo que pensabas hacer.

—Tú sabes, Rafael, que estas cosas se llevan en secreto. Es algo de lo que no se puede hablar hasta que está hecho. De todas formas quiero decirte que alguien ha filtrado la noticia antes de lo que yo pensaba.

—Bien, ¿y cuál es mi posición ahora?, ¿qué hay de todo lo que hemos hablado?

—Depende de Carlos Solchaga. Es el ministro, como bien sabes, quien nombra al presidente de este banco.

—Pero, ¿qué posibilidades tengo?

—No sé, es algo —te insisto— que tiene que decidir y resolver el ministro.

—Miguel —dice con amargura Martínez Cortiña—, tengo la impresión de que me habéis vuelto a traicionar.

El ministro de Economía y Hacienda ya tiene al sucesor de Miguel Boyer: Francisco Luzón, director general del

BBV y consejero de Banca Catalana, uno de los hombres de confianza de Pedro Toledo, al que Solchaga conoce de su etapa en el banco. Un hombre que llega «pisando callos» y al que tras sus primeras y desafortunadas declaraciones sobre la gestión de su antecesor, éste le encuentra una definición que provoca el regocijo en toda la *beautiful people* y en los medios financieros españoles en general: «Luzón habla de sí mismo como si fuese la mamá de Tarzán.»

Rafael Martínez Cortiña, solo en su despacho, ajeno al ruido que se filtra desde la Carrera de San Jerónimo, piensa en esos tres últimos años en los que ha trabajado codo a codo con Miguel Boyer. Han viajado juntos, ha sido testigo de sus pequeñas y grandes confidencias, de alguno de sus pequeños secretos, sobre todo desde que se marchó Petra Mateos; ha intentado ser su amigo... Tal vez tengan razón los que a veces le han presentado a Boyer como un elitista, a veces como un histérico, mucho más humano desde que conoció a Isabel, con una formación cultural envidiable. Dogmático, dispuesto a hablar de todo con la misma convicción, lector apasionado de Popper —como más de una vez le ha comentado—, curioso investigador de las culturas egipcia y china —como tuvo ocasión de comprobar todo el grupo en un viaje a El Cairo—; interesado en cierto tipo de pintura y un cierto tipo de música; sabe mucho de macroeconomía, pero de micro son discutibles sus tesis y sus conocimientos; es un cartesiano, un racionalista que aplica la lógica a todo y que ha aprendido banca de verdad en los tres años que ha estado en el Exterior.

Esa tarde, sentado en el salón de su casa frente a frente con su mujer, vuelve a hacerse en voz alta las mismas reflexiones:

—No te preocupes —le dice ella— ni le des más vueltas; él será el que tenga remordimientos por lo que te ha hecho. El y todo su grupo, que bien que se apoyan entre ellos...

—No creo. Nunca se siente culpable de nada, su *ego* se lo impide.

Recuerda unas palabras de Luis Valls en la Universidad Menéndez Pelayo ese mismo verano. El pequeño folleto con todas las intervenciones se lo mandó Alvaro Cuervo y le hizo gracia la expresión utilizada por el presidente del Banco Popular: «... Muchas cosas son previsibles, si uno se esfuerza en prever. Desde luego, no es suficiente con verlas venir. El célebre consejo del gallego asegura que, después de verlas venir, hay que dejarlas pasar, que conviene pararse a tiempo y que para el supuesto de que "le meen a uno en la pechera" hay que poner buena cara y decir que está lloviendo.»

A él acaban de «mearle en la pechera» y no tenía más remedio que poner buena cara. Debía cerrar una etapa de su vida y de sus sueños. Un mes más tarde su nuevo despacho estaba en la pirámide de la Castellana, su nueva empresa se llamaba Trébol Internacional y sus nuevos compañeros de viaje eran Manuel Prado y Colón de Carvajal y el príncipe Tchokótoua. Por las noches, al dirigirse a casa ve que ni la lluvia ni el frío intimida a los travestís que ocupan la zona en busca de los seguros clientes. La *beautiful*, piensa, es como los travestís: han cambiado de sexo ideológico.

CAPÍTULO XII

LA *BEAUTIFUL* ONCE DE MIGUEL DURAN

EL CLAN DESCIENDE A LOS INFIERNOS

El 5 de octubre de 1988 se celebra una cena de gala en el hotel Ritz de Madrid con motivo de la exposición *Goya y el espíritu de la Ilustración* que sirve para tranquilizar momentáneamente los ánimos de los guerreros de las finanzas.

La *beautiful people* se siente cómoda y segura. El gobernador del Banco de España mira el despliegue de sus ejércitos y, como Napoleón, sonríe condescendiente a sus adversarios: Mario Conde y Alfonso Escámez —aliados circunstanciales, pero con muy pocas cosas en común— no tienen más remedio que abrir las puertas de sus fortalezas al caballo de Troya del enemigo: Cartera Central. A su favor está que en el interior del equino de madera no viaja ningún Ulises arrojado y astuto, sino tres senadores de las finanzas, más habituados a los discursos y a las conspiraciones palaciegas que a una guerra abierta.

Cuando llega el momento de combatir, tanto el banquero gallego como el murciano recurren a todas las buenas y malas artes que conocen y se resisten a «pasar a la reserva» y engrosar la lista de millonarios en paro, cosa que sí hace, cansado y sin moral, Juan Abelló, el jefe, el compañero y el amigo del presidente de Banesto. Unidos en el ascenso a la cima, al llegar a ésta el abogado del Estado quiere reinar en solitario, como siempre han hecho los conquistadores: ni Julio César, ni Alejandro Magno compartieron el poder; lo tomaron entre sus manos y no lo soltaron hasta su muerte. A él, Mario Conde, se lo pueden arrebatar, pero antes el que lo quiera tendrá que luchar a fondo con el mismo «instinto asesino» que se exige a los boxeadores cuando suben al ring; y ningún miembro de la *beautiful people* lo posee, ninguno es capaz de poner toda su vida profesional y su futuro en juego, en un solo envite.

El triunfo de la huelga general del 14 de diciembre y la bofetada que recibe Miguel Boyer al día siguiente, en el transcurso de un acto de la Asociación para el Progreso de la Dirección organizado por sus amigos Claudio Boada y Rafael del Pino, son el comienzo del infierno para el clan de La Dehesilla y, sobre todo, para sus miembros más caracterizados: Boyer y Mariano Rubio. Es, también, la señal para el acoso frontal a los Albertos, que el 22 de diciembre ven cómo se les escapa el concurso público sobre el Campo de las Naciones, la gran jugada urbanística del Ayuntamiento de Madrid que creían tener asegurada. Los esfuerzos de los concejales José Luis Garro y Enrique Villoria, junto a la postura de Izquierda Unida, dan sus frutos. Las buenas relaciones de Mario Conde con el CDS de Adolfo Suárez y con la AP de Hernández Mancha están en la trastienda del revés que sufre Construcciones y Contratas.

De nuevo la lucha política y la lucha económica se entrelazan, como una de las constantes de la vida pública española. Un tercer elemento se va a sumar y va a ser decisivo para el resultado final de alguna de las batallas que se libran: el personal. Las vidas familiares de los protagonistas se transforman en el más apasionante y comentado folletón de la prensa escrita, de los seriales de radio y de las series de televisión. Cuatro parejas, con desigual intensidad, se convierten en las reinas del papel couché y de las portadas de las revistas: Miguel Boyer-Isabel Preysler; Mariano Rubio-Carmen Posadas; Alberto Cortina-Alicia Koplowitz y Alberto Alcocer-Esther Koplowitz.

Sólo tienen un rival en la poderosa organización de los ciegos españoles, cuyo director general, Miguel Durán, aspira a convertirse en un auténtico *beautiful people*: le gusta comer en los grandes restaurantes como Jockey, Horcher, El Bodegón o Club 31; va al fútbol, al Bernabéu, donde Ramón Mendoza le tiene siempre un sitio reservado en el palco presidencial; incluso asiste a cacerías en la gran y hermosa finca que Angel Sanchís tiene en Argentina y consigue matar varios patos. Es un ciego que, como dicen sus enemigos, «a veces ve demasiado». Su presidente, José María Arroyo, es más discreto y prefiere pasar desapercibido. Se queda en la sombra, administrando el poder y dejando que Durán ponga la imagen. Los dos forman un buen y compenetrado equipo al frente de un inesperado imperio que causa la admiración y la envidia de los poderosos.

La capacidad financiera de la ONCE es tan grande que los «novios» se amontonan a las puertas de su sede en la madrileña calle del Prado. Pese a que orgánicamente depende de un patronato que preside la ministra de Asuntos Sociales, Matilde Fernández, la libertad de movimientos que han conseguido Arroyo y Durán es muy grande, lo mismo que sus ambiciones.

Nacido en Azuaga, un pueblecito de la provincia de Badajoz, el 2 de julio de 1955, el director general de la ONCE se licenció en Derecho en la Universidad de Barcelona. Cuando el 13 de enero de 1989 anuncia, junto a sus nuevos socios, los Albertos, la inversión de casi cuatro mil millones de pesetas en el grupo de los dos primos, siente que ha dado un nuevo y fulgurante paso en su carrera hacia esa *jet* que le atrae con la misma fuerza que las flores a las abejas. Está dispuesto a libar el néctar del éxito y la fama hasta agotarse.

Atrás quedan cuatro meses de negociaciones con Javier de la Rosa, Romualdo García Ambrosio y Miguel Boyer, que es quien cierra el tema dejándolo listo para la firma. Es la primera gran operación que realiza el presidente de Cartera Central y uno de los argumentos que más valora Durán a la hora de decidirse entre las distintas alternativas que tiene sobre su mesa.

ASI SE APUÑALAN LOS RICOS

Ese mes de enero la movilización en el mundo de las finanzas y de la política es general. La guerra se ha recrudecido y los ejércitos de los contendientes se mueven en todas las direcciones, ante un país que mira entre asombrado y divertido cómo se apuñalan los ricos. En el frente de Banesto, Cortina, Alcocer y sus *guards-boys* desencadenan un ataque frontal contra Mario Conde; los artilleros encargados de bombardear las posiciones del enemigo son siempre los mismos: Aristóbulo de Juan, Romualdo García Ambrosio, Carlos Bustelo y José Luis del Valle, auténticos soldados de fortuna que van a tener una mala recompensa. En el frente del Banco Central la iniciativa se deja en manos de los árabes de KIO, cuyo vicepresidente se entrevista con la plana mayor de la economía española: el presidente del Gobierno, Felipe González, el ministro de Economía y Hacienda y el gobernador del Banco de España. A Fouad Jaffar le acompaña en todos estos contactos el imprescindible Manuel Guasch Molins, un hombre que se mueve con soltura y confianza entre todos los grupos merced a su enorme habilidad para sortear los problemas. Es amigo de todos ellos y mantiene unas exquisitas relaciones con el poder. Desde que el vicepresidente de KIO entra en contacto con él —cuando los inversores árabes compran la papelera Inpacsa—, Guasch ha cumplido a la perfección su papel de «defensa escoba» de los intereses kuwaitíes en España.

Viajero y catalán, se siente mucho más a gusto en Madrid que en Barcelona, y su despacho de la calle Villanueva, con las paredes llenas de antiguas cédulas de la compañía de azúcar y alimentación, telegramas del rey Alfonso XIII y una piedra de regular tamaño con la firma del monarca grabada en una de sus caras, está a menos de quinientos metros del Banco de España, del Banco Central y del Español de Crédito. Licenciado en Derecho y en Ciencias Económicas por la Universidad de Deusto, especializado en economía internacional en la London School of Economics, ha sido presidente del Consejo Superior de Cámaras y subsecretario del Ministerio de Comercio antes de llegar a la presidencia de Fasa-Renault.

En otro despacho, en la planta cuarta del número 24 de la madrileña calle del Prado, frente a las Cortes, Miguel Durán y José María Arroyo son dos hombres felices. Han llevado su organización al gran mundo de las finanzas y han conseguido «meterle» un gol por toda la escuadra a la ministra Matilde Fernández. Ellos «ven» mucho más allá, y tienen la ventaja de saber interpretar un cambio en el tono de voz y la verdad o la mentira en un apretón de manos.

Ninguno de los dos imaginaba un camino tan rápido y tan ambicioso cuando, en el mes de septiembre de 1988, el abogado y financiero Juan Llopart llama a Miguel Durán para concertar una cita. La ONCE tiene en estudio la constitución de una empresa de sanidad para atender a sus más de treinta mil afiliados, a sus quince mil pensionistas y a sus casi tres mil estudiantes. Llopart les ofrece un porcentaje significativo de la compañía Sanitas.

El financiero, que ha sido consejero y director general de la Banca Jover, les ofrece algo más: negociar con Alberto Cortina y Alberto Alcocer, los máximos responsables del imperio de Construcciones y Contratas y los hombres que han puesto cerco a los dos grandes bancos de este país: Central y Banesto.

—¿También quieren éstos nuestro dinero, Miguel?

—Sí, José María, también éstos.

En julio de ese mismo año, Francisco Luzón había llamado a Enrique Sánchez González —el adjunto de Durán para asuntos económicos— con objeto de mantener una entrevista en la torre del BBV en el complejo Azca. Sería el comienzo de una serie de negociaciones entre Sánchez González y el hombre que sustituye a Luzón cuando éste se marcha al Banco Exterior: Angel Corcóstegui.

El 18 de octubre, el mismo día que la Audiencia Nacional procesa a los policías José Amedo y Michel Domínguez por seis asesinatos frustrados y pertenencia a los GAL, Llopart ha reservado una mesa en uno de los pequeños y discretos comedores de Zalacaín. Durán tiene como interlocutores al propio Llopart, a Romualdo García Ambrosio y al simpático, abierto y distendido Alberto Alcocer, que a media comida entra en materia:

—Tú ya sabes quiénes somos y dónde estamos metidos. En los próximos meses van a pasar cosas importantes y hemos pensado que tu organización puede estar interesada en este gran proyecto: el banco más importante y poderoso del país y el grupo industrial líder con enorme diferencia. El instrumento para conseguir todo esto está funcionando y se llama Cartera Central.

—Verás, Alberto, eso está muy bien y me parece fabuloso si lo conseguís. A la ONCE le interesan los bancos, pero preferimos esperar un poco a ver qué pasa con la fusión. Según nuestras noticias eso no puede acabar bien, y vais a tener que luchar en el Central y en el Banesto por separado.

—No, hombre, ni Mario ni Alfonso pueden dar marcha atrás. Se les echaría encima el Banco de España. Organizaron la fusión para fastidiarnos y lo único que han logrado es ahorrarnos trabajo, como dice el gobernador.

—Yo preferiría negociar la entrada en algunas de vuestras empresas, que creo que también os sería de una gran ayuda. Tenéis compañías muy interesantes...

—Pues tú dirás...

—¿Qué os parece si invertimos entre tres mil y cuatro mil millones en FOCSA, Portland y el Zaragozano? No a los precios del mercado, por supuesto, habría que negociar con todo el paquete.

—¡Pues claro, Miguel, por supuesto!, pero permíteme que insista: ¿por qué no entráis vosotros, por vuestra cuenta, en el Banesto y en el Central y luego sindicamos las acciones?

—Eso podemos estudiarlo, es una vía, sí señor.

A las 16.45 del 14 de diciembre, el chófer de Miguel Durán deja atrás la Plaza de Colón y sube por la Castellana. Da gusto conducir en un Madrid paralizado por la huelga. Al llegar al estadio Bernabéu coge el lateral, rodea la plaza y se detiene bajo la enorme Z verde, símbolo del Banco Zaragozano. Hasta el bingo del Canoe ha dejado de cantar sus números. En la tercera planta, en un despacho lleno de libros cuidadosamente amontonados, le espera Miguel Boyer.

La conversación es amistosa, entre dos hombres a los que el «Miguel» repetido les suena como un eco. Boyer defiende que la inversión bancaria es una inversión a largo plazo en la que hay otro tipo de plusvalías, y que Cartera Central es un buen instrumento para moverse en el mundo financiero, máxime ahora que se va a aumentar el capital:

—Es la ocasión ideal para que entréis. Podemos formar un equipo imbatible: KIO, la ONCE y el *holding* Grucycsa. Nadie puede tener esa capacidad. Piensa que los españoles debemos salir a Europa, es imprescindible para la economía nacional que grupos españoles inviertan fuera.

—Estoy de acuerdo, pero si nosotros entramos ahora en Cartera nos van a acusar de todo. Creo que es mejor que entremos en los bancos y luego sindiquemos la participación a cambio de algún puesto en los consejos.

Los abogados de ambas partes prosiguen las negociaciones y el jueves 22 de diciembre, a las ocho de la tarde, Miguel Durán pasa el último borrador a braille en la pequeña máquina de escribir que tiene en su despacho. Treinta y nueve apretadas páginas que revisa cuidadosamente y a las que hace algunas correcciones. Una hora más tarde se presentan en la sede de Grucycsa José María Arroyo y Conchita, su esposa; Miguel Durán y Paloma, su secretaria, y el abogado de la ONCE, Antonio Muñoz Machado. Al otro lado de la mesa se sientan Alberto Alcocer, Alberto Cortina, Miguel Boyer, Romualdo García Ambrosio y José Ramón Alvarez Rendueles.

Dos horas después las discrepancias empiezan a limarse poco a poco. Durán decide irse a casa, ya que ha llegado su hermano con el que al día siguiente viaja a Extremadura para pasar las Navidades con sus padres; vuelve a las doce y se inicia una larga vigilia mientras los juristas redactan los documentos definitivos, que se firman a las 4.30 de la madrugada. El director general de la ONCE ha introducido una cláusula en los contratos por la que su efectividad será plena cuando los haya aprobado el consejo de la organización y tengan el visto bueno de la autoridad monetaria.

—Que no te preocupes, Miguel —le dice Alcocer—, que la operación es buena y la autoridad monetaria ve con buenos ojos vuestra inversión.

—¿Y el Gobierno?

—También, hombre, también, te lo aseguro yo.

—Pues bueno sería que el Altísimo me hiciera llegar su voz directamente y no a través de su Profeta.

Las carcajadas de todo el grupo sellaron las palabras y los contratos. El día 23, con apenas cuatro horas de sueño como equipaje, Miguel Durán habla con Pedro Toledo: las negociaciones entre la ONCE y el BBV van por buen camino y a primeros de año podrán firmar el acuerdo. Los dos se desean felices fiestas y un año nuevo que, seguro, va a ser fantástico para sus grupos. El hombre que tomó las riendas de la Organización Nacional de Ciegos se ha convertido en el acordeón de los banqueros. Todos quieren tocarlo y, curiosamente, sirven de colchón para los enfrentados clanes socialistas. Están bajo la tutela de la guerrista Matilde Fernández y sirven a la *beautiful people* en su estrategia de ocupación del poder económico.

El 2 de enero de 1989 Durán está de regreso en Madrid y en el despacho de la ministra de Asuntos Sociales, Matilde Fernández, para explicarle toda la operación:

—Creemos que es una inversión adecuada y rentable, ministra.

—Pues si es así, adelante. Lleva toda la documentación al Consejo del Protectorado y le damos el visto bueno.

—Hay un problema con la inversión y es que necesitamos movilizar más capital…

—¿Como cuánto?

—Con el 50 por 100 de la cartera de valores tendríamos bastante.

—Adelante, prepara los papeles y te firmo la autorización.

EL «INSTINTO ASESINO» DE MARIO CONDE

Las andanzas del infatigable Durán llegan a los despiertos oídos de Javier de la Rosa y Mario Conde. El financiero catalán, socio de los Albertos en Cartera Central, le ha mandado un mensaje en el mes de noviembre a través del presidente del grupo editorial Z, Antonio Asensio, que un mes más tarde, aprovechando una reunión del Consejo de *Diari de Barcelona,* insiste y concierta una comida en su casa para el viernes 9. Dos días antes, Miguel Durán llama al editor para anular la cita: ese día se discuten los presupuestos de la ONCE y es imposible llegar a la hora de la comida a Barcelona.

Treinta minutos después es el editor el que está al otro lado del teléfono:

—Me ha dicho Javier que nos veamos por la tarde, que por el avión no te preocupes, que él manda el suyo a recogerte.

—Está el regreso, Antonio, que a esas horas no hay quien coja el puente aéreo.

—Nada, el avión de Javier os deja en Madrid y yo, personalmente, os espero en el aeropuerto. No puedes decir que no, me harías un feo.

—Vale, pero que conste que lo hago por ti. Nosotros, ahora, estamos tranquilos.

A primeras horas de la tarde del día 9, el control de Barajas concede el permiso para despegar al pequeño *jet* de ocho plazas. Cómodamente sentados viajan Durán y José María Arroyo. Noventa minutos después, el director general de la ONCE se toma una cerveza en las oficinas de Quail España. Javier de la Rosa le describe la operación que está negociando con los Albertos...

—Y no son ellos los que me la han contado.

—No vas descaminado, no.

—Te tengo, os tengo que decir, Miguel y José María, que nosotros estamos interesados en vender hasta un 28,5 por 100 de Cartera Central.

—Me habían dicho todo lo contrario...

—Es el Gobierno, que se ha empeñado en que reduzcamos nuestra participación en las sociedades financieras. Por eso estamos obligados a vender... siempre que las condiciones sean buenas, que el gobernador lo tiene muy claro.

—Y ¿cuánto vale?

—Sobre eso ya nos pondríamos de acuerdo, pero calcula que en torno a los veinte mil millones.

—Eso es muy caro.

—Podríamos pensar en fórmuas aplazadas.

—¿Sin intereses?

—¡Hombre!, eso entraría dentro de la negociación.

A las nueve de la noche están de regreso en Madrid y Durán tiene uno de sus rasgos de humor: «José María, parecemos una golosina que todo el mundo quiere chupar.»

Una golosina que se deja querer por los dos socios de Cartera Central hasta que, a finales de diciembre y ya con los contratos de los Albertos dispuestos para la firma, la ONCE da el último no a Javier de la Rosa.

Con la Navidad iluminando las calles de la capital aparece en la escena de la ONCE un curioso personaje: José Terceiro, hermano del presidente de Caja Madrid y muy bien relacionado con el CDS, por un lado, y con el abogado Matías Cortés, por otro. Terceiro Lomba, catedrático de Estructura Económica en la Universidad de Málaga, les propone un encuentro con Mario Conde. «Este quiere llevarnos al desflorador como si fuéramos vírgenes», le dice Miguel Durán a uno de sus colaboradores. El intermediario quiere apuntarse un tanto y lo consigue: la cita queda concertada para el 9 de enero en Banesto. Allí se celebra una comida con cuatro protagonistas: la sempiterna pareja irrompible de Durán y Arroyo junto a Conde y Terceiro. El presidente de Banesto deja que su compañero rompa el silencio:

—Ya sabéis que de Mario se dicen muchas cosas...

—Y muy buenas...

—De todo, José María —tercia Conde—, que eso va incluido en el cargo. Terceiro me ha contado la operación en la que estáis metidos con los Albertos, y quiero preguntaros si pensáis entrar en el banco...

—No, si estás bien informado, como parece, sabrás que no hemos entrado en Cartera Central...

—Pero podéis estar igualmente en el banco. Mis hombres en la bolsa han detectado movimiento en las acciones, ¿sois vosotros los que estáis comprando?

—No, pero no nos importaría, Banesto es un gran banco.

—Gracias, Miguel. Lo que sí os agradecería es que me informarais en el momento en que queráis estar; por mi parte os doy la bienvenida de antemano...

—No te preocupes, tienes nuestra palabra de que, si decidimos comprar acciones de Banesto, vendremos a contártelo.

A finales de enero, la ONCE tiene en su poder treinta y dos mil acciones de Banesto compradas en la bolsa, y le ha encargado a la firma Salomon Brothers —con cuyo representante se ha entrevistado Miguel Durán en su despacho— la búsqueda de un paquete en torno al 1 por 100 del Banco Central. Lo consigue el 10 de febrero, concretamente un 0,82 por 100 que estaba en posesión del Scottish Widows Pension Fund, por el que paga tres mil seiscientos cuarenta y cuatro millones de pesetas.

Tres días antes, el martes 7, Durán y Arroyo comen en la sede del Central con Alfonso Escámez, Epifanio Ridruejo y Luis Blázquez para explicarles su presencia con los Albertos e informarles de las acciones que poseen del banco:

—Si somos rechazados no seguimos comprando...

—¡Hombre! —le dice Escámez—, es que ustedes están en una operación que...

—Nosotros sólo tenemos un compromiso con Cartera Central de sindicar las acciones, pero nunca en contra del banco.

—No, si la ONCE nos parece un grupo estupendo.

El día 9, el director general de la Organización Nacional de Ciegos tiene una cita en el paseo de la Castellana. Su coche entra en un garaje subterráneo protegido por hombres de Prosegur a las doce de la mañana; un minuto después se sienta con Mario Conde en el despacho del presidente de Banesto. A Durán le acompaña su segundo para los temas económicos, Enrique Sánchez.

—Como te prometí, Mario, vengo para decirte que tenemos treinta y dos mil acciones de Banesto.

—Te lo agradezco, ¿vais a seguir comprando?

—Si vamos a ser mal recibidos, no.

—Ya te dije, Miguel, que la ONCE es para mí un buen grupo.

—Entonces, nuestra intención es llegar hasta el 1 por 100.

—¿Sindicaríais esos títulos conmigo, con el equipo de gestión del banco? Porque de ser así, yo mismo os podría proporcionar lo que os falta.

—No puede ser. Existe un compromiso previo con Cartera Central. Pero como le hemos dicho a Escámez, nunca en contra del banco. A nosotros lo que nos interesa es el grupo industrial, por los puestos de trabajo.

UN FEBRERO LOCO

Para Miguel Durán, febrero es el mes loco de un año más loco aún. El día 15, su propio servicio de seguridad abre las puertas del enrevesado garaje de la calle del Prado para que dos automóviles aparquen en su interior: Pedro Toledo y José Angel Sánchez Asiaín llegan para firmar el acuerdo negociado durante los últimos meses; un 0,28 por 100 del BBV pasa a manos de la ONCE, trescientos mil títulos por los que Durán paga dos mil trescientos millones de pesetas, con una «rebaja» del 10 por 100 en el precio de las acciones.

Nada más conocer la noticia, la ministra Matilde Fernández monta en cólera. De nuevo no se ha enterado de nada. «Los ciegos me han engañado», dice a uno de sus colaboradores, mientras dicta una carta muy dura dirigida a José María Arroyo, que hace llegar esa misma tarde al presidente de la ONCE.

En el Banco de España, Mariano Rubio no puede mantener por más tiempo la estrategia que ha diseñado para hacer saltar por los aires al presidente de Banesto, ni la tormenta que desata a finales de enero con una polémica intervención en el Círculo Financiero de Barcelona en la que pone a Conde y a su equipo a los pies de los caballos. Uno de los protagonistas de la batalla comenta, en el transcurso de una cena en el restaurante Horcher a finales de febrero:

—La autoridad monetaria, en el tema Banesto-Central, ha tenido un calentamiento de bragueta y luego se ha asustado y ha tenido que dar marcha atrás.

El nerviosismo creciente del gobernador del Banco de España provoca que el 6 de febrero llame a capítulo en su despacho a las tres partes implicadas en la gran fusión del BECC, que hace agua por los dos costados: Mario Conde, Alfonso Escámez y los Albertos, acompañados de Miguel Boyer y Romualdo García Ambrosio, escuchan de labios de Mariano Rubio la preocupación que existe en el Gobierno por el rumbo del megabanco y por las cruentas batallas que se están desarrollando en su interior; es la inquietud de un presidente que, encerrado en La Moncloa, ve cómo se deshilvana la madeja que ha elaborado para él su admirado clan de La Dehesilla.

En Banesto, Conde logra que se aprueben las cuentas del ejercicio anterior con cinco noes y cinco abstenciones, casi la mitad del consejo; una cifra que se acerca peligrosamente a la que le dio el gobernador como límite permitido para evitar la intervención cautelar del Banco de España. Arrinconado y defendido por su guardia pretoriana —entre la que se encuentran los consejeros socialistas Juan Belloso, Paulina Beato y Antonio Torrero—, el presidente del Español de Crédito es como un tigre dispuesto a romper los barrotes de la jaula que le han fabricado.

En el Banco Central, un renacido Alfonso Escámez se dispone a recuperar los pasos perdidos en la fusión e impedir que le vuelvan a atacar los dos Albertos en su propia casa. Alentado por el «rey de la intriga» —como califican sus adversarios a Javier de la Rosa—, no quiere cargar con el mochuelo de la ruptura: ¡Que sean otros los que tiren la primera piedra!

El miércoles 15, el abogado Matías Cortés cruza, como tantas veces, la blanca puerta del chalé de Arga 1. Tras saludar a Isabel Preysler se encierra con Miguel Boyer en uno de los pequeños y coquetos salones de la planta baja: tiene los poderes directos de Mario Conde para negociar el 2 por 100 que los Albertos poseen del banco. Hábil, paciente y pragmático, desgrana ante el presidente de Cartera Central varias fórmulas posibles y, al final de la tarde, los dos hombres comparten la mayor parte de los análisis que han hecho.

Al día siguiente, Miguel Boyer transmite su opinión a Cortina, Alcocer y García Ambrosio:

—Creo que la postura de Conde, que me ha transmitido Matías, nos favorece. Debemos concentrar nuestros esfuerzos en el Central. Vender la participación que tenemos en Banesto, con una generosa plusvalía, y hacer todo lo posible por desacelerar y parar la fusión. En las actuales circunstancias no nos conviene.

El ex ministro y el abogado mantienen varios encuentros en el domicilio de Miguel Boyer antes de «oficializar» las reuniones, momento en el que se incorpora a las mismas Romualdo García Ambrosio. Es la última semana de febrero y los negociadores deciden cambiar de escenario; el encuentro se celebra en casa de Matías Cortés, en la urbanización Puerta de Hierro. En el salón, presidido por un enorme tapiz en una de las paredes que contrasta con el espléndido cuadro de Antonio López y con grandes radiadores de hierro forjado que mantienen una agradable temperatura, pese al frío que se adivina desde los amplios ventanales que dan al pequeño jardín y al campo de golf, el criado filipino sirve la cena y se retira discretamente para que Mario Conde, Matías Cortés, Miguel Boyer y Romualdo García Ambrosio puedan hablar con libertad:

—Yo me comprometo a colocaros vuestro 2 por 100 al

mismo precio que lo comprasteis —dice Conde— y vosotros os marcháis inmediatamente del consejo.

—Nos parece correcto —tercia Romualdo—, pero te tienes que comprometer igualmente a vendernos las acciones que has adquirido de varias compañías de nuestro grupo.

—Eso, Mario, es lo mejor para todos —interviene conciliador Miguel Boyer—. Nosotros te dejamos con tu banco y tú nos dejas con nuestro grupo, sin interferencias.

—Por mí, de acuerdo.

Cada época tiene sus fechas mágicas y para la España de finales de siglo el 23 de febrero es una de ellas por derecho propio, desde que un teniente coronel de la Guardia Civil asaltara el Congreso de los Diputados y desde que un gobierno socialista expropiara el mayor imperio privado, el de Rumasa. Ese 23 de febrero de 1989 Mario Conde y Miguel Durán tienen citas con su destino. El presidente de Banesto celebra un consejo en su banco y ha quedado a comer con los Albertos y su equipo; se juega mucho en esas apretadas doce horas que van del desayuno a la cena. El director general de la ONCE está citado con la ministra Matilde Fernández; el autogobierno que pretende la organización de ciegos está sobre la mesa.

Mario Conde recibe ese día, una tras otras, las dimisiones del supergaláctico cazador que es Juan Abelló y de los discretos *beautifuls* que son Aristóbulo de Juan, Carlos Bustelo y José Luis del Valle. Es el adiós definitivo del hombre con el que ha compartido muchos años de sueños y ambiciones, del amigo que no ha podido o sabido mantener a su lado. Uno de sus grandes fracasos a nivel personal, pero una victoria a nivel político sobre el más formidable grupo de presión de la España socialista.

Miguel Durán llega al Ministerio de Asuntos Sociales con un as en la manga: el permiso firmado por Matilde Fernández para que pueda disponer del 50 por 100 de la cartera de valores a su antojo. Cuando la ministra comienza a presionar por las inversiones y le pide una explicación por los 3.800 millones de Conycon, los 2.300 del BBV, los 3.600 del Central, los 900 de Banesto, los 150 de Advent Dos, los 900 de Iniciativas, los 250 de Isla Bonita... más el 10 por 100 de Eurofinanzas, el 80 por 100 de *Diari de Barcelona,* el 4 por 100 de *El Independiente,* el 18 por 100 de *El Sol,* los 250 millones de obligaciones del Grupo 16, el 6 por 100 de *Gaceta de los Negocios*... Durán tiene la contestación muy preparada:

—Señora ministra, las conquistas que hemos conseguido de autogobierno no se las va a quitar nadie a la ONCE. Nosotros no estamos tirando de los Presupuestos Generales del Estado, sólo intentamos conseguir un marco adecuado para desenvolvernos. No queremos que nos pase lo mismo que a la Cruz Roja.

—Parece usted un político, señor Durán.

—Pues no, no me apetece hacer carrera política; pienso que ya hay demasiados aficionados en la vida política española.

Cerrado el frente de Banesto, el portaviones fletado por la *beautiful people* para asaltar los dos grandes de la banca española tiene que enfrentarse a su propia historia.

LA PUNTILLA PARA CARTERA CENTRAL

El jueves 2 de marzo, mientras Javier de la Rosa examina con su abogado madrileño, Juan Peláez, el informe que éste le ha hecho sobre las posibilidades de abandonar Cartera Central, Manolo Guasch, muy relacionado con la sociedad y con una imagen intachable ante la Administración, come en el Club 31 —uno de los restaurantes habituales de la *jet* financiera— con un viejo compañero del Ministerio de Comercio:

—El proceso de deterioro en Cartera —le dice— ha sido muy lento pero imparable. En una sociedad de esas características la confianza entre los socios es fundamental y, hasta ahora, ha habido un buen entendimiento entre Javier y Cortina, un entendimiento normal entre Javier y Alcocer, pero siempre han sido muy malas las relaciones entre Javier y Romualdo...

—Pero, entonces, ¿qué papel está jugando Boyer?

—Sé que durante muchos meses se barajó su nombre como la persona ideal para ese puesto, para que hiciera de equilibrio entre las dos partes. Y lo más importante, como presidente de los bancos...

—¡Pues fíjate qué imagen se está dando!

—Nunca se ha jugado en este país tan sucio como con Miguel. Toda la estrategia se ha dejado en manos de Romualdo y se ha equivocado. Ha hecho y deshecho a su antojo aprovechando que las relaciones entre Javier y los Albertos son malas por todo el asunto de Marta.

—Esa es otra. Para mí que ha sido la puntilla a toda la operación.

—Si te digo la verdad, yo creo lo mismo. ¡Cómo han cambiado las cosas en estos tres meses! Cuando se le ofrece el puesto a Miguel todos piensan que la batalla está ganada en los dos frentes, y que él lo único que tiene que hacer es poner la bandera en lo alto.

—¿Qué van a hacer ahora? ¿Volver a atacar a Escámez? Que Conde, creo yo, se les ha escapado vivo...

—Supongo que sí. Y volverán a equivocarse. Estas batallas nunca se ganan por la fuerza, se ganan negociando, sin querer aplastar al adversario. Pero ahí los Albertos van a jugar solos; según mis noticias, KIO y Javier se retiran.

—¿Cómo que se retiran?

—Sí, que venden su parte de Cartera Central. En estos momentos están negociando con los primos y con alguien más, me parece que el propio Escámez.

—Si es así, eso cambia todo. Estoy de acuerdo contigo: pierden la guerra los Albertos. Y la pierde Mariano... ¡Bueno debe estar!

Los hombres de Conycon eran el centro de todas las conversaciones del Madrid financiero de esos días. Las apuestas han cambiado de signo y los perdedores —Mario Conde y Alfonso Escámez— ganan puntos con la misma velocidad con que los pierden sus rivales. La flota de asalto organizada desde el Banco de España pierde efectivos de forma alarmante y, al final, como le pasó a la Armada Invencible, queda destrozada cuando ya veía en el horizonte las costas del triunfo. En su despacho de la plaza de Cibeles, Mariano Rubio puede emular al rey Felipe II y decir que él no mandó «sus barcos» a luchar contra los elementos.

Esa primera semana de marzo, tras escuchar los consejos de sus abogados catalanes Joan Piqué y Juan José Folchi y hablar con la oficina de KIO en Londres, Javier de la Rosa llama por teléfono a Miguel Boyer:

—Miguel, tenemos ultimada una oferta para vender nuestra parte en Cartera Central y nos gustaría discutirla contigo, para conocer tu opinión.

—Muy bien, Javier, cuando tú quieras, por mí no hay inconveniente.

—Si te parece podemos quedar aquí, en Barcelona. Yo aviso a Fouad y a Dawson y nos vamos a comer los cuatro. Para que te resulte más cómodo mando mi avión a recogerte.

—De acuerdo, ya sabes que en este tema soy absolutamente neutral.

Veinticuatro horas después, en uno de los restaurantes clásicos de la Ciudad Condal se sientan los cuatro hombres. Lo más importante no sale de la cocina, sino, como siempre, del enorme maletín que Javier de la Rosa lleva a todas partes como si fuera una prolongación de sí mismo.

El 6 de marzo tiene lugar el primer gran éxito de la guerra sucia. Alicia Koplowitz asume el cargo de vicepresidenta de Conycon y su hermana Esther entra en el consejo, tras el escándalo que provoca el romance público de Alberto Cortina con Marta Chávarri, marquesa de Cubas. La oferta de KIO está sobre la mesa, más clara que nunca tras la visita que el propio Javier de la Rosa ha hecho a la sede del Banco Zaragozano. Se decide, ya con la participación de Alicia y Esther, que las negociaciones las continúen Alcocer y García Ambrosio, ya que Miguel Boyer, en su condición de presidente, no puede inclinarse por ninguna de las dos partes.

Uno de los abogados del clan, amigo del ex ministro, se lo explica de otra manera a su socio de bufete, en la madrileña calle de Velázquez.

—Miguel estaba hasta el gorro de Javier de la Rosa y sus continuas tergiversaciones de lo que se decía o acordaba. Durante toda la negociación utiliza el *affaire* de Cortina con Marta y amenaza con el de Alcocer y Margarita, que conocía muy bien pues era su secretaria aquí en Madrid, en la oficina que tiene con su primo. Eso el temperamento de Miguel no lo soporta y decide que no puede seguir con una persona así en la misma mesa.

—¿Pero el tema de las fotos no se lo achacan a Mario Conde?

—De las primeras sí, pero de las que aparecen luego en *Interviú* culpan directamente a Javier, que siempre se había ufanado de controlar y hacer lo que quería en el grupo Z, que para eso Asensio le debía muchos favores. Para Alcocer el culpable era Mario, mientras que García Ambrosio iba más lejos y decía que detrás de la filtración estaban los dos, Conde y Escámez.

—¿Y Cortina no decía nada?

—Cortina estaba apesadumbrado al principio y en las reuniones trataba de dar una apariencia jocosa de la situación diciendo: «Estos me envidian mi buen gusto.»

—¿Nadie ha sido capaz de avisarle, de hacerle ver dónde se estaba metiendo?

—Casi todos los que le conocemos le dijimos lo mismo, que tuviese cuidado, que no hiciese locuras como las de dejarse ver en Jockey o Horcher con Marta, pese a que llevaban a Alvaro Alvarez Alonso de carabina, para despistar.

—¿Y aun así siguió?

—Claro que siguió, incluso cuando le hicieron las primeras fotos, las de Alberto Bosch, que movilizó Roma con Santiago para que no salieran. Incluso llamó a Alfredo Fraile para que le echara una mano. En esos momentos Alberto temió por su familia y el propio Alfredo me comentó que estaba desesperado, decía: «Me van a echar de casa, voy a tener que pasar las Navidades en la tuya.»

—Y Javier, ¿qué posición mantuvo?

—Durante todos los meses de octubre, noviembre y diciembre se tapó la historia, hasta que empezaron a hablar de «la cortina de Marta»; entonces Javier, que es muy católico y su mujer es del Opus —fíjate que hasta subvenciona un colegio de la Obra en Barcelona—, da la cara ante Alicia para cubrir a Alberto, algo que ella no le ha perdonado.

—Pero, no me digas que no tuvo nada que ver en el tema de Margarita: era su secretaria, él se la presentó a Alcocer, ¿o no?

—En ese despacho ha trabajado mucha gente y Margarita no era la única secretaria; por ejemplo, también ha trabajado en él Isabel Sartorius, la chica que salió este verano con el Príncipe. El despacho está en la calle Padilla y allí iba con frecuencia Alcocer, y como siempre ha presumido de ser un ligón, la invita a salir, a tomar unas copas. Luego la deslumbra con su tren de vida: los mejores hoteles, los mejores coches, viajes en su avión a Sevilla, donde iban mucho... Javier habló con Alcocer y a Margarita le dieron vacaciones para que no estuviera en la oficina. Piensa que Javier tiene la fijación de su padre, que también se escapó con una chica joven.

—Vamos, que todo es como muy clásico...

—Pues mira, sí, con una diferencia que le cuentan a Ana Abelló de sus modistas, las Molinero. Estas, que conocen a todo el mundo, le dijeron un día mientras se probaba unos vestidos: «Antes eran las putitas las que querían quitaros a vuestros maridos, ahora son las señoritas, las hijas de vuestras amigas.»

El 5 de abril, tras el paréntesis de Semana Santa y las vacaciones que se toman los contendientes —unos en las Islas Vírgenes, otros en el Caribe y otros en Kenia—, Alberto Alcocer y Romualdo García Ambrosio firman en Barcelona la compra del 100 por 100 de Cartera Central. Javier de la Rosa acepta el último precio de cuarenta y dos mil millones de pesetas, pagados a plazos.

De regreso a Madrid, Alberto Alcocer visita a Miguel Durán en su despacho de la ONCE:

—Miguel, creo que deberías reconsiderar vuestra postura y entrar en Cartera. Ahora ya no está De la Rosa, ni KIO y vosotros podéis ocupar su puesto. Os cederíamos las acciones en las mismas condiciones que las hemos comprado, que creo son bastante buenas.

—Efectivamente, Alberto, son buenas, pero el grado de apalancamiento de la operación es tan grande que va a lastrar a vuestro grupo. Vais a tener que hacer frente a unos compromisos con los bancos, sin que saquéis apenas rentabilidad de la inversión. Eso sin contar el mercado, que si caen las acciones de los bancos el perjuicio puede ser enorme.

—Hombre, Miguel, estamos hablando de un precio político. El 12 por 100 de un banco como el Central no se mide según las cotizaciones de la bolsa.

—Tienes razón, pero no me negarás que así, en cifras absolutas y si nada cambia, la cosa es arriesgada. Si podéis aguantar, estupendo, pero...

—¡Pues claro que vamos a aguantar, y a ganar, Miguel, a ganar!

Capítulo XIII

LOS TRES MOSQUETEROS

EL AGRIDULCE SABOR DE LA VENGANZA

Desde la primavera de 1989 la historia de Banesto se escribe bajo el agridulce sabor de la venganza: venganza de Mario Conde contra los que se han opuesto a la aprobación de las cuentas y venganza, ¡al fin venganza!, de Pablo Garnica contra el hombre que les ha expulsado a él y a su delfín del banco.

El 19 de abril, los cambios en el consejo comienzan a notarse.

El abogado Rafael Pérez Escolar, que se incorpora en representación del paquete comprado por Jacques Hachuel, expone sus primeras críticas contra el comportamiento de los «rebeldes» de la casa: Pablito Garnica, Jacobo Argüelles y Juan Herrera. El primero acepta todos los riesgos y se convierte en el portavoz de las exigencias del grupo; el impasible Conde se limita a mirarle con gesto duro, las manos entrelazadas sirviendo de apoyo a su agresivo mentón y el engominado cabello lanzando reflejos de acero. Lo tiene decidido: primero deben caer los Argüelles, los más íntimos y próximos al gobernador del Banco de España, luego Pablito y, por último, Juan Herrera.

El 5 de mayo, pocas horas antes de que se celebre la junta general de la Compañía Asturiana de Zinc, su consejero Pedro Argüelles es cesado. El 19 de ese mismo mes, Jacobo, la esperanza de la familia, el hombre que quince meses antes era el más firme candidato para ocupar la presidencia de Banesto, es despedido por «incumplimiento de sus funciones». Será la Magistratura de Trabajo —caso insólito— quien decida sobre la justicia o injusticia de la medida. El abogado Ramón Hermosilla, a quien recurre Jacobo, gana una nueva batalla y la indemnización servirá para poner en marcha un nuevo banco. Son los millones que más a gusto paga Mario Conde.

Otros dos abogados, antiguos socios, luego enemigos declarados y ahora trabajando para el mismo hombre, Matías Cortés y Rafael Pérez Escolar, son los encargados de convencer a Pablito Garnica y a Juan Herrera de que lo mejor es «aprovechar el puente de plata que se os tiende» y abandonar la nave de Banesto. Tras un mes de negociaciones, en las que interviene el cuñado de Pablo, el presidente de Ibermer, Alvaro Alvarez Alonso, por un lado, y el vicepresidente de Petromed y ex vicepresidente del Gobierno, Alfonso Osorio, por otro, los dos presentan su renuncia al consejo. Otros dos apellidos ilustres desaparecen del puente de mando de Banesto y la *beautiful* pierde a sus guerreros más animosos.

Las victorias conseguidas con sangre —y Conde consigue así todas las suyas— terminan pagándose. La nómina de damnificados por el presidente de Banesto aumenta sin parar y aún tiene que sumar más nombres si quiere enjugar los setenta mil millones de plusvalías que le iba a suponer la fusión con el Banco Central. Sólo tiene la corporación industrial para salvarle y una de las estrellas de la misma es la empresa Valenciana de Cementos; con más de quince filiales en el mismo sector, la compañía de los Serratosa puede convertirse en uno de los centros decisivos del futuro *holding*.

Con criterios fríos e impersonales, sin tener en cuenta la historia ni los hombres que la han protagonizado, Mario Conde cree que su voluntad es ley y que nadie dentro de su organización puede ponerle obstáculos. Ninguno se molesta en analizar lo que está pasando en la vida política europea y su aplicación al mundo de los negocios: los hombres y los sentimientos conducen, a veces de forma irracional, a los pueblos y a las empresas.

Con José Serratosa en la presidencia y los Garnica apartados en un rincón, Arturo Romaní se pone a actuar. Dos meses después, el golpe de mano de la familia Serratosa, fruto de pacientes reuniones en el despacho de Ramón Hermosilla en las que intervienen Vicente Serratosa y Pablito Garnica, deja a los ejecutivos del banco paralizados por la sorpresa; ante sus ojos la empresa noruega AKER ha invertido algo más de treinta mil millones de pesetas en acciones de Valenciana de Cementos, el 13,5 por 100 de la compañía, lo que le da un total del 24,8 por 100 que, sumado al 21 por 100 de los Serratosa y el 5 por 100 de los Garnica, arroja un guarismo que le estalla a Conde entre los ojos: mayoría absoluta. Su 37 por 100 no tiene nada que hacer salvo enredarse en otra larga y complicada batalla jurídica, esta vez frente al hombre que le salvó de la OPA del Bilbao y se encuentra ahora al otro lado de la trinchera, tras una ruptura muy violenta por las presiones del banquero en su propio bufete de la calle Velázquez y en presencia del que fuera su socio, Juan Abelló: el abogado Ramón Hermosilla Cívico, un hueso muy duro de roer y, además, respaldado por la artillería jurídica de otro gran bufete internacional, el de Antonio Garrigues-Walker.

Al león gallego le hieren donde más le importa: en su orgullo y en su fama de invencible. No ha visto la espesa tela de araña que el arácnido Garnica ha tejido a su alrededor, con la complacencia del Banco de España y del Ministerio de Economía y Hacienda, que ven cómo una nueva soga se cierra sobre el cuello de su engominado y ambicioso rival. La batalla legal va acompañada de la batalla en los medios de comunicación. El 30 de noviembre, el diario barcelonés *La Vanguardia* titula: «Valenciana de Cementos inicia su expansión tras burlar a Conde», e insiste en la crónica de Enric Tintoré en el duro golpe que acaba de sufrir todo el proyecto de Corporación Industrial ideado por el banquero, dado «el precedente de independencia frente al banco que ha dejado sentado el presidente de Valenciana, y que podría alertar a los gestores de las demás empresas que deben formar parte de la corporación industrial, aún pendiente de la autorización del Gobierno».

Es una clara llamada a la insubordinación, al motín dentro del grupo Banesto, y a ningún miembro del comité ejecutivo del banco se le pasa por alto que en la dirección del diario catalán se encuentra Juan Tapia, un hombre de la total confianza de Miguel Boyer, que le nombró su asesor de comunicación en el Ministerio de Economía y Hacienda justo el mismo día de la expropiación de Rumasa.

Los despachos de Antonio Navalón y Rafael Ansón se ponen a trabajar para Banesto, mientras que el de José Luis Sanchís lo hace para Valenciana. La munición se suministra a los periodistas y éstos disparan. El destino final de las balas de unos y otros queda fuera del punto de mira.

En el sector eléctrico, la crisis que se desata en el BBV tras la inesperada muerte de Pedro Toledo es aprovechada por el resto de la gran banca para consolidar sus posiciones. No hay frenos, ni códigos de conducta, ni tablas de la ley para nadie; el culto al becerro de oro se extiende por todas partes.

En el sector alimenticio, Javier de la Rosa maniobra para fusionar Ebro con la Compañía de Industrias Agrícolas. Los presidentes de ambas sociedades, Manuel Guasch y Enrique Gabarró, quieren dejar a la Cooperativa Acor fuera del acuerdo que convierte al grupo en la quinta empresa del sector azucarero a nivel europeo.

Los intereses son tan fuertes que toda la política gubernamental se resiente y las viejas luchas fratricidas dentro del gabinete González saltan a la luz. Los *beautifuls* como Carlos Solchaga y Claudio Aranzadi se enfrentan al potente clan catalán comandado por Narcís Serra. Los primeros quieren proteger a Sevillana de Electricidad de las voraces fauces de Feliciano Fuster, el presidente de Endesa, apoyado por Serra y el presidente del INI. En la alimentación, después de haberse hecho con el control de Elosúa, el presidente de Mercasa, Jesús Prieto, quiere llevar adelante un gran *holding* público de distribución; cuenta con el apoyo inicial del ministro de Agricultura, Carlos Romero, pero la oposición frontal del titular de Economía y Hacienda hace que el proyecto naufrague y Prieto presente la dimisión. Es una auténtica carrera de locos en extraños cacharros.

La vieja táctica de Ruiz Mateos hace furor en todos los grupos, que venden acciones y activos de unas compañías a otras generando millonarias plusvalías. El empresario jerezano patentó la fórmula, pero se adelantó demasiado en el tiempo al aplicarla. Ahora ve cómo la utiliza Javier de la Rosa en las compañías Ercross y Prima Inmobiliaria: la primera vende a la segunda el grueso de su patrimonio por veinticinco mil millones de pesetas; tanto Javier Vega de Seoane como John Gómez Hall hacen un buen negocio para sus respectivas cuentas de resultados y «todo queda en casa», en el enorme hogar que han montado el financiero catalán y sus socios de la Kuwait Investiment Office.

Invitado por la Fundación José Canalejas a inaugurar el ciclo *La libertad como valor esencial,* el presidente de Banesto se digna citar al filósofo Erasmo de Rotterdam: «Moriré libre porque he vivido solo, y moriré solo porque he vivido libre.» Todos los que le escuchan entienden que ése es el lema que Mario Conde ha tomado como estandarte, por lo que no les extraña que sus siguientes palabras se dirijan contra el gobernador del Banco de España, su bestia negra, y contra sus compañeros del BBV: al primero por intervenir en el superbanco vasco tras la muerte de Pedro Toledo; a los segundos por solicitar la mediación y no ser capaces ellos mismos de resolver el problema de la sucesión.

El, los suyos, los resuelve con la cirugía, la misma que ha aplicado la *beautiful people* en toda la crisis bancaria: que Pablo Garnica le ha vuelto a traicionar en Valenciana de Cementos..., pues él y todos los suyos deben desaparecer de los consejos en los que se encuentran representando a Banesto; primero de Bandesco, luego de la compañía Hidrola y más tarde de Petromed, a cuyo presidente llama a comienzos de enero.

Juan Herrera Fernández, marqués de Viesca de la Sierra, se enfrenta así a una de esas situaciones que tanto odia: tener que definirse entre el compañero y amigo desde hace cuarenta años y el porvenir de su hijo, Juan Herrera Martínez-Campos.

El presidente de Banesto ha sido muy claro:

—Juan, tu amigo Pablo Garnica debe abandonar el consejo de Petromed; lo que nos ha hecho en Valenciana no tiene pase y no puede seguir ni un minuto más representando al banco.

—Sí, Mario, pero ¿qué quieres que haga?

—Convéncele para que se vaya, para que presente la dimisión ya que no cuenta con la confianza del consejo.

—¿Y si no quiere...?

—Entonces tendrás que echarle, Juan, así de claro.

—¡Hombre!, eso que me dices es muy duro, piensa que nos conocemos desde hace más de cuarenta años, que somos amigos. ¡Qué va a pensar de mí!

—Que piense lo que quiera. Como comprenderás a estas alturas me importa muy poco lo que piense Pablo. El que la hace, la paga, y él ha hecho una muy gorda al banco.

—No podemos esperar...

—No, Juan, no podemos esperar y te conviene pensar más en tu familia, en tu hijo...

—Sabes que me gustaría que me sucediera, por lo menos al frente de la compañía ya que no pudo ser en el consejo del banco...

—Puede ser, Juan, todo puede ser. Tú cumple con lo que tienes que hacer y tienes mi promesa de que se tendrá en cuenta lo de tu hijo cuando te retires.

Mario Conde paraliza la suscripción de las acciones de la compañía petrolífera por parte de la británica BP, con la que Juan Herrera firmó un acuerdo a espaldas del banco, justo cuando éste se encontraba involucrado en la fusión con el Central y podía esperarse un acuerdo futuro entre Petromed y Cepsa. Tras el susto de Valenciana el abogado del Estado se ha vuelto muy precavido; tanto como para colocar dos millones de acciones de Banesto en una sociedad fantasma: Namrod Assets Inc. Panamá, en la que ya había colocado otros dos millones procedentes del paquete de Cartera Central en abril de 1989.

UNA GUERRA DE PLUSVALIAS

En el frente del Este, en Valenciana de Cementos, la paz se presenta a finales de febrero de 1990 como algo posible para el solitario emperador de Banesto tras las querellas y demandas judiciales que se han intercambiado entre los contendientes. La fórmula que negocian Rafael Pérez Escolar y Ramón Hermosilla contempla el reparto de las compañías del *holding* cementero en razón de la presencia accionarial en cada una de ellas: Conde podrá quedarse con cinco empresas y los Serratosa y sus aliados con el doble.

El inquieto presidente de Banesto no descansa. Sus objetivos industriales le llevan a Lisboa. El primer ministro portugués, Cavaco Silva, ha emprendido con rapidez la privatización de todas las empresas que fueron nacionalizadas en la Revolución de los Claveles. Mario Conde se olvida de las sevillanas y se entusiasma con el fado, lo mismo que le ocurre a su socio Jacques Hachuel, a Emiliano Revilla o a Petra Mateos, todos en el sector inmobiliario y dispuestos a repetir la experiencia madrileña punto por punto, tanto en Lisboa como en Oporto.

En noviembre, Conde se había hecho con el 12 por 100 del Banco Tota y Azores, en competencia con el financiero luso Dalmiro de Acevedo, que consiguió la misma participación. Un mes después, Banesto reunía todo en un mismo paquete y se disponía a esperar la privatización del 51 por 100 del banco que aún conservaba en sus manos el Estado. La estrategia lisboeta de Conde es clara: convertir al Tota y Azores en su buque insignia para todas las inversiones en Portugal. La próxima operación a la vista es la compañía CIMPOR, el gran *holding* portugués del cemento que va a ser privatizado totalmente este mismo año. El banquero español se plantea paliar las pérdidas de Valenciana con cementeras portuguesas y pide fichas para la nueva ruleta.

En España, la gran ruleta que gira y gira dejando caer la ansiada bolita en los distintos números y colores es el sector eléctrico. Con toda una filosofía sobre la estructuración económica de España puesta en tela de juicio, políticos y empresarios se enfrentan en una guerra sin cuartel. El consejero delegado de Sevillana, Emilio Zurutuza, un hombre que ha estado al frente del Banco Meridional antes de incorporarse a la compañía eléctrica, lucha con las espaldas bien cubiertas. El control de su empresa se convierte en un «tema de Estado», tal y como han sido y son todos los grandes temas financieros en España desde la llegada de los socialistas al poder. En el Ministerio de Economía y Hacienda las conversaciones con los responsables del BBV, por un lado, y con los directivos del INI y Endesa, por otro, logran que la *beautiful people* se convierta en el punto de equilibrio entre los intereses vascos y los catalanes, entre los defensores de un fuerte y competitivo sector público y los defensores a ultranza de la privaticidad empresarial. De nuevo la mutación genético-financiera del antiguo clan de La Dehesilla es tan grande que si alguno de ellos hubiera estado invernado durante los últimos veinte años no reconocería a ninguno de sus amigos.

Mientras los consejeros del BBV se pelean por la sucesión y el futuro de sus rentables y familiares sillones, Mario Conde compra un 3 por 100 de Hidrola, con lo que pasa a controlar un 7 por 100 de la compañía que preside uno de los más ilustres apellidos del franquismo, Iñigo Oriol. En Fecsa llega hasta el 4 por 100 y el mismo porcentaje en Unión Fenosa. Si el BBV quiere fusionar Hidrola con Iberduero —una de las muchas combinaciones posibles para el presidente de Banesto— va a tener que negociar con él. Piensa que está a prueba y que no puede faltar a ningún compromiso. Allí donde se pelee por una parcela de poder, allí debe estar él.

Tampoco se quedan atrás el resto de los grandes: Alfonso Escámez conoce a la perfección el mecanismo del dolor, que siempre pasa, y en el BBV no puede durar mucho. Hay que aprovechar el momento. El Central es el único, junto al superbanco vasco, que tiene paquetes accionariales importantes en las primeras cinco compañías eléctricas del país y su presidente no está dispuesto a quedarse fuera del rectángulo de juego.

El sueño de los máximos responsables del Hispano, Claudio Boada y José María Amusátegui, es tener más de un 3 por 100 en Hidrola, Sevillana y Unión Fenosa. Si hay que vender más tarde, se habrán generado unas estupendas plusvalías. Cada duro que se gasta —y se gastan muchos— están dispuestos a rentabilizarlos al máximo. Lo mismo que hacen los hermanos Botín, que están muy bien colocados en Fecsa, Sevillana y Electra del Viesgo. En sólo dos días, 24 y 25 de enero, más de cinco millones de acciones de la primera de estas compañías cambia de manos en la bolsa madrileña. Dos mil quinientos millones de pesetas empleados para ganar terreno a los competidores. Las sociedades de mediación hacen su agosto; entre ellas las de Manuel de la Concha y Jaime Soto (Ibercorp) y la que utiliza habitualmente Mario Conde: Lombardía y Lacaci. No sólo interesa el negocio eléctrico; en cada compañía hay patrimonios muy importantes. Julián Trincado, presidente de Unión Fenosa, da una pista al hacer pública la auditoría de su empresa: sólo en activos inmobiliarios tiene más de veinte mil millones de pesetas.

Junto a la plana mayor del *holding* de KIO en España, Javier de la Rosa se deja querer; Jorge Núñez con Torras, Manuel Guasch con Ebro y Javier Vega de Seoane con Ercros tienen en sus manos empresas «muy apetecibles» para los sedientos bancos. Con el Santander de los Botín no hay ningún problema; las relaciones del financiero catalán con don Emilio vienen de muy lejos y funcionan, igual o mejor, con los hijos. En Iniursa, la sociedad de cartera de la compañía petroquímica, están cerca de dos millones de acciones esperando comprador, un 5 por 100 del capital de Ercros. El banco cántabro quiere un buen pellizco para no ser menos que el Hispano de Boada. El viejo zorro que preside la APD ya tiene en sus arcas un 4 por 100 de la compañía, que han negociado directamente Vega de Seoane y José María Amusátegui.

En otro de sus tentáculos, De la Rosa tiene el Central de Alfonso Escámez a través de CEPSA, la compañía petrolífera que dirige Luis Magaña. El banquero de Aguilas ha reforzado aún más sus relaciones con el poder socialista «fichando» a Fernando Maravall Herrero, hermano del que fuera ministro de Educación, y ex secretario general de Energía; un firme partidario de las fusiones en el sector del petróleo como única solución nacional ante las grandes multinacionales. Maravall se convierte en diciembre en director general de CEPSA y en pieza clave dentro del grupo industrial del banco. Un importante refuerzo estratégico para la *beautiful people,* ahora empeñada en conquistar posiciones de forma mucho más pacífica que en los extenuantes meses y años anteriores.

El presidente del Banco Central, sobre el que unos desesperados Albertos mantienen una constante presión de cara a la venta de las acciones de Cartera Central, se sienta el 20 de diciembre junto a Martín Bouygues para firmar la entrada del grupo francés en el banco. Antonio Escámez, su sobrino; Luis Blázquez y Epifanio Ridruejo han cerrado una larga y delicada negociación con uno de los equipos profesionales más duros de Europa. Ni Cortina, ni Alcocer ni García Ambrosio pueden hacer otra cosa que resignarse.

Alfonso Escámez se entrevista en solitario con Miguel Boyer, que es el mensajero que lleva a la impresionante Torre Picasso la respuesta a todas las preguntas y todas las protestas: «Me sorprende vuestra actitud, que me parece fuera de lugar. El principal accionista del banco, que sois vosotros, no puede oponerse a una operación que sólo beneficia a la entidad.» Lo que no dice el astuto y rocoso Escámez es que al principal accionista del banco no se le ha dicho nada durante los ensayos.

La sensación de impotencia y frustración que viven los dos primos se traslada a otras empresas del grupo. El mecanismo de relojería que ha puesto en marcha Alfonso Escámez es muy delicado, pero con una potencia impresionante. El grupo Bouygues, con sus diecisiete mil quinientos millones de pesetas invertidos en el 3,5 por 100 del Banco Central, da un paso de gigante en España. A partir de ese momento su presencia se va a hacer notar en todos los sectores; no en balde el imperio montado por el empresario francés cuenta con más de mil empresas, que van desde la construcción a los medios audiovisuales. Un peso super-pesado a nivel mundial con el que es muy difícil enfrentarse.

El «tío Bartolillo» ha dado un golpe de timón ante las mismísimas narices del Banco de España. Mariano Rubio sólo puede mirar por los ventanales del banco en dirección al Ministerio de Hacienda y transmitirle este mensaje a Carlos Solchaga: «Ya te dije que los Albertos no aguantaban.» Esta vez los cien mil hijos de San Luis no entran en España a caballo y con las lanzas en posición de combate, sino montados en billetes con la efigie del rey Sol y con las bendiciones del Gobierno.

Otro rey dice adiós a la banca el 11 de diciembre de 1989 en el santanderino Paseo de Pereda de la capital cántabra. Emilio Botín —«Botín el Grande»— deja su puesto en el consejo del Santander a su nieto. El último de los banqueros históricos, con ochenta y seis años, abandona la primera línea de fuego tras sesenta años ininterrumpidos de trabajo en la entidad financiera, un récord muy difícil de igualar.

Ahora, las nuevas luchas financieras y la rapidez de los acontecimientos son un esfuerzo demasiado grande para su gastado corazón. Sus hijos Emilio y Jaime toman todas las decisiones, comenzando por el lanzamiento de la primera «supercuenta» que rompe aún más la escasa convivencia que reina en el mundo de la banca.

Ese mismo día, el escuadrón de los derrotados de Banesto realiza la primera junta general del Banco de Alcalá. Su presidente, Jacobo Argüelles, se felicita y felicita al consejo —en el que sobresale la presencia de José María López de Letona— por todo lo conseguido en seis meses de existencia. Su estrecha amistad con Mariano Rubio y el pago de sus servicios al poder les ha permitido acceder a una de las nuevas fichas bancarias. Así, la *beautiful people* añade una fragata al resto de su flota económica.

NADIE PUEDE CON LA «BIUTI»

Uno de nuestros más tradicionales refranes asegura que no hay dos sin tres y, a veces, se cumple. El 11 de diciembre comienzan en Madrid unas jornadas que, bajo el título *España ante el Mercado Unico Europeo,* organiza uno de los diarios más próximos a la *beautiful people*, como es *Cinco Días* en unión con *The Wall Street Journal*. La ocasión es magnífica para lanzar unos cuantos mensajes al Gobierno, muy dentro del estilo profesoral y convencido del «biutismo» del grupo.

Miguel Boyer y Luis Angel Rojo son las estrellas y falta a la cita Mariano Rubio, contra el que se ha desatado una amplia operación de acoso y derribo, propiciada desde el propio Partido Socialista y desde la oposición del Partido Popular; en el primer caso por la conjunción de intereses entre el guerrismo y los catalanistas y, en el segundo, por uno de sus vicepresidentes, José Antonio Segurado, un hombre perfectamente entroncado con el entorno de Mario Conde a través del abogado Rafael Pérez Escolar.

El gobernador del Banco de España ha «pasado por la derecha» al ministro de Economía y Hacienda en el transcurso de la última reunión de la Asociación para el Progreso de la Dirección. Allí, entre lo más granado de la *beautiful* nacional, ha reclamado una política de «ajuste duro» para afrontar el delicado tema de la competitividad en Europa. El descarado intervencionismo de Mariano Rubio en los temas de política económica irrita a la mayor parte de la Ejecutiva del PSOE, que, con los guerristas al frente, intenta forzar su dimisión, ya que no puede cesarle. El clan de La Dehesilla se prepara para soportar un nuevo ataque generalizado de sus enemigos, pero está en su terreno, conoce perfectamente el suelo que pisa y sabe que la victoria a la larga será suya. Tanto el Banco Mundial como el Fondo Monetario Internacional respaldan sus palabras, y esas dos instituciones tienen el efecto de los oráculos sobre el Presidente del Gobierno.

El ataque del responsable económico del Partido Popular no puede ser más claro. Segurado califica la intervención de Rubio en el club por excelencia de la «biuti» de «imprudente, insensata, inoportuna, intervencionista y desautorizada», y defiende a Banesto y a su presidente al criticar la actitud del gobernador del Banco de España por «tomar partido por un banco y en contra de otro», así como por «retener la luz verde a una cuenta de resultados de una entidad, arrojando dudas públicas».

Mariano Rubio, lo mismo que Luis Angel Rojo y Miguel Boyer, en las jornadas antes citadas defiende una mayor celeridad en la unión monetaria europea, una política económica restrictiva que combata los rebrotes de inflación y un control de los salarios; pide también mayor autonomía frente al Gobierno —tal y como la tienen los bancos centrales de Alemania Federal y Estados Unidos— para «despolitizar la oferta monetaria». Juega duro en un partido en el que son muchos los que piden su expulsión al árbitro, Felipe González: la piden los sindicatos, la oposición conservadora y algunos «compañeros» le dejan abandonado en mitad del estadio. Rosa Conde, la ministra portavoz, se apresura a decir que el Ejecutivo no asume esa postura; y el copresidente del BBV, Pedro Toledo, afirma que el gobernador «ejerce un excesivo intervencionismo».

Esa política agresiva que algunos califican de «suicida» tiene otra explicación para los muy iniciados: Mariano Rubio está «contestando», a su manera, el informe de auditoría de cuentas del banco que han realizado Enrique Fuentes Quintana, Julián Campo y Gonzalo Anes, al que el Gobierno ha dado su aprobación en Consejo de Ministros. Algunas conclusiones del informe son muy duras:

«Antes de iniciar el comentario esquematizado de los hechos más relevantes que pueden observarse a través del balance analizado en nuestro informe, queremos destacar algo que viene repitiéndose cada ejercicio: la reconversión que debe hacerse del esotérico balance que se publica cada mes, en el balance sectorializado, más asequible, con masas patrimoniales más definidas relacionadas con la actividad del Banco de España.

»Creemos conveniente que el Banco de España proponga al ministro de Economía y Hacienda un balance distinto que, sin alejarse de las características de los otros bancos centrales europeos, cumpla la misión de mostrar la imagen fiel del patrimonio del banco y su situación económico-financiera de la forma más conveniente para la información pública, dentro del principio de prudencia que debe imperar sobre empresas de las características del banco, si se desea que las cuentas anuales gocen de la objetividad y credibilidad que exige un adecuado nivel de transparencia.»

Acusado de oscurantista y más solo que nunca, los verdaderos amigos no le abandonan. Luis Angel Rojo y Miguel Boyer se sienten también «mosqueteros» y echan su cuarto a espadas apoyando, sin reservas, las tesis del gobernador. Los dos son brillantes, monetaristas convencidos y con ideas muy firmes y constantes sobre el tamaño de la banca comercial, la unidad monetaria, los coeficientes de caja y el valor de la peseta. Apoyan decididamente las fusiones y el incremento del ahorro a través de estímulos fiscales: las mismas recetas puestas en práctica en 1982, con las pequeñas variantes de una mejor situación internacional.

Los tres saben que en la Corte de los Milagros madrileña su principal enemigo es ese cardenal Richelieu de la política llamado Alfonso Guerra. El papel de D'Artagnan le corresponde a Carlos Solchaga. Y la consigna de «todos para uno, uno para todos» tienen que lanzarla cada día en sus corazones.

Capítulo XIV

LA GUERRA CIVIL DEL BBV

«MACHAQUITO» EN EL BOSFORO

Un hombre delgado y de tez muy bronceada, con el pelo lacio ocultando sus puntiagudas orejas, llega el 9 de septiembre de 1989 a la clínica Quirón de Barcelona para ver al doctor Jorge Rius. Se inscribe con el nombre de Rafael Echevarría y bajo este seudónimo concierta todas las citas posteriores. Elegante, famoso por sus corbatas explosivas que llevan a uno de sus colegas a apodarle «Machaquito», exquisito en el trato, duro y exigente en el trabajo, ese hombre es el banquero más poderoso de España y sueña con serlo aún más en la década de los noventa. Tiene cincuenta y cuatro años y lleva desde los treinta y cinco dedicado a luchar cada día por ser el «número 1». Puede permitirse todos los lujos menos uno: estar enfermo; los hombres enfermos no ganan batallas en su mundo, los retiran, los ponen a un lado. Por eso Pedro Toledo Ugarte no utiliza su nombre en la clínica. Nadie puede saber, nadie tiene que saber que se encuentra muy cansado, con fuertes pinchazos abdominales, que detrás de su sonrisa perfecta está la mueca del dolor.

Tumbado en la ambulancia que se abre paso por la densa circulación de Barcelona camino del aeropuerto del Prat, el lluvioso 11 de diciembre barre los hermosos sueños del último verano. ¡Qué poco se parece Barcelona a Estambul! ¡Y qué poco se parece el loco de Jaime al serio doctor Rius! El gota a gota de su brazo es una máquina del tiempo que retrocede a mediados de agosto: atravesar el Bósforo, desde la parte europea y antigua hasta el lado asiático, residencial y moderno, fue una experiencia increíble, tal y como le había dicho Jaime Oriol López-Montenegro, el miembro «más loco y divertido» de la familia Oriol, metido a cineasta y que vive feliz con su nueva esposa, la turca Leila, tras su separación y divorcio de María Trujillo. A Jaime se le puede encontrar deambulando por el Gran Bazar de Estambul o en pleno Village neoyorquino, siempre a caballo de los dos mundos. Lo mismo te invita a comer en el Pandeli, al lado del Mercado de las Especias que, atrapado en Madrid, cumple con el rito obligado de «hacer el paseíllo» en Horcher, Jockey o el Club 31.

La vida le acaba de lanzar una OPA hostil y va en busca de un hígado que pueda reemplazar al suyo, roto en la agotadora carrera hacia la cumbre de las finanzas; una carrera que inicia antes de terminar Económicas en Deusto, cuando le contratan en General Eléctrica Española. Diez años después toma la gran decisión de su vida: entrar en el Banco de Vizcaya o convertirse en secretario de la Cámara de Comercio de Bilbao. Está casado desde 1962 con Elena Echevarría, desciende de uno de los fundadores del banco, y ésa es la razón última de su elección. Comienza como director de tesorería y en 1975, el año de la gran revolución en la entidad financiera, es nombrado director general adjunto.

En el consejo de administración del banco se sienta Angel Galíndez Celayeta, apoderado de Hidroeléctrica Ibérica y vocal de Altos Hornos de Vizcaya, de Naviera Vizcaína y de Vitoriana de Electricidad; un ingeniero agrónomo que está dispuesto a someter bajo su mano de hierro a las díscolas familias de Neguri que llevan el banco a la parálisis.

El golpe de mano acaba con la presidencia de Pedro Careaga y Basabe y con las aspiraciones del consejero delegado, Manuel María de Gortazar y Landecho; el conde de Cadagua y el conde de Superunda dejan paso a Galíndez y a un Pedro Toledo que acaba de cumplir cuarenta años y está dispuesto a «comerse el mundo en porciones». Doce años después, la gloria: en 1987, Angel Galíndez, su mentor y amigo, le cede el paso a la presidencia.

Cuando el pequeño avión de Alfa-Jet, la compañía del financiero Jacques Hachuel, deja atrás los Pirineos y se lanza en busca de la ruta polar que le llevará a las costas americanas, Pedro Toledo deja su vida a pedazos, devorada por el dolor que le atraviesa: sus sueños de pintor, su velero, su Daimler azul, su casa de Jávea, su apartamento en Sierra Nevada... Ve a Elena, su «archiduquesa» —que así se la presentó al periodista Jesús Mariñas cuando las afiladas garras del reportero quisieron hacer presa en sus carnes y José Luis Sanchís le aconsejó la vía del humor frente a frente—, ve a su hija Lucía, a Jorge Rius, a Gerardo Maqueda... La vida no puede escapársele ahora. En una clínica de Rochester está su pasaporte para el futuro de manos de un donante anónimo; sólo tiene que apretar los dientes y aguantar, tal y como le decía el padre Bernaola, el jesuita que modeló gran parte de su carácter.

Además tiene que hacer rabiar a José Angel, su copresidente, como lo hizo a mediados de noviembre aprovechando las jornadas del IESE de Barcelona y al darle un puyazo a Mariano Rubio:

—Las relaciones entre el Banco de España y el Gobierno no son claras. Por eso se dan circunstancias como la que ha ocurrido en este período entre un Ejecutivo aún no constituido —que por ello no quiere lanzar mensajes preocupantes— y un Banco de España que dice: «Me voy a aprovechar de que no hay Gobierno para dejar claras las posiciones de que aquí hay que defender el valor de la peseta, hay que luchar contra la inflación y, por tanto, la política monetaria va a ser restrictiva.»

¡Qué cabreo al día siguiente!, cuando los periódicos recogieron sus palabras y las unieron al coro de críticas contra la autoridad financiera. Tuvo que aceptar que el disciplinado y eficiente Antonio López mandara una carta a todos los medios de comunicación para que José Angel Sánchez Asiaín se quedara tranquilo:

> «En ningún momento fueron calificadas las declaraciones del gobernador. En el contexto del acto académico, Pedro Toledo analizó las ventajas e inconvenientes de la política monetaria como instrumento exclusivo de la política económica del Gobierno, y habló de las responsabilidades de los bancos centrales de todos los países de mantener el volumen interno y externo de las divisas, que exige independencia de los gobiernos.
>
> »Dentro de la filosofía de su intervención, destinada a ejecutivos de empresa, se criticó cualquier tipo de acciones intervencionistas que pudieran hacer imposible la necesidad de competir que la economía moderna exige como regla del juego inexcusable.
>
> »En cualquier caso, quiero dejar constancia del carácter académico y no político de la intervención de Pedro Toledo en un acto de diálogo y reflexión sobre los problemas actuales. En ningún momento las palabras del señor Toledo supusieron una definición institucional en torno a la actual coyuntura política y económica de España, máxime cuando en numerosas ocasiones el señor Toledo ha manifestado su apoyo a las políticas ortodoxas mantenidas por el Banco de España y el Ministerio de Economía.»

Su cuerpo no es la bicicleta explosiva con que el terrorismo asesinó al presidente del Deutsche Bank, su amigo y admirado Alfred Herhaussen, tras cuyo funeral se despidió de Asiaín con un «hasta mañana», el pasado 6 de diciembre de 1989, una fecha grabada para siempre en su memoria, de la que extrae la larga ceremonia en la catedral de Francfort, rodeado de la plana mayor del Gobierno federal y del capitalismo europeo, entre impresionantes medidas de seguridad. Su cuerpo es como su despacho, un fortín; y, sin embargo, la enfermedad ha burlado todos los controles de vigilancia: primero fue la hemocromatosis, luego la diabetes y ahora la hepatitis. De nada le han valido las dos sangrías por semana, ni el gimnasio que se hizo instalar en su casa, ni el apetito feroz que demostraba en todas las comidas. El secreto, su secreto, apenas comentado en los círculos más íntimos del poder económico —que no terminaban de creerse sus «gripes» inesperadas, como la que le obligó a no asistir a la presentación de Privanza o la que le mantuvo lejos de Sevilla en la reunión del consejo—, ha saltado por los aires. Esa misma noche, mientras él contempla las heladas tierras de Islandia, los diecinueve consejeros del BBV que provienen del antiguo Vizcaya van conociendo la noticia: «Pedro estará ausente del banco durante cuatro meses. Se traslada a Estados Unidos para ser tratado de una hepatitis grave.»

¿Por qué no habrá hecho caso a su hermano Juan Domingo cuando le aconsejó que se internase en la clínica que el Opus Dei tiene en Pamplona? Por el poder —se dice a sí mismo—, por el poder y nada más que por el poder. El ejemplo de Alejandro Albert, que fuera presidente del Hispano-Urquijo, es perfecto: si estás enfermo te quedas fuera. Ahora ya no le importa el despacho que le está esperando en la planta 26 de la torre de hierro y cristal diseñada por Sáenz de Oiza. ¡Le importa su vida, que se le escapa a mayor velocidad que la del birreactor ECELK!

Angel Galíndez llevaba toda la tarde esperando esa llamada desde Estados Unidos; sólo quería escuchar cinco palabras: «La operación ha salido bien.» Cuando colgó el teléfono la frase había sido más corta y más terrible: «Pedro ha muerto.» El dolor atravesó al hombre, pero no al banquero. A las diez y media de la noche, Federico Lipperheide, Carlos Delclaux, Luis María de Ybarra, José María Illera y el resto de los dieciocho consejeros representantes del Vizcaya conocen la noticia y lo que significa para el futuro del BBV. Galíndez recuerda las palabras de Sánchez Asiaín durante la comida que mantuvieron a mediados de noviembre, acompañados de Pedro Toledo y Faustino García-Moncó: había que acelerar la presidencia única, los estatutos de la fusión influían de forma negativa en el funcionamiento del banco, las dos culturas, los dos equipos tenían que integrarse...

Todas las tensiones acumuladas desde el 27 de enero de 1988, día en que se firmó el protocolo de fusión de los dos bancos en la Bolsa de Bilbao, le estallan en la cabeza al antiguo presidente del Vizcaya, que a sus setenta y un años se cree en la obligación de poner en pie de guerra a las familias. Si los fantasmas que le rondan adquieren cuerpo, los representantes del otro banco, del Bilbao, van a querer avanzar posiciones, y si ellos avanzan los suyos retroceden.

Adiós a los intereses del banco, adiós a la voluntad de los miles de accionistas. Treinta y ocho hombres, la mayor parte con raíces familiares comunes, se embarcan esa madrugada en la peor guerra civil de la banca española, la primera que afecta de forma directa a la estrategia de la *beautiful people.* Lo que está en juego es el poder, el prestigio y el dinero: los estatutos del BBV autorizan a repartir entre los miembros del consejo hasta el 4 por 100 de los beneficios netos de cada ejercicio, que en el de 1988 ascendieron a noventa mil millones; es decir, alrededor de cien millones para cada uno de los cuarenta ilustres apellidos que posaron sonrientes en la foto oficial. Pero hay más, mucho más en juego: están las empresas, los bancos filiales, sabrosos puestos de trabajo que se adjudican entre los hijos, sobrinos y nietos de las familias. Algunos grupos familiares han ingresado ese año de 1989 más de quinientos millones de pesetas.

COMIENZA LA BATALLA

El primer día de batalla, 13 de diciembre, va a determinar el carácter de todo el conflicto: falta de generosidad, mezquindad de algunas conductas, utilización de golpes bajos y complicidad e intervención de los partidos políticos, sobre todo del PSOE y el PNV.

A la 1.30, Angel Galíndez llama a Sánchez Asiaín, quien no termina de creerse lo que está escuchando; tiene tantas preguntas por hacer que, al final, hombre piadoso, sólo acierta a preguntar por Elena y esas cinco horas largas transcurridas desde la muerte.

A las dos, el gobernante de la planta noble del antiguo Vizcaya, en la madrileña calle de Alcalá, coge adormilado el teléfono en su casa. Cayo del Fresno dice a todo que sí, como un autómata; después entra a ducharse y una hora más tarde ya está en el banco disponiendo todo para una maratoniana jornada.

A las 7.30, Angel Galíndez Celayeta cruza las puertas de la entidad financiera y se dirige a su antiguo despacho. En su casa de Algorta ha dejado la pena y el pasado. Tiene que preparar la entrevista con el único presidente del BBV y sabe que va a ser dura, pero no está dispuesto a retroceder ni un palmo en sus posiciones.

A las 10.30 saluda en la torre del complejo Azca a José Angel Sánchez Asiaín, que tampoco ha podido dormir esa noche. La noticia está en la primera página de todos los periódicos:

—Creo, Angel, que es el momento de avanzar en el proyecto del banco. Lo que ha pasado es un hecho dolorosísimo, pero que permite que haya un solo presidente.

—Quiero decirte que he estado hablando con nuestros consejeros y nos vamos a reunir esta tarde para elegir al nuevo copresidente.

—Pero, Angel, eso no se puede hacer así, éste es ya un solo banco. Es el consejo quien debe tomar las decisiones.

—Jurídicamente tenemos derecho a ello.

—Estás equivocado, pero de cualquier forma, por favor, no hagáis nada. Vamos a hablar antes de tomar decisiones. Esperemos todos a que Pedro esté enterrado.

A las doce, Sánchez Asiaín habla con Mariano Rubio. Le explica la situación y ambos creen que lo mejor es mantener una reunión inmediata entre las dos partes en el Banco de España.

A la una, llegan al despacho del gobernador del banco

emisor Asiaín y Galíndez. Cada uno defiende su postura. El antiguo presidente del Bilbao lo que considera una necesidad imperiosa: adelantar los plazos de la fusión y unificar los equipos, ya con un solo presidente; el que fuera presidente del Vizcaya insiste en la aplicación estricta de los estatutos y el nombramiento de un nuevo copresidente por parte de los consejeros que representa. Y tiene a la persona: Alfredo Sáenz Abad, el delfín de Pedro Toledo, uno de los dos consejeros delegados del BBV. Licenciado en Derecho y Ciencias Económicas por la Universidad de Deusto —de donde es profesor—, con prestigio reconocido en todo el mundo bancario y con cuarenta y siete años recién cumplidos, es un auténtico «número 1».

A las cuatro, Sánchez Asiaín se traslada al palacio de La Moncloa para comentarle a Felipe González la importancia del desenlace y la necesidad de la presidencia única. El Presidente del Gobierno conoce muy bien sus ideas.

A las cinco, Emilio Ybarra llama a Galíndez por teléfono. Le pide que antes de la reunión del bloque del Vizcaya lean él y los otros consejeros la carta que acaba de mandarles con un mensajero Sánchez Asiaín, en la que les pide que no den el paso de nombrar a nadie por el bien de la institución.

A las 18.30, en las redacciones de los medios de comunicación se recibe una nota con membrete del BBV en la que se dice que se ha nombrado copresidente a Alfredo Sáenz, consejero delegado a José Antonio Sáenz-Azcunaga y director general a Angel Merodio.

A las 19.30, en las mismas redacciones se recibe otra nota con el mismo membrete, pero con un contenido muy distinto: no hay ningún nombramiento, que sólo puede realizar el consejo del banco por mayoría. La guerra civil es un hecho público.

UNA GUERRA FRATRICIDA

A las diez de la mañana del día siguiente, en la planta 22 de la torre del BBV comienza la reunión del consejo. De nuevo hay dos bancos en liza. Las caras están crispadas, tensas, y según avanza el día las discusiones suben de tono y los mutuos reproches son como latigazos. A las 7.30 ha llegado al aeropuerto de Barajas el féretro con los restos mortales de Pedro Toledo, que han sido embarcados inmediatamente en otro avión con destino a Bilbao, pero todo el rito de la muerte parece muy lejano. Los que están vivos van a cumplir uno de los refranes más duros de la sabiduría popular: «El muerto al hoyo y el vivo al bollo.»

La guerra fratricida divide al Gobierno, como ya lo hizo con la llegada de Mario Conde a Banesto, el asalto de Cortina y Alcocer al Central, el tema Rumasa o Banca Catalana. Esta vez divide incluso a los amigos: mientras Asiaín cuenta con el respaldo y la comprensión de Mariano Rubio y Miguel Boyer, máximos representantes de la *beautiful people,* Galíndez juega con el apoyo de los dos ministros que trabajaron a sus órdenes: Carlos Solchaga y Claudio Aranzadi.

Las llamadas entre el palacio de La Moncloa, la sede del Ministerio de Economía y Hacienda y el Banco de España se suceden a lo largo de todo el día con creciente preocupación, máxime cuando las noticias que se reciben son pesimistas. La guerra pone en peligro la única fusión bancaria lograda por el Gobierno.

El líder del Bilbao pone sobre la mesa, con reiteración profesional, la misma doctrina: se ha producido la «situación excepcional» que contempla el complejo acuerdo de fusión en apenas dos líneas, y hay que dar un paso adelante. El único banco debe estar presidido por un único presidente.

Galíndez no está dispuesto a entregar el futuro de todo su equipo por un capricho trágico del destino, un futuro que hasta hace unos días parecía sonreírles. Niega hasta tres veces, apoyado por el único hombre que no pertenece a las estirpes vascas y que es el hilo de unión con el Ministerio de Economía: José Aureliano Recio, consejero-director general del BBV, puesto por el que abandonó la Junta de Andalucía y su cargo al frente de Economía.

Pepe Recio, amigo personal del Presidente del Gobierno

y antiguo socio en una empresa de comunicación y relaciones públicas de Julio Feo y Pilar Miró, será la muralla en la que se apoye Angel Galíndez, el portador de los mensajes de resistencia.

En La Moncloa, Felipe González se impacienta. No puede haber más escándalos en el mundo bancario y la fusión hay que salvarla por encima de todo. Las llamadas al «profesor» Asiaín se multiplican: hay que aplicar los estatutos, la letra de la fusión. Y el presidente del BBV que no cede, que para él lo importante es el espíritu de la misma, el objetivo que le llevó junto a Pedro Toledo a sentarse y negociar tras su fallida OPA sobre Banesto. No está en juego su futuro, sino su prestigio profesional. La derrota a manos de Conde fue un largo trago de cicuta que aún siente en la garganta, y no está dispuesto a otro. Neguri no se lo perdonaría. Juega fuerte:

—La figura de Pedro es irrepetible y la mía también. Estoy dispuesto a presentar la dimisión si el problema es mi persona, pero insisto en que debemos tener un solo presidente.

—Insistiré todas las veces que haga falta —habla Galíndez—, pero los estatutos lo dicen bien claro: en los cuatro años del proceso de fusión cualquiera de los dos bancos podrá designar a su presidente en cualquier momento y con completa libertad; estamos en nuestro derecho y Sáenz debe ocupar el puesto de Pedro.

A las seis de la tarde, un camión descarga en la vieja sede del Vizcaya una caja fuerte que se traslada al despacho utilizado por Pedro Toledo hasta hace una semana. Su secretaria, Carmen Delclaux, la mujer que alquiló el avión de Alfa Jet, guarda en ella todos los documentos del fallecido. Asiaín propone que las votaciones se hagan en secreto, con papeletas anónimas, pero Galíndez se opone rotundamente: todo aquel que tenga algo que decir puede hacerlo sin esconderse. Uno intenta captar posibles deserciones, el otro evitar «traidores».

Lo que el líder del sector Bilbao no sabe es que sus rivales ya han decidido inscribir a sus tres candidatos en el registro de Bilbao y en el registro de altos cargos del Banco de España. Durante cinco días el equipo de juristas contratado por Angel Galíndez negociará con los tres registradores de la capital vasca —Carlos Lalanda, Javier Aznar y Antonio Arias—, que son conscientes de la responsabilidad que les ha caído encima y se muestran especialmente puntillosos con todos los requisitos.

Alfredo Sáenz no interviene, resguardado por sus compañeros para que no se «queme» en el proceso negociador; es ahora su pieza clave en el tablero de ajedrez sobre el que están colocados los dos bandos. Ninguno de los dos puede ganar, ya que el sistema de votos ponderados hace que el consenso sea inevitable.

El 15 de diciembre, la pequeña localidad de Derio está prácticamente tomada por los servicios de seguridad de las autoridades vascas y de los presidentes de la gran banca. En el panteón familiar Pedro Toledo encuentra su último hospedaje, mientras la «guerra sucia» enseña también los dientes. Por un lado se lanzan globos sondas hacia los medios de comunicación ante las especulaciones y rumores sobre las verdaderas causas de la muerte del banquero; la palabra «sida» recorre todos los mentideros acompañada de la gran interrogante: ¿por qué tuvo que irse a más de 4.000 km de distancia en un vuelo inacabable de catorce horas cuando, a quince minutos, en el hospital Clínico de Barcelona, se realizaba una operación de trasplante de hígado? Por otro, la «operación desgaste» contra Sánchez Asiaín refresca las memorias sobre la fracasada OPA contra Banesto. El poderoso BBV se dispone a cobrarse su segunda víctima: el otro copresidente.

A las 18.30 se celebra el funeral en la iglesia de Nuestra Señora de las Mercedes, del barrio de Las Arenas. Están el *lendakari* Ardanza y varios de los consejeros del Gobierno vasco; están los ministros Solchaga y Aranzadi y la plana mayor de la banca española: Mario Conde y Lourdes Arroyo, Emilio Botín y Paloma O'Shea, Claudio Boada y Eulalia Pallarés, Alfonso Escámez y Aurelia Torres. Falta Luis Valls, el más religioso de todos, el presidente del Popular, que al enterarse de la noticia comenta: «Nos quedamos sin el que iba a ser nuestro líder.»

Cuando el coro canta el *Libérame,* muchos de los consejeros del BBV se miran unos a otros: ellos no pueden liberarse ni desearse la paz. El párroco agradece la presencia del gobernador del Banco de España y termina con un «*agur,* Pedro, hasta siempre».

Frente al pórtico de la iglesia, Carlos Solchaga lanza un mensaje de concordia y una advertencia:

—El Gobierno está preocupado e interesado por el curso de los acontecimientos, pero está convencido de que no se va a llegar a un punto en el que sea necesaria la intervención.

Mientras caminan hacia la salida, José Angel Sánchez Asiaín y José Alberto Pradera Jáuregui, uno de los hombres fuertes del PNV y auténtica mano derecha de Xavier Arzallus, mantienen una corta pero importante conversación:

—Si es que lo que nos quieren hacer es imposible —dice Asiaín—, si lo llegan a plantear en 1987 no sé lo que hubiera pasado...

—Creemos que tienes toda la razón, desde luego.

—¡Y además me viene Solchaga hablando de que por encima de todo está el equilibrio de la entidad!

—Ya sabes, José Angel, que para lo que quieras cuentas con nuestro apoyo.

—Gracias, espero que no sea necesario.

A las diez de la noche, en el hotel Ercilla de Bilbao y bien a la vista de todos, se sientan a cenar Carlos Solchaga, Claudio Aranzadi y José Recio. Los ministros socialistas y el también socialista consejero-director general del BBV deciden que lo mejor es, precisamente, eso: que les vean.

El sábado 16, en la cuarta planta del antiguo edificio del Bilbao en la Gran Vía de la capital vizcaína, Pedro Luis Uriarte recibe a su homólogo por el otro banco, Víctor Menéndez. Los dos están encargados, desde la BBV *Holding,* de supervisar el proceso de fusión. Cuando horas más tarde abandonen el edificio en sus respectivos automóviles, habrán explorado todos los caminos posibles sin encontrar ninguno por el que avanzar juntos.

El lunes, los despachos imponen una realidad muy distinta de la que han vivido en sus lujosas casas de Neguri o Las Arenas ese gris y seco fin de semana. Entran en liza los bufetes de abogados: Sánchez Asiaín contrata los servicios de Aurelio Menéndez —el que fuera ministro de Educación y Ciencia— y Rodrigo Uría, a los que ayudarán Sánchez Calero y Juan Luis Iglesias, otros dos miembros del bufete; Angel Galíndez contrata al que fue vicepresidente del Gobierno vasco, Mario Fernández.

El martes 19 se crea una comisión de seis miembros, tres por cada bando, para estudiar las diversas opciones posibles, ya con la presión del registro de Bilbao y la inmediata impugnación que se ha hecho. Por el Vizcaya están Federico Lipperheide Wike, Javier Prado Urquijo y Carlos Delclaux Oráa; por el Bilbao, Faustino García Moncó, Eduardo Aguirre y José Domingo Ampuero. De Gran Vía 1, Gran Vía 12, de una sede a otra, es un peregrinaje continuo para que «hasta en los despachos utlizados haya una equidad».

En la mañana del día 20, José Angel Sánchez Asiaín vuelve al Banco de España. Mariano Rubio le insiste en la gravedad de la situación, que preocupa seriamente en las áreas económicas del Gobierno. Allí se han enumerado las ventajas que el BBV tiene desde la fusión: *a*) los dos mil seiscientos juzgados españoles canalizan su actividad financiera por el superbanco, lo que representa un movimiento de capital de unos setenta y cinco mil millones por año; *b*) en la operación de salida de la empresa REPSOL a bolsa se ha dejado que el BBV adquiera, con anticipación, un paquete en torno al 5 por 100; *c*) las empresas Ceselsa y Amper están en la lista de espera. Y eso sin contar la celeridad con que se han resuelto las exenciones fiscales en torno a las plusvalías, ya que otros bancos —como Banesto— están sudando tinta para conseguirlas y con muchos recortes.

Asiaín está de acuerdo. Juega la gran baza de la «comunión de ideas» entre el gobernador y él en torno a la necesidad de una presidencia única que garantice una sola línea en la gestión. Rubio quiere que se entreviste con Alfredo Sáenz, que no rehúya el encuentro como hasta ahora ha hecho. La crisis debe cerrarse antes de fin de año; en caso contrario el ministro y él mismo pensarán seriamente en intervenir.

El día 21 tiene lugar el consejo del BBV bajo la presidencia de Asiaín, pero ningún miembro del Vizcaya asiste a la reunión. Ellos —lo ha dicho claramente Galíndez— no se sentarán a la mesa mientras Alfredo Sáenz no copresida las reuniones. La comisión negociadora, mientras tanto, vuelve a plantearse las mismas y gastadas fórmulas: presidencia única y vicepresidencia ejecutiva. Asiaín presidente, pero sin poderes... el Bilbao tiene que pagar su tributo. Acuerdan encontrarse el día 26, pasada la Navidad, en Bilbao.

Ese largo fin de semana, eminentemente familiar, sirve para repasar el inmediato pasado, pero no para comprometerse con el futuro. Durante el año y medio de fusión se han marchado del megabanco más de cien ejecutivos. Unos, como Francisco Luzón, para presidir el Banco Exterior; otros, como Juan Manuel Urgoiti, para fundar sus propias empresas. El G-5 —el comité creado en el mes de noviembre para agilizar la toma de decisiones e integrado por Sánchez Asiaín, Pedro Toledo, Emilio Ybarra, Alfredo Sáenz y Javier Gúrpide— no ha vuelto a reunirse, y los tres últimos nombres saben que entre ellos está el heredero: Ybarra por ser el candidato ideal para el consenso al tener miembros de su familia a ambos lados del frente de combate; Sáenz y Gúrpide porque ninguno de ellos está dispuesto a que el otro, su igual, le «pase» en la carrera. En la guerra de los gabinetes de comunicación e imagen se intenta desprestigiar al consejero delegado del Bilbao por ser poeta y haber ganado el premio Adonais. Un hombre que «hace versos» no puede dirigir una máquina de ganar dinero.

Faustino García Moncó y José Domingo Ampuero se encuentran el martes día 26 con el puerto de Guadarrama cerrado, por lo que tienen que regresar a Madrid y trasladarse a Bilbao en avión. Allí les esperan Federico Lipperheide, Javier Prado, Carlos Delclaux y Eduardo Aguirre. Los hombres del sector Bilbao llevan una nueva propuesta a la comisión: Alfredo Sáenz será elegido copresidente hasta el 28 de febrero, fecha de celebración de la junta general de accionistas, de la que saldrá un presidente único en la figura de Sánchez Asiaín. A partir de esa fecha, Sáenz pasará a ser vicepresidente con «responsabilidades operativas», con otras dos vicepresidencias de apoyo: una para Emilio Ybarra y otra para la persona que designen los representantes del antiguo Vizcaya. Los consejeros delegados serían Javier Gúrpide y José Antonio Sáenz-Azcunaga.

Lipperheide y Delclaux ven posible esa solución, pero con un matiz: la palabra «ejecutivo» debe sustituir a las difusas y poco concretas «responsabilidades operativas»; es decir, el poder tiene que estar en sus manos.

El día 27 los enfrentamientos en la comisión son tan duros y los nervios de los seis hombres están tan a flor de piel que los representantes del Vizcaya deciden abandonar la reunión. Todo está como al principio y de nada ha servido que Sánchez Asiaín se haya reunido, esa misma mañana, con Alfredo Sáenz, en el primer mano a mano y sin testigos.

El 28 la comisión no se reúne y la tensión en el Gobierno central, en el Gobierno vasco y en el Banco de España sube muchos enteros. Se llevan quince días de crisis y se está como al principio. Ninguno de los dos bandos está dispuesto a actuar con generosidad y en el mundo financiero internacional el prestigio de la banca española desciende en picado.

A los despachos de Julio Feo y José Luis Sanchís no llaman sólo los periodistas, también los políticos quieren saber lo que está sucediendo. En Mediatique trabajan y colaboran un ilustre representante del nacionalismo vasco, Andoni Monforte, y un no menos ilustre representante del Partido Socialista, Francisco Granados. Todos los días reciben las mismas llamadas de ministros como Enrique Múgica o Carlos Romero; a todos les explican lo mismo, la estrategia que se está siguiendo, los avances y los retrocesos y la cada vez más extendida opinión de que la solución de la crisis pasa por la cabeza de Sánchez Asiaín. «¡Tranquilo, tranquilo!», le dirá una mañana Monforte al titular de Justicia.

El 29 la comisión vuelve a reunirse, pero con escasa fortuna. Tan sólo acuerdan un «pacto de silencio» por ambas partes para no enrarecer más el ambiente. ¡Cómo si no estuviera ya todo lo enrarecido que podía estar!

Esa semana, a caballo entre la Navidad y el Año Nuevo, Carlos Solchaga invita a comer en el restaurante La Atalaya, en la población navarra de Peralta, a Emilio Ybarra. La «tercera vía» se abre paso con lentitud y prudencia en las altas esferas de la Administración. El vicepresidente del BBV defiende, sin ningún tipo de dudas, a Sánchez Asiaín; para él es la persona adecuada, pero el ministro conoce muy bien a los banqueros vascos, no en balde ha trabajado en el Servicio de Estudios del Vizcaya, y conoce a las familias de Neguri y Las Arenas, postergadas por los ejecutivos en las dos entidades durante la última década. En Emilio Ybarra confluyen, como en un imán, todas las partículas: tiene apellido, lleva más de veinticinco años como ejecutivo y es el primero en la línea sucesoria.

Ese es el hombre del futuro, si la salud se lo permite. En ese punto está de acuerdo con el gobernador del Banco de España, con quien ha comido el día 26, sin saber que su llamada ha obligado a Mariano Rubio a cancelar apresuradamente el almuerzo que tenía comprometido para ese día con Miguel Boyer, José María Amusátegui y Manuel de la Concha en uno de los reservados del restaurante Zalacaín. La comida de los más ilustres representantes de la *beautiful people* se traslada a la segunda semana de enero con otro escenario mucho más discreto para poder hablar: el propio Banco de España.

SANCHEZ ASIAIN PRESENTA SU DIMISION

A principios de enero de 1990 la situación comienza a escaparse de las manos de los consejeros del BBV y de sus líderes. Durante el fin de semana de fin de año, dirigentes del socialismo vasco y del sindicato UGT han mantenido conversaciones con varios consejeros de los dos lados, y en público María Jesús Paredes, secretaria general de Banca de CC.OO, advierte que «si en el plazo de quince días no hay solución a la crisis solicitaremos la intervención del Gobierno. Si se nos hubiera hecho caso y los beneficios fiscales de la fusión se hubieran traducido en algún representante del Estado en el consejo de administración, se habría evitado esta guerra».

El jueves 4 de enero Mariano Rubio convoca por separado a Sánchez Asiaín y a Alfredo Sáenz. El mensaje para los dos banqueros es el mismo: la paciencia de la Administración se está acabando y, como primera medida, el Banco de España va a suspender cautelarmente el trámite de inscripción en el registro de altos cargos de Sáenz, Azcunaga y Merodio.

La decisión de la autoridad monetaria no anula, claro está, la inscripción en el registro oficial de Bilbao, pero ésta se encuentra recurrida por el equipo jurídico de Asiaín ante el juzgado de primera instancia de la capital vizcaína.

Esa tarde, el ministro Carlos Solchaga insiste ante los informadores en que «el Gobierno no desea ni quiere intervenir en el Bilbao Vizcaya». El único presidente del BBV comprende que tiene que dar un paso adelante, que está prisionero de la inactividad, como lo estuvo durante una semana decisiva en la OPA sobre Banesto. Tiene que tomar el poder sin más consideraciones, y si tiene que convocar una junta general extraordinaria, pues la convoca. ¡A ver cómo reaccionan Galíndez y sus muchachos!

Llama a su secretaria y le dicta una carta dirigida a Emilio Ybarra. Con la primera versión en la mano le pide a Antonio López que se acerque a su despacho. Con esos tres folios como base, el responsable de comunicación tiene que elaborar una nota de distribución inmediata para los medios informativos:

> «La gobernabilidad del Banco, el interés prioritario de los accionistas y la atención a la clientela y perso-

nal exige que se adopten una serie de medidas que garanticen el funcionamiento adecuado del BBV. En consecuencia, la presidencia del Banco ha decidido convocar, dentro de la próxima semana, diferentes reuniones de sus distintos órganos de gobierno para tomar decisiones necesarias para la marcha de la entidad y efectuar, además, cuantas acciones se requieran con el mismo propósito.

»Así, la presidencia del BBV espera que se alcance, en el plazo más breve posible, la adecuada unidad de gestión y, por lo tanto, un equilibrio de funciones que garantice el concepto de paridad que impuso el acuerdo de fusión. Con ello se hará posible la ordenación racional y definitiva que se desea y por la que se está trabajando.»

Lo más importante no se dice en ese comunicado, que provoca reacciones opuestas entre la gente del Vizcaya; lo más importante está en la misiva que recibe el vicepresidente del banco, Emilio Ybarra, en su propio despacho. La carta de ese 5 de enero, festividad de san Simeón, estilita y anacoreta, resume la larga lucha fratricida entre las familias de Neguri:

«Querido Emilio:

»El pasado 13 de diciembre, tras los acuerdos adoptados por el grupo de consejeros del BBV, de origen BV, escribí una carta a todos los integrantes del consejo de administración del banco, en la que recomendaba tomarnos un tiempo prudencial para reflexionar y consensuar la solución más adecuada con los intereses del banco. Indicaba entonces que no me movía ningún interés personal. Esa misma idea la expresé al gobernador del Banco de España y a los miembros del consejo con los que conversé aquel día, y la he reiterado en público y en privado numerosas veces.

»El 14 de diciembre celebramos un consejo de administración. En mi intervención de apertura dije que ponía mi puesto, mi presidencia, a disposición de todo el consejo, para que éste pudiera deliberar con toda libertad sobre la fórmula y sobre las personas que han de gobernar en el futuro el BBV. Añadí que el consejo debía buscar la fórmula más adecuada y mejor para el BBV, pensando exclusivamente en sus accionistas y en el personal.

»Los antecedentes anteriores son bien expresivos de mi firme compromiso personal con la defensa de nuestra institución y, por lo tanto, con la defensa de los intereses de sus accionistas. Entiendo que garantizar la gobernabilidad del banco es indispensable para esa defensa.

»Desde aquella reunión, los consejeros han realizado los mayores esfuerzos para encontrar la mejor solución. Todos hemos trabajado: por un lado, los seis miembros de la comisión negociadora y, por otro, los demás consejeros en numerosos encuentros y conversaciones. A pesar de tantos buenos deseos y del tiempo transcurrido, no surge, sin embargo, el consenso respecto al esquema de gobierno. Y esto creo que empieza a pesar gravemente sobre la conducción del banco.

»De acuerdo con mi responsabilidad, y en defensa exclusiva del BBV y de sus accionistas y empleados, entiendo que debo dar un paso adicional que ayude a diferenciar el proceso de negociación en curso, y mi obligación, como presidente, de preservar la marcha de nuestra institución, de la que soy el primer responsable.

»Tal reafirmación de responsabilidad exige —dados los momentos que actualmente vivimos— evitar cualquier apariencia de interés personal, para así permitir al presidente una total libertad y transparencia en el ejercicio de la dirección del BBV y garantizar un equilibrio en las decisiones que deben adoptarse.

»Para ello, quiero por medio de estas líneas manifestarte formalmente mi decisión de presentar mi dimisión como presidente del consejo de administración del BBV.

Esta dimisión se haría efectiva en el momento en que se adopte un acuerdo de consejo sobre la forma de gobierno y dirección del banco y sobre las personas que deben responsabilizarse de su conducción en los diferentes cargos.

»Confío que mi decisión permita a los consejeros del BBV y a la comisión negociadora hacer frente a sus responsabilidades en un clima de total libertad personal para poder elegir así a las personas que se estime más convenientes, de entre todos los que constituyen el consejo. Deseo al consejo un total acierto y le pido la máxima capacidad de decisión para acortar al máximo este proceso en evitación de los perjuicios graves que ya se empiezan a adivinar.

»Quiero aprovechar esta carta para expresar mi convicción de que las diferencias que existen en el consejo deben ser resueltas exclusivamente en su seno, y con visión de BBV y de lo que interesa a sus accionistas, ahora, y en el futuro. Estoy seguro de que el consejo recuperará su protagonismo y dará un ejemplo de cómo se puede encontrar una solución satisfactoria para todos, sin necesidad de recurso a la convocatoria de junta general.

»Desde mi respeto absoluto a la voluntad de nuestros accionistas, espero que esto último nunca llegue a ser necesario, ya que supondría trasladar a ellos y a nuestros directivos y empleados, que durante estos años han dado un ejemplo de lo que debe ser la fusión y una rápida integración, la incapacidad del consejo para llegar a acuerdos razonables.

Un fuerte abrazo.»

Es una carta muy pensada en la que Asiaín no se autoexcluye, ya que él mismo forma parte del consejo, pero, una vez pasados los primeros momentos de indignación, en el Vizcaya deciden que a partir de ese momento el copresidente ha firmado su «acta de defunción como primer ejecutivo de la entidad». La palabra «dimisión» se convierte en el *leit motiv* de todos los pronunciamientos posteriores, en el argumento desde el cual plantear el futuro. Sin dimisión de Asiaín ya no podrá haber ningún tipo de acuerdo. Es la última venganza de Angel Galíndez Celayeta, su postrer homenaje a su discípulo Pedro Toledo. Según pasan las horas, más convencidos están los diecinueve consejeros que en esa carta está su mejor regalo de Reyes.

Esa semana deja de hablarse de copresidentes y todo se reduce a las competencias que deben tener el presidente primero y el presidente segundo. Con Asiaín fuera de juego, los del Vizcaya pretenden «quemar» al nuevo aspirante o dejarle en un papel de «reina madre» de la entidad; incluso proponen otra alternativa, también encabezada por un Ybarra, esta vez Fernando, presidente de la Compañía Eléctrica Sevillana: Emilio se quedaría como vicepresidente «político» y la gestión estaría en manos de los dos consejeros delegados, Alfredo Sáenz y Javier Gúrpide, pero con más áreas de influencia y decisión para el primero de ellos.

Emilio Ybarra, que está guardando un respetuoso silencio siempre apoyando a su jefe y amigo Sánchez Asiaín, deja muy claro ante el consejo lo que piensa de sus atribuciones:

—Si asumo la presidencia del Banco será con todas las consecuencias y todas las responsabilidades. No estoy dispuesto a tener un papel decorativo. El diseño de la presidencia del Banco debe hacerse de forma previa a la elección del hombre que la ocupe, producto siempre del consenso y no de la imposición de una de las partes negociadoras.

El viernes 12, Mariano Rubio recibe de nuevo en su despacho a Sánchez Asiaín. El gobernador conoce perfectamente la situación interna del BBV y urge al banquero a una «solución definitiva». Durante toda la semana el Ministerio de Economía y Hacienda ha pensado en intervenir la entidad y sólo los últimos acercamientos producidos en la comisión negociadora han aconsejado alargar la espera. Pero ya no hay más plazos, que la Administración está cogiendo el «síndrome de Penélope»: todo lo que se ha tejido durante el día se desteje por la noche, y vuelta a empezar desde hace ya un mes entero.

El presidente del BBV informa a los consejeros del banco de su entrevista con el gobernador del Banco de España y de la dureza que el Gobierno está dispuesto a aplicar en el plazo de cuarenta y ocho horas. Tiene una nueva fórmula que ofrecer para su discusión: un presidente, un vicepresidente de apoyo y dos vicepresidentes-consejeros delegados que serían los «números 1, 2, 3 y 4» del banco, pero no por ese orden. El «número 1» sería el presidente y el «número 4» uno de los dos consejeros delegados, que les correspondería nombrarlos a uno de los dos grupos. El otro elegiría al «número 2», que sería el otro vicepresidente-consejero delegado, y al «número 3», que sería el vicepresidente de apoyo. Por un lado, el poder político dentro de la institución y, por el otro, el ejecutivo.

El fin de semana todos son conscientes de que han llegado al final y, sin embargo, se niegan a modificar las anquilosadas posiciones. Deberá ser otro el que les someta, ya que ninguno de ellos va a entregar sus armas al rival y vecino. El lunes 15 de enero las dos parejas, como si se tratara de un torneo de mus, se presentan al árbitro, Mariano Rubio. Este ha decidido suspender la partida. Se acabaron los guiños entre Galíndez y Sáenz, se acabaron los órdagos de Asiaín, se acabaron los pases de Ybarra.

LA MEDICINA DE MARIANO RUBIO

A las diez de la mañana del martes la comisión de los seis, a la que se han sumado los dos líderes de cada bando, se dispone a realizar el último intento. Cuatro horas después, Sánchez Asiaín llama a Mariano Rubio con el pesimismo grabado en cada una de las palabras que emplea para decirle que están bloqueados en el mismo punto de siempre: el reparto de las funciones, pero que la reunión continúa después de comer.

A las siete de la tarde el gobernador les exige la publicación de una nota en la que pidan su mediación o la nota explicando la intervención la redactará él. Lipperheide se rinde, García Moncó se rinde, Ampuero se rinde, Delclaux se rinde, Prado se rinde, Aguirre se rinde; Asiaín e Ybarra aceptan «la única salida, nos lo hemos ganado»; Sáenz presiente su derrota y Galíndez que le espera el destierro definitivo. Ha jugado y ha perdido. Para él no va a haber perdón.

A las ocho, Antonio López distribuye un comunicado en el que se explica que «ambas partes han acordado que, si en las próximas horas no se superan las últimas diferencias, solicitarán inmediatamente la mediación del gobernador del Banco de España, que ha adelantado su voluntad de aceptar la mediación».

Dos días después, Mariano Rubio cita en su despacho a Emilio Ybarra y José Angel Sánchez Asiaín para explicarles previamente el laudo que ha redactado: deja al consejo del BBV dos salidas, una con Asiaín y otra con Ybarra, las dos con un único presidente ejecutivo, sin medias tintas. Les dice también que tal y como están las cosas él se inclina por la solución Ybarra, por ser más integradora, pero que en cualquier caso el ex presidente del Bilbao permanecerá en el consejo, del que tendrán que salir diez miembros, cinco por cada entidad fusionada, para dejar paso a otros cinco independientes que aseguren en el futuro la gobernabilidad de la entidad evitando los empates. Las mismas explicaciones, más resumidas, se las da a Sáenz Abad.

El laudo son doce folios, menos de cuatro mil palabras, que toda la banca recibe como si de los acuerdos de Yalta se tratara. Al fin, la paz.

Se deja bien claro que «después de la copresidencia sería muy peligroso que el banco insistiera en esa fórmula, simplemente por respetar unos acuerdos tomados por el consejo en circunstancias muy distintas, y que en cualquier caso están demostrando ser un obstáculo insuperable para el buen funcionamiento de la institución».

Se explica la necesidad de reducir el número de consejeros para facilitar la toma de decisiones, estableciendo la «jubilación» a los setenta años, y se exige la elección de cinco nuevos miembros escogidos «por acuerdo de los consejeros ex Bilbao y ex Vizcaya, entre personalidades relevantes y mediante una fórmula tal que permita tomar una decisión en el plazo de pocos días».

Sobre la presidencia única y las facultades que debe tener, señala: «La realidad española, y muy especialmente la realidad bancaria, ha demostrado que los tiempos modernos llevan a la figura del presidente primer ejecutivo»; y añade que por las especiales circunstancias que ha atravesado el BBV «es necesario un papel de liderazgo que solamente puede asumir un presidente que reúna las condiciones para ello».

Hace un homenaje a la figura del que hasta esos momentos es copresidente afirmando que «en circunstancias normales la desaparición de Pedro Toledo hubiera llevado a la presidencia única a José Angel Sánchez Asiaín, ya que la copresidencia no podía tener otro sentido que evitar la elección entre uno de los dos presidentes».

Ese 20 de enero es la fecha tope que tenía el BBV para presentar las cuentas del ejercicio, una de las mejores armas empleadas por el duro, y en este caso justo, gobernador del Banco de España. Han pasado cinco semanas y media desde que se murió Pedro Toledo, cuarenta días en los que la lucha por el poder ha alcanzado todos los límites imaginables. No se ha defendido la institución, sino las poltronas.

En la soledad de su despacho, con los enormes ventanales a su espalda, José Angel Sánchez Asiaín escribe a mano su despedida:

> «Querido Emilio:
>
> »Acabo de leer el documento que nos envía el gobernador del Banco de España con sus recomendaciones para solucionar la situación en la que nos encontramos desde el pasado 13 de diciembre. Creo que contiene una fórmula realista, que interpreta bien las necesidades de la institución y que profundiza en las ideas de

unidad de gestión y de defensa de la gobernabilidad del banco que he defendido siempre.

»Las palabras de elogio hacia mi persona del gobernador, así como su invitación a que siga al frente del BBV, me resultan emocionantes en estos momentos, pero creo oportuno mantener la voluntad de dimisión que te expresé formalmente el pasado 5 de enero. Te decía en mi carta de aquel día que mi dimisión como presidente del consejo de administración del BBV se haría efectiva "en el momento en que se adopte un acuerdo de consejo sobre la forma de gobierno y dirección del banco y sobre las personas que deben responsabilizarse de su conducción en los diferentes cargos". Creo que ese momento ha llegado, porque estoy seguro de que el consejo de administración del BBV, en su reunión de mañana, hará honor al compromiso contraído al solicitar la mediación del gobernador del Banco de España en defensa de los intereses de esta casa, es decir, de sus accionistas, trabajadores y clientes.

»Estoy satisfecho por el resultado que al final han tenido tan largas negociaciones porque entiendo que en la solución propuesta se recoge, en sus términos esenciales, el proyecto que venimos defendiendo desde hace tanto tiempo, convencidos de que constituye el único camino para acortar los períodos transitorios de la fusión en casi tres años, con las correspondientes ventajas para la gestión.

»Pienso, además, que las personas a que se refiere el gobernador en su documento reunían las características profesionales y humanas que el banco requiere. En lo que se refiere a ti, querido Emilio, y no sólo por razones de amistad antigua y de afecto sincero, sino porque lo he podido constatar así en nuestros largos años de trabajo en estrecho contacto, tengo la seguridad de que serás un gran presidente y que llevarás este banco durante los próximos años a las cotas de prestigio y de eficacia que la institución merece. Porque tu talante personal te permitirá profundizar en la fusión de todo el equipo humano y de todas las estructuras con el horizonte temporal que requiere una tarea de tanta envergadura. He dedicado primero al Banco de Bilbao y después al Banco Bilbao Vizcaya la mayor parte de mi vida. En los últimos años, al lado de Pedro Toledo, cuyo fallecimiento tanto hemos sentido, dediqué mis mejores esfuerzos para que nuestro país pudiera contar con una institución financiera de la dimensión y proyección de los grandes bancos internacionales, con los que pronto tendremos que competir. Por ello, y a partir de ahora, sabes que tanto el BBV como tú mismo seguiréis contando también con mi colaboración desde los órganos colegiados de gobierno del banco.

»Al pasar esta página de mi vida profesional, tengo la conciencia de haber cumplido, con absoluta fidelidad a mis convicciones, una misión, un deber que todos me habíais encomendado. A todo ello me he dedicado sin otra ambición personal que la satisfacción del trabajo bien hecho. Creo que la realidad y el proyecto del BBV que hoy existe justifica la dedicación de tantos años. La lealtad que me han demostrado a lo largo de todo este tiempo los consejeros y los trabajadores del banco era el único pago que esperaba, y lo he obtenido. Ahora, sólo tengo palabras de agradecimiento y orgullo por haber estado al frente de esta organización, que ha logrado la confianza de miles de clientes y accionistas. Ellos son la base de BBV, y ellos son los únicos que deben importarnos a todos.

»Querido presidente, te deseo los mejores éxitos.

Un fuerte abrazo.»

Emilio Ybarra y Churruca, nieto de uno de los fundadores del Banco de Bilbao y descendiente del almirante Churruca, se convierte en el primer presidente único del mayor banco del país, algo muy difícil de imaginar un año antes, cuando todo parecía sonreír a Pedro Toledo. Su padre murió en el transcurso de la Guerra Civil y él se educó bajo la tutela de su abuelo materno, Alfonso Churruca Calvetón, que le abre las puertas del banco en 1964, con veintiocho años recién cumplidos. Tres años después es nombrado director de Organización y Personal, y en 1970 llega a la subdirección general del banco. En 1971 entra en el consejo y en 1977 es nombrado consejero delegado. Elegido vicepresidente y seguro sucesor de Sánchez Asiaín, la fusión parece que le cierra el paso a la cumbre, pese a ser el mayor accionista individual del banco, del que posee unos trescientos mil títulos.

El 25 de enero tiene listo el nuevo organigrama del banco y los cinco nombres de «independientes» que lleva al consejo: Juan Entrecanales y Azcárate; Plácido Arango Arias; Manuel Clavero Arévalo; José Lladó y Fernández Urrutia; y Juan Urrutia Elejalde: dos empresarios, dos ex ministros y un prestigioso catedrático de Teoría Económica.

Tres de estos nombres pertenecen, por derecho propio, a uno de los círculos concéntricos de la *beautiful people* y son amigos personales de Mariano Rubio: Juan Entrecanales, Plácido Arango y José Lladó; los tres tienen una larga historia a sus espaldas.

Juan Entrecanales y Azcárate, junto a su hermano José María, es el *alma mater* de la constructora Entrecanales y Tavora, en la que entra a trabajar con veintiséis años, nada más terminar sus estudios de ingeniero industrial en Madrid y ampliarlos en Cleveland. Vicepresidente del Círculo de Empresarios es, también, uno de los accionistas importantes del BBV, no en balde su tercer apellido es Ibarra. Su madre era hermana del senador Justino Azcárate Flórez, el que fuera suegro del gobernador del Banco de España. Pese a la separación del matrimonio, las relaciones con Mariano Rubio no han cambiado, aunque es su hermano José María el más cercano al grupo.

Plácido Arango Arias tiene el instinto de los negocios metido en el cuerpo prácticamente desde que nació en Méjico en 1931. Presidente de Sigla, propietario de las cadenas VIPS y BOBS y de la cadena de supermercados Aurrerá, lleva más de veinte años viviendo en España, donde ha logrado conectar con todos los centros de poder. Vinculado a intereses norteamericanos y propietario de una de las mejores colecciones de obras de arte de su país, consiguió en 1987 una de sus metas: presidir la Fundación Príncipe de Asturias, la región en la que nacieron sus padres. Miembro de los patronatos del Museo del Prado y del Centro de Arte Reina Sofía, accionista —lo mismo que José Lladó— de la editorial Turner, miembro de la Fundación contra la Droga, su último invento en Madrid ha sido transformar el antiguo teatro Beatriz en la sala-disco Teatriz, cita obligada para los jóvenes cachorros de la *jet* madrileña.

José Lladó y Fernández Urrutia viene de una familia de banqueros: su padre fue el primer consejero delegado del Banco Urquijo y su hermano Jesús es el actual responsable del Departamento de Mercado de Capitales de esa entidad. A sus cincuenta y cinco años tiene una dilatadísima experiencia en la alta Administración, iniciada junto a Laureano López Rodó, con quien colabora en los dos primeros planes de desarrollo. En 1976 fue nombrado ministro de Comercio y un año más tarde titular de la cartera de Transportes y Comunicaciones, que abandona en 1978 para hacerse cargo de la embajada de España en Washington. Allí permanece hasta la victoria del Partido Socialista en 1982. Presidente de Técnicas Reunidas, la empresa familiar fundada en 1960, pertenece a los consejos de General Motors, Banco Urquijo y Sevillana.

¿Se cierra así la crisis? ¿Aceptan todos el nuevo reparto de papeles por los que han estado luchando sin piedad durante cinco semanas y media? En la España económica y financiera las respuestas son para todos los gustos. Unos ven sólo el desenlace de una batalla, de la misma forma que se saldaron otras; otros sí creen que ésta es la buena, que el banco va a funcionar con una única dirección, con tensiones lógicas, pero sin las rebeldías de los últimos meses.

CAPÍTULO XV

LAS TRES MUERTES DE BOYER

INTOXICACIONES SIN SUICIDIOS

El sorteo de la Lotería de Navidad no deja en Madrid muchos millones, pero sí un nuevo rumor que se extiende como una gran mancha de aceite por todos los cenáculos políticos y económicos, hasta tal punto que más de un ministro descuelga el teléfono intentando averiguar la verdad de lo que le cuentan: Miguel Boyer está internado en la clínica de La Luz, tras un intento de suicidio con pastillas por la mala situación que atraviesa su matrimonio con Isabel Preysler.

La fuente es de toda confianza, ya que se trata del médico que le ha atendido; un médico sin nombre, tan anónimo como la enfermera que ha estado presente en la habitación, también sin número, o el camillero que le ha trasladado por los pasillos del centro sanitario. Al día siguiente, la clínica se transforma en el Ruber Internacional, en la carretera de la playa, el mismo lugar en el que ha dado a luz hace unos meses la esposa del presidente de Cartera Central. Y veinticuatro horas más tarde se convierte en la clínica de La Zarzuela. Siempre, como rasgo característico, el médico sin cara y sin nombre. El proceso de desinformación e intoxicación, cuidadosamente preparado, está en marcha.

Esa tarde, en la que supuestamente a Miguel Boyer le atendían, entubaban y limpiaban el estómago, tomábamos café y conversábamos tranquilamente en su despacho de la planta 42 de Torre Picasso. Habíamos quedado a las cinco de la tarde y fue el teléfono, tres horas después, el que cortó nuestra charla: Isabel Preysler le recordaba que tenían una cita para cenar.

—Salgo ahora mismo y te recojo en casa.

—...

—Sí, prefiero que vayamos los dos juntos.

—...

—De acuerdo, hasta ahora mismo.

Una semana más tarde, la «noticia» se transmitía por los mismos canales: llamadas anónimas a los medios de comunicación, por un lado, y «suelta de la especie» en las reuniones de café y merienda de la *jet,* por otro. Todo se repetía salvo una cosa: el ex ministro había intentado suicidarse cortándose las venas. Incluso se aseguraba —«te prometo que lo he visto yo»— que Miguel Boyer tenía las muñecas vendadas. Las clínicas son las mismas, como son los mismos los doctores y enfermeras que le han atendido, pero se añade un elemento a las «causas de la desesperación»: su inminente despido de Cartera Central por las hermanas Koplowitz.

Con el comienzo del año llegó la «tercera ola» del rumor: el intento de suicidio era, esta vez, con una pistola dirigida a la sien que, por supuesto, había fallado. El resto de la historia permanece inalterable, con la presencia de una dolorida Isabel deambulando por los pasillos.

Dos revistas piensan en realizar sus portadas con ese tema y los periodistas llaman por teléfono a las distintas clínicas intentando encontrar la aguja inexistente en el enorme pajar. En uno de los casos el informador se hace pasar por una persona adscrita al servicio personal de don Juan Carlos, lo que origina un lío fenomenal en la institución sanitaria, puesto que la mención de las palabras «palacio de

La Zarzuela» impone mucho. Al final es otra revista, *Epoca,* la que recoge el tema en portada basándose, precisamente, en el propio desmentido del rumor; reproduce una larga crónica de Jesús Mariñas que se limita a contar una cena a la que habrían asistido Miguel Boyer e Isabel Preysler en compañía de unos amigos.

Se cerraba, así, el círculo, que es otra característica del rumor cuando éste es mera intoxicación y no responde a la primera verdad de un hecho real: su publicación en uno de los medios que habitualmente son críticos con el personaje o la institución afectada. Es el juego entre la verdad y lo verosímil, la máxima existente en todos los manuales de desinformación del mundo: «Repite una mentira mil veces, hasta que consigas convertirla en la verdad oficial para la gran masa de ciudadanos.» Lo han hecho y lo siguen haciendo todos los ejércitos y servicios de información del mundo, sobre todo en casos de guerra, y en los ámbitos financieros y políticos españoles se mantiene una clara situación bélica.

Sólo de esta manera se explican los rumores cíclicos sobre la mala salud del presidente González y sus estados depresivos, que le obligarían a aislarse de todo y de todos; la existencia en uno de los gobiernos socialistas de un ministro con sida, o la enfermedad irreversible del titular de Asuntos Exteriores.

La crónica rosa es aún más extensa y permite superponer los rumores en una misma dirección y sobre unos mismos personajes, como si de la torre de Babel se tratara: si volvemos a «las tres muertes de Miguel Boyer», vemos que coinciden perfectamente con la publicación escalonada de supuestas desavenencias conyugales y estallidos de celos, y su también supuesta mala situación profesional en el tambaleante imperio de las Koplowitz.

El presidente de Cartera Central ha tenido ilustres acompañantes sujetos a la maledicencia de expertos y bien pagados equipos profesionales de la desinformación; a Felipe González se le pretendió relacionar con Merry Martínez-Bordiú, una de las nietas de Franco, mientras que Carmen

Romero tendría el *affaire* de la venganza con un conocido arquitecto madrileño. Al fallecido Pedro Toledo se le asoció con la archiduquesa, recientemente casada, Sofía de Haubsburgo, y fue el propio banquero quien se burló del tema regalando a su esposa un Saab 900 descapotable y paseando con ella por la conservadora y puritana zona de Neguri; pensó en la querella, pero le convencieron para que no la presentase.

Quien sí lo hizo fue Emilio Botín, actual presidente del Banco de Santander, por haberle relacionado el periodista José Cavero con la actriz Carmen Maura en uno de los breves de la revista *Epoca*. En los tres casos la falta de pruebas era y es evidente.

Ni la Casa Real se ha visto a salvo de este tipo de rumores, que aprovechan cualquier viaje del Rey o la Reina para lanzar las más aventuradas conjeturas, aderezadas por antiguas amistades que aparecían arrancadas de las páginas de la historia. Sólo la prudencia y el respeto que han sabido ganarse don Juan Carlos y doña Sofía han podido cerrar el paso a este tipo de maniobras, que tuvieron su cenit militar y político en torno al intento de golpe de Estado del 23 de febrero de 1981.

Siempre ha estado en juego el poder, el poder político o el poder económico; se trata de «desgastar» la imagen de los protagonistas y de «romperles» los nervios en una guerra psicológica trazada en sus estrategias con una frialdad que asusta. Madrid es una magnífica caja de resonancias que permite que un rumor se extienda por ministerios, centros bancarios y, sobre todo, medios de comunicación en muy pocas horas. El *tam-tam* del teléfono funciona con precisión matemática.

En los periódicos, revistas, emisoras de radio y canales de televisión, el carácter «confidencial y reservado» de la supuesta noticia hace que sea muy difícil la confirmación total, máxime cuando en la «historia» se han deslizado sabiamente elementos reales y fácilmente comprobables.

La desinformación y el rumor se han utilizado espectacularmente en la bolsa. Noticias que se daban para aumentar la cotización de un valor, en el que previamente se habían conseguido posiciones accionariales importantes, para inmediatamente vender y sacar una jugosísima plusvalía. Con el nombre mágico de KIO, más de un especulador financiero ha hecho su agosto.

El sistema se utilizó igualmente en la batalla de Mario Conde con el gobernador del Banco de España y el Ministerio de Economía y Hacienda; en la de los Albertos con Alfonso Escámez; en la de Javier de la Rosa contra todos; en la de Boyer y Solchaga con Guerra y los guerristas. Ha seguido luego en torno a las hermanas Koplowitz hasta conducirlas a Londres, París y Roma en misteriosos encuentros con pretendientes no menos misteriosos o extraños, como Benedicto Alfaro, al que la «publicidad» le ha venido estupendamente para abrirse paso en un mundo que le era ajeno y con el que el único contacto que tenía era el de sus millones.

El sociólogo Amando de Miguel lo explica como un arte en el que hay que «conseguir un punto de verosimilitud en la información que se difunde. Superado el cual, el paso de la emotividad es tan grande que llega a anular la falta de veracidad de muchos de los detalles y a veces hasta la propia sustancia de lo que se rumorea».

EL NIÑO MIMADO DE LOS MARCH

El heredero de Miguel Boyer en el Gobierno y firme puntal de la *beautiful people* en la Administración, Carlos Solchaga, firma el 25 de enero uno de los grandes pactos de su vida pública. Acompañado por los ministros de Trabajo, Manuel Chaves, y de Administraciones Públicas, Joaquín Almunia, ha estampado su nombre junto al de los dirigentes sindicales de CC.OO y UGT. La concertación es un hecho y el cambio de estrategia en el PSOE permite a los «biuti» presentarse como el ave fénix, renacidos de lo que muchos consideraban sus cenizas.

Incluso el denostado gobernador del Banco de España,

al que todos alaban por su labor de pacificador en la guerra civil del BBV, puede —y lo hace— volver a insistir en sus tesis de «enfriamiento de la economía». Está al otro lado del mundo, interviniendo en Tokio en el seminario que han organizado la banca March y la Yamaichi Securities, una de las grandes sociedades japonesas de inversiones; expresa las mismas ideas por las que meses antes fue condenado y exigida su cabeza al presidente del Gobierno, pero las circunstancias han cambiado, gracias, sobre todo, a tres acontecimientos:

a) Los ataques contra Miguel Boyer han llegado al punto álgido y su resistencia está cambiando la visión que se había forjado la opinión pública del presidente de Cartera Central.

b) Los escándalos de los Albertos son el mejor punto de referencia para las discretas actuaciones de las parejas Boyer-Preysler y Rubio-Posadas.

c) La guerra civil del BBV ha puesto sobre la mesa el papel moderador y de prestigio que enarbola el corazón de la *beautiful people,* con los dos amigos a la cabeza.

Las grandes batallas se libran ahora en el mundo empresarial más que en el financiero. Los March han vendido todas sus participaciones en el Banco Popular por unos jugosos catorce mil millones de pesetas y se encuentran en pleno proceso de redefinición de su grupo, desde la Corporación Financiera Alba hasta el reciente *holding* —Menhir— creado para agrupar todas las actividades parabancarias como son el *leasing,* las sociedades hipotecarias y los seguros. Mantienen su fuerte participación en el Hispano, del que son el segundo accionista tras el Commerzbank alemán, pero el incombustible Boada viaja a Francfort y cierra el acuerdo por el que el Hispano compra el 5 por 100 de la entidad germana. Son veinticuatro mil millones de pesetas que le dan a don Claudio un puesto en el consejo de administración del banco alemán.

Juan y Carlos March, que han conseguido incorporar al Banco de Progreso al ex secretario general técnico del

Ministerio de Hacienda —con lo que indirectamente han perjudicado a Mario Conde en el tema de las plusvalías de su Corporación de Valores al retrasar la burocracia administrativa—, están a punto de perder a uno de sus primeros ejecutivos: Juan Antonio García Díez, otro de los puntales de la *beautiful*.

El que fuera vicepresidente del último Gobierno de UCD ha conseguido que Uralita, la empresa que dirige, se convierta en la sexta compañía de Europa en el sector de materiales de la construcción, y que el grupo industrial articulado en torno a ella, con más de veinte sociedades, registre en 1989 unos beneficios consolidados de diez mil ciento cincuenta millones de pesetas. Y aunque se sienta en los consejos de Industrias Aragonesas, Seat y Yamaha Motor, y tiene su propia sociedad mediadora en el mercado del dinero —Servicios Monetarios y Bursátiles—, siempre ha sentido la tentación de la gran banca. Renunció en el caso de Banesto, tras las conversaciones mantenidas con Alberto Cortina y Alberto Alcocer, pero la oferta que tiene de la Bankers Trust es lo suficientemente atractiva como para que el técnico comercial que hay en él piense seriamente en aceptarla.

Los March ponen sobre la mesa sus planes de expansión en el extranjero, tanto en el mundo financiero como empresarial; por algo se han hecho con el 100 por 100 de la fábrica de pinturas Duraval y, a través del Banco de Progreso, han tomado el 16,66 por 100 de la sociedad financiera portuguesa Incofina. Tienen cuarenta mil millones invertidos en el grupo francés Carrefour, y en el estadounidense Signet, y ya han pedido permiso oficial a su amigo Mariano Rubio para comprar un banco pequeño en Francia. En su casa de Mirasierra, García Díez y su mujer, Ana Peñalosa Izuzquiza, tienen un agradable problema sobre el que pensar.

Quien se encuentra con un fantasma, no tan agradable por lo sorpresivo, es otro de los hombres de Boyer trasladado a la esfera privada: Guillermo de la Dehesa, consejero delegado del Banco Pastor. No tiene más remedio que reconocer que el director general de Caixa Galicia, José Luis

Méndez, le acaba de meter un gol por toda la escuadra para festejar el nacimiento de 1990: ha comprado el 2,4 por 100 del banco, su principal competidor en la región gallega.

Méndez había dado un aviso sobre sus intenciones, pero ni De la Dehesa ni Carmela Arias, condesa de Fenosa y presidenta de la entidad, calibraron las verdaderas intenciones de su rival. La seguridad que les da saber que el 39,1 por 100 del banco está en manos de la Fundación Pedro Barrié de la Maza permite al que fuera subsecretario del Ministerio de Economía y Hacienda decir con toda tranquilidad:

—Personalmente estoy muy satisfecho porque nuestra primera competencia reconoce que invertir en el banco es rentable, lo que significa que tenemos un futuro prometedor. En el banco no existe la más mínima preocupación por la entrada de Caixa Galicia.

En el Banco Exterior, Francisco Luzón, su presidente y consejero delegado, comienza a enseñar las uñas tras su silencio obligado «desde arriba» por criticar abiertamente la gestión de su antecesor, Miguel Boyer, al que acusa de paralizar la entidad y dejarle una herencia envenenada. El ministro del que depende, Carlos Solchaga, le da un buen tirón de orejas por sus duras declaraciones en la Asociación de Periodistas de Información Económica:

1. Encontré el banco retrasado en saneamientos y capitalización, con poca capacidad de generación de recursos y beneficios.

2. No tenía estructura de empresa, estaba enormemente atrasado en cultura empresarial. Llevaba diez años por detrás en algunas cosas.

3. La labor de arreglo del banco sólo la podía hacer una persona que hubiera estado en la banca privada; no se puede hacer con la óptica de estar en el banco dos o tres años. Pienso que Boyer lo intentó y que posiblemente vio que en dos años no era posible y el banco se paró.

4. Fui un poco *kamikaze* al aceptar el cargo. Me asusté de la situación del banco no cuando llegué, sino a los tres

meses de estar aquí. Había que cambiar todo y sin concesiones a la galería.

5. Me sentía más solo que la una entre cuatro paredes, pero cogí el toro por los cuernos con mucha valentía y con sentido común. No se me podía ir la cuenta de resultados de 1989 entre las manos, y entre diciembre de 1988 y enero diseñé, yo solo y con algún toque de Arthur Andersen, un plan de actuación.

6. Desde el ministro de Economía al Presidente del Gobierno, todos saben perfectamente lo que hacemos en el banco y lo apoyan. Salvo que haya un cambio de Gobierno, vamos a seguir haciendo lo que hacemos.

Tres meses después, Luzón, discípulo directo de Pedro Toledo, ha concentrado en su persona todo el poder del banco. El no quiere ser un «ave de paso» por la presidencia y se encierra todos los días catorce horas entre los muros que dan a la Carrera de San Jerónimo. «La mamá de Tarzán» no sale de su jungla.

Hay más hombres, involucrados en ese *beautiful* arco que forman Miguel Boyer y Carlos Solchaga, que protagonizan acciones de «tiburones» desde las empresas públicas. Dos buenos ejemplos son Luis García de Blas y Oscar Fanjul.

García de Blas, ex presidente del Banco de Crédito Agrícola, ha sido jefe del Servicio de Estudios del Banco de España, donde coincidió no sólo con los dos ministros, sino con Mariano Rubio y Luis Angel Rojo. En enero de 1990, como presidente de Aldeasa, realiza una finta ante Tabacalera y el Instituto de Comercio Exterior y pacta con la cadena Mallorca la creación de una red de tiendas en los aeropuertos españoles, proyecto en el que la empresa del Patrimonio del Estado invertirá más de tres mil millones. Los tentáculos y los hombres relacionados con la «biuti» se extienden, como las *duty-pay,* por todo el entramado de sociedades dependientes de la Administración.

Fanjul, un hombre de la absoluta confianza del ministro Solchaga, que sucedió a Claudio Boada al frente del Instituto

Nacional de Hidrocarburos, cierra a comienzos de año su ambiciosa operación con Petróleos Mexicanos por la que Pemex pasa a tener un 2,8 por 100 de la compañía petroquímica. Los inversores norteamericanos ya alcanzan los veinticinco millones de títulos en su poder y están al acecho de la liberalización del mercado español.

UN HUESO PARA RAFAEL DEL PINO

El gran padrino de la *beautiful people* y presidente de Ferrovial, Rafael del Pino, se siente tan atrapado como los doce mil millones que ha empleado en comprar el 25 por 100 del capital de Cubiertas y MZOV, sin que pueda acceder ni siquiera al consejo. Su intento de absorción de la constructora que preside Francisco Gómez Fernández, estrechamente ligada al Banco Pastor, ha fracasado y sólo le queda la vía jurídica para hacer valer sus derechos. Juan Vives, su abogado, requiere notarialmente al consejo de Cubiertas para que se remitan a Ferrovial las actas y acuerdos que se hayan adoptado desde comienzos de año, apoyándose en la suspensión de los acuerdos de la junta general. En el lado opuesto, el bufete de Rodrigo Uría y Aurelio Menéndez asegura que los citados acuerdos están en vigor hasta el fallo de la Audiencia Territorial.

Si Jacques Hachuel ha podido hacerse con el control de Urbis, ¿por qué no puedo yo conseguir lo mismo en Cubiertas?, se pregunta desesperadamente Del Pino, tal vez sin ver que mientras Manuel de la Quintana Ferguson ha fallecido víctima de un infarto, Gómez Fernández está demostrando que es un hueso muy duro de roer incluso para los afilados colmillos del hombre que fundara Ferrovial el 18 de diciembre de 1952, ante el notario Manuel de la Cámara, y en cuyo consejo se sientan los hermanos Jaime y Francisco de Semir y Carroz, José Ignacio Cabrera Lorente y Leopoldo Calvo Sotelo, cuya hermana, Ana María, está casada con el agresivo y poderoso presidente.

La guerra entre las dos constructoras, una defendiéndose con uñas y dientes del gran tiburón blanco y la otra queriendo imponer su dominio accionarial, refleja lo turbias que están las aguas económicas y financieras españolas en las que se mueven la *beautiful,* sus amigos y sus enemigos.

Rafael del Pino y Moreno, emparentado familiarmente con José María López de Letona y Núñez del Pino, no sólo preside Ferrovial, es también presidente de Europistas, Eurovías, consejero delegado de Ibervial y vicepresidente de Interholding, la compañía de la que se nombra director general a Mariano Rubio el 16 de julio de 1974, tres meses después de su constitución por el propio Del Pino, Letona, Calvo Sotelo y Cabrera Lorente. El actual gobernador del Banco de España permanece en la empresa hasta el 8 de septiembre de 1976, fecha en la que se reincorpora al Banco de España.

Los Semir y Carroz son una importante familia de la burguesía catalana que ha ocupado numerosos puestos, tanto de presidentes como de consejeros, en empresas como Productos Roche, Catalana de Hormigones, COHESA, EFISA, Luwa España, SEPU, Hispania de Seguros, Henkel Ibérica, Cinzano, Sevillana, Seat... un impresionante *curriculum* en el mundo de las finanzas.

Otro tiburón, éste con acento italiano, intenta desde primeros de 1990 desprenderse de la tupida red en la que ha caído por sus especulativos coletazos. A mediados de febrero no puede aguantar más y rompe las negociaciones que mantenía con el ex ministro de Economía Juan Miguel Villar Mir, presidente de la inmobiliaria Espacio, y que en unión de los norteamericanos de Kepro han efectuado una OPA pactada sobre Renta Inmobiliaria. Gian Carlo Parretti se reúne con Villar Mir y Juan Manuel Rosillo, acompañado de su máxima ejecutiva en España, Bárbara Darder, la mujer que encontró en el Banco Exterior en uno de sus intentos de acercarse a la *beautiful people.* El encuentro tiene lugar en el hotel Meliá Castilla, donde el financiero tiene instalado su cuartel general. Juan Rodríguez Inciarte, hombre de confianza de los Botín en el Santander de Negocios y hermano del que fuera ministro de la presidencia, es quien ha efectuado las presentaciones.

Es diciembre, tres días después del entierro de Pedro Toledo, y las dos partes acuerdan el valor de la operación, que se fija en cuarenta y siete mil quinientos millones. Cada uno cumple con sus compromisos iniciales: Villar y Rosillo depositan dos mil millones de pesetas, como garantía, en la oficina del Crédit Lyonnais tras hablar con el director adjunto para España, Pascal Rime; por su parte, Bárbara Darder negocia con Juan Carlos Ureta, presidente de Renta 4, el depósito de más de un millón y medio de acciones en su empresa, tal y como exige la Comisión Nacional del Mercado de Valores.

Dos meses después, el 13 de febrero, fecha en la que expira el plazo de presentación de la OPA, ambas partes envían un comunicado conjunto a la CNMV por el que renuncian a la operación en base a «la diferencia de criterios» en la valoración de la sociedad, que vuelve a caer en su cotización en la bolsa madrileña y hace que García Hermoso decida abrir una investigación sobre los movimientos del capital. Parretti se encuentra otra vez con que su «hija» preferida es abandonada ante el altar. Primero fue Jacques Hachuel a través de Urbis; ahora es Villar Mir con Espacio. El Crédit Lyonnais devuelve sus millones al ex ministro y cierra la caja fuerte en la que permanecen, pignoradas, las acciones del italiano.

Este y su socio Fiorini tienen otros problemas más graves que atender en el pequeño estado de San Marino. Allí, el juez Lamberto Emiliani ha citado a declarar a la esposa de Parretti, María Cecconi, acusada de falsificar los balances y la administración del pequeño banco Credito Industriale Sanmarinense (CIS), que los dos tiburones italianos compraron en 1986 a Lamberto Mazza, el ex propietario de Zanussi que en esa época atravesaba por graves dificultades económicas.

El CIS tenía doscientos millones de capital social y no llegaban a seiscientos millones los depósitos; seis meses después de comprarlo, estos depósitos han aumentado hasta ocho mil setecientos millones. Las autoridades de San Marino conminan a Parretti y a Fiorini a elevar el capital social, a lo que ambos dicen sí, pero no mueven un dedo para cumplir la orden.

A mediados de 1989, un asesor fiscal del pequeño Estado se presenta en el banco para hacerse cargo del mismo en representación de los nuevos dueños, la financiera Contax, propiedad de los hermanos Benetton. Sin avisar a nadie, Parretti y su socio habían vendido la entidad a sus paisanos. Cuando las autoridades sanmarinenses quisieron inspeccionar los libros de contabilidad, éstos habían desaparecido.

Emilio y Jaime Botín, que tienen el don de aparecer en todas partes, están al final de un complicado camino por el que han circulado más de medio millón de acciones del BBV. Esos títulos salieron de España hacia Estados Unidos a través de Goldman Sachs en octubre de 1988; allí fueron a parar a las manos del grupo Kemper, el *alma mater* de Kepro, que a primeros de 1990 los vuelve a enviar para su venta en España, vía First Boston-Banco Santander de Negocios. Enfrascados en su guerra civil, los ejecutivos del Bilbao Vizcaya no se han enterado, y los hermanos Rodríguez Inciarte guardan el secreto de su último destinatario.

Una forma de devolver el golpe es conseguir la «vuelta a casa» de uno de los ejecutivos afectados por la diáspora de la fusión. Alfonso Caamaño, que abandonó el superbanco vasco, en unión de José María Carbajo, para aterrizar en el imperio de los Botín tras sobrevolar las ofertas de Mario Conde para Banesto, hace las maletas y regresa con el equipo de Emilio Ybarra.

La guerra de los ejecutivos puede proporcionar grandes botines, sobre todo si éstos controlan miles de millones de inversión a base de ganarse la confianza de sus clientes; eso lo saben muy bien Manuel de la Concha y Jaime Soto que, aprovechando una reestructuración en el Hispano de Claudio Boada, le abren las puertas de Ibercorp a su viejo amigo de Banif, Gonzalo Milans del Bosch. Este es un auténtico experto en fondos de inversión, que para eso ha promovido el primero de ellos, de carácter español, que invierte la totalidad de su cartera en las bolsas japonesas. La llamada del *nikkei* es poderosa, como poderosos son los influjos de la luna en la residencial zona de Mirasierra. En ella los matrimonios Mojardín y Benito cenan con los García Díez, buenos anfitriones que saben cuándo hay que hablar de banalidades y cuándo de negocios, sobre todo los caballeros. Ahí nacerá Servicios Monetarios y Bursátiles (SMB), de la que Juan Mojardín y Enrique Benito controlarán el 75 por 100, dejando para García Díez el resto. SMB se convierte en la empresa líder en su sector por beneficios: cuatrocientos millones en 1989, todo un récord.

Los antiguos equipos formados en la Administración, sobre todo en los ministerios de Economía, Industria o Comercio, tienden a reagruparse en el sector privado. Para no ser menos que sus ex compañeros, Javier Vega de Seoane ficha para Ercross a Isabel Verdeja Lizama, en ese momento directora general de Política Tecnológica del Ministerio de Industria y Energía y representante española en el programa Eureka.

ABELLO Y SU PASION DE ESTADO

Juan Abelló sigue teniendo pasión por los abogados del Estado y mientras transcurren los plazos de la OPA que ha presentado sobre su propia sociedad, Torreal, en la Bolsa de Barcelona y a través de la compañía B & T Brokers and Traders, ficha como consejero ejecutivo de la misma a José Ignacio Rodrigo Fernández, uno de los jóvenes cachorros que Miguel Múñiz tiene en el Instituto de Crédito Oficial. Los ejemplos de Miguel Boyer, Guillermo de la Dehesa, Eduardo Santos, Juan Antonio García Díez, Carlos Bustelo, Luis Delso, Juan Belloso o Paulina Beato son tan claros que ni los ministros, ni los secretarios de Estado ni los presidentes de las grandes empresas públicas pueden cortar esa hemorragia que expande el credo del dinero por todos los rincones de la sociedad.

Un credo con que el que no está de acuerdo el presidente de la patronal bancaria, el mítico Rafael Termes, un hombre que ha detentado un gran poder en la última década pero al que la guerra desatada entre los bancos, con la puntilla de Emilio Botín al dejar un hueco en las comidas de los siete grandes —que Luis Valls se ha apresurado a llenar con su hermano Javier— ha reducido su capacidad de maniobra. Desde los lejanos tiempos en que dejó el Banco Popular, Termes ha ejercido de líder político del sector bancario, distribuyendo créditos y doctrina a derecha e izquierda. Pero es un resto de otra época que tiene muy poco que ver con Mario Conde, Guillermo de la Dehesa, los jóvenes March o el ex gobernador Rendueles.

El 8 de noviembre de 1989 asiste a la reunión de la APD, que preside Claudio Boada y en la que la estrella invitada es el «número 2» del Banco de España, Luis Angel Rojo. Este le lanza el desafío a sus conocidas posturas de que es más rentable invertir en la banca que en la industria:

—Los datos le han quitado a Termes el argumento que siempre ha utilizado; ahora la rentabilidad del activo de las empresas es mayor que el coste de los recursos.

—Rafael Termes tiene la palabra si quiere contestar —ofrece Boada.

—No, gracias, presidente.

Todos los que asisten al acto se extrañan de su silencio. No saben que ha tomado una decisión: retirarse; decisión que comunica por carta a los miembros del consejo general y a los presidentes de los grandes bancos. Por razones personales y de cansancio, justo cuando cumple setenta y un años.

El consenso se ha roto y la lucha por el sillón que va a quedar vacío se desata: todos quieren colocar a un hombre próximo a sus tesis, que si bien la situación ha cambiado y aún lo hará más a partir de 1992, siempre es bueno tener a alguien que pueda proporcionar un paraguas cuando está lloviendo; y con Mariano Rubio en el Banco de España los aguaceros descargan cuando menos se esperan.

Alfonso Escámez tiene a Epifanio Ridruejo, pero también a un hombre muy ligado empresarialmente a su nuevo y gigantesco socio francés, Francis Bouygues. Ha sido, además, ministro de Hacienda y conoce muy bien los mecanismos de la Administración. En cuanto a su militancia política es tan «suave», que diríase que no existe, por lo menos eso piensan la gran mayoría de los militantes y cuadros directivos del CDS de Adolfo Suárez. Vive en Sevilla pero se pasa media semana en Madrid, donde tiene un despacho jurídico junto al ex ministro de Exteriores José Pedro Pérez Llorca. Se llama Jaime García Añoveros.

Los dinámicos hermanos March juegan la baza de su eterno vicepresidente, Alfredo Lafita Pardo, un hombre al que los sectores más próximos de la *beautiful people* no verían con malos ojos. Frente a él está Angel Madroñero, uno de los directores generales del Banco de España y perfecto conocedor de las interioridades de todos y cada uno de los bancos, ya que ha tenido una presencia muy activa en la crisis bancaria. Su *handicap* está en su absoluta dedicación al banco emisor, lo que provoca más de un recelo entre los presidentes de los siete grandes.

Está el relevo generacional dentro de la continuidad: Manuel Torres Rojas, el *alter ego* de Termes en los últimos años, el secretario general de la AEB (Asociación Española de Banca Privada). Su *chance* radica en el cambio que se ha producido en las relaciones bancarias. Cada entidad quiere llevar su política y tan sólo pide a la asociación patronal que negocie los convenios colectivos del sector con los sindicatos y las relaciones institucionales con el Banco de España.

Están, pidiendo su lugar al sol, los grandes marginados hasta ahora de las decisiones patronales: los representantes de la banca extranjera, cada vez más presente y cada vez más importante. El Crédit Lyonnais, el Barclays Bank, la BNP o la Banca Nazionale del Lavoro no quieren ser por más tiempo los grandes mudos en un ámbito que día a día se ajusta más a las características del sector en todo el mundo.

En la AEB cada banco, independientemente de su tamaño, tiene un voto; pero esa aparente igualdad es falsa, ya que los grandes bancos con sus filiales controlan las tres cuartas partes de los posibles sufragios. El vigilante Mariano Rubio puede y quiere —o quiere y puede— decir mucho en el resultado final, pero los problemas se le amontonan sin darle un respiro. Nada más cerrar el contencioso del BBV, el Gobierno vasco le pone sobre la mesa una amenaza: crear un banco central que incluso emita moneda. Todo por la insistencia del gobernador en «enfriar la economía» a través de la contención de los créditos.

El consejero de Hacienda del *lendakari* Ardanza, Alfonso Basagoiti, pide públicamente que se «desobedezcan» las órdenes de Rubio y suspende un viaje a Madrid para entrevistarse con el gobernador. Este, apoyado por Solchaga y el presidente González, hace unas declaraciones en televisión:

1. La política monetaria es innegociable y compete al Gobierno y al Banco de España.
2. No tengo conocimiento de que ninguna caja vasca no vaya a cumplir las recomendaciones sobre limitación del crédito, pero si alguna lo hiciera el Banco de España pediría al Gobierno que tomara las medidas legislativas oportunas para que esas sugerencias se cumplan coercitivamente.
3. Es pintoresco que, mientras en Europa se pretende crear un banco central único, en el País Vasco se quiera fundar un banco central vasco. En un Estado no puede haber dos monedas y dos bancos centrales.

Alfonso Basagoiti le contesta de forma inmediata:

—Lo que es bueno para el resto del Estado no tiene que serlo para Euskadi.

Más de un consejero del BBV y más de un político nacionalista vasco viajan por la memoria y recuerdan que en el siglo XIX, cuando aún el Vizcaya no se había desgajado del Banco de Bilbao, éste estuvo emitiendo su propia moneda hasta 1874, cuatro años después de que el Banco de España se reservara para sí tal privilegio.

El sillón de la AEB lo conquista al final uno de los hombres del BBV y antiguo ministro de Economía: José Luis

Leal Maldonado, funcionario internacional de la OCDE (Organización de Cooperación y Desarrollo Económico), un hombre exquisito en el trato y con una envidiable formación en Derecho, Ciencias Políticas y Economía. Ideal para el diálogo y el pacto, es mucho menos duro y agresivo que Rafael Termes y mucho más acorde con los nuevos vientos que se respiran en el sector bancario español. Es, además, un viejo compañero de viaje político de la *beautiful people,* con cuyos miembros más significativos compartió conspiración durante el franquismo, encuadrado dentro del Frente de Liberación Popular.

Capítulo XVI

LA TORRE DEL DIOS DEL DINERO

EL ULTIMO VIAJE DEL PATRIARCA

El 30 de julio de 1989, Ramón Areces abandona para siempre su casa de Puerta de Hierro. La enfermedad le ha vencido a los ochenta y cuatro años, tras varios meses de lucha desesperada en la clínica de La Concepción de Madrid. El dueño del mayor imperio comercial de España es desde ese día Fundación para la memoria de las generaciones y un ejemplo en la historia de uno de los principales grupos económicos de nuestro país.

Es un adiós sin estridencias, tal y como él había vivido, el que le dan Alicia y Esther Koplowitz, sus «hijas» durante veinte años, y el equipo, su equipo, al que ha inculcado una forma de hacer y entender los negocios: Isidoro Alvarez y Florencio Lasaga; es el adiós de los dos hombres a los que les entregó —bajo vigilancia hasta la constitución de Cartera Central— la dirección del grupo Construcciones y Contratas a comienzos de los setenta, Alberto Cortina de Alcocer y Alberto Alcocer Torra, y de su gran amigo, al que ha apoyado siempre: Alfonso Escámez.

Desde ese 8 de marzo en que Alicia ocupa la vicepresidencia de Conycon y su hermana Esther entra en el consejo, han pasado cuatro meses durante los cuales la realidad de los negocios ha ido tapando, poco a poco, la realidad de la deteriorada situación familiar de los dos matrimonios. Alicia no ha dejado de acudir ni un sólo día a la habitación de la clínica en la que Areces ha pasado su último tramo del camino. Allí ha coincidido muchas veces con Alfonso Escámez y con Isidoro Alvarez, a los que ha pedido consejo. Con el banquero ha mantenido otras reuniones fuera de La Concepción, sobre todo en el mes de mayo, a las que ha asistido Fernando Abril Martorell, por un lado, y sus abogados, Ana Palacio y Manuel Delgado, por otro.

Llegaron, incluso, a un «acuerdo verbal» de no agresión de cara a la junta general que el banco iba a celebrar el 17 de junio, pero la condesa del Real Socorro no pudo cumplir sus compromisos ante la posición de fuerza de su cuñado, Alberto Alcocer, con el que la tensión ha ido en aumento pese a la carta que el 22 de enero envió al jefe de personal, Antonio Pérez Colmenero, con ocasión de las célebres fotos de Viena en las que aparecía su marido y la joven esposa de Fernando Falcó y Fernández de Córdoba, Marta Chávarri: «Los asuntos personales y familiares no trascenderán del ámbito puramente privado al que pertenecen, sin afectar en ningún caso, ni ahora ni en el futuro, al ámbito de la empresa. Ratifico mi plena confianza en los equipos profesionales que dirigen y representan a la empresa.»

Aquella carta fue un espejismo que el 17 de junio desaparecía en cada uno de los pasos que esos *tuareg* del desierto de las finanzas que son los Albertos daban fuera del Banco Central; pasos rematados un mes más tarde con la presentación de una demanda ante los tribunales de Justicia solicitando la impugnación de los acuerdos tomados en la junta general.

Los setenta y dos mil millones que tiene el grupo invertidos en acciones del Banco Central pesan sobre la tesorería como la losa que encierra el cuerpo del fundador de El Corte Inglés. Tal vez por eso aparecen, en los locos meses del verano, dos mil millones de pesetas en acciones del banco a un precio inferior al de la cotización oficial, un 4 por 100 menos; y por la misma razón, aprovechando la entrada de Miguel Boyer en el consejo de Cofir, Alberto Alcocer propone al magnate italiano Carlo de Benedetti que entre en Cartera Central. Sin olvidarse de Miguel Durán, que vuelve a decir que no.

Ese mes de julio, Ana Palacio —su abogada y amiga desde los tiempos del Liceo Francés, el mismo al que han ido Miguel Boyer y Elena Arnedo— y Antonio Hernández Gil jr. consiguen un principio de acuerdo para el reparto de los bienes con Alberto Cortina, pero el posterior escándalo del otro Alberto con la joven Margarita Hernández cambia radicalmente el panorama.

Los últimos meses del año se consumen entre la desesperación de las dos hermanas y las negociaciones y negociaciones de los equipos de abogados que buscan fórmulas para establecer claramente la participación accionarial que le corresponde a cada uno en el complejo grupo y para soslayar, en lo posible, la larga mano extendida del Ministerio de Hacienda.

La muerte de Marita Villalonga y la entrada del grupo Bouygues han alterado la situación interna del Central. Alfonso Escámez ha perdido a una de sus más fieles e incondicionales aliadas, pero se ha reforzado con el «número 1» de la construcción mundial. De nada le vale a Alicia su comida con Mario Conde, ni los dictámenes de Alberto Oliart, ni la mano abierta y amiga de Isidoro Alvarez; el problema está dentro de los hogares tanto como en las oficinas de la calle Federico Salmón o de Torre Picasso.

Con el presidente de Banesto se discute, además, el cumplimiento del pacto firmado en el hotel Ritz por el que Mario Conde vendería las participaciones logradas por el banco en Focsa y Valderribas. En esos momentos, ese 1 por 100 es un arma más a emplear en el litigio, y tanto los Albertos como sus esposas y el propio banquero juegan con ese factor. Conde negocia directamente con Romualdo García Ambrosio, el brazo ejecutor de Cortina y Alcocer en los últimos años, sin saber el duro y controvertido ejecutivo que de esas hebras va a salir la soga con la que su presidente y amigo le ahorque a comienzos de febrero de 1990.

El 13 de noviembre, el diario económico *Cinco Días* —propiedad del grupo Estructura en el que los Albertos controlan un 10 por 100 del capital— dedica su único editorial al drama interno que vive el grupo Conycon. El titular y el texto no pueden ser más expresivos:

ESOS PATRONOS QUE SE ADORAN

«Los hechos que conducen en estos momentos a un desenlace inevitable de la situación en el grupo Construcciones y Contratas han sido el anzuelo, hasta el momento, de una encarnizada batalla interpatronal. Una batalla recubierta hábilmente con el disfraz de una serie a la americana tipo Falcon Crest, a la que ya había sido muy sensible la opinión pública televisiva. Lo que ocurre en el citado grupo debería ser materia de una reflexión con mayor horizonte, aunque sólo sea porque se trata de uno de los primeros conglomerados empresariales netamente españoles.

»Hay un punto de partida paradójico para esta reflexión. Sólo un grupo con una gran solidez podía resistir un desgarramiento interno y una presión exterior como los sufridos por Construcciones y Contratas a lo largo del último año, saliendo airoso de lo que es su objetivo social: el crecimiento de beneficios en sus principales empresas y el avance hacia la diversificación en el sector financiero.

»Sin embargo, esta solidez no parece proporcionar la fuerza que debería para poner en práctica una nueva división del trabajo entre propiedad y gestión, en la que los cuatro protagonistas —Alberto Alcocer, Alberto Cortina, Alicia Koplowitz y Esther Koplowitz— puedan permanecer en el mismo barco contra viento y marea. En las últimas horas, esta posibilidad pierde puntos, aunque los principales actores la reconozcan como deseable.

»Difícilmente se pueden extraer todas las conclusiones de la situación mirando solamente al grupo Construcciones y Contratas. En los últimos años, la competencia capitalista parece haber procreado una especie rara de lobos en España, aquellos que se muerden entre sí. Es evidente que en el citado grupo empresarial se han cometido, casi en la cumbre, no pocos errores. Sin esta nueva especie de lobos de la que damos cuenta, esos tropiezos, más o menos serios, hubieran sido objeto de una reflexión más reposada. En las actuales circunstancias tira más el juego de todo o nada. Y esto, precisamente esto, puede convertirse en un hecho social, porque afecta a una parte importante del tejido económico español.»

Ese mes, Miguel Boyer puede ejercitar, por fin, sus condiciones negociadoras como presidente de Cartera Central. Los Albertos delegan en él las relaciones con Escámez por dos motivos: uno, porque el presidente del Central no quiere ni oír hablar de Romualdo García Ambrosio; dos, porque los propios Cortina y Alcocer están escribiendo el epitafio de su antiguo «brazo de hierro».

Trece mil millones separan a los dos presidentes. El banquero de Aguilas está dispuesto a hacerse cargo del enorme paquete y recolocarlo en porcentajes más pequeños entre inversores españoles y extranjeros, pero quiere un descuento sobre la cotización en el mercado, y el responsable de Cartera Central no puede bajar a esas cifras porque la deuda con KIO, que vence en 1993, amontona cada día un 6 por 100 al principal de treinta mil millones.

Los dos cuentan con la ventaja del visto bueno del Banco de España a la operación. Miguel Boyer se lo ha explicado suficientemente a Mariano Rubio y éste, que nunca confió mucho en los Albertos, está deseando que las aguas del Central se tranquilicen de una vez para siempre. Ha comprendido que la estrategia de acoso y derribo no conduce a ninguna parte y prefiere sentarse y esperar la jubilación del «tío Bartolillo».

LA LOCA CARTA DE RUIZ MATEOS

A primeros de diciembre, una carta llega a la planta 42 de Torre Picasso, confundida con el resto del correo. Va dirigida al presidente de Cartera Central, sin mencionar el nombre pero sin posibilidad de error. Tras pasar los obligados controles de seguridad, María, su secretaria, la deposita sobre la mesa de Miguel Boyer, en el sobrio y casi espartano despacho en el que los libros sirven de principal y casi único elemento de decoración. Cuando el ex ministro comienza a leer, a la primera reacción de sorpresa le siguen otras de incredulidad y estupor, ya que su vista, como atraída por un imán, se ha fijado en la firma: José María Ruiz Mateos.

Son apenas quince líneas que se inician con un respetuoso «Señor presidente» y que continúan en el mismo tono solicitando, en representación de un importante grupo extranjero de inversiones —cuyo nombre no se menciona—, el inicio de negociaciones para la compra del 12,5 por 100 de las acciones del Banco Central que constituyen el alma y la razón de ser de la sociedad que preside Miguel Boyer. La carta termina con un mensaje aún más increíble: «Suyo afectísimo, José María Ruiz Mateos.»

Boyer lee varias veces la misiva, incrédulo ante el papel que tiene en sus manos; por su mente pasan las últimas agresiones de que han sido objeto, él y su familia, por el empresario jerezano, sus hijas u otras personas. Y, ahora, le escribe esa carta serena y amable pidiéndole negociar sesenta mil millones de pesetas. Sin duda allí hay una trampa del hombre que le considera su mayor enemigo y con el que mantiene varios pleitos ante los tribunales.

Decide que lo único que puede y debe hacer es presentar esa carta y esa oferta ante el resto del equipo dirigente de Cartera Central. Habla con Alcocer, con Cortina, con García Ambrosio, con Rendueles y con González Urbaneja. El asombro es general y la incredulidad, e incluso la sospecha de que pueda ser falsa y obra de un bromista de mal gusto, pasa por las cabezas de todos. En los medios de comunicación está la noticia, acompañada de una oferta de Escámez para «colocar» el famoso 12,5 por 100, pero no hay duda, la carta es auténtica. Otra cosa muy distinta son las garantías de que, efectivamente, el importante grupo extranjero exista. Deciden que lo mejor que pueden hacer es guardar silencio y no dar por recibida la oferta. Ruiz Mateos puede estar buscando un nuevo golpe publicitario para su causa, sobre todo cuando se está «pateando» Galicia de cara a presentar una candidatura a la presidencia de la Xunta que compita con Manuel Fraga.

El abogado Ramón Hermosilla, que lleva unos meses trabajando para los Albertos, estrena el año remitiendo al juez Aurelio Vila la propuesta de medios de prueba necesarios, en apoyo de la demanda de impugnación de la junta general del Banco Central celebrada en junio de 1989.

En su despacho de la calle Velázquez, muy cerca de los bufetes de José Mario Armero y Fernando Escardó y de Matías Cortés, el hombre que salvó a Mario Conde de la OPA del Bilbao se dispone a salvar a Cortina y Alcocer del desastre; si tiene que apretar fuerte las clavijas a Escámez y su equipo está dispuesto a apretarlas. Su fama de duro y correoso hasta el final de los casos está más que justificada.

La demanda de Cartera Central quiere impugnar los acuerdos en base a las posibles violaciones del artículo 64 de la Ley de Sociedades Anónimas, que hace referencia al número de accionistas presentes o representados. También busca que se determinen las deficiencias en la gestión del equipo directivo del Central, las contradicciones en el balance del banco y la falta de transparencia en algunas de las operaciones de éste con varias empresas.

Su objetivo central son las aplicaciones de las plusvalías obtenidas por la fusión con Banesto que se vio frustrada; 131.000 millones que se distribuían así: 80.000 millones para reservas y 51.000 para déficit de saneamiento. En el balance, sin embargo, sólo se han suprimido 103.000 millones, por lo que 28.000 millones han quedado en «tierra de nadie».

Hermosilla, en nombre de Cartera Central, propone como medios de prueba una confesión judicial para la que debería requirirse a Alfonso Escámez todos los documentos sobre las operaciones con las empresas Campofrío, Vasco Navarra y Andaluza de Piritas. Asimismo pide que Escámez muestre las certificaciones de las delegaciones otorgadas a su favor por miles de accionistas del Central.

Para presionar al resto del equipo directivo del banco se solicita un examen pericial, realizado por tres firmas, en el que se determine si el déficit de los recursos propios del grupo consolidado del Central era de veinticuatro mil millones a finales de 1987 y si los aprovisionamientos, tras la ruptura de la fusión, han sido los correctos. Se solicita, por último, el testimonio de Juan Bule Hombre, secretario general del consejo del banco, de sus dos consejeros-directores generales, Luis Blázquez y Epifanio Ridruejo, y de Ignacio del Corral, uno de los escrutadores de la junta.

La presencia de Alberto Oliart en el entorno de las hermanas Koplowitz desata mil conjeturas, que le atribuyen un gran poder de influencia, al tiempo que destacan las buenas relaciones del ex ministro de Defensa e Industria con ministros como Narcís Serra y miembros del clan catalán del PSOE vinculados al Banco Central como Suñol o Eduardo Santos.

El domingo 14 de enero, Rafael Rubio, director del diario económico del grupo Z *La Gaceta de los Negocios,* recibe una carta de Esther y Alicia Koplowitz en la que se hace una encendida defensa de Miguel Boyer. Al día siguiente, el periódico la publica íntegra:

> «Ante las graves inexactitudes y juicios de valor y de intenciones contenidos en el artículo "Alberto Oliart, nuevo hombre de confianza de las Koplowitz" publicado en la página 3 —con llamada destacada en la portada— del número 246 de *La Gaceta de los Negocios,* doña María Esther y doña Alicia Koplowitz Romero de Juseu formulan las siguientes puntualizaciones, tanto a título personal cuanto en su calidad de accionistas mayoritarias y vicepresidenta y consejera de Construcciones y Contratas:

1. En la portada del citado número aparece, recuadrada, como pie de una fotografía de don Miguel Boyer Salvador, la afirmación de que éste "nunca ha ganado la confianza de las hermanas Koplowitz".

D. Miguel Boyer Salvador goza de la máxima confianza profesional y consideración personal por parte de doña Esther María y doña Alicia Koplowitz.

2. En la página 3, bajo el ladillo "Presidente de Cartera", se afirma: "Entre los planes de futuro de Alicia y Esther está el convertir a Alberto Oliart en el presidente de Cartera Central."

En ningún momento, doña Esther y doña Alicia Koplowitz se han planteado siquiera la posibilidad de propiciar cambio alguno en los equipos directivos de Construcciones y Contratas o las empresas por ésta participadas, y muy en particular no han cuestionado ni cuestionan para el futuro la posición de D. Miguel Boyer Salvador.

3. En la página 3 se destaca como encabezamiento del artículo de referencia, reiterándose a lo largo del mismo, que "Oliart actuará sobre todo como abogado de Esther, pero asesorará también en las soluciones empresariales".

En el marco de las negociaciones actualmente en curso, y al igual que otros profesionales de máximo nivel, D. Alberto Oliart Saussol ha sido requerido para emitir un dictamen y consultado sobre aspectos en los que su reconocido prestigio y dilatada experiencia sin duda resultarán una aportación invaluable; ello no significa, sin embargo, cambio alguno en la dirección letrada de los intereses de doña Esther María y doña Alicia Koplowitz.»

El respaldo al acosado ex ministro es total y lo realizan las dos hermanas no sólo en esa carta de réplica, sino en una llamada telefónica a Arga 1, en la que hablan con Miguel Boyer y con Isabel Preysler. Lo más duro para las marquesas y para todos los que trabajan en su imperio está aún por llegar.

UN IMPERIO BICEFALO

El 26 de enero, viernes, Alberto Cortina y Alberto Alcocer, en el despacho de este último, piden a la secretaria que llame al consejero delegado de Grucycsa, Romualdo García Ambrosio. El ex seminarista, forjado a sí mismo desde las duras tierras de Plasencia, se encuentra nada más cruzar la doble puerta de madera con los gestos hoscos y serios de los dos primos. Su amigo Alcocer, al que tantas veces ayudó en los tiempos de la Facultad de Derecho a pasar los exámenes y el que, hace ocho años, insistió hasta convencerle para que abandonara su despacho en Induban, el banco industrial del Vizcaya, comienza a acusarle de todo lo imaginable. Para los Albertos está jugando «un doble juego» entre ellos y sus mujeres, y la situación es de «o con nosotros o contra nosotros», no hay opción intermedia posible, no para él, el brazo derecho y el izquierdo de todos estos años. No se pueden mandar a la Comisión Nacional del Mercado de Valores todas las participaciones accionariales del grupo, incluidas las de la empresa «madre», Construcciones y Contratas, que no cotiza en bolsa y no está, por lo tanto, sujeta a la nueva normativa dictada por Croissier y sus muchachos.

Romualdo repite la misma frase, que ya está cansado de repetir: «Me debo a la empresa y hago lo que creo que es mejor para la propiedad.» Alcocer no lo duda, caliente como está por el enorme follón en el que está inmerso: el próximo jueves, en la rutinaria reunión del consejo de Grucycsa, le van a cesar. Adiós.

Queda apenas una semana y Romualdo habla con Alicia Koplowitz, vicepresidenta de CyC. Le explica las intenciones de los dos primos de cesarle y recibe la seguridad de que ni Alcocer ni Cortina podrán hacerlo; ella, personalmente, se encargará de impedirlo.

De nuevo, como ya pasara en el mes de junio con ocasión de la junta del Banco Central y sus promesas de paz a Escámez, Alicia no puede cumplir su compromiso. El jueves 1 de febrero, al mismo tiempo que en el Congreso de los Diputados la oposición —por boca de Alvarez Cascos, Nicolás Sartorius y Alejandro Rojas Marco— pide la dimisión o el cese de Alfonso Guerra, en la planta 42 de Torre Picasso, ante Miguel Boyer, Alfonso Cortina, Guillermo Visedo, José Ramón Alvarez Rendueles y el secretario del Consejo, Alberto Martínez Elbae, los Albertos cesan a Romualdo García Ambrosio. Para sustituirle escogen al presidente del Zaragozano. Sólo una persona se ha abstenido en la votación: Miguel Boyer.

En un comunicado muy escueto que se manda a los medios informativos se explica el relevo «en el contexto de una reorganización de la gerencia con objeto de reforzar la gestión de esta sociedad de cartera que tiene participaciones significativas en las sociedades del grupo Construcciones y Contratas». Estas pocas líneas no las redacta la misma persona que lo viene haciendo desde 1987, el periodista Fernando González Urbaneja, que también ha sido cesado de forma fulminante. Ninguno de los dos, ni el profesional de la información ni el profesional de la gerencia, podrán volver a entrar en sus despachos. El eficaz servicio de vigilancia les dirá, cuando intenten traspasar el sanctasanctórum de la planta 42, que tienen «orden estricta de no dejarles pasar, lo sentimos».

Alicia y Esther Koplowitz Romero de Juseu escuchan, como ya hicieron el día 24 con motivo del cese de Urbaneja, la crónica de unas muertes anunciadas tras la aparición en el diario *Cinco Días* de una noticia que cuestionaba la gestión del Banco Zaragozano. Rendueles acusó de la filtración al responsable de comunicación del grupo y pidió su cabeza. Se la entregaron con la oposición de Romualdo. El sábado 3 de febrero, las dos hermanas dirigen una carta muy dura a Alberto Alcocer en la que le piden que presente su dimisión como presidente y consejero delegado de Construcciones y Contratas. Este se niega. Alicia no lo duda tampoco: convoca para la mañana del domingo, en la sede de Federico Salmón, a sus abogados, Ana Palacio y Manuel Delgado, a sus hombres de confianza en Construcciones, Rafael Montes y Justiniano de Miguel, y al propio García Ambrosio. De la cumbre sale una decisión: si Alberto Alcocer no dimite será cesado por el consejo.

El lunes 5, el todavía presidente y consejero delegado de CyC recibe en su despacho de Torre Picasso a los enviados de su cuñada: o dimisión o cese, él elige, pero debe ser ese mismo día. A las nueve de la noche, es claro que el imperio se ha vuelto bicéfalo: en Federico Salmón se encuentran reunidos Alicia Koplowitz, su primo Carlos, Justiniano de Miguel, Rafael Montes, Ana Palacio, Manuel Delgado y el consejero ejecutivo Romualdo García Ambrosio; en Torre Picasso, alrededor de Cortina y Alcocer se sienta la plana mayor de Grucycsa: Rendueles, Alfonso Cortina, Visedo y Boyer. No hay secretario del consejo porque ha dimitido.

A las 21.30, Alcocer llama a su cuñada para comunicarle que acepta las condiciones y presenta su dimisión. La carta con la renuncia ya ha sido enviada, pero no llega y los nervios hacen presa en los reunidos junto a la tumultuosa M-30. Deciden «tirar para adelante» y emiten un comunicado en el que se informa de la dimisión de Alberto Alcocer y el nombramiento de Rafael Montes como consejero ejecutivo para reemplazar a Romualdo García Ambrosio, que también ha dimitido de todos sus cargos. El puesto de presidente pasa a ocuparlo la propia Alicia.

En los medios de comunicación se está digiriendo la noticia cuando llega un segundo comunicado, éste desde la sede de Grucycsa, en el que se desmiente todo. El recuerdo de las notas cruzadas por los dos bandos del BBV con ocasión del nombramiento de Alfredo Sáenz como copresidente, tras la muerte de Pedro Toledo, pasa por la mente de todos.

A las once, la ansiada carta firmada por Alcocer llega al edificio de CyC en la calle Federico Salmón. El primer comunicado ya es totalmente válido.

El nieto del que fuera alcalde de Madrid abandona la sociedad cabecera del *holding,* pero ninguno de sus otros puestos en más de once sociedades del grupo. La capacidad de movimientos y de gestión de los dos primos es muy grande pese a los importantes recortes que están sufriendo. Todo el complejo organigrama, por el que Grucycsa se convertiría en la detentadora de todas las acciones, se paraliza. El peligro de ponerlo en marcha para las hermanas Koplowitz es tan evidente como el que hay al tocar un cable de alta tensión con las manos mojadas. Romualdo García Ambrosio, con la misión cumplida, entrega a Alicia el sobre que lleva varias horas en su bolsillo.

En su carta, el ya ex ejecutivo del grupo quiere dejar bien claro su comportamiento, tanto desde el punto de vista profesional como moral:

> «Os escribo esta carta en vuestro concepto de presidente y vicepresidente de Construcciones y Contratas, S.A., así como en el de propietarias de la práctica totalidad de las acciones de la misma y en el de mayores propietarias, directas o indirectas, de las acciones que Construcciones y Contratas posee de su grupo de filiales y participadas. Como bien sabéis, ignorando vuestra voluntad, el consejo de Grucycsa, S.A., filial de Construcciones y Contratas, procedió el pasado día 1, a propuesta de Alberto Cortina y Alberto Alcocer, fulminante y sorpresivamente, a cesarme como consejero delegado.
>
> »Con posterioridad se han emitido, desde Grucycsa, S.A., para los medios de difusión, comunicados e informaciones que dañan y ponen en tela de juicio mi modo de proceder y actuar, tanto desde el punto de vista moral y ético como desde el punto de vista profesional.
>
> »Quienes me conocen saben perfectamente que criterios como la ética, la lealtad, la moral y la profesionalidad constituyen para mí no sólo un compromiso personal y una convicción firme, sino también prácticamente mi único activo y el de mi familia, acreditado durante muchos años de esfuerzo. Pues bien, en la situación en que me han puesto, considero que no

tengo otra alternativa que la de presentaros mi dimisión irrevocable de todos y cada uno de los cargos que ocupo en las empresas de vuestro grupo, en el que me ha correspondido el papel de ser su principal creador.

»Creo que debo dimitir, a pesar de la confianza que siempre me habéis demostrado y que me seguís demostrando. Sólo desde una posición de total independencia podría defenderme, con total firmeza, pero sin dañar los intereses de vuestras empresas, de todos los ataques, descalificaciones, calumnias, injurias y falsedades de que, Dios sabe con qué fin, estoy siendo objeto.

»Estoy seguro de que, dada la extraordinaria calidad humana que siempre me habéis demostrado, sabréis entender mi decisión. Os ruego, por tanto, que admitáis mi dimisión irrevocable, sin compensación alguna, como consejero ejecutivo de Construcciones y Contratas, S.A., oficializándola en la próxima sesión del consejo, así como que transmitáis también mi dimisión a los presidentes de los consejos de administración de Focsa, Portland Valderribas, Cartera Central, Grucycsa y Cofir. Quizá me olvide de algún cargo: dadlo por incluido.

»Estoy seguro de que mi dimisión no planteará ningún problema grave a las empresas de vuestro grupo. Todas ellas cuentan con un extraordinario equipo de profesionales, aunque sean poco conocidos para el público, que, a su vez, son formidables personas y que me han ayudado enormemente, con entusiasta dedicación y entrega, en la tarea de formación del grupo durante los últimos ocho años. Contad siempre con ellos, ya que son la garantía del futuro del grupo. Contad con ellos, aunque algunos están siendo actualmente injustamente tratados y vejados. Además de con su profesionalidad, no tengáis dudas de que contáis también con su inquebrantable lealtad a las empresas, sin defender intereses personales, como han demostrado suficientemente durante toda su trayectoria y, muy especialmente, en este complicadísimo último año. Por otra parte, y aunque sea a título personal y desde fuera, no dudéis por un instante de que seguís contando con mi más pleno y absoluto apoyo.

»Y un pequeño favor. Como sabéis, mi despacho de Torre Picasso fue violentamente clausurado el pasado viernes, mis archivos fueron intervenidos y mi secretaria, modelo de eficacia y entrega, enviada de vacaciones. No me han permitido recoger mis efectos personales, mis paquetes de cigarrillos, mis propios libros de Derecho y Economía, ya que tenía en el despacho mi biblioteca profesional y particular. Os ruego dispongáis lo necesario para que todo ello se me entregue.

»Finalmente, quiero deciros también que, dada mi entrega a vuestras empresas durante estos años, he dedicado al trabajo horas nocturnas y días festivos, y por ello algunos papeles y documentos de aquéllas se encuentran en mi casa. Os ruego me indiquéis a quién debo entregarlos.

»Agradeciendo muy sinceramente la confianza y ayuda que siempre me habéis prestado, aprovecho esta ocasión, más que nunca, para enviaros un fortísimo abrazo.

Romualdo García Ambrosio.»

El hombre araña, el estratega de la forja de un imperio, ha quedado atrapado en su propia red. Del banco que él mismo estableció como objetivo a ocupar en 1982, el Zaragozano —misión para la que contaron con la inestimable ayuda de Alfonso Escámez y Ramón Areces—, han salido los últimos aguijones que le han paralizado en su vertiginosa, agobiante y obsesiva carrera.

EL ARQUEO DE LAS KOPLOWITZ

El día 6, el director general de la ONCE, Miguel Durán, da una conferencia en el Club de Comunicación y Dirección de Valencia. Cuando le preguntan por el futuro de las participaciones de la Organización en Portland Valderrivas, Focsa y el Zaragozano contesta que para él y para la ONCE nada ha cambiado, aunque sí está sorprendido. En su interior recuerda una reunión en su despacho de la calle del Prado, a primeros de marzo de 1989, cuando les dijo a Romualdo y a Alcocer: «Si queréis que conozca a Alicia como nueva vicepresidente de Construcciones y Contratas, bien, pero no tengo mayor interés.» La rubia de fuego comenzaba a quemar a su alrededor.

El día 7, miércoles, Grucycsa publica los beneficios del grupo en el ejercicio 1989. Son impresionantes: se han generado unos recursos superiores a los treinta y cinco mil millones, casi cien millones diarios, y los beneficios netos están por encima de los veinte mil millones. Pese a los conflictos y tensiones de ese año, el grupo es una fabulosa máquina de ganar dinero.

El día 8, jueves, el habitual consejo semanal de Torre Picasso vuelve a repetir el nombre maldito de Mario Conde. Un editorial del diario *El Independiente* —en el que el presidente de Banesto y su actual «compañero de viaje», Jacques Hachuel, tienen alrededor de un 30 por 100 del capital— es el culpable de las gruesas palabras que resuenan en la sala de juntas.

El director del periódico, Pablo Sebastián, metido de lleno en una ampliación de dos mil quinientos millones de pesetas y con una serie inconclusa sobre La Moncloa en su otra personalidad de Aurora Pavón, aprovecha que el Pisuerga pasa por Valladolid y destapa los viejos demonios familiares bajo un título muy mercantil:

EL ARQUEO DE LAS HERMANAS KOPLOWITZ

«La salida de Alberto Cortina y Alberto Alcocer de los más altos cargos de dirección del grupo de Construcciones y Contratas pone punto final a la etapa tormentosa de un imperio empresarial que quiso apostar fuerte en la banca y en la política. La ostentación con que los "Albertos" abordaron sus intentos de "asalto" y ocupación de los consejos de Banesto y Central, con el beneplácito y el aliento del poder político y de la autoridad monetaria, y siguiendo el rastro de aquella OPA hostil del BBV contra Banesto, convirtieron lo que pudo ser una legítima operación financiera en un episodio de amor y lujo.

»Pero lejos de este aspecto mundano y de las aventuras amorosas que mostraron los pijamas de los protagonistas bajo las famosas gabardinas y que fueron determinantes en la ruptura y fracaso de la operación, hoy vale la pena interrogarse por el origen de tan ambiciosa intentona. Y la pista conduce a los primeros despachos de la política económica de los últimos años, de los señores Boyer, Solchaga y Rubio, quienes entraron, desde la política, en la lucha por la propiedad y el poder de las entidades financieras, como quedó en evidencia en la reciente crisis del BBV. Fue precisamente la tentación política y el proyecto de acumulación del poder financiero, en torno a una casta dirigente y con influencia, la que desbocó la incursión del grupo de Construcciones y Contratas, con escándalo y daño en su prestigio. Ahora las señoras Koplowitz recogen con prudencia la vajilla destrozada, hacen su arqueo, reordenan sus empresas y vuelven al terreno empresarial donde su grupo alcanzó el éxito y el prestigio, con la gestión de empresarios que hoy sufren el relevo porque creyeron el cuento de la lechera, mordieron la manzana del poder y además fracasaron.»

Alberto Cortina y Alberto Alcocer reciben otra andanada, ésta de parte de sus mujeres: Rafael Montes Sánchez y Justiniano de Miguel Ferrero, los dos hombres que entraron a trabajar con Ernesto Koplowitz diez años antes de que los dos matrimonios pasaran por la vicaría, se van a sentar en el consejo de Grucycsa. El cerco se estrecha cada vez más.

Necesitan un cambio de imagen, aparecer ante la opinión pública con otro talante menos altanero y poderoso, buscar el perdón. Saben que Rafael Ansón ha pasado un fin de semana en Las Cuevas, la finca en la que Alicia se refugia con sus hijos siempre que puede. Tienen amigos, con los que han compartido incluso mañanas de callos y caza. El despacho, hermoso y exquisito despacho que Ladislao Azcona tiene en la calle Serrano, es como un faro en la oscuridad a la hora de pedir consejo.

El 15 de febrero, jueves, el consejo es mucho más distendido. En la portada del diario *El Mundo,* sobre una gran foto en la que aparecen los dos Albertos con caras serias y semblantes doloridos, un titular a cuatro columnas en el que pueden leerse sus palabras al periodista Casimiro García Abadillo: «No nos queda más remedio que llegar a pactos inteligentes con nuestras esposas.» Sus primeras declaraciones en muchos meses las realizan precisamente en el periódico en el que ellas, sus esposas, tienen una pequeña participación accionarial. El director, Pedro J. Ramírez, escoge la frase del día con un pequeño toque de maldad: «No te cases por dinero. Un préstamo te costará menos» (Bernard Shaw).

Cada uno tiene una frase importante, dirigida a facilitar el último tramo de la negociación familiar:

Alcocer: «Mi mujer y mi cuñada están pasando por un momento difícil y hay que apoyarlas. Lo que no me gusta que se diga es que hemos querido engañarlas mi primo y yo, porque eso no es verdad. Lo único que hemos hecho ha sido trabajar durante veinte años. Y lo vamos a seguir haciendo. Ahora estamos aguantando el chaparrón.»

Cortina: «Reconocemos que hemos hecho mal las cosas en el Banco Central. Hemos sido demasiado puntillosos. Eramos amigos de Alfonso Escámez, con el que teníamos una buena relación, y debimos actuar con mayor tacto y haber ido llegando a acuerdos poco a poco, sin presionar en las juntas generales.»

Con esa sinceridad acababan de pasarle la pelota al presidente del Banco Central y a las dos hermanas Koplowitz. Los abogados de ambas partes se afanan por cerrar un acuerdo que puedan ratificar los cuatro. Tanto Ana

Palacio y Manuel Delgado como Antonio Hernández Gil son partidarios de mantener la negociación y, a ser posible, no romper los equipos de gestión del grupo. Fieles a la máxima de «más vale un mal acuerdo que un buen pleito», convencen una y otra vez a Alicia para que no recurra a la vía judicial e intente salvar el acuerdo inicial del mes de julio.

El 28 de febrero el tiempo comienza a medirse de una manera diferente para todos los protagonistas de esta historia, incomparablemente más fantástica que todas las series de televisión como *Dallas, Dinastía* o *Falcon Crest* juntas: Alicia Koplowitz presentaba su demanda de separación en los tribunales. Torre Picasso, el mayor monumento a Mammon, el dios del dinero, tal y como lo describiera el corresponsal de *The Wall Street Journal,* veía correr la sangre por sus altas, blancas y frías paredes.

Capítulo XVII

ARABES, JUDIOS Y CRISTIANOS

LA MUTUA SEDUCCION

El 22 de noviembre de 1988 el Opel Senator blindado y de cristales negros baja por la Glorieta de Cuatro Caminos y se dirige hacia la Ciudad Universitaria. Hace apenas quince minutos que ha dejado el sótano de Banesto, en el Paseo de la Castellana, donde al chófer se le ha dado un destino muy concreto: la calle Peguerinos, en la lujosa urbanización de Puerta de Hierro. Mario Conde y Fernando Garro tienen una invitación para cenar con un hombre que puede ser decisivo en la larga y extenuadora lucha en la que están inmersos. Mide un metro setenta, usa peluca y las lentillas han sustituido a las antiguas gafas de concha; casi siempre exhibe una sonrisa tímida que puede despistar a los que no conocen su pasado. El presidente de Banesto y su hombre de confianza se dirigen a la madriguera de oro de uno de los grandes zorros de las finanzas internacionales: Jacques Hachuel Moreno.

Cuando llegan a las puertas del chalé descubren las dos cámaras de televisión que siguen todos los movimientos que se producen en la calle, y a los duros, eficaces y bien entrenados agentes de la propia compañía de seguridad del financiero judío que estuvo a punto de dirigir uno de los más directos colaboradores del comisario Martínez Torres, el policía encargado de la lucha antiterrorista. El ofrecimiento quedó sobre la mesa.

La cita es obra de los buenos oficios de celestinas de dos antiguos compañeros de militancia política en UCD: Fernando Garro e Ignacio López del Hierro, director general de H Capital. Ambos han pensado que sus «señoritos» debían conocerse, ya que son dos lobos solitarios que se enfrentan, desde sitios distintos, al mismo y poderoso grupo. Un grupo al que el financiero judío no pudo captar pese a los tres días de ópera que dio en su casa y en los que la estrella a cautivar era Mariano Rubio.

Hachuel, con un olfato muy especial para los grandes negocios, está de nuevo embarcado en aventuras que suponen riesgos, emoción y, sobre todo, dinero; Conde está aislado y necesita con urgencia un «compañero de viaje» que, además, le aporte nuevos y preciosos apoyos tanto en España como en el extranjero.

La colección de pintura del antiguo socio de Marc Rich impresiona al banquero, que está empezando en el apasionante y rentable mundo del arte. Se encuentra con un pequeño y valiosísimo museo en el que se distribuyen por igual los cuadros y las esculturas, todas de las vanguardias: Giacometti, Paul Klee, Juan Gris, Gordillo, Chillida y Picasso aparecen ante sus ojos.

Tras saludar a Marta, la tercera esposa de Hachuel y la que le ha hecho abandonar las locas fiestas con lo más disparatado de la «movida» madrileña en las que Jacques y Cristina —su segunda mujer— oficiaban de reyes espléndidos, Mario Conde y Fernando Garro se disponen a mirar por el ojo de la cerradura del futuro.

Durante la cena el financiero quiere saber del pasado, presente y futuro del banquero, y éste despliega todo su magnetismo y todo su encanto. Los dos «segundos» son testigos mudos del mutuo proceso de seducción: hay miles de millones de premios para los ganadores de las batallas financieras y tanto Conde como Hachuel no conciben otra imagen de sí mismos que la del triunfo.

Esa noche el presidente de Banesto consigue un «arma secreta» que le va a servir para enfrentarse con comodidad a su antiguo socio, Juan Abelló; al gobernador del Banco de España, Mariano Rubio, y al propio Gobierno. Su relación con Jacques Hachuel se inicia en la clandestinidad y será un secreto muy bien guardado por los dos hombres durante muchos meses. Poco a poco, con la incorporación del abogado Rafael Pérez Escolar y las citas en la casa burgalesa de éste, perfilan lo que va a ser su relación personal y financiera, que les convierte en el invierno de 1989 en la pareja de moda de los negocios. Cada uno encuentra en el otro el complemento ideal para esa etapa de su vida, ya sin celos ni mutuas historias compartidas en el pasado. Es una relación de poder y se delimitan muy claramente los cometidos de cada socio.

De inmediato viene su acuerdo sobre Urbis; la constructora se convierte en el «barco» ideal para navegar en el gran mar especulativo del negocio inmobiliario. Sólo tienen que hacerse con la sala de mandos, al frente de la cual está un capitán envejecido por el esfuerzo: Manuel de la Quintana Ferguson. Después, y aprovechando la fuerza de Banesto y las acciones que posee en un buen número de sociedades, Hachuel lanzará sus misiles en busca del control y las plusvalías, tal y como hizo en el Grupo 16, lo que le proporcionó un buen dividendo en la reventa, por un lado, y el juramento de odio eterno por parte del presidente del grupo editorial, por otro.

La compañía de seguridad de Hachuel, creada a la sombra de los expertos israelíes del Mosad y puesta al servicio del presidente de Banesto, va a ser la excusa para que sus rivales les golpeen desde las páginas del diario *El País,* el acorazado del imperio Polanco y uno de los largos brazos de la *beautiful people*. La consigna es clara: romper la alianza. Hachuel siempre ha sido un francotirador, multimillonario y con relaciones por todo el mundo, pero Conde no. Conde quiere el poder aquí, en España, en disputa permanente con los que le vieron nacer, crecer y convertirse en rival; aspira a ser el jefe de la manada de lobos. La guerra sucia está servida y la política también, tanto dentro del PSOE y el Gobierno como dentro de la oposición. Todas las municiones sirven y cada pedazo de terreno es defendido con uñas y dientes por quien lo ha conquistado.

Mario Conde ha conseguido vivir hasta esos momentos en la gran jungla de asfalto, y Hachuel vuelve a sentir en toda su plenitud el factor riesgo, tal y como lo sintió en Nigeria o en Nicaragua. Comienza a visitar todos los días la sede del banco en el Paseo de la Castellana; no tiene cargos en el consejo —Rafael Pérez Escolar cumple muy bien con esa misión— ni en el organigrama de la dirección, pero manda, manda mucho, opina, opina mucho, y planea y define estrategias. Los años sabáticos han quedado atrás.

LOS VIEJOS BARRILES DE PETROLEO

Jacques Hachuel se hizo multimillonario con el petróleo antes de cumplir los cuarenta años. Ya había estado en la Cuba de Fidel Castro y el Che Guevara, cortando caña con los machetes que él mismo vendía al Gobierno recién salido de la revolución, y ya se había desengañado del marxismo-leninismo que profesara en sus años de estudiante en París.

A finales de 1988 su rostro es apenas conocido y él se esfuerza por ocultarlo por un respeto, rayano en la neurosis, que tiene hacia los consejos de su servicio de seguridad. Su casa de Puerta de Hierro es un fortín y la sede de su imperio en España ocupa toda la planta 15 de Torre Europa, una de las esquinas del complejo Azca.

En mangas de camisa y tirantes, le gusta definirse como «un hombre tranquilo y sin ganas de enseñar los dientes, pero con fuerza. Me sigue gustando ganar y soy muy exigente».

—Por lo tanto, mantiene la ambición, Jacques...

—Mi única ambición es divertirme. Ahora apenas dedico unas horas a los negocios, del resto se encarga mi equipo... Creo que si sigo infundiendo temor es porque exijo mucho. Y eso que siempre sonrío...

—Sí, pero bajo esa sonrisa se advierte, desde el primer momento, que hay acero y granito.

—Es posible, es posible —y al contestarme mientras tomamos café en su despacho no puede evitar que su rostro refleje todo el placer que siente.

—¿Sigues empeñado en ganar más y más dinero, en tener más poder, más influencia, más adoración por parte de los que te rodean?

—No, no ambiciono ningún poder ni tengo ganas de más dinero. El dinero es la consecuencia de haberlo hecho bien en la vida. Es el éxito el que se mide en dinero; por ello, cuanto más tengas, más éxito tienes... Es la ley que impera en este mundo.

—¿Siempre has tenido esa filosofía, esa forma de entender el mundo y la vida?

—He sido un hombre duro, ya que tenía que serlo para luchar en la jungla que son los negocios internacionales. Allí te pueden matar físicamente, yo lo he visto y a mí me ha pasado muy cerca. Era mi vida o la de los demás. Hay que ser muy duro para sobrevivir y aún más duro para triunfar.

—¿Tan agresivo como Mario Conde o los Albertos?

—Mucho más agresivo, pero yo no he sido un hombre de grandes corporaciones, tan sólo un *trading*. Yo no haría una OPA hostil, aunque creo en el cambio por el cambio, y el cambio, en la banca española, era absolutamente necesario.

—¿Practicas la venganza?

—No soy capaz de olvidar, para qué vamos a engañarnos. El que me la hace me la paga. Hasta ahora, por lo menos, siempre ha sido así, aunque tomo la venganza en frío, con tiempo. Claro que mi capacidad de agradecimiento es grande: a las personas que quiero les doy todo, saben que tienen todo de mí.

—¿Cómo se pasa de un negocio de coches como el que tenía tu padre en Tánger a las altas finanzas internacionales?

—Mi padre tenía la concesión de Citroën y allí comenzamos a trabajar un poco todos. Mis hermanos siguen en el negocio de los coches, en Madrid y Barcelona, junto a otros temas de importación y exportación. Yo estuve trabajando allí hasta que me marché a estudiar a París, a una escuela de franceses de «cuello duro» que te miraban por encima del hombro...

—¿Te sentiste marginado?

—Me sentí doblemente marginado. Primero por mi origen judío y segundo por mis ideas comunistas. Pese a todo creé el centro judío y el centro de amistad Francia-URSS, y descubrí que la única forma de que no te aplasten es ser el primero.

—Descubres los grandes negocios a través de la familia Gomendio...

—Sí, José Gomendio fue mi primer maestro en el mundo de los negocios. Comencé trabajando con él en una explotación agrícola que habían comprado a la familia Rothschild en Marruecos, cerca de Larache, que se pagó gracias a una financiación de Banesto.

José Gomendio estaba bien protegido por altos cargos de la Administración franquista y de él aprendió Hachuel la importancia de las relaciones institucionales. El general García Valiño y el banquero Arburúa —suegro de Marcelino Oreja— le ayudan en la financiación y en los permisos de sus operaciones internacionales hasta 1972, que llega la catástrofe al grupo de empresas, como explica el propio Hachuel:

—A Nixon se le ocurrió abandonar el patrón oro y casi nos arruina, ya que todos los contratos que teníamos arbitraban el pago en dólares y éste experimenta una caída brutal. Nos salvó Arburúa, que estaba en el Banco de España y nos proporcionó créditos por valor de un millón de dólares. Es cuando decidí marcharme de Cofeico...

—Esa, dicen todos los que te conocen, es una de tus principales características: hueles los problemas y abandonas los barcos antes de que se hundan, algo parecido a lo que haces años más tarde con Marc Rich...

—De Cofeico me voy porque era una empresa de tamaño medio que no podía competir con los gigantes del comercio mundial de materias primas, como era, por ejemplo, Phibro, la empresa norteamericana que tenía su sede en el mismo edificio que nosotros, la Torre de Madrid, y en la que ya trabajaba Marc.

—Y de ahí surge una relación que va a hacer que un grupo de ejecutivos dé un «golpe de mano» contra Phibro y monte su propia empresa...

—Sí, eso lo decidimos nada más recibir los bonos anuales a comienzos de 1974, una especie de prima que nos correspondía por todos los negocios que habíamos hecho para el grupo. Fue una mierda y decidimos irnos, máxime cuando las mayores ganancias dependían del petróleo y esas operaciones las controlábamos desde Madrid. Concretamente yo tenía a mi cargo dos mercados importantísimos como eran Nigeria y Ecuador. Juntamos un capital social de dos millones y medio de dólares. Enfrente teníamos a Phibro y a su central, Engelhardt Minerals, que por entonces tenían un capital de mil millones de dólares. Era una lucha de David contra Goliat y, como en la *Biblia,* ganó David...

—¿Cuál fue la «honda» que utilizasteis?

—Ganamos a base de trabajo y de riesgo, de jugarnos no sólo todo nuestro capital, sino también la vida. Eso sí, diez años después nuestro capital social ha pasado de dos millones y medio de dólares a dos mil millones y somos la primera compañía petrolífera privada del mundo, con un volumen de negocios de un millón de barriles diarios, que significan cuarenta millones de dólares más otros diez millones por el resto de materias primas con las que negociamos, como el estaño, el cinc... Estábamos presentes en veintidós países.

—¿Es verdad que estar sentado sobre un barril de petróleo en esos años era como estar sentado en un polvorín?

—Es verdad, y a veces el polvorín volaba por los aires. Teníamos que estar sentados sobre él todos los días, todas las semanas, y tomar decisiones por valor de miles de millones en apenas sesenta minutos. Yo me dedicaba a las operaciones especiales, a todo aquello que se salía de la rutina, bien por su complejidad, bien por las circunstancias del país en el que íbamos a trabajar. Recuerdo que la operación más revolucionaria del mercado del petróleo la hice en Ecuador...

—Un Ecuador dominado por los militares...

—Nosotros éramos el asesor ideal, lejos de las multinacionales norteamericanas. Igual que a Nigeria, les comprábamos la materia prima o les buscábamos mercados donde venderla. Les convencí para que las regalías del petróleo que les proporcionaban las compañías norteamericanas no las cobraran en dólares, sino en petróleo, y les ofrecíamos comprárselo al precio oficial más una prima de un dólar por barril. En catorce meses el precio se multiplicó por diez. Fue uno de mis negocios más brillantes.

—¿No tuvisteis problemas con las compañías norteamericanas?

—Los tuve y muy gordos, con una repercusión en Ecuador fortísima, en la que me amenazaron de la forma más dura posible. La Gulf Oil tenía un contrato con el Gobierno ecuatoriano y nos reclamó un barco que nos había entregado el ministro Jarrín Ampudia, que luego fue presidente de la OPEC. La Gulf intentó impedir su salida del país y, al no lograrlo, consiguió que nos lo embargaran las autoridades norteamericanas al llegar a California. Era 1976 y se entabló un pleito que duró dos años. No podíamos pagar y las amenazas fueron subiendo de tono, hasta que Ecuador decidió nacionalizar todo su petróleo.

—Cuando abandonas a Marc Rich dices un poco adiós a las armas, a una vida intensa, agotadora... ¿Por qué lo haces?

—Me voy porque la compañía había crecido muchísimo y ya no tenía su carácter inicial. Marc vivía todo el tiempo en Nueva York y yo en Madrid. Ya no existía el sabor de la aventura...

—Y estaba el fisco norteamericano revisando los «ingresos ocultos» por el petróleo...

—También. Marc había realizado una serie de operaciones que dieron lugar al problema sin contar con nadie, lo que nos llevó a esos momentos delicados, sobre todo para él. Yo tampoco estuve de acuerdo con la forma de solucionar el problema, así que decidí irme. Marc tenía mucho, demasiado poder.

Miguel Boyer no ve las cosas tan claras como las cuenta Jacques Hachuel:

—Ellos se dedicaron en la etapa Carter, como otras muchas compañías petrolíferas, a vender como de nueva extracción el petróleo que tenían almacenado durante la crisis, con lo que ganaron cientos de miles de millones. El fisco norteamericano les persiguió y una de las multas más grandes fue para Rich. El secretario del Tesoro les obligó a devolver una suma cercana a los tres mil millones de dólares. Marc, que ya vivía en Suiza, en Zug, comienza a negociar con el Gobierno español su instalación en España, pero quiere que le garanticen que no le extraditarán a Estados Unidos bajo ningún concepto. Los papeles llegaron a Fernando Ledesma cuando era ministro de Justicia, pero la decisión de concederle la nacionalidad española se tomó en Consejo de Ministros. Intervinieron los abogados Eduardo García de Enterría y José María Stampa Braun, y hubo apoyos muy importantes para que se le concediera.

Otros abogados, concretamente el bufete de José Mario Armero y Fernando Escardó, se encargan de representar a Jacques Hachuel en la separación patrimonial con Marc Rich en 1983. Una de las hijas de Armero, Colomita, y el propio Escardó ayudan a Hachuel el 19 de octubre de ese mismo año a fundar Tradoil, cuya sede se fija en el domicilio del propio bufete. Su actividad: el petróleo.

Cinco meses más tarde, en marzo de 1984, Hachuel registra en Madrid la sociedad H Capital, con un capital social de veinticuatro millones de pesetas que transfiere de una compañía panameña, la Overseas Inc. En 1987 el financiero la relanza ampliando el capital a mil millones, operación en la que interviene otra compañía del propio Hachuel, ésta radicada en Suiza: J Capital. Los abogados encargados de las cuestiones jurídicas son de nuevo Armero y Escardó, mientras que de las cuestiones financieras se encarga el entonces director de Merril Lynch en España, Alvaro Alvarez Alonso, un hombre que ya había tenido importantes contactos con el clan judío en España siendo director general de dos compañías dedicadas a la promoción de centros comerciales y negocios inmobiliarios: Hahn Ibérica, S. A., y Ernest W. Hahn Mercantil, S. A. El presidente de las dos es Mark Brownstein.

GERALD RONSON: UN NUEVO SOCIO

Otro judío —éste británico, masón y una de las mayores fortunas del Reino Unido—, Gerald Ronson, es el socio que se busca Jacques Hachuel para acometer otra de sus grandes operaciones inmobiliarias: la compra de las Torres de Jerez. El presidente del grupo Heron y su hombre en España, Antonio Eraso Campuzano, ayudan al financiero a quedarse con uno de los principales activos del patrimonio de Rumasa, y le ayudarán, junto a Mario Conde, en todo el posterior proceso de expansión de la inmobiliaria Urbis.

Para montar sus negocios en Andalucía y Canarias Hachuel recurre a otro bufete, el del ex ministro de Defensa e Industria Alberto Oliart Saussol, a una de cuyas hijas —lo mismo que en el caso de Armero— contrata para que le ordene y clasifique toda la biblioteca que perteneció a Pablo Neruda. Isabel Oliart, compañera del cantante Joaquín Sabina, entra así a formar parte del círculo del financiero, tal y como lo hiciera con motivo de la galería de arte que lleva su nombre Marta Moriarty.

En pleno mes de agosto de 1987, Jacques Hachuel da otro «golpe» en Madrid y compra por mil quinientos millones la cadena Celso García, con once establecimientos, más de quinientos empleados y una facturación anual de cuatro mil millones de pesetas. En la operación gana la partida a la familia colombiana Roca, que ve cómo se le escapa la segunda oportunidad de entrar en el mercado de los grandes almacenes en nuestro país; la primera había sido la del venezolano Gustavo Cisneros, que logró la adjudicación de Galerías Preciados por parte del Gobierno, pese a que la oferta de Roca era mejor. Las presiones políticas, en razón de la buena amistad que unía y une al PSOE y sus máximos dirigentes con el actual presidente de Venezuela, Carlos Andrés Pérez, jugaron un papel decisivo.

La experiencia de Hachuel como gestor de Celso García es muy negativa y a comienzos de 1990 vende a los judíos británicos de Mark and Spencer la cadena que fundara la familia salmantina. Tres equipos directivos se han «estrellado» mientras buscaban la pista de despegue de los almacenes, inmersos en una crisis de imagen ante la pujanza de otras organizaciones como El Corte Inglés o Cortefiel.

Ese mismo año entra en contacto con dos hombres que le van a llevar a uno de sus más grandes y sonoros fracasos, el de Canal 10, la primera experiencia de televisión privada que se intenta en España, con emisiones vía satélite y con una fórmula de pago para captar los programas basada en los decodificadores de la señal. Enrique Talarewitz y José María Calviño, que acababa de dejar la Dirección General de RTVE en manos de Pilar Miró, fueron los encargados de poner en marcha el invento, para el que Hachuel recaba la ayuda del magnate británico de los medios de comunicación, el también judío Robert Maxwell. Apenas unos meses más tarde, el fracaso es de tal envergadura que la sociedad acaba en los tribunales, Talarewitz es cesado como presidente y las pérdidas se evalúan en más de tres mil millones de pesetas.

—Nos engañaron tanto a Maxwell como a mí —dice Hachuel—. Confiamos en un hombre, Talarewitz, que nos engañó. Luego tuvimos que hacernos cargo de la empresa para poder enterarnos de cuál era de verdad la situación de la sociedad. Tenemos puestas varias querellas, ya que los datos que nos dieron para entrar en la operación eran y han resultado falsos.

—¿Ha sido una vacuna para otras tentativas en los medios de comunicación?

—No, en los negocios a veces te sale el tiro por la culata,

pero yo no renuncio a tener un canal de televisión, ni mis socios tampoco. Además mi astróloga...

—¿Tiene cabida una astróloga en los negocios?

—No sólo yo, muchos hombres de negocios y políticos tienen su astróloga. La mía es norteamericana y no es que siga al pie de la letra lo que me dice, pero sí que lo tengo en cuenta. Y hasta ahora no se ha equivocado y me ha ido muy bien.

—¿Y cuál es su última sugerencia?

—Que me dedique a los medios de comunicación, que en ellos encontraré muchas satisfacciones.

Lo mismo les debieron decir sus astrólogos, quirománticos o echadores de cartas a Javier de la Rosa, a Mario Conde, a los directivos del BBV y a más de un presidente de gobiernos autonómicos. Todos ellos se ponen a invertir en medios de comunicación, bien de forma directa, bien a través de fiduciarios, y todos ellos consultan antes de dar pasos importantes: De la Rosa para entrar en Tele 5, comprando las acciones del grupo Anaya; Mario Conde para mantener su fuerte presencia en *El Independiente*; el BBV para seguir en la aventura de Canal Plus y ver quién ganará en la lucha civil planteada en su interior tras la muerte de Pedro Toledo. El Tarot y los astros parecen las nuevas tablas *input-output* por las que se rigen los líderes de la España de fin de siglo.

Da lo mismo que se profese la fe cristiana, la mahometana o la judía, la magia aparece como fuente de inspiración y consejos en medio de las batallas financieras y políticas: Mario Conde no firmará nunca un contrato o cerrará un acuerdo en determinados días que para él son tabúes; Gabriel Urralburu, presidente de Navarra, supo con bastante antelación la fecha exacta de la liberación del empresario Villoslada, secuestrado por ETA, gracias a las cartas; y el abogado Mariano Gómez de Liaño, uno de los defensores de Banesto en la batalla de Valenciana de Cementos, quiso saber por quién se decantaría la victoria recurriendo al Tarot. Otro, como el agnóstico Julio Anguita, puede perder el color y quedarse pálido ante las palabras que una joven y hermosa quiromántica le dice mientras mantiene sus manos abiertas y con las palmas hacia arriba. Y a los más incrédulos les recuerdan que la bruja Paquita predijo la muerte de uno de los grandes de la *jet* antes de que terminara 1989.

DE LA ROSA Y SUS SEÑORES DEL GOLFO

Una de las grandes batallas entre las tres confesiones religiosas y políticas se produce por el control de la empresa Carburos Metálicos, con domicilio social en la calle Consejo de Ciento 365 (Barcelona), y con casi cien años de antigüedad a sus espaldas. Dedicada a la fabricación de gases y ferroaleaciones, ha experimentado un gran crecimiento en la década de los ochenta tras la llegada a la presidencia de Ramiro Cervera Pérez, casado con Pilar Garnica, una de las hijas de don Pablo.

Cervera es otra de las víctimas de Mario Conde cuando el presidente de Banesto inicia la venganza contra su antecesor. Es cesado y el abogado Rafael Pérez Escolar ocupa su puesto, ya convertido en uno de los comodines de lujo del banquero y de su socio judío.

Los intereses del Banco Central en Carburos los representa y defiende otra ilustre familia de abogados catalanes, los Garí de Arana, mientras que los del Banco de Santander —la otra entidad financiera presente en la empresa— los vigila siempre un Botín.

Tras su pacto con Mario Conde, Jacques Hachuel pone sus baterías apuntando a Carburos, y en la primavera de 1989 compra en bolsa un 3 por 100 del capital. Inmediatamente después organiza junto al banquero la operación que les dará todo el poder: una emisión de *warrants* (cupones de opción de canje de acciones) que Banesto lanza en el mes de agosto en el mercado bursátil de Londres y que afecta al 18 por 100 que el banco tiene en la empresa catalana.

La compra de ese porcentaje por la sociedad Euris, con un descuento de casi el 12 por 100 sobre la cotización en bolsa, sorprende a todos aquellos que no están al tanto de los acuerdos entre el banquero y el financiero judío.

Cuando en noviembre sale a la luz pública todo el entramado, las reacciones en el Banco Central y en el Santander no se hacen esperar. Para Alfonso Escámez, Conde ha roto el pacto que suscribieron para mantener estable el paquete accionarial; para los Botín es una auténtica operación de *raider* que persigue el control para luego desmembrar la compañía y obtener jugosos beneficios. Emilio Botín tiene un arma que ha empleado frecuentemente: Javier de la Rosa, el hombre que maneja la impresionante cartera de KIO, y que mantiene sus estrechas relaciones con la familia Garnica.

Hay que jugar. La multinacional norteamericana Air Products tiene el 24 por 100 del capital de la compañía y están sus «colegas» de la Unión Carbide, AGA y Air Liquide interesadas en sumarse a la partida, pese a las prohibiciones del Tratado de Roma. En un solo día se negocian en la bolsa madrileña mil millones de pesetas en acciones de la empresa.

Está el flanco de Euris, la sociedad europea en la que los hermanos March poseen el 1,36 por 100 del capital. Los banqueros mallorquines se sienten presionados en esta guerra y trasladan todo el peso de la situación a Jacques Hachuel, acostumbrado a los desafíos y a jugar sobre seguro. Por eso, cuando en unión de Luis Burbon negocia con los representantes de Air Products en Madrid, en la primera quincena de noviembre, su postura es inflexible: o le dejan el control o le compran sus opciones sobre Carburos, siempre, claro está, con una jugosa plusvalía.

Sus cuentas son muy precisas: el valor de las mismas en el mercado es superior a las nueve mil pesetas, por lo que Euris ya ganaría con sólo vender más de mil pesetas por cada acción. Como tiene un poco más de cuatro millones de títulos, el cálculo es fácil: cuatro mil millones que terminarían en sus bolsillos. Limpio, rápido y seguro. El capital alimentándose a sí mismo, sin riesgos.

A finales de ese mismo mes de noviembre de 1989, Javier de la Rosa tiene la oportunidad de demostrar su peculiar sentido del humor al comprar tres millones y medio de acciones del grupo Torras. Está poniendo las bases para la mega-OPA que lanzan los kuwaitíes de KIO en diciembre, y para ello utiliza dos de sus sociedades: Philby y CAOS, el nombre de uno de los grandes agentes británicos que espiaron para la KGB y el caos, una situación en la que el financiero catalán se mueve como pez en el agua. Con esa compra se coloca con el 13,35 por 100 del capital de Torras en sus manos, el mayor porcentaje con diferencia de todos los que componen el consejo de administración, ya que el consejero delegado, Jorge Núñez, sólo tiene 3.300 títulos, y los consejeros Narciso de Mir, Alfonso Ferrari y Joan Piqué oscilan entre los 3.334 del primero, los 101.400 del segundo y los 1.050 del tercero. La sorpresa la dan los verdaderos propietarios, que no tienen ninguna acción a su nombre: para eso están las compañías holandesas Koolmes Holdings y Kookmeeuw Holdings, las dos que lanzan la oferta pública de acciones.

El lunes 25 de diciembre Javier de la Rosa se instala en su *suite* del hotel Villamagna —que acaba de pasar de manos suecas a manos japonesas— acompañado por la plana mayor de Torras, abogados y agentes de bolsa, con César Alierta, de Beta Capital, a la cabeza. Horas después piden a la Comisión Nacional del Mercado de Valores (CNMV) la suspensión cautelar de la cotización y contratación de las acciones de Torras por concurrir «situaciones especiales que pueden perturbar el normal desarrollo de las operaciones sobre la sociedad».

Los movimientos del financiero catalán no han pasado desapercibidos y los tiburones se lanzan sobre la bolsa madrileña en pos de los ansiados títulos, con la seguridad de hacer un buen negocio pese a la rápida subida que experimentan. La semana anterior habían «cambiado de manos» cerca de millón y medio de títulos de la compañía catalana, convertida en el portaaviones del *holding* de KIO desde el verano de 1987. Más de dos mil millones de pesetas.

La antigua empresa del financiero catalán y distinguido

miembro del Opus Dei, Higinio Torras Majem, constituida el 9 de octubre de 1941, corre la misma suerte que el Banco de los Pirineos, que también presidía Higinio Torras. Este pasa al Fondo de Garantías en 1981, bajo la tutela directa de Aristóbulo de Juan, tras intentar inútilmente ayuda de Banca Catalana y La Caixa; y la papelera pasa a engrosar las filas árabes de KIO, lo mismo que lo había hecho antes Inpacsa.

La larga mano de Javier de la Rosa comienza a agitar las pantanosas aguas de la burguesía financiera española, que se estremece cuando ve al máximo responsable de la Banca Garriga-Nogués caminar del brazo de los poderosos «señores del Golfo». A los sustos que les había dado en el verano de 1987 con la ampliación en cincuenta mil millones del capital de Torras y la toma de posición en varios bancos, se suma ahora la certidumbre de que prepara algo gordo.

La OPA se presenta y con ella los setenta y cinco mil millones que hacen falta para comprar el 42 por 100 de las acciones que están en bolsa fuera del control del tándem Jaffar-De la Rosa; la mayor operación registrada en el mercado financiero español que cuenta con todas las bendiciones, tras los oportunos contactos, de la Administración: de los ministros de Economía e Industria y del presidente de la CNMV, Luis Carlos Croissier.

Con más de treinta empresas a las que controla total o parcialmente, el Grupo Torras es uno de los mayores grupos industriales privados de España y Javier de la Rosa quiere «sacarlo» del control visual del Gobierno, control que consigue a través de la nueva normativa bolsística. Quiere también la mayor capacidad de acción posible ante las guerras desatadas en los distintos sectores estratégicos: petróleo, alimentación, comunicación, servicios... Cuando en su oficina de Quail, en Barcelona, echa un vistazo al organigrama del imperio que comparte con KIO, no puede evitar un gesto de triunfo; su audacia, cuando él mismo se presentó a Fouad Jaffar en el restaurante La Gavina, en S'Agaro —un hotel de cinco estrellas frecuentado por la alta burguesía catalana—, ha tenido una enorme recompensa. Allí, entre los principales nombres del organigrama está el de su amigo de toda la vida, con el que jugaba cuando eran niños: Manuel Guasch. Recuerda las Navidades de hace tres años, cuando invitó a Guasch a comer en uno de los restaurantes de la parte alta de Barcelona. Le explicó sus planes para el futuro: la operación Ebro, la operación Explosivos, la expansión de Torras… Al final, mirándole sonriente a los ojos, le hizo la pregunta:

—¿No te divierte jugar a algo en este proyecto?

—Si se hace la operación Ebro, Javier, yo acepto la responsabilidad de dirigir nuestra expansión en el sector alimentario.

—¿Crees que puedes seguir en Renault?

—Por supuesto, creo que puedo y debo estar en los dos sectores, aparentemente tan distintos, pero que al final confluyen en la familia. Además, si no pudiera compaginar ambas presidencias no aceptaría. Tú sabes que cuando se trabaja en una multinacional, con todo el enorme peso que tiene la casa matriz, las presidencias se limitan a coordinar, ya que muchas de las decisiones vienen dadas.

—¿Cómo siguen tus relaciones con el Gobierno?

—Muy bien, ya conoces mis relaciones con mis antiguos compañeros del Ministerio de Comercio y de las Cámaras. Personalmente siempre me he sentido muy amparado por ellos.

—Ya me gustaría a mí que me viesen con los mismos ojos…

—Mira, yo me he ganado la credibilidad durante muchos años a base de no mentir nunca, ni siquiera con medias verdades. No sólo soy amigo de los altos cargos de la Administración, es que cuando estás en muchos sitios no puedes jugársela en uno de ellos, porque te la dan en el siguiente.

—¿Sigues viendo a Mercader?

—Hombre, sí, nos vemos de vez en cuando. Nuestras relaciones quedaron muy bien, pese a que no fui capaz de convencerle para que se quedara en Inpacsa cuando llegaste tú, ni siquiera en la reunión que mantuvimos en el hotel

Los Galgos. Ahora es uno de los puntos fuertes de los catalanes del PSOE, uno de los que Serra quiere hacer ministro.

Javier de la Rosa ha visto a muchos ministros y a muchos directores generales; ha visto a mucha Administración y sabe lo que cuestan los favores, lo que le costó a él solucionar el problema de su padre: la compra de los periódicos *La Nueva España,* de Oviedo, el *Diari de Barcelona* y el *Diario de Avila.* El actual vicepresidente de la Junta de Castilla-León y militante del CDS conoce toda la historia.

Cuando le dieron el ansiado y tranquilizador sí, estuvo a punto de hacer sonar el claxon de su coche, tal y como lo habían hecho sonar sus amigos cuando se declaró a su mujer, Mercedes Misol, a la salida de una cena. Mercedes había establecido una señal con toda la pandilla que les acompañaba: si levantaba el brazo era que aceptaba, y a la altura del número 240 de la calle Aribau el brazo de Mercedes salió por la ventanilla del coche. Su hermana Carmen y su marido, Alfonso Maristani, fueron los primeros en iniciar el ruidoso concierto.

De todo eso hace ya una eternidad. El Javier de la Rosa que mira su imperio tiene poco que ver con el que se afanaba por triunfar en la vida, por ser el «número 1», y que miraba con cierta envidia la estupenda goleta de madera que papá Misol tenía anclada en el puerto de Barcelona. El debía llegar mucho más lejos que su suegro, mucho más lejos que todos sus amigos, más lejos que nadie; y había llegado con sustos, con enormes sustos, convirtiéndose en el «rey de la conspiración», como sabía que le llamaban sus enemigos... y sus amigos, algunos tan poderosos e importantes, muchas veces tan decisivos como Luis Valls Taberner.

INTERESES AJENOS A KIO

Javier de la Rosa tiene también otros intereses a finales de 1989, en los que está solo o con otros socios que nada tienen que ver con el grupo KIO. Su sociedad Tibidabo participa con un 19 por 100 del capital en Cinepaq, una empresa dedicada a la distribución de películas para la televisión en la que tiene como socios a Canal Plus y al grupo Anaya de Germán Sánchez Ruipérez.

Con otra de sus sociedades, Quail, intenta comprar la empresa siderometalúrgica Aristraín a los herederos del empresario fallecido en un accidente de helicóptero en Italia. Para ello realiza una oferta de unos treinta y cinco mil millones de pesetas en unión con el grupo Trébol Internacional, que preside Manuel Prado y Colón de Carvajal y en el que se ha integrado el antiguo vicepresidente del Banco Exterior, Rafael Martínez Cortiña.

José María Aristraín de la Cruz y su hermana María de los Angeles habían dado el visto bueno a la venta de la acerera y tiene que ser el hombre fuerte de la misma, Javier Imaz, el que regrese apresuradamente de Estados Unidos, aún convaleciente de una operación de trasplante de hígado —lo que no pudo conseguir Pedro Toledo—, para oponerse a la venta y recomendar tranquilidad y prudencia a los dos herederos.

La misma tranquilidad y prudencia que el vicepresidente de KIO, Fouad Khaled Jaffar, recomienda a sus antiguos socios de Cartera Central, el grupo Construcciones y Contratas, en torno a las dos torres gemelas proyectadas para la Plaza de Castilla. Las antiguas relaciones de hermandad se han enfriado y el distanciamiento puede desembocar en un conflicto inesperado: Cortina y Alcocer insisten en que el contrato firmado por Javier de la Rosa les concede en exclusiva la construcción de las torres diseñadas por los arquitectos norteamericanos Philip Johnson y John Burgee, mientras que Jaffar, que asiste en Madrid a los consejos de administración de Ercros y de Prima Inmobiliaria, no es de la misma opinión:

—No tenemos ningún compromiso de exclusividad con Conycon. Aún no hemos decidido quién construirá las torres, pero sí estamos seguros de que el contrato se repartirá entre varios ofertantes. Por eso hemos contratado los servicios de la compañía británica Bobis para que evalúe las distintas ofertas. Si Conycon ofrece un buen precio puede optar a una parte del contrato.

Para el vicepresidente de KIO, que vive sus últimos días como cabeza visible de los negocios internacionales de la familia real kuwaití, el fracaso de Cartera Central está en el núcleo de todos los problemas:

—Era una magnífica idea; sin embargo, no estoy arrepentido de haberme marchado de Cartera Central. Al final se mezclaron los asuntos personales y los negocios, y eso es incompatible con nuestra filosofía.

Los problemas que el financiero árabe deposita sobre las cargadas espaldas de los Albertos no le alivian lo más mínimo de los suyos. El 19 de febrero de 1990 es cesado de forma fulminante por el Gobierno de Kuwait, cada vez más receloso de las operaciones que el poderoso Jaffar ha realizado en los últimos tiempos. La gota que colma el vaso es la quiebra de la compañía estadounidense Drexel Burnham Lambert, la reina de los «bonos basura», en la que el vicepresidente de KIO había tomado una importante participación, lo mismo que el Banco de España.

En el otro lado, los judíos Hachuel y Ronson prosiguen su buena racha en el mundo inmobiliario español, siempre en relación estrecha con Banesto y Mario Conde. Jacques Hachuel consigue que Urbis se convierta en una de las mayores inmobiliarias europeas fusionándola con otras dos compañías: Ceisa y Mas Camarena, y dando a la empresa que dirigiera Manuel de la Quintana una dimensión internacional que hasta ese momento desconocía. Gerald Ronson, por su parte, comienza a través de Heron a vender el paquete de activos inmobiliarios que le había comprado a Banesto, en una operación en la que el propio banco aportó el capital con un crédito sindicado de doce mil millones de pesetas. Mientras el magnate británico tiene que comparecer ante la justicia en Londres por el escándalo Guinnes, su hombre en España, el también judío Antonio Eraso Campuzano, coloca en el mercado el edificio en el que la empresa Agromán tiene su sede. La primera piedra de la torre de los beneficios ya está puesta.

Capítulo XVIII

CAZA MAYOR, CAZA MENOR

LA ESCOPETA NACIONAL

Los oscuros ojos caramelo de Marta Chávarri miran fijamente el reguero de sangre seca sobre las duras cerdas del jabalí muerto. La poderosa cabeza del guarro yace en la tierra cacereña de Jacobo Hernando Alfonso Fitz James-Stuart y Gómez, tres veces grande de España, duque de Peñaranda, conde de Montijo, marqués de la Laguna, marqués de Viana y conde de Urbasa.

El aristócrata ha alquilado su finca para la cacería al financiero Jaime Soto y éste ha invitado a sus amigos: a Manolo de la Concha, al duque de Arión, su suegro, a Javier los Arcos y a Alberto Cortina, que no se separa ni un minuto de la rubia de oro de la prensa del corazón. Es su particular tesoro y lo protege, lo guarda, lo vigila de las codiciosas miradas de unos y otros.

Con su mentón fuerte y agresivo, la nariz fina venteando los peligros, Marta respira necesidad, urgencia por todos los poros. En su mirada no hay sitio para las dudas, ni la piel ha hecho en su cuerpo las arrugas necesarias para que se aloje en ellas la paciencia. Alberto conoce ese territorio salvaje y dulcemente recorrido con la yema de sus dedos mil veces; lo ha visto arder y en él se ha abrasado como un fanático, como un *kamikaze* del amor hasta que el último rescoldo, en el día y en la noche, de su fortaleza se ha consumido.

A las 16.30 ha dejado su puesto y, con el resto de los cazadores, se ha dirigido a la casa. Siente nostalgia por Las Cuevas, la finca a la que ha dedicado años de trabajo y dinero, con su helipuerto, su enorme piscina longitudinal, su restaurada arquitectura, preparada para recibir hasta cuarenta invitados y pasar cómodamente el fin de semana. Pero eso es el pasado, su futuro está dentro de unos ajustados vaqueros, de un rostro que le sonríe abiertamente mientras guarda el rifle Holland, una de las joyas de su colección, para muchos una de las mejores de España junto con la de su otrora rival y siempre amigo el supergaláctico Juan Abelló.

Los dos sienten pasión por las armas y son capaces, como lo es Jaime Soto, de irse a Escocia a cazar faisanes, a Kenia en busca de un viejo león o a los Cárpatos tras la pista de algún espléndido venado. Los Montes de Toledo, donde tienen sus propias fincas, son el paraíso de las perdices y de los negocios.

El 2 de febrero de 1989, en el ojeo que dio Jaime en su finca de Oropesa —donde tiene hasta un campo de golf de nueve hoyos y un pequeño lago—, Mario Conde y su inseparable Matías Cortés aprovecharon para hacerle llegar sus mensajes de negociación a la *beautiful people* y al gobernador del Banco de España a través de Manolo de la Concha, que compartía «taco» y hospedaje con Alberto Oliart y Ramón Hermosilla, dos de los hombres claves en muchas de las operaciones económico-financieras de los últimos años.

El presidente de Banesto ultimaría su estrategia en aquellos momentos de gran tensión dos días después, en la finca de su otro abogado y asesor, Rafael Pérez Escolar, el vaso comunicante con el poderoso clan judío que le ha prestado su apoyo a nivel nacional e internacional.

Alberto Cortina lo sabe muy bien, ya que él mismo ha empleado esa técnica muchas veces, lo mismo que su primo

Alcocer, que no dudó ni un minuto en irse el 28 de octubre de ese año a la casa de Ramón-Mora-Figueroa en Vejar de la Frontera para «tirar unos tiros» junto a Juan Abelló, Miguel Primo de Rivera, Jaime Botín y el hombre que era su objetivo primordial: Isidoro Alvarez, presidente de El Corte Inglés y con un gran ascendente sobre las dos hermanas Koplowitz.

Cuando se levanta la veda, los largos hilos de los despachos del poder financiero llegan hasta las mansiones que pueblan Extremadura, La Mancha o Andalucía. Las escopetas se transforman muchas veces en auténticas plumas de oro que firman multimillonarios acuerdos. Lo mismo da que sean unas Garbi-Arribas —como las que utiliza el Rey y que se fabrican en Eibar por un precio que nunca supera el millón y medio de pesetas— o que sean unas Holland británicas, una pareja de las cuales se sitúa por encima de los ocho millones, algo reservado sólo a los más poderosos.

En rifles, los clásicos se inclinan por los Mauser, Malingher y Sako, todos de cerrojo y con un precio que oscila entre las cien y las trescientas mil pesetas, mientras que los que confían menos en su puntería y prefieren tener la seguridad de un segundo disparo utilizan los austriacos Sodia, que pueden llegar a costar hasta tres millones, un auténtico lujo. Y tanto los dos Albertos como Juan Abelló o Jaime Botín se han acostumbrado a vivir en el lujo. Si los dos primeros viajan hasta Las Cuevas o la Dehesa del Avellanar en helicóptero desde la terraza de Torre Picasso, el vicepresidente del Santander lo hace en su *jet* privado hasta las Navas de la Condesa, en el término de Almuradiel (Ciudad Real), mientras que su hermano Emilio se queda en el Casarejo, en Piedrabuena, una finca de 7.933 hectáreas en pleno corazón de La Mancha.

El ritual de esas grandes casas pensadas para tener invitados, para ir los fines de semana con varios amigos —doce o quince parejas, incluso con niños—, se repite con la misma pulcritud que el más exquisito de los protocolos: se llega el viernes a las diez de la noche y ya te está esperando una chica de servicio que se hace cargo de las maletas y cuida de los más pequeños. La cena, en la que no faltan los puros y las copas, se alarga en la madrugada, con las horas de sueño justas para estar el sábado a las 9.30 en el primer puesto del ojeo, las escopetas preparadas ante la entrada de las perdices. Un coto de una perdiz por hectárea es un buen coto, y las fincas de la nueva *jet* de los negocios tienen miles de hectáreas y se cuidan con esmero: las repueblan de animales y las vigilan estrechamente para que los furtivos no estropeen la diversión y el negocio.

A lo largo de la mañana se cambia tres veces de puesto, y entre cambio y cambio se toma un «taco», algo caliente con una copa para responder al frío de la estepa. Después del tercer ojeo y antes del que se realiza por la tarde, se come en unas bien acondicionadas tiendas de campaña que se han montado previamente: callos, cordero..., hasta las seis de la tarde, que regresas a la casa reventado y satisfecho si el «todo terreno» rebosa de perdices y conejos. Es la hora de la ducha y de la siesta reparadora antes de la cena, en la que el anfitrión marca la etiqueta: chaqueta y corbata o simple camisa y jersey. Todos van preparados para cualquier alternativa. Son simpáticos, poderosos, saben mucho de política, de finanzas, de arte en su expresión más comercial y no dudan en dedicarle cinco minutos a un negocio, que ya se encargarán otros de articular y desarrollar en los contratos.

Hay una cierta complicidad en las miradas y en los gestos, ya que todos están pasando por lo mismo: se sienten acosados por los medios de comunicación, por esos otros cazadores que son los *paparazzi,* los guerrilleros de la Nikon y el *zoom,* los pacientes salteadores de la imagen que con un *flash* pueden romper los siete sellos del secreto mejor guardado. Las fincas son su refugio, su castillo inexpugnable, el territorio en el que se sienten a salvo, rodeados de millones de metros cuadrados de tierra que les pertenece.

JUAN ABELLO, UN PIONERO

Juan Abelló fue el pionero de la reciente avalancha en busca de tierras en los Montes de Toledo. Su compra de Las

Navas, una finca de 2.751 hectáreas en el municipio de Los Yébenes, fue el pistoletazo de salida. El ex vicepresidente de Banesto y ex presidente de La Unión y el Fénix ha comprado después las fincas de La Sierpes y Torneros, otras 4.000 hectáreas más, en estos momentos sujetas a un pleito entablado por el alcalde socialista del pueblo manchego, Vicente Gallego, que defiende la titularidad pública de esas tierras; lo mismo que defiende las del «Legado Bustillos» el edil de La Solana ante la pretensión del financiero de incorporarlas a su finca de El Lobillo, como ha hecho con las de Renúñez-Casa de la Muerte, todo ello encaminado a convertir sus propiedades en Toledo y Ciudad Real en el mayor coto privado de caza de toda Europa.

Su ex socio, Mario Conde, que compró La Salceda y más tarde El Gavilán, orienta sus preferencias hacia Andalucía, concretamente Sevilla, ciudad y provincia en la que ha adquirido casa y hacienda a través de una de sus sociedades personales, lo mismo que hicieron y están haciendo dos de los «nuevos ricos» de este país, éstos gracias al negocio de las máquinas tragaperras: Manuel Lao y Joaquín Franco. El primero de ellos es dueño de El Molinillo, una estupenda finca de 5.000 hectáreas situada linde con linde entre los dos antiguos amigos, mientras que el segundo posee El Tochar, en la provincia de Cuenca.

En el mismo territorio de Castilla-La Mancha, junto a los financieros y los industriales poderosos, se dan la mano los miembros de la vieja aristocracia: el conde de Gamazo —Juan Antonio Gamazo Arnús— posee El Cristo en Oropesa, lo mismo que el marqués de la Puebla de Parga —Ignacio Huerta y Fernández de Henestrosa—, emparentado familiarmente con el duque de Arión y con el marqués de Larios, una red familiar que se extiende también sobre los ocres surcos de las provincias manchegas hasta sumar más de 15.000 hectáreas, cientos de millones de metros cuadrados de tierras transmitidas con singular paciencia de padres a hijos y que para muchos se han convertido en el último activo, la última defensa de sus cada vez más agostadas fortunas.

Castilla-La Mancha es un inmenso coto de caza, ya que el 85 por 100 de su territorio se encuentra bajo régimen cinegético especial: 6.800.000 hectáreas, de las que 183 fincas sobrepasan los cincuenta millones de metros cuadrados, una tercera parte de las cuales se encuentran en la provincia de Cuenca.

NIDO DE PODER Y DE ARISTOCRATAS

Venados, jabalíes y perdices son su redescubierta riqueza. Tal vez por eso el sábado 20 de enero de 1990, en el palacio de Fuensalida —sede del gobierno regional que preside el socialista José Bono—, se reunían los socios fundadores de la Fundación Toledo, una entidad de carácter cultural y benéfico dedicada a salvaguardar el patrimonio arquitectónico y artístico de la ciudad y, de paso, defender mejor los intereses de todos y cada uno de los que de ella forman parte. Las fundaciones siempre han sido un vehículo ideal y la nueva *jet* de los negocios lo ha asumido perfectamente. Los apellidos pasan de unas a otras con gran facilidad, por lo que es sencillo seguir el rastro de muchos de los actuales prohombres de la *beautiful people*: Rafael del Pino, Claudio Boada, José Vilarasau, José María Entrecanales, Aristóbulo de Juan, José Angel Sánchez Asiaín, Jaime Soto, Plácido Arango... Lo mismo da que se llame Fundación Toledo que Fundación Príncipe de Asturias, Fundación contra la Droga o Fundación de Economía Aplicada: ellos están allí.

En Toledo, junto a los viejos y tradicionales apellidos aristocráticos más ligados a la ciudad, se sientan algunos de los líderes de la comunidad judía y un único representante del mundo árabe, el director del Instituto de Estudios Islámicos, Ahme Alí Morsi.

Todos los que se saludan ese fin de semana en la amplia sala de consejos del palacio tienen intereses económicos en la región y la mayoría es dueña de históricos cigarrales o grandes fincas de caza: Ana Gamazo Hohenlohe, la esposa de Juan Abelló, despliega su encanto y *savoir faire* entre los asistentes. Es una de las últimas en incorporarse junto a las hermanas Koplowitz, unidas en el clan judío a Jacques Hachuel y Samuel Toledano. Tanto Esther como Alicia, con La Dehesa del Avellanar y Las Cuevas —magníficas por la extensión, la caza y las construcciones de las mismas—, cuentan con un lugar privilegiado entre los propietarios. Como marquesas de Casa Peñalver y de Bellavista del Real Socorro no tienen nada que envidiar a la orgullosa y a veces distante Ana Gamazo, con la que mantienen una buena relación desde hace muchos años, por encima de los ocasionales enfrentamientos que han tenido sus maridos.

Tanto Alberto Cortina como Alberto Alcocer, apasionados cazadores, han invertido más de mil millones en el acondicionamiento de las casas y las fincas, desde el helipuerto a la piscina climatizada pasando por las obras de arte que cuelgan de las paredes y la pequeña iglesia del Avellanar. Con sus invitados son espléndidos y hasta derrochadores, salvo a la hora de sortear los puestos de la cacería o defender a los secretarios respectivos en la disputa por una perdiz cobrada. Lo de menos son las siete mil pesetas que se cobran por cada pieza abatida; lo que está en juego es el orgullo de ser el «número 1».

A sus cuarenta y cuatro años, Alberto Alcocer Torra, nieto del primer alcalde que tuvo Madrid tras finalizar la guerra e hijo de un corredor de bolsa, presume no sólo de ser un buen cazador de venados, jabalíes o perdices, sino también de mujeres. El pequeño donjuán que lleva dentro le ha hecho recorrer más «balcones y desafíos» que los que tuvo el famoso burlador de Sevilla. El último con Margarita Hernández, una de las secretarias de su socio y amigo en Madrid, Javier de la Rosa, que es la puntilla que acaba con su matrimonio a finales de 1989, tras varios meses de citas a escondidas.

Margarita, al igual que Marta Chávarri, respira juventud y ansias de vivir a tope por los cuatro costados. Con su larga melena rubia, la boca grande y sensual y una estructura ósea y carnal impresionante, la hija del arquitecto Marciano

Hernández se ha acostumbrado a los viajes al extranjero, al Golf blanco y descapotable y a salir por las noches de su casa en la urbanización Puerta de Hierro. Veinte años más arriba, Alberto Alcocer ha descubierto de nuevo la pasión, perdida a lo largo de su matrimonio con María Esther Koplowitz y Romero de Juseu, y está dispuesto a decir adiós a la casa y al despacho que recibiera en febrero de 1970 de manos de Ramón Areces, el patriarca de El Corte Inglés; veinte años que han servido para hacer de Construcciones y Contratas un imperio del que él ha sido su forjador junto a su primo. Algo —piensa— que muchos olvidan con extraña facilidad.

No quieren decir adiós a Las Cuevas y a La Dehesa del Avellanar, ya que han invertido ilusiones y prestigio, pese a que Alicia y Esther, las herederas del judío alemán Ernesto Koplowitz —que comenzó en 1952 encargándose del alcantarillado madrileño—, están en la Fundación Toledo con todos los poderes en sus manos. Han salido del anonimato de sus casas y de sus amigos y se han convertido en carne de papel a todo color; incluso se han puesto a competir en belleza y sensualidad con aquellas que las han derrotado, batalla inútil y sin sentido, pero que excita los ojos de las cámaras y el pensamiento de más de un cazador de fortunas.

Junto a ellas se sientan otras mujeres importantes, como Cristina Weissenberg, esposa de Gregorio Marañón Bertrán de Lis, uno de los promotores de la Fundación y nieto de uno de los máximos defensores de Toledo, el doctor Gregorio Marañón; secretaria y asesora del organismo, Cristina vive una gran parte del año en el cigarral de El Carmen.

La familia Marañón está representada también por la consejera del Banco Internacional de Comercio, Carmen Marañón Moya, dueña del palacio Galiana junto a la ribera del Tajo; su hijo Alejandro, ligado al grupo del Banco Central y consejero de varias compañías como General Azucarera, L'Abeille, Miñón o BASF, está casado con Isabel Gómez-Acebo y mantiene también unas estrechas relaciones con la Fundación.

Inés de Sarriera y Fernández de Muniaín es la única dedicada a la política, como concejala del PP en el municipio toledano de Layos, donde la familia de su marido, Miguel Oriol e Ybarra, posee una casa-palacio. Descendiente del marquesado de Santa María de Barberá, se mezcla ese sábado con una amplia representación de la aristocracia española. Viejos nobles que han hecho de las piedras que les legaron sus antepasados un buen negocio. Como Ignacio Medina y Fernández de Córdoba, duque de Segorbe, que realiza una gran operación inmobiliaria con los Albertos en torno al viejo palacio de Tavera, en Toledo, para convertirlo en un lujoso hotel y un Palacio de Exposiciones.

Ignacio Medina, uno de los herederos del ducado de Medinaceli, ve cómo uno de los financieros que se acercan a la región en busca de tierras, como es el presidente del Real Madrid, Ramón Mendoza, rompe el matrimonio de su hermano Rafael, duque de Feria, con la explosiva Nati Abascal, otro de los escándalos amorosos que conmueven a la *jet* española en 1989.

Los nobles abundan en los sillones de la Fundación. Están Juan Manuel Cavero de Corondelet, duque de Bailén, y su hijo Javier, marqués de Portugalete, los dos propietarios de uno de los cigarrales más grandes de la provincia, La Almazara. El marqués de la Esperanza, Alberto Elzalburu Márquez, ha rehabilitado como tantos otros la vieja finca familiar de Las Nieves. Lo mismo que Alvaro Fernández-Villaverde, marqués del Viso.

El mundo de las finanzas está aún mejor representado. Junto a las hermanas Koplowitz y Ana Gamazo está Jaime Soto y López-Dóriga, el primer propietario que cambió su finca de Anchuras por otra en Cabañeros, tras una larga negociación con las autoridades regionales. El ex consejero delegado del Banco Hispano-Urquijo y socio en Ibercorp de Manuel de la Concha gusta de dar varias cacerías al año en su finca, por la que han pasado todos los apellidos del mundo financiero de la España de los ochenta. Está también el inevitable Plácido Arango, que se ha comprado una de las grandes casas del casco antiguo de la ciudad, ese día ausente por uno de sus frecuentes viajes a su Méjico natal.

Y está Felipe Pérez-Somarriba y Sainz de Vicuña, que representa los intereses de una de las empresas más importantes de la comunidad castellano-manchega: Hidroeléctrica Toledo.

El entramado jurídico y legal lo ha puesto uno de los notarios con más trabajo de Madrid, Manuel Ramos Armero, al que recurren gran parte de los abogados y financieros que más se mueven en estos últimos años. Y la representación política está en manos de los dos «números 1» del PSOE y del PP: José Bono, presidente de la autonomía y secretario regional de los socialistas, y José Manuel Molina, alcalde de Toledo y presidente regional de los populares.

LA COFRADIA DE LOS MONTEROS

La estrella de todas las fincas de la región es El Castañar, propiedad de José Finat y Escrivá de Romaní, conde de Mayalde: 5.000 cuidadas hectáreas en Mazarambroz (Toledo) con unos jardines versallescos que causan la envidia de todos los que allí se acercan, aunque a la hora de la caza es el ganadero Samuel Flores, con El Palomar (Albacete), quien puede presumir de que haya sido el Rey el que cazara en 1988 el récord mundial de venados.

En otra de las buenas fincas de la región y de propiedad pública, Los Quintos de la Mora, el presidente del Gobierno, Felipe González, puede satisfacer la pasión que le une a los grandes emperadores del Lejano Oriente: los *bonsais*. En ella «duerme» aletargado el enorme túnel que para la Defensa Nacional comenzó a construir Adolfo Suárez. En caso de conflicto atómico, el Gobierno se refugiaría allí. Los miembros de la Real Asociación, mientras tanto, organizan un par de monterías por temporada en las que 28 escopetas abaten, como en la última, un total de 16 guarros, una nimiedad si tenemos en cuenta que desde octubre del 89 a febrero del 90 se mataron en España 9.463 venados, 3.219 jabalíes, 65 gamos y 75 muflones en 394 monterías que tuvieron en los territorios de Castilla-La Mancha, Extremadura y Andalucía sus principales campos de tiro.

El récord de «víctimas» lo consiguieron 98 cazadores, que el 10 de diciembre de 1989, en la finca El Berrocal, dieron muerte a 218 venados y 19 guarros. Una auténtica orgía de sangre, fuego y dinero, ya que cada puesto en una montería cuesta entre 50.000 y 100.000 pesetas, a lo que hay que sumar el propio valor de las piezas abatidas y la pólvora y balas gastadas, algunas de ellas —como la MG— blindadas y giroscópicas que explotan al chocar con la res convirtiéndose en metralla, con unos efectos destructivos mucho más importantes que los que realizan las Remington o las Dynamit.

Los monteros forman una cofradía muy especial y organizada, entre las que los poderosos no dudan en viajar a Africa en busca de la emoción de abatir en Sudáfrica, Rodesia o Kenia alguno de los animales que pueblan sus selvas y sabanas. Por 400.000 pesetas se puede uno encontrar en el campamento, acompañado de un cazador profesional y todos los servicios que se puedan necesitar, más el correspondiente permiso para matar todos los facocheros que se deseen, un nu, un rudu y un impala, por los que se pagarán, además, 15.000 pesetas por los primeros, 94.000 por el segundo, 60.000 por el tercero y 25.000 por el cuarto.

En España, en ese grupo están sin duda todos los supergalácticos, como ellos mismos gustan de denominarse: Juan Abelló, Miguel Primo de Rivera, Alberto Cortina, Alberto Alcocer, Jaime Botín... un reducido núcleo que mira al resto desde las alturas del poder. Ellos sí pueden tener una de esas joyas que salen cada año del pequeño pueblo austríaco de Ferlach, los Mitchelisch o los Peter Hofer de maderas nobles, cincelados con incrustaciones de oro y plata, y de una maravillosa precisión.

Capítulo XIX

EL MUNDO DE LOS ESPIAS

A LA CAZA DEL PERIODISTA

Volví a mirar por el espejo retrovisor y allí estaba de nuevo el Renault blanco matrícula de Madrid 5573-DT asomando su morro entre la circulación, pegado a mis espaldas. Lo que había tomado como un juego de mi imaginación se tornaba peligrosamente real e inquietante. Alguien me estaba siguiendo desde mi casa. Dejé la calle Alberto Alcocer y me dirigí al hotel Cuzco para hacer la última comprobación, deseando que el R-19 siguiera su camino y todas mis sospechas se diluyeran en el intenso tráfico de esas primeras horas de la mañana del lunes 2 de octubre de 1989, día de los Santos Angeles Custodios y festividad de la Policía.

Parado junto a la entrada del aparcamiento las dudas desaparecen. Allí está, a menos de cinco metros, sentado como yo al volante. Dejo que el coche ruede muy despacio por el lateral de la Castellana, como si buscara un hueco, y él hace lo mismo. Al llegar a la altura del Ministerio de Defensa giro por General Yagüe para coger Capitán Haya y volver al lugar de partida: el hotel, con la blanca sombra pegada a mí, realizando mis mismas maniobras.

¿Qué puedo hacer? Detenerme e ir a su encuentro, preguntarle por qué me sigue, quién es y qué busca, pero... ¿es peligroso?, ¿va armado?, ¿quién le manda? Eso es lo único seguro: que trabaja para alguien, ya que su cara —de unos veinticinco años— me resulta absolutamente desconocida. Además el coche tiene una emisora de radioaficionado, cuyo número apunto, igual que el resto de los datos que observo, en mi agenda: EB-4-BH.

Me invade una gran calma cuando me descubro a mí mismo que no va a atacarme, pues ha tenido numerosas ocasiones para hacerlo; sólo tiene intención de seguirme, de descubrir dónde voy y con quién me veo. Me da por sonreír y por encontrar la situación cómica y con variadas posibilidades: lo primero es dejar el coche en el aparcamiento y buscar un teléfono; si tenemos que divertirnos vamos a hacerlo todos.

Al salir del subterráneo y volver a la calle le veo ya claramente. Ha dejado su coche junto a la entrada y pasea nervioso con una pequeña bolsa de deportes colgada del hombro y otra bolsa, ésta de plástico y de unos grandes almacenes, sujeta con su mano derecha. Entro en el hotel y voy directamente a la cafetería, como si fuera el lugar de cita con un amigo o un interlocutor anónimo. No se atreve a pasar, pero se coloca estratégicamente para poder ver y hasta fotografiar a la persona que supuestamente debe reunirse conmigo.

Dejo pasar unos minutos y, tras consultar varias veces con mi reloj, me dirijo al teléfono. Ahora comienza la parte más divertida: si mi amigo el policía está en su despacho le vamos a dar un buen susto a mi «vigilante». Antonio no está y yo no tengo ganas de contarle a uno de sus compañeros toda la aventura. Quiero saber quién me sigue, pero de forma particular, no oficial; por lo menos por ahora, luego ya habrá tiempo para las denuncias. También sospecho de la propia Policía, de la Guardia Civil, del CESID, de las compañías de seguridad privadas que proliferan como hongos... No, lo mejor antes de denunciar a nadie es saber quién es y para quién trabaja, y eso sólo puedo hacerlo a través de los amigos, sin ningún cauce oficial.

Descubro, mientras paso a su lado y miro de reojo el contenido de la bolsa, que me estoy divirtiendo, que me siento un poco la presa convertida en cazador, que ha llegado mi turno. Sólo tengo que atraerle, dejarle que me siga hasta el periódico y allí fotografiarle, inmortalizarle para que no pueda negar nada. Y entonces sí, entonces a la comisaría directamente y a ver qué pasa, qué tienen que decir en Interior.

Paso a recoger los dos trajes que tenía encargados, dejando que me siga, que disfrute con sus anotaciones, con el paseo que damos por Madrid camino de la calle Sánchez Pacheco. Las obras de acondicionamiento del edificio donde está instalado *El Mundo,* sin ninguna placa ni letrero identificativo, hacen aún más fácil mi plan.

Cuando entro por la puerta compruebo que está allí, a pocos metros, parado y a la espera, como debe ser y como quiero que sea. Cuando me acerco, Carlos Miralles está mirando unos negativos:

—Carlos, ¿tienes la máquina preparada?

—Sí, claro; ¿qué es lo que hay que hacer?

—Fotografiar a un individuo que lleva toda la mañana siguiéndome y que está parado en la puerta, sentado en su coche.

—¿Qué quieres hacer exactamente?

—Verás, yo me voy a acercar a preguntarle por qué me ha estado siguiendo, y en ese momento, cuando estemos hablando, tú le fotografías a él y el coche...

—¿No será mejor avisar a la Policía...?

—Sí, creo que tienes razón. Así tendremos las dos cosas.

Marco el 091 y cuento la historia. Me toman los datos y me anuncian que en unos minutos llegará un coche patrulla. La impaciencia se ha apoderado de mí, tengo ganas de hablar con él cara a cara, sin presencia de la Policía, sin los interrogatorios oficiales. Además, a lo mejor al ver llegar al coche patrulla se va y nos quedamos —me quedo— sin las fotos... La Policía no puede tardar, han dicho que eran unos minutos. Decido ganar ese pequeño espacio de tiempo y hacerle algunas preguntas, cortarle la salida... Sí, me pondré delante del coche, y cuando lleguen los agentes nos encontrarán en plena conversación... ¡Perfecto!

—¡Vamos, Carlos, que le vamos a dar un pequeño susto!

Me ve acercarme e intenta fingir que está ordenando una de las bolsas que tiene en el asiento más cercano. Lleva una camisa de manga corta, un pantalón claro y el pelo corto peinado con raya a la izquierda; los ojos son claros y se abren a la sorpresa con mi primera pregunta:

—¿Por qué lleva usted siguiéndome toda la mañana?

—¿Yo...?

—Sí, usted, me ha estado siguiendo desde que salí de casa, en el hotel Cuzco y hasta aquí... ¿Quién le ha mandado hacerlo?

—Yo no le estoy siguiendo. ¡Está usted loco!

—Pues como estoy loco se lo dice ahora a la Policía, que está al llegar.

Nada más pronunciar las últimas palabras descubro en su cara que me he equivocado. No debería haber mencionado a la Policía. Eso ha cambiado el juego, como lo cambian los disparos de la máquina fotográfica...

—¡Fotos no, a mí no me hagan fotos! —grita mientras pone el coche en marcha y sale disparado como una flecha.

Saltamos hacia un lado. Carlos no para de disparar...

—¡La matrícula, fotografía la matrícula!

Cinco minutos después el coche patrulla se detiene a unos metros de la puerta del periódico. Uno de los agentes pregunta por mí, y rápidamente le cuento la historia...

—Entonces, se ha marchado...

—Sí, pero tenemos su fotografía y la del coche, con la matrícula y hasta con el número de la emisora de radioaficionado que lleva...

—¿Va a presentar denuncia?

—Por supuesto, en cuanto tengamos las copias de las fotos se las doy.

—Debe venir a la comisaría, a la calle Cartagena.

—Muy bien, pues en quince minutos estoy allí.

Mientras se revelan los negativos y se sacan varias copias, me encierro con Melchor Miralles en su despacho. Le termino de contar la historia, coge el teléfono y poco después ya tenemos la primera pista: el coche era de P. G. M., con domicilio en la calle Amposta, pero hace un año lo había vendido a través de la firma Desauto a Gloria Gilabert Rubio, que vive en Tejar de la Pastora 12. Nos dan también su teléfono y el número del carné de identidad... Los contactos de Melchor funcionan con rapidez, eficacia y un exquisito anonimato.

—¡Vamos a llamarla, a ver qué nos cuenta...!

Gloria no está en su casa y no vuelve hasta la hora de comer. No falta mucho, pero tengo la cita en comisaría y puedo tardar más de una hora. Tal y como han dicho los agentes, es el día de sus santos patronos, y el servicio está al mínimo de efectivos.

—No te preocupes, tú vete, que yo vuelvo a llamar dentro de media hora. Además me están haciendo averiguaciones por otros lados.

—Bien, con lo que me digan en la comisaría, te llamo. Y de cualquier forma nos vemos esta tarde.

En la sede policial de la calle Cartagena hay dos mujeres esperando que les tomen nota de sus denuncias. A una le han robado el coche, y a la otra, el bolso. La espera se prolonga y la hora de comer se acerca peligrosamente. Tengo que anular la cita que tengo o el plantón puede ser fenomenal. Juan lo entiende perfectamente; es más, me hace prometerle que se lo contaré todo:

—Oye, que no le siguen a uno todos los días, ya me contarás...

—Por supuesto, pero creo que es por lo del libro. Mira, puedes colaborar... sospecho que el que me seguía trabaja para la nueva sociedad que han formado los primos, la que dirige José Luis Alcocer. Ya tienes los datos... a ver si te enteras de algo. Habla con los rivales, que por lo menos se pondrán a trabajar y nos pasarán información. Nosotros nos vemos esta tarde.

Cuando paso a formalizar la denuncia, me informan que ya han hecho algunas averiguaciones con los datos que le di al coche patrulla. Saben el nombre del primer propietario del automóvil, y yo no les digo que la pista no está en la calle Amposta, sino en el barrio de Moratalaz. Prefiero mantener al margen las noticias que obtengo de otras fuentes y que la Policía me proporcione las suyas. Los responsables de Información del Ministerio están con José Luis Corcuera en los actos oficiales, pero en cuanto pueda hablar con Agustín Valladolid o con Luis Peiró les pasaré la «patata caliente» a ver qué hacen y dicen...

Melchor tiene más datos por la tarde. Ha estado hablando con Gloria, la dueña del coche:

—Estaba muy nerviosa. Primero me dijo que el coche no se había movido de la puerta de su casa. Luego, cuando le dije que teníamos las fotos, se puso a contarme que se lo había dejado a su novio, pero que ella no sabía nada, ni dónde estaba ni lo que quería hacer con él. Creo que había alguien a su lado.

—Yo también he lanzado algunos mensajes y espero que mañana mismo me digan el nombre del muchacho y para quién trabaja, aunque sospecho que lo hace para los Albertos, a menos que sea uno de la Policía o del CESID, pero no creo. Me da la impresión que esto va por lo de los servicios privados de seguridad. Ya te contaré.

Veinticuatro horas después, Juan C., a través de sus contactos en el CESID, me da todos los datos: el joven que me ha estado siguiendo se llama José López Gómez y trabaja para la compañía Vigilancia Integrada, aunque hasta hace unos meses lo hacía para Prosegur, la empresa que dirige Enrique Moya. También me dice otras cosas aún más inquietantes:

—Tu teléfono está intervenido y están vigilando tu casa. Quieren saber con quién hablas y a quién ves, por el libro que estás escribiendo. Alguien se ha puesto nervioso. Debes tener cuidado, puede ocurrirte un accidente...

—¡Venga, no me jodas!

—Tómatelo en serio; la persona que me ha contado todo esto me ha dicho que aún no saben muy bien hasta dónde quieren llegar... Y que está muy bien que hayas puesto la denuncia. Lo mejor en estos casos es que lo sepa mucha gente.

Esa noche, cuando llego a casa me fijo en todos los coches que están parados frente a mi calle. En dos de ellos hay parejas que se besan con pasión aprovechando la semioscuridad. En el Simca verde hay una sola persona sentada al volante. Margui, mi mujer, está asustada:

—Lleva ahí más de dos horas. Nos ha estado siguiendo a Pigüe y a mí, cuando volvíamos de su casa. Menudo susto...

—Tranquila, lo único que quieren es saber quién entra y quién sale de aquí. No creo que vayan a hacer otra cosa. Además, voy a llamar a la Policía.

Nada más descolgar el teléfono sé que alguien más está escuchando. El eco de la llamada me indica que están grabando el número que he marcado y que se disponen a registrar toda la conversación. Cuando termino de hablar, la voz de Margui me reclama desde la puerta exterior:

—¡Corre, corre, que se va...!

El Simca desaparece en la oscuridad y no enciende las luces hasta que se ha alejado lo suficiente como para impedirnos ver la matrícula. Cuando llega el coche patrulla lo único que podemos hacer es contarle la historia y los antecedentes de la misma. Me prometen que durante los próximos días vigilarán la zona, cosa que, efectivamente, hacen a lo largo de toda esa semana.

LOS OJOS SECRETOS DE LA ONCE

Con la rabia contenida, el jueves 5 de octubre hablo por teléfono con Agustín Valladolid:

—¿Tienes alguna noticia?

—Todavía no muchas, la brigada sigue investigando, pero todo indica que el motivo es el libro que estás escribiendo. ¿Trata de algo de la ONCE?

—No, ¿por qué?

—Nada, era una de las hipótesis...

—¿Sabéis por lo menos quién me seguía y quién ha estado delante de la puerta de mi casa todos estos días?

—Sí, el coche es de un tal Pedro...

—Mira, Agustín, te voy a dar los datos que tengo para que no andemos con rodeos y podáis ir más deprisa y mucho más lejos que yo, a menos que seáis vosotros los que estéis detrás...

—Te aseguro que no, cuéntame...

—El coche es de una mujer que se llama Gloria Gilabert y lo conducía su novio, José López Gómez, que trabaja en la empresa Vigilancia Integrada. Te doy el teléfono y el domicilio donde podéis localizar a los dos...

La movilización de las últimas veinticuatro horas da resultado. Desaparecen los coches y también el pinchazo del teléfono. Todos recuperamos un poco la tranquilidad, aunque mis ojos se dirigen con mucha frecuencia, en un gesto instintivo, hacia el espejo retrovisor cada vez que me interno en la endiablada y desesperante circulación madrileña.

El martes 14 de noviembre, una cita que tengo concertada a las diez de la mañana concluye con unos resultados sorprendentes; no sólo me dan información sobre los principales grupos financieros españoles, sino que me cuentan mi propia historia y me proporcionan un dato muy importante: un agente del CESID ha estado en ese mismo despacho interesado por la historia, y en su oficina tienen muy claro quién está detrás de la empresa Vigilancia Integrada: la ONCE de Miguel Durán.

Le muestro a mi interlocutor mi escepticismo: no hay nada en mi actividad que le pueda interesar a la ONCE ni a su director general; esa información es un «macutazo».

—Tú piensa lo que quieras, pero lo que te digo es de una buena fuente. Inmejorable diría yo.

—Es que no tiene sentido; ¿para qué iba a mandar seguirme la ONCE? Además, para decir eso se necesita alguna prueba, algún papel...

—¿Y si te lo consigo?

—Entonces, sí, a pie juntillas.

Dos semanas después, el Ministerio del Interior da señales de vida a través de Agustín Valladolid:

—Efectivamente, Raúl, el hombre que te seguía se llama José López. Le han estado interrogando y ha dicho que te había seguido para decirte que tuvieras más cuidado al conducir, que habíais tenido un incidente.

—¿Y le han creído esa gilipollez?

—No, pero como tampoco había pasado nada y él dijo que llevaba tres meses en el paro, que antes trabajaba en Prosegur, pues han decidido archivar todo.

—Sois unos cachondos. ¿Ha dicho quién le pagaba?

—No, insiste en que todo fue por un asunto de tráfico.

—¿Y Vigilancia Integrada?

—No tenemos registrada ninguna empresa con ese nombre, pero no te extrañe, últimamente hay varias así, sin ningún control...

—Pues, chico, es un consuelo... En fin, gracias de todas maneras.

—Tú estate tranquilo. No creo que te vuelvan a seguir o molestar en tu casa. Hemos mirado tu teléfono y ahora mismo está limpio.

—¡Hombre, no iban a ser tan tontos de mantenerlo pinchado. Hasta la próxima!

—Si ocurriera alguna novedad, me llamas.

—De nuevo gracias, Agustín, espero que no haga falta.

Se acerca la Navidad y Kepa Conde, jefe de prensa de la ONCE, me telefonea al despacho:

—Oye, a lo mejor te parece una tontería, pero te llamo para decirte que nosotros no somos los que te hemos seguido...

—No te preocupes, Kepa, nunca he pensado que viniera de vosotros. A mí también me ha llegado ese rumor, pero no me lo he creído.

—¡Ah, estupendo! Me ha encargado Miguel que te lo dijera para que no tuvieras dudas.

—De acuerdo, no te preocupes. Mira, aprovechando que me has llamado, dile a Miguel que quiero verle para hacerle unas preguntas. Como tienes mis teléfonos, tú me avisas.

El año nuevo trae noticias nuevas de hechos ya viejos. Una mañana de enero —lo de menos es el día concreto— tengo especial cuidado en que no me siga nadie. La cita es muy reservada. Uno de los servicios de seguridad privados tiene unos papeles que me ayudarán a descubrir quién está detrás de Vigilancia Integrada. ¿A cambio de qué? A cambio de nada. Los rivales buscan destruirse entre ellos y la ocasión es buena.

El despacho está lleno de cuadros, de buenos cuadros. Tan sólo hay una fotografía dedicada, la de un hombre joven, apenas entrado en la cuarentena, moreno, cara redonda, ojos grandes y un poco saltones. Se mueve como un tendero, pero es uno de los españoles más poderosos de la nueva década que acaba de iniciarse. Recuerdo sus palabras la primera vez que nos vimos:

—¿Rafael del Pino, rico? ¡Va! Lo que tiene es calderilla.

Mi anfitrión es exquisito, educado. Por sus manos pasa todos los días un importante caudal de información que él se encarga de filtrar, analizar y emplear o guardar en su caja fuerte. Más de una vez ha salvado de un apuro a un amigo, otras le ha resultado imposible, pero en ambas ocasiones se ha mostrado sereno, tranquilo:

—Te dije que te daría una prueba y aquí la tienes: éstas son las escrituras de constitución de Vigilancia Integrada.

No puedo menos que sonreírle mientras cojo los papeles que me pasa. Leo con rapidez:

> «Escritura de constitución de la sociedad anónima Vigilancia Integrada, S. A....
>
> Número tres mil doscientos setenta y tres...
>
> En Madrid, a tres de octubre de mil novecientos ochenta y ocho... Ante mí, Antonio Crespo Monerri, notario del Ilustre Colegio de Madrid, con residencia en esta capital...
>
> Comparecen
>
> Don Miguel Durán Campos, mayor de edad, casado, director general de la ONCE, vecino de Madrid...

Don Santiago Muñoz Machado, mayor de edad, casado, vecino de Madrid...

Y don José Manuel Dolader Poblador, mayor de edad, soltero, industrial, vecino de Madrid

Todos son de nacionalidad española...»

Allí, entre mis manos, tengo la prueba tantas veces buscada. José López, el hombre que me siguió en el Renault blanco, trabajaba para la ONCE o, por lo menos, para su director general. La llamada de Kepa Conde no tenía ningún sentido y mis sospechas no podían estar peor encaminadas.

Sigo leyendo. A la primera escritura le siguen otras tres, todas realizadas ante el mismo notario y con el mismo domicilio social: en la primera se protocolarizan los acuerdos y se reconoce que la sociedad está pendiente de su inscripción en el Registro Mercantil, así como que carece todavía de código de identificación fiscal; la fecha es la del 15 de diciembre de 1988. La segunda, una escritura de subsanación, es ya del 15 de febrero de 1989, y Santiago Muñoz Machado interviene en su propio nombre y como apoderado de la Organización Nacional de Ciegos Españoles. Por último, la tercera es una nueva escritura de subsanación que recoge todos los antecedentes de la sociedad denominada Vigilancia Integrada, S. A.

—¿Convencido? —me dice.

—Sí, tenías razón, pero sigue sin tener sentido.

—A menos que pensaran que estabas escribiendo un libro sobre la ONCE y su director general, que estabas investigando en ese campo.

—Pues sigue siendo absurdo. Se ha publicado lo que estoy escribiendo. Concretamente lo hizo Julián Lago en uno de los números de su revista. Y ya he visto a tanta gente que no es *vox populi,* pero sí que creo que lo sabe quien lo tiene que saber...

—No se fiarían. Mira, entre nosotros la desconfianza es una regla de oro. Y ahora estamos en un momento muy delicado, hay muchas cosas en juego, mucho poder, mucho, mucho dinero... Y la gente se vuelve precavida, quiere tener la información de primera mano, saber con antelación si le van a golpear o no... Los que te han seguido son unos aficionados; en Madrid no se puede seguir a nadie con menos de dos coches y una moto, conectados por radio. Si hubieran sido los hombres de Conde o de Hachuel no te habrías enterado. Son lo mejor que hay ahora mismo, verdaderos expertos entrenados por antiguos agentes del Mosad israelí que tienen sus oficinas en Londres. Esos, cada vez que se mueven, informan continuamente del trayecto que están haciendo, del tiempo que calculan van a tardar, de todas las circunstancias que ocurren a su paso, de todo. Y queda registrado en la unidad central, desde la que reciben las órdenes. A Mario, cada vez que sale de casa o del banco le siguen dos coches y un motorista. Y el blindaje del coche es especial; necesitarían un misil para hacerle saltar por los aires.

—De eso me di cuenta hasta en Oviedo, con ocasión de la entrega de los premios Príncipe de Asturias. Llevaba tanta protección como el mismo Príncipe. En un momento dado, a la salida del teatro Campoamor, se quedó hablando en la plaza e inmediatamente formaron un cordón de seguridad a su alrededor de seis o siete personas, de tal manera que nadie podía acercársele. Y al lado estaban tres coches esperando con el motor en marcha. ¡Una pasada!

—Le cuestan al año cien millones de pesetas, así que ya pueden esforzarse. Doce hombres que escogieron entre una selección previa realizada por Prosegur.

La mañana del 12 de febrero subo hasta el despacho de Miguel Durán, en el número 24 de la calle del Prado. Está esperando la pregunta:

—Vigilancia Integrada sois vosotros; ¿por qué me habéis seguido?

—Te cuento, Raúl, te cuento: nosotros tenemos trescientas sedes en toda España, en las que hay siempre cupones. Detectamos robos desde el año 84 y comenzamos a contratar seguridad, primero con Candy, luego con Esabe y al final con Prosegur. Hace año y medio llegué a la conclusión de que nos saldría más barato montar nuestra propia empresa de seguridad. Y así lo hicimos. El responsable es precisamente Dolader Poblador, un joven de veintiocho años, de toda mi confianza, y que nos ayudó mucho con el tema de Prodiecu...

—Eso me parece muy bien, pero...

—Un día, el propio Dolader me dijo que se estaba escribiendo un libro por encargo sobre la ONCE y sobre mí, para atacarnos. Me lo confirmaron por otro lado y me dieron dos nombres: el de Jorge de Lorenzo y el tuyo... Y José Manuel, en un exceso de celo, decidió averiguar si era verdad. Por eso ordenó que te siguieran.

—¿Y el teléfono?

—Eso nosotros no hemos sido, de verdad. Se limitaron a seguirte unos días hasta que pillaste a José.

—¿No crees que hubiera sido mucho más fácil llamarme y preguntar, sin jugar a policías y ladrones?

—Tienes razón y eso mismo le dije a José Manuel. Te insisto en que no hubo mala intención. Si quieres te presento al responsable y verás que es un buen chico.

Una historia, mi propia historia, se cerraba, pero ¿cuántas mucho más importantes seguirán abiertas? En el mundo de los negocios y en el de la política las escuchas telefónicas y los seguimientos a personas son excesivamente frecuentes: compañías privadas y organismos oficiales se reparten el discutible privilegio de «espiar» a sus conciudadanos. Las técnicas de que disponen son sofisticadas, tanto o más que los sistemas para neutralizarlas.

TODOS CONTRA TODOS

Alicia y Esther Koplowitz se sienten vigiladas en sus propias casas, y aunque públicamente lo niegan, ese control ha existido. Lo mismo que ha existido sobre el teléfono y el domicilio particular de Miguel Boyer, en la calle Arga. Mucho antes de que se desatara la psicosis política en relación con todo el tema del Partido Popular y el escándalo de Valencia, ya existía la psicosis financiera y empresarial, que incluía a alguno de los más ilustres abogados madrileños.

A comienzos de marzo, un miembro de uno de esos servicios me entrega la fotocopia de una transcripción de un «pinchazo» telefónico, en un *pub* muy frecuentado por alguno de los hombres que trabajan para dos importantes financieros. Están tachados el nombre del titular, el teléfono y el día en que se había efectuado el control, pero era la llamada 6 de la cinta 98 de Matías Cortés Domínguez, sin lugar a dudas el abogado más polémico y heterodoxo de todos los que se mueven en el *ghotta* económico:

MC: Por favor, ¿está don Luis?
X: ¿Quién llama, por favor?
MC: Matías Cortés.
X: Un momento, por favor.
L: Hola, qué tal.
MC: Muy bien, tenemos que hablar.
L: Ya lo sé.
MC: Mañana a las once, donde siempre.
L: Muy bien, qué tal con...
MC: Muy nervioso.
L: Quiero estar al corriente de todo, ¿entiendes...?
MC: Claro, te lo llevo todo detallado.
L: Mal lo tiene, le tienen preparados palos por todos los sitios.
MC: Se siente muy seguro; no se da cuenta que tiene los pies de barro.
L: Moncloa, Banco de España; en fin, no puede tener más enemigos.
MC: Ya, y los otros están locos, son unos insensatos e incompetentes.
L: Niños grandes jugando a esta guerrita.
MC: Todos, el catalán que piensa está a salvo, éstos, mi...
L: Cuidado con..., no te quiere.
MC: Ya.
L: Bueno, lo convenido, adiós.
MC: Adiós.

—¿Qué pruebas tengo de que esta transcripción es real?
—Ninguna, sólo que te lo digo yo.

—¿Podría escuchar la cinta?

—Imposible, están todas archivadas y guardadas.

—¿Puedo decírselo y comentarla con el interesado, con Matías Cortés?

—Sí y con Luis Valls, a mí me da lo mismo. Y hasta pueden divertirse...

La sonrisa con la que me dice la última frase y el contenido de la supuesta cinta me hacen sospechar que se trata de un montaje, que los actuales rivales del abogado y del hombre para el que trabaja, Mario Conde, quieran enviarle un «mensaje» que desconozco. Mi papel sería el de simple mensajero...

Durante unos días, la fotocopia me quema en las manos: si es verdad, el presidente del Banco Popular, Luis Valls, está en la sombra de todo, conociendo todo. Y Matías Cortés es uno de sus hombres, algo que muchas personas han sospechado y dicho con ocasión del tema de Rumasa... También puede ser una perfecta «intoxicación», ya que la hoja no dice nada, no tiene ningún membrete, ningún sello, es una simple fotocopia de folio blanco... Sea lo que sea, se trata de un ejemplo perfecto de cómo se mueven los tiburones de las altas finanzas, de la labor de los servicios de investigación y seguridad. Si es verdad, porque entran en las vidas privadas sin el menor control; si es mentira, porque falsean los acontecimientos para provocar las reacciones que desean...

Descuelgo el teléfono y llamo al despacho de Matías:

—Buenos días, Paloma, ¿está el señor Cortés?

—No, está fuera, de viaje. Creo que esta tarde llegaba a París.

—¿Llamará al despacho?

—Espero que sí, siempre lo hace.

—Por favor, dígale que cuando regrese tenemos que hablar. Es muy importante para él.

—¿No puede decirme nada más?

—La verdad es que no. Sólo eso y que tenga cuidado, que le están vigilando.

EL FUTURO DEL AVE FENIX

A las 20.30, la onomástica del Rey, como todos los años, congregaba alrededor de la enorme fuente que sirve de ombligo al Palacio Real al *ghotta* nacional de la política, la economía y la información, los tres pura sangres que protagonizan desde 1975 los principales *derbies* de este país.

Amigos y enemigos se saludaban o se ignoraban, se cruzaban de frente, se daban la espalda, se miraban a los ojos o alzaban la copa en el momento justo del desafío. En cien metros de largo por diez de ancho, el ballet operístico España 90 realizaba una de sus mejores representaciones a los sones de la banda militar de la Casa Real.

Actores principales y comparsas de lujo compartían bebidas y canapés. Las hermanas Koplowitz eran dos vestales recién escapadas del templo de Afrodita. Más elegante Esther, más agresiva Alicia. Las dos con escotes generosos, piel bronceada y los ojos siempre al acecho, sabiéndose vigiladas por los cientos de miradas que contaban, uno tras otro, los pasos que las llevaban contra Alberto Alcocer, de rigurosa soledad y sonrisas tras el acuerdo final que diez días antes habían firmado los matrimonios.

Al fondo estaban los Reyes y al inicio del paseo el Gobierno, las dos fuentes de poder, los dos imanes entre los que se movían el resto de las partículas. Desde Miguel Boyer e Isabel Preysler, fijos en su propio y particular territorio, hasta Mariano Rubio y Carmen Posadas o Manuel de la Concha e Isabel Falabella; desde Javier de la Rosa a Manolo

Guasch; desde Mario Conde a Jacques (Jacobo) Hachuel, preso al fin de las garras del inasequible al desaliento Rafael Ansón; desde Rafael del Pino a José María Entrecanales o Fernando de Asúa... La gran *beautiful people* estaba al completo. Y sus enemigos también. La mágica noche de San Juan había visto cómo el vicepresidente del Gobierno, Alfonso Guerra, cruzaba sobre los carbones encendidos de las elecciones andaluzas, con el candidato Manuel Chaves sobre sus espaldas, sin quemarse, ungido con la fe de los iluminados.

Todas las viejas guerras continuaban y continúan, que nadie está conforme con las fronteras que le han asignado y todos quieren cambiarlas. Incluso en la derrota, unos y otros hacen suya una frase del ex presidente Adolfo Suárez tras el grave revés sufrido en las urnas de Andalucía: «Los vientos de la historia soplan a nuestro favor.»

Los que mejor pueden repetir la frase son, sin duda, los hombres y mujeres de la *beautiful,* el poderoso clan que manda en la economía y las finanzas de España desde hace una década. No hay alternativas exteriores y, a fuerza de pelear, hasta combaten entre ellos para que no se les oxiden las armas.

José Borrell critica al Banco de España y Mariano Rubio insiste en que las medidas políticas de «enfriamiento de la economía» son insuficientes, pero son riñas de salón, de patio familiar. Como son familiares las venganzas continuadas de Mario Conde hacia los Garnica, a los que sigue despojando de todos los cargos que tenían en las empresas del grupo Banesto.

Incluso las fuertes multas que Luis Carlos Croissier y sus hombres de la Comisión Nacional del Mercado de Valores imponen a varias empresas de mediación en bolsa, con especial incidencia en Luis Usera Cano —el hijo del que fuera presidente del Banco Hispano—, no rompen la enorme capa impermeable con que se han protegido los protagonistas del mundo económico y financiero español en los últimos años.

La fiebre de las fundaciones les alcanza a todos. Banesto,

Central, Hispano... quieren imitar a los March y convertirse en protagonistas y mecenas de la cultura y el arte. Los dos banqueros mallorquines, mientras tanto, agrupan en sus filas a alguno de los hombres que la *beautiful* más profunda expulsó de sus filas, como es el caso de Rafael Martínez Cortiña, nombrado presidente del Natwest Bank.

Los grandes adversarios de 1988 y 1989 se sienten, como el Ave Fénix, renacidos de sus cenizas. Se siente así Miguel Boyer, de nuevo respetado y adulado después de su particular, doloroso e intenso calvario. Se siente así Carlos Solchaga, el gran aspirante a suceder a Felipe González, si el líder indiscutido del socialismo español vuelve a sentir el cansancio en sus articulaciones políticas. Se siente así Mariano Rubio, seguro de su destino y de su misión al frente del Banco de España. Se sienten seguras y admiradas sus esposas: Isabel Preysler, Gloria Barba y Carmen Posadas, cada una en su particular territorio en el que ejercen de reina, mariscala de los ejércitos del comercio exterior y narradora de fábulas pesimistas, respectivamente.

Mario Conde y sus poderosos aliados judíos no descansan ni un minuto. Necesitan el movimiento continuo para acrecentar su poder. El presidente de Banesto tiene como claro objeto de su deseo el liderazgo de la derecha española, único camino posible para acceder a la jefatura del Gobierno. Pese a sus desmentidos públicos, amigos y enemigos no dudan de que Conde no terminará el siglo al frente del banco, preso como está ya de la ambición política. Y Jacobo Hachuel, su compañero y amigo, ha realizado uno de sus grandes sueños: convertirse en académico de Bellas Artes. Tal y como consiguió su sillón en la Academia de la Lengua Jesús Aguirre, el duque de Alba.

Javier de la Rosa se mantiene como aliado de los poderosos señores del Golfo Pérsico, aunque le hayan cambiado a la «pareja de baile», el culto y frío Fouad Jaffar, víctima de las guerras intestinas de la corte kuwaití. Y sus antiguos socios, los Albertos, se disponen a navegar en solitario con el Banco Zaragozano y Cofir como plataformas de un nuevo imperio.

Todos saben, como lo saben sus abogados favoritos —José Mario Armero, Matías Cortés, Ramón Hermosilla, Horacio Oliva o Rafael Pérez Escolar—, que en los próximos meses se van a desatar nuevas y feroces batallas en las que volcar todas sus energías si quieren conservar y aumentar su poder.

El gran clan de la *beautiful people* es el más poderoso de todos, el que tiene más adeptos, más fuerza, más recursos. También el que tiene más contradicciones en su interior, aunque salve alguna —como en el caso de la sucesión de Claudio Boada al frente del Hispano— de la forma más racional y directa: nombrando sucesor y copresidente a la sombra del incombustible gestor público, su *alter ego* José María Amusátegui.

Ya no está en juego una filosofía de la historia, ni unas ideas políticas capaces de cambiar el mundo. Se trata, solamente, de administrar, utilizar y llevar las riendas de ese soberbio caballo que es el capitalismo de fin de siglo, aunque sea bajo la nueva moda que está llamada a sustituir al «yuppismo» de los ochenta: la *New Age*, síntesis del Wall Street de las rápidas fortunas y del San Francisco de las flores. Vamos a ver florecer a los *hippies* ecológicos de las finanzas, los seguidores del séptimo chakra, los conversos del esoterismo que conjugan a Jesucristo, Buda, Mahoma y Confucio con Nostradamus y las videncias de Fátima.

El racionalismo de los millones, las vacaciones en las Islas Vírgenes, las cacerías de perdices o el sexo de los veinte años mezclado con las cartas astrales, las voces del Tarot o las figuras de los posos del café. Vamos a recorrer el último trozo del camino hasta el siglo XXI cabalgando en las terminales unipersonales de los ordenadores y ungidos con la nueva fe sacerdotal de la Edad Media.

Europa es de nuevo territorio y doctrina. Las ideologías han muerto y más de uno desearía que para siempre, aunque fuera el fin de la historia y hubiera que darle la razón al teórico Francis Fukuyama. Desgraciadamente para unos, y afortunadamente para los más, también en el universo de las ideas existe el Ave Fénix.

INDICE ONOMASTICO